LA ISLA
DE LA MUJER
DORMIDA

ARTURO PÉREZ-REVERTE

LA ISLA DE LA MUJER DORMIDA

ALFAGUARA

Penguin
Random House
Grupo Editorial

Primera edición: noviembre de 2024

© 2024, Arturo Pérez-Reverte
© 2024, Penguin Random House Grupo Editorial, S. A. U.
Travessera de Gràcia, 47-49. 08021 Barcelona
© 2024, Penguin Random House Grupo Editorial USA, LLC
8950 SW 74th Court, Suite 2010
Miami, FL 33156

Impreso en Colombia - *Printed in Colombia*

ISBN: 979-88-909826-4-3

24 25 26 27 28   10 9 8 7 6 5 4 3 2 1

Ella es representativa de las mujeres y sin embargo es una de esas que escasean en cualquier época. No es que sean pocas, sino que apenas existe sitio para ellas.

Joseph Conrad. *El rescate*

En el gramófono suena una canción francesa. Hábla-me de amor, dice Lucienne Boyer con voz de miel: *Parlez-moi d'amour*. Dime otra vez cosas tiernas. La luz poniente, horizontal, entra por la ventana y enrojece el dibujo de la gastada alfombra, la chimenea de mármol apagada, los cua-dros de barniz oscurecido por el tiempo, el rostro impa-sible de la mujer que fuma recostada en un diván turco. Viste unos pantalones de sarga blanca rozados y sucios, y también un viejo jersey marinero. De modo insólito, esa ropa no quita elegancia a su aspecto sino que, por contras-te, la acentúa. Debe de andar por los cincuenta años y es atractiva a su manera: delgada, más bien alta, de nariz lar-ga y ojos color avellana, cortado el pelo a ras casi como un hombre, todavía oscuro aunque muy veteado de canas.

El gramófono está ahora en silencio. La mujer aplasta el cigarrillo en un cenicero grande de latón —una nave ho-mérica con sirenas aladas revoloteando en torno— y per-manece inmóvil mientras el rectángulo de luz disminuye de tamaño para retirarse de la alfombra a los visillos y al marco de la ventana, abierta a un mar de horizonte cárde-no y orillas tranquilas. Es entonces cuando, con ademán indolente, extiende despacio una mano hacia el bolso que está sobre el diván, junto a un encendedor y un paquete de cigarrillos, para tomar de él una cartera de piel de la que extrae una fotografía de bordes dentados: varios hombres al fondo, vestidos como marineros o pescadores griegos, agrupados ante una embarcación semioculta por una red de camuflaje y amarrada a un espigón de piedra, cemento y madera, en una playa rocosa; y delante de ellos, otro hombre corpulento de cabello y barba rubios, con una camisa remangada sobre unos brazos fuertes, cubierto con una gorra de marino sin distintivos ni insignias.

Mira la mujer los rostros con indiferencia y al fin se detiene en el del primer término, al que contempla pensativa. Luego coge el encendedor, frota la ruedecilla con el pulgar y aplica la llama a una esquina de la fotografía. La deja arder en el cenicero hasta que se consume por completo y se recuesta otra vez en el diván, en el momento en que un hombre de cabello escaso y bigote oscuro, vestido con un arrugado traje de color castaño, entra en la habitación.

—Llega tarde —dice ella, sombría—. Maldito sea, siempre llega tarde.

—Tengo otros pacientes.

—Pero ninguno le paga lo que le pago yo.

Encogiéndose de hombros, con movimientos rutinarios, el recién llegado abre un maletín, saca un estuche de practicante y un frasco de alcohol y dispone el infiernillo para esterilizar una jeringuilla y un par de agujas hipodérmicas. Mientras lo hace, vuelto de espaldas a la mujer, ésta se sube la manga del brazo izquierdo, descubriendo numerosas marcas de inyecciones anteriores.

—*Eni ponto oleto* —murmura—. Se perdió en el mar.

—¿Quién? —pregunta el otro en tono distraído, sin esperar respuesta.

—Da lo mismo quién... Traiga eso y acabe de una vez.

Después, tras apoyar la cabeza en uno de los cojines, la mujer cierra los ojos y aguarda una nueva dosis de olvido.

1. Bandera negra

Hay cosas en el mar que sólo se tiene valor para verlas venir una vez, pero él las había visto venir varias veces. Eso lo volvió resignado y tranquilo, imprimiéndole un fatalismo profesional adecuado a su aspecto, más báltico que mediterráneo. Acababa de cumplir los treinta y cuatro años: alto, fuerte, dorado de cabello y barba, con unos ojos azules equívocamente ingenuos y un rostro de sonrisa fácil y gravedad súbita cuando se quedaba mirando al interlocutor como si de pronto le asombrara lo que acababa de oír, o de pensar. Se llamaba Miguel Jordán Kyriazis porque su madre era griega; y durante dos décadas, tras embarcar como simple marinero y mientras cursaba después los estudios de náutica, había navegado en buques de diverso pabellón entre Europa, América, África y el Cercano Oriente. Tenía siete barcos registrados en su cartilla naval, un naufragio en el golfo de Vizcaya —corrimiento de carga durante un temporal, nueve supervivientes y once desaparecidos— y el título de piloto de la marina mercante.

Su vida, sin embargo, había cambiado en los últimos tiempos. El 18 de julio lo sorprendió a bordo de un petrolero de la compañía Campsa amarrado en El Ferrol; y tras ser movilizado y superar un rápido curso de adaptación en la Escuela Naval, se vio alférez de navío de la Armada que

11

llamaban nacional. El siguiente galón se lo habían concedido hacía cuatro semanas, tras un entrenamiento especial con lanchas torpederas en Kiel, Alemania; pero no tuvo tiempo de coserlo en las bocamangas del uniforme. En el saco que llevaba al hombro cuando bajó por la pasarela del vapor *Alba Adriática* en el puerto de Beirut a mediados de marzo de 1937, Miguel Jordán no llevaba nada que lo identificase como marino de guerra español. En un bolsillo de la chaqueta tenía un pasaporte británico expedido en Gibraltar a nombre de Miguel Tozer. Y dentro del saco, escondido entre la ropa, un revólver Webley de calibre 38 y cañón de cinco pulgadas.

El hombre que lo esperaba estaba donde debía estar. Era de esos en los que nadie repara si no los busca: traje gris, sombrero gris, rostro gris. Perfecto para pasar inadvertido entre la gente. Pero Jordán lo buscaba. Se lo habían dicho ocho días antes, cuando embarcó en Cádiz: aguardará a ese lado de la Aduana, con un ejemplar de *L'Orient* doblado en un bolsillo y uno de *Le Jour* en el otro. Su nombre no tiene la menor importancia.

—Bienvenido al Líbano.

—Gracias.

El otro hablaba inglés con marcado acento levantino. Podía ser de cualquier sitio, o de ninguno.

—¿Fatigado del viaje?

—No.

—Ah, colosal.

Ni sonrisas ni apretón de manos. El hombre gris cogió el saco marino de Jordán y lo depositó él mismo delante de un aduanero, que se limitó a poner una marca de tiza en la lona. Caminaron uno junto a otro sin decir nada hasta donde aguardaban los coches de caballos y se acomodaron en una galera. Después de negociar el precio, agitó el cochero el látigo, espantando moscas, y dejaron atrás el puerto con un trotecillo corto en dirección a la parte oeste de la ciudad.

—Le he reservado habitación en el Normandy. ¿Conoce Beirut?

—El puerto y poco más. Un par de escalas breves, hace años.

—Tampoco tendrá mucho tiempo en ésta —el hombre gris sacó el reloj de un bolsillo del chaleco y consultó la hora—. Si le parece bien, cuando se haya aseado podemos tomar el aperitivo en la terraza del Kursaal, que está cerca. Ya sabe, el de *La castellana del Líbano*... ¿Leyó la novela?

Jordán no sabía de qué le hablaba: era hombre de pocas lecturas, aparte los libros técnicos y los derroteros náuticos. Miraba absorto el mar a la derecha y las montañas de color malva al otro lado, sobre los edificios ocres y los tejados rojos de la ciudad. Se palpó la vieja chaqueta y los pantalones de franela, arrugados por el viaje.

—No sé si llevo ropa adecuada.

—No se preocupe. Lo frecuentan militares franceses, marinos, sociedad local... A esa hora suele animarse mucho y el ambiente es informal. No llamaremos la atención. Ni siquiera usted, con lo alto que es —le deslizaba una ojeada de interés, de arriba abajo—. ¿Cuánto mide?

Sonrió Jordán: un destello súbito, blanco y cálido entre la barba rubia. Era característico en él y lo favorecía; aparentaba pasar con facilidad del callado recelo propio de un marino a una confianza casi ingenua, ruda. Como de adolescente.

—Un metro ochenta y nueve.

—Vaya, no está mal.

—¿Cree prudente conversar rodeados de tantas personas?

—Esto es Oriente, amigo —movía una mano expresiva el hombre gris—. Me fío más de la terraza de un café, donde todo el mundo conspira, trafica y cotillea sin disimulo, que de las paredes de un hotel donde nunca sabes quién puede estar detrás de la puerta.

El Normandy era nuevo, cómodo, con vistas a la avenida de los Franceses y al mar. Después de lavarse y cambiar el cuello de la camisa, Jordán deshizo su escueto equipaje, escondió algunos documentos sobre el armario y el revólver bajo el colchón. Estuvo cinco minutos observando la calle desde la ventana de la habitación y luego se dirigió a la terraza del café, que bullía como una colmena de conversaciones bajo el toldo que filtraba la luz cegadora del mediodía. Camareros y limpiabotas circulaban por el pasillo central entre hombres con fez y corbata, mujeres europeas, funcionarios beirutíes y oficiales uniformados. El hombre gris aguardaba sentado junto a un velador situado al fondo, contiguo a la verja del Círculo Militar, ni demasiado cerca ni demasiado lejos de las otras mesas. Era obvio que sabía elegir lugares adecuados.

—He pedido arak... ¿Le parece bien?

—Sí.

—Espléndido.

Entró en materia mientras esperaban al camarero. Jordán embarcaría de nuevo al día siguiente en un pequeño mercante chipriota, el *Akamas*, con ruta a El Pireo; aunque nunca iba a llegar a ese puerto, pues estaba previsto un transbordo a medio camino cerca de Milos, al norte de Creta.

—Lo recogerá allí un pesquero griego —en este punto el hombre gris bajó la voz—. Una noche de navegación hasta su destino final, más o menos —hizo una pausa significativa—. Esa isla que usted conoce.

Se encogió Jordán de hombros. Los tenía anchos, fuertes como las manos.

—Nunca estuve en ella.

—Pero la habrá estudiado, supongo.

Asintió el español sin hacer comentarios. Por supuesto que la había estudiado en cartas náuticas del Almirantazgo británico: una isla llamada Gynaíka Koimisméni, en las Cícladas occidentales, a poniente de Andros y Tinos. En la ruta habitual de los mercantes que, procedentes de la Unión Soviética y después de pasar los Dardanelos, navegaban hacia el sudoeste con cargamentos de armas para la República.

—¿Qué hay de la tripulación? —preguntó.

El otro no respondió en seguida. Llegaba el camarero con media botella de arak, una jarra de agua, otra con hielo y dos vasos. Cuando estuvo lejos, el hombre gris alargó una mano y, con cuidado, mezcló un tercio de licor con dos de agua, dándole al anís una apariencia lechosa. Después puso el hielo, que empañó los vasos.

—Parte de su gente ya está en la isla, donde la embarcación principal debió de llegar hace pocos días. El resto, los cuatro que faltan, se le unirá aquí y viajarán juntos.

—¿Nacionalidades? —se interesó Jordán.

—Las previstas: dos libaneses, un telegrafista inglés y el torpedista, que es holandés —bebió un sorbo con gesto complacido—. Los otros son cuatro griegos y un albanés... Se trata de gente dura, hecha a vivir en la zona oscura de la ley, así que tendrá que ganárselos. Imponer disciplina y todo eso.

—Así lo espero.

—De todas formas, todavía no conocen el objeto de la misión.

—Lo sabrán en el momento oportuno.

Pareció pensarlo el otro.

—Respecto a esos hombres —dijo de pronto—, no todos son igual de fiables.

—¿A qué se refiere?

—Bueno, ya sabe. No es el patriotismo lo que los mueve... Y además, está el telegrafista.

—¿Qué pasa con él?

—Ah, nada grave, no se inquiete. Es bueno en su oficio, o al menos es el único cualificado que pudimos encontrar por aquí. Sirvió en la Armada británica durante la Gran Guerra, pero...

—¿Pero?

—Según he averiguado, bebe en exceso. O solía hacerlo.

Arrugó el ceño Jordán.

—No me gusta eso.

—Tampoco a mí... Es la causa de que dejara la Royal Navy, o más bien de que ella lo dejase a él. Anduvo trabajando en barcos mercantes y en el ferrocarril de Siria, hasta acabar por aquí.

—¿No disponemos de otro?

—Lamentablemente lo supe demasiado tarde —el hombre gris bajó la voz hasta casi un susurro—. Y las comunicaciones son importantes, porque...

Lo dejó ahí, se reclinó en la silla y bebió otro sorbo de arak. Asentía Jordán, reflexivo.

—Quisiera echarle un vistazo.

—¿Tantearlo?... Puede ser conveniente. Un tipo agradable, de todas formas. Simpático, cultivado. Por lo que cuentan, alejado de una botella es irreprochable.

—¿Cómo se llama?

—Beaumont. Lo llaman Bobbie, aunque ya cumplió los cincuenta.

—¿Puedo verlo antes de embarcar?

—¿También a los otros tres, o a él solo?

—Aprovecharé para conocer a los cuatro.

—Puedo arreglarlo, aunque para eso aconsejo algo más discreto —miró hacia el oeste, indicando un lugar impreciso—. Entre el hotel Orient y la Universidad Americana hay un cafetín llamado El Chakif cuyo dueño es de confianza.

—¿De cuánta?

—Adecuada, considerando que estamos en Oriente Medio.

Sonó un estampido lejano, amortiguado por los edificios interpuestos. Revolotearon las palomas entre las palmeras de la avenida mientras el hombre gris extraía el reloj del bolsillo para consultar la hora.

—El cañonazo de mediodía en la plaza del Serrallo —dijo.

Jordán mojaba los labios en su bebida: demasiado dulzona y fuerte. Dejó el vaso en la mesa. No era muy de alcohol, excepto cuando buscaba animarse de modo deliberado, lo que no era frecuente; y entonces lo hacía con algo corto, rápido y fuerte.

—¿Hay algo más que deba saber?

—En el hotel tiene un informe sobre la tripulación, y mañana encontrará a bordo, en su camarote, un paquete sellado con material complementario: códigos secretos, manuales técnicos, derroteros y cartas del Egeo. También un informe sobre el propietario de la isla, el barón Katelios —hizo una mueca ambigua mientras guardaba el reloj—. Supongo que le hablaron de él.

—Apenas.

—Lo conocerá tarde o temprano, porque vive allí. Un tipo excéntrico, ¿sabe? De la rancia aristocracia griega.

—No hay aristócratas griegos.

—¿De veras? —pestañeó el hombre gris, sorprendido—. Bueno, él sabrá... Barón parece que es, desde luego. Lo que importa es que simpatiza con la causa nacional y ha cedido Gynaíka Koimisméni para este asunto.

Asintió Jordán, preguntándose fugazmente con quién simpatizaría su interlocutor si quienes pagaban fueran otros. Después volvió a pensar en la isla. Tenía dibujado su contorno en la cabeza mediante las cartas de navegación: la forma de pescado con la cola cóncava por el lado de levante, donde había un fondeadero discreto, entre dos y cinco metros de sonda en fondo de arena y piedras, abrigado de todos los vientos excepto los del segundo cuadrante.

Ahora el hombre gris lo contemplaba con renovado interés.

—No me corresponde hacer preguntas y es inoportuno por mi parte, pero siento curiosidad —aventuró—.

¿De verdad habla el griego tan bien como me han dicho?

—No sé qué le han dicho. Lo hablo desde niño.

Enarcaba el otro las cejas.

—Vaya, ¿en serio? Resulta insólito en un español, y más con su aspecto. Aunque supongo que también lo eligieron por eso. Nadie imaginaría...

—Tuve familia nacida en Kalamata —lo interrumpió Jordán.

—Ah, comprendo.

Cinco horas después caminaba envuelto en la luz dorada del crepúsculo libanés. Más allá de la ciudad, las pendientes lejanas del monte Sannine se oscurecían en tonos azulados, el mar lo surcaban profundas vetas cárdenas, y hacia el oeste, detrás del solitario minarete de una mezquita, se recortaba en el cielo violeta el faro de Ras Beirut. De vez en cuando se detenía a contemplar el paisaje, aprovechando cada momento para dirigir un vistazo precavido a su espalda. Nadie parecía irle detrás, aunque eso no bastaba para tranquilizarlo, pues carecía de experiencia en tales situaciones. Apenas había tenido una semana, a su regreso de Kiel, para que le enseñaran lo más elemental en cuanto a cautelas básicas y mantenerse vivo fuera de un barco. Todo peligro a bordo era previsible: cuanto sobreviniera, incluido el peor de los desastres, ya le había ocurrido a uno mismo o a otros; formaba parte de una vasta enciclopedia profesional acumulada en siglos de temporales y naufragios. Por eso, como todo marino acostumbrado a serlo, Jordán prefería la certidumbre del mar a los azares desconocidos de la tierra firme.

—Vaya directamente a El Chakif —había dicho el hombre gris— y entre sin preguntar, porque lo esperan.

El cafetín se alzaba sobre pilotes de madera en la orilla misma. Desde él se tenía una amplia vista de la avenida sobre la muralla: había barquitos de pesca anclados entre las rocas que afloraban del mar tranquilo; y a lo lejos, en la punta que se adentraba en el agua cada vez más oscura, los hoteles y cafés costaneros encendían las primeras luces. Olía a madejas de algas y verdín húmedo.

Los cuatro hombres aguardaban en un reservado, al fondo, con suelo de tablas y vidrios empañados por el salitre. Al verlo entrar se pusieron en pie, y cso le gustó a Jordán. Establecía ciertos códigos desde el comienzo. Reglas útiles para el trabajo que tenían entre manos.

—Siéntense.

Obedecieron mientras él permanecía inmóvil, cruzadas las manos a la espalda, con la actitud más autoritaria y firme de que era capaz. La menguante luz exterior aún bastaba para observarlos con detalle. Dos eran claramente europeos, sin duda el torpedista y el telegrafista. Los otros eran cetrinos, desaliñados y con bulto de navaja en el bolsillo del pantalón: de esos que la bajamar de la vida solía dejar con profusión en los puertos del Mediterráneo. Los identificó Jordán en sus adentros, pues el pasado de marino mercante lo familiarizaba con el género. Aquellos cuatro eran lo esperado, y supuso que al resto lo cortaría el mismo patrón. Ninguno invitaba a confiarle virtud de mujeres, dinero ajeno o cualquier clase de propiedad privada; pero eso era común a levante de Malta. Sería una vez a bordo, en el mar, donde se demostrase lo que cada cual valía o dejaba de valer. En cualquier caso, la selección no la había hecho él, pues todo se lo daban planeado y dispuesto: el momento, la misión, la nave y los hombres.

—A fin de cuentas —había dicho el capitán de navío Navia-Osorio al despedirlo en Cádiz—, el oso afgano se caza con perros del Afganistán. ¿Conoce la frase?... La escribió Kipling, o uno de ésos.

Tampoco era Jordán de muchas palabras ni de calentarse la cabeza para considerarlas. Y no se hacía ilusiones sobre los motivos que llevaban a tales hombres a unirse, con los que ya aguardaban en las Cícladas, al trabajo para el que habían sido reclutados, del que lo ignoraban casi todo excepto —elemento decisivo— que cobrarían en dólares americanos una prima de enganche y un salario que, mientras durase la misión, se depositaría cada dos semanas en cuentas de la Banca Commerciale Italiana, en Atenas. Eso estaba resuelto y en marcha, así que a él no le correspondía sino ocuparse de los aspectos operativos del asunto.

—Durante algún tiempo obedecerán mis órdenes —hablaba despacio, con calma, que era su manera habitual de hacerlo—. La naturaleza exacta del trabajo la irán conociendo a medida que yo lo considere oportuno... De momento les basta con saber que vamos a estar en una isla desde la que haremos viajes que incluyen riesgo físico.

Hizo una pausa precavida, por lo del riesgo; pero nadie se inmutó. Era evidente que contaban con ello. No se habían enrolado a ciegas.

—¿Bajo alguna bandera?

Uno había levantado la mano: era casi albino, tosco, con manchas rojas en los pómulos y la frente. Vestía un raído chaquetón marino, pantalones de faena y zapatillas de lona.

—¿Su nombre? —preguntó Jordán.

—Zinger.

—¿El torpedista holandés?

—Sí.

Conocía Jordán los antecedentes del individuo, los había leído en el hotel: Jan Zinger, treinta y un años, buzo profesional, ex suboficial con experiencia en armas submarinas. Desertor, once meses antes, del crucero neerlandés *De Ruyter*.

—No formamos parte de ninguna Armada en concreto, pero a todos los efectos deben considerarse bajo estricta disciplina naval. Se ha decidido que yo sea su jefe y mis decisiones serán inapelables... ¿Hay más preguntas?

Se miraron entre ellos. Al fin alzó la mano uno de los libaneses: nariz semítica, pelo ensortijado, veintipocos años. Tan semejante al otro que parecían hermanos.

—¿Su nombre? —inquirió Jordán.

—Farid Maroun —señaló el joven a un lado, sin mirar—. Él es mi primo Sami.

También tenía Jordán un informe sobre los Maroun, nacidos en Sidón, pescadores y contrabandistas. Traficantes ocasionales de armas para los judíos de Palestina, eran expertos en manejarlas y repararlas. Enrolados como marineros y artilleros a bordo. Un Oerlikon de 20 mm no lo manejaba cualquiera.

—¿Cuál es su pregunta?

Sonrió el libanés, aunque sólo con la boca. Tenía los ojos vivos y la sonrisa peligrosa.

—¿Nos dirá para quién vamos a trabajar?

Jordán endureció el gesto.

—Trabajan para mí.

—Sí, claro. La cosa es cómo considerarlo. Para dirigirnos a usted, ¿no?... Con qué tratamiento.

—Pueden llamarme señor, capitán o comandante, lo que prefieran. Y déjenme aclararles algo: toda indiscreción, desobediencia o falta de respeto tendrá la sanción adecuada, y me encargaré de aplicarla.

Frunció los labios el otro.

—¿Económica?

—Por supuesto.

—¿También castigo físico, llegado el caso?

Jordán no respondió a eso, o no lo hizo directamente.

—Quien los emplea dispone de medios para resolver cualquier irregularidad o incumplimiento de contrato.

Cambió el libanés una ojeada rápida con su primo.

—Suena a alguien poderoso, ¿no?

—Lo suficiente —confirmó Jordán.

Siguió un silencio roto por el torpedista Zinger.

—¿Eso es una advertencia?

—Pues claro que es una advertencia —los miró uno por uno, con aplomo—. ¿Dónde creen que se han enrolado?

—Creíamos que se trataba de contrabando —dijo Farid Maroun.

—Creyeron mal.

Se miraban unos a otros, asimilando lo que acababan de oír. El cuarto hombre no había abierto la boca durante la conversación: el telegrafista inglés, el tal Bobbie Beaumont, era casi tan alto como Jordán pero flaco y de piernas muy largas, desproporcionadas con el torso. Mejillas hundidas, ojos de color aguamarina, húmedos tras el cristal de unas gafas de concha. Necesitaba un corte de pelo y un afeitado; la barba de tres o cuatro días rozaba el cuello sucio de una camisa caqui militar que llevaba por fuera, sobre el pantalón zurcido en una rodilla. Calzaba sandalias y un burdo tatuaje medio descolorido manchaba de azul el dorso de su mano izquierda. Pese a todo, aquel individuo poseía un aire distinguido. Estaba sentado en un taburete con la espalda apoyada en el vidrio de la ventana y no había dejado de fumar en todo el tiempo: dos cigarrillos, encendido el segundo con la brasa del anterior. Cuando habló lo hizo átono y sin dirigirse a nadie, cual si se limitara a expresar un pensamiento en voz alta.

—Bandera negra, entonces —dijo.

Todos lo miraron con curiosidad. Se encogió de hombros y al fin, alzando la vista, posó en Jordán los ojos que todo el tiempo parecían a punto de lagrimear. Ironía y fatiga se combinaban en un brillo lento, insólitamente divertido.

—Se trata de merodear, me parece —añadió con calma, como si aquella deducción no lo alterase en absoluto—. ¿Seremos corsarios en el mar Egeo?

—Piratas —aclaró Jordán sin titubear—. En lo oficial nadie nos respalda.

Anduvo de regreso al hotel siguiendo la orilla del mar. Hacía ya una hora que el sol se había ocultado contiguo al faro, semejante a un disco incandescente que se extinguiera sobre un ancho triángulo rojo; pero quedaba un rastro de claridad que permitía apreciar los contornos sombríos de los edificios, cuyos bajos, donde permanecían abiertos algunos pequeños comercios, salpicaban débiles luces de lámparas de queroseno.

Se sentía inseguro, y era natural que así fuese. Había mandado a hombres en situaciones que el mar volvía críticas, luchando por sus vidas en despiadados paisajes en blanco y negro; pero nunca en acciones de guerra. Su única experiencia violenta se limitaba a un incidente aislado en los muelles de El Ferrol en julio del 36 y al posterior adiestramiento con los alemanes en Kiel. Lo enviaban al Mediterráneo oriental sin que nadie hubiese pedido antes su parecer: eran órdenes a cumplir sin discusión posible. Y no podía menos que preguntarse si, llegado el caso, conseguiría estar a la altura.

Apenas se cruzó con nadie: sólo un par de transeúntes aislados y cuatro hombres que conversaban en árabe y fumaban apoyados en la balaustrada. Un automóvil surgió de frente, ruidoso y rápido, iluminando a Jordán antes de alejarse en dirección opuesta, y él aprovechó la luz para dirigir otra ojeada suspicaz a su espalda. Entonces se quedó inmóvil, mirando atrás. El tal Beaumont caminaba a quince o veinte pasos, siguiéndolo. O eso parecía.

Permaneció quieto hasta que el inglés llegó hasta él. Vino despacio, acercándose con naturalidad, y al fin se detuvo a su lado. La luz del crepúsculo se había extinguido casi por completo, pero bastaba para recortar en ella la silueta enjuta y desgarbada del telegrafista.

—¿Qué hace aquí? —lo interrogó Jordán con aspereza.

—Me dirijo a mi hotel, querido muchacho. Está en el puerto.

La familiaridad del tono lo desconcertó: tolerante, superior. Casi afectuoso. Parecía un profesor dirigiéndose a un alumno.

—¿Y sus compañeros?

—Eh, bueno. Sería precipitado llamarlos así, ¿no cree?... En realidad acabo de conocerlos —hizo una pausa que cubrió con un suspiro de fatiga—. Se han quedado en el cafetín estrechando lazos de camaradería, ya sabe: los pocos afortunados, grupo de hermanos, el día de San Crispín y todo eso —se detuvo, dubitativo—. La riqueza de la patria, sea cual sea, premiará nuestras fatigas... ¿Me capta?

Jordán ignoraba a qué diablos se refería el inglés. Estudió intrigado lo que de su interlocutor podía ver en la penumbra. Aún estaba callado cuando el otro habló de nuevo.

—Como he dicho, querido muchacho, voy a mi hotel. ¿Le importa que continuemos juntos?... A esta hora, Beirut no es el lugar más seguro que conozco.

Suspiró Jordán, incómodo.

—Escuche, Beaumont.

—Todos me llaman Bobbie.

—Prefiero Beaumont.

—Como guste —el telegrafista emitió un gruñido resignado—. Usted es el jefe.

—Eso quiero recordarle. Reserve lo de querido muchacho para cuando tengamos confianza. Algo que no ocurrirá hasta dentro de mucho tiempo.

Titubeó el otro.

—Eh, sí. Comprendo. Usted es...

—Lo que dijo hace un momento: el jefe.

—Naturalmente. Conste primero mi temor y después mi reverencia. La disciplina, por supuesto. Con todo lo demás.

El tono, ahora entre respetuoso y comprensivo, seguía irritando a Jordán.

—Exacto —zanjó—. Y todo lo demás.

—Disculpe, señor. Eh... Comandante.

—Aquí no me llame así.

—Discúlpeme otra vez.

Caminaron a lo largo de la balaustrada que separaba la avenida del mar. Lo hicieron en silencio mientras la última claridad se extinguía a su espalda. En la boca de Beaumont se avivaba de vez en cuando la brasa de otro cigarrillo, reflejada en el cristal de sus gafas.

—Lo ha expuesto bien hace un rato —dijo al fin—. Instrucciones precisas y nada más, en absoluto pistas comprometedoras y ningún etcétera. Seguimos sin conocer el objeto final de tan variopinta asamblea.

—Saben lo que deben saber, por ahora. El resto llegará en su momento.

—Se trata de perturbar algún tráfico marítimo, evidentemente. Radiotelegrafista, artilleros libaneses, torpedista holandés... Que me ahorquen si no suena a operación militar clandestina.

El inglés tenía una conversación serena, educada, con alusiones cultas que Jordán era incapaz de identificar. Sin embargo, ya no se sentía irritado. Bobbie Beaumont era un hombre agradable. Al menos, recordó, cuando parecía encontrarse lejos de una botella.

—¿Se trata de una embarcación grande? —le oyó preguntar.

Anduvo unos pasos sin responder, calculando la pertinencia de una respuesta.

—No demasiado —concedió—. Lo suficiente.

—¿Una goleta, una motora o algo así?

—Más o menos.

—O sea, que han reclutado una tripulación para operar en aguas de Levante. Acciones de guerra encubierta... ¿Seguro que no es contrabando?

Jordán no respondió. Se detuvo el inglés y dejó caer la colilla al suelo, contemplándola inmóvil hasta que se extinguió la brasa.

—Pues que yo sepa —dijo—, sólo hay una guerra en curso, que es la de España. Y el tráfico mediterráneo más relacionado con ella proviene del mar Negro... ¿Voy bien?

Miró Jordán a su izquierda, donde ya se confundían mar y cielo oscuros. Cerca de la costa, las luces de un buque grande se movían despacio hacia el oeste. Seguramente era el *Alba Adriática*, que a esa hora tenía prevista su salida rumbo a Alejandría.

—Leyendo periódicos —estaba diciendo Beaumont— creí que quien por una parte se ocupa de eso son los barcos alemanes y los submarinos italianos; o sea, los aliados de Franco. Y los rusos, por la otra.

—¿Sabe, Beaumont? —Jordán se había vuelto brusco hacia él—. Usted habla demasiado.

—Sí, lo sé... Es mi defecto principal. Pero no se inquiete por mí. Sé tener la boca cerrada cuando conviene.

—Pues debería cerrarla ahora.

—Eh, claro. Mi obediencia, mi deber, mi discurso. Discúlpeme otra vez. Ya se sabrá todo, ¿no? Bajo el sol de Dios y a su debido tiempo.

Caminaron de nuevo. El talante del interlocutor desarmaba un poco a Jordán. Casi lamentaba su rudeza.

—Me han dicho que es un buen operador de telégrafo —comentó.

—No soy malo, desde luego. Tengo experiencia.

—Estuvo en la marina británica, tengo entendido.

—Por supuesto, eh, vaya si estuve —se había animado la voz del inglés—. Una guerra meditada y honorable, ya me entiende, a la vieja usanza: segundo operador a bordo del *Southampton*, en Jutlandia. Hace veintiún años. Y todavía...

—Me han dicho que bebe en exceso —lo interrumpió Jordán.

—Vaya. ¿Eso le han dicho?

Sonaba casi dolorido, reflexivo, y tardó en hablar de nuevo.

—Mire, querido mu... —la frase quedó truncada—. Señor, quiero decir. Llevo cuatro meses sin probar una gota de alcohol.

Se detuvo Jordán, haciendo pararse al otro. Dos siluetas oscuras frente a frente. Ha sido un error, pensaba, mantener esta conversación.

—No voy a permitir descuidos, ¿comprende? —dijo con sequedad—. A nadie. Hay demasiado en juego, y el trabajo que debe hacer es fundamental.

—Me hago cargo, naturalmente. Pero le aseguro...

—Cometa un error, uno solo, y me encargaré de que sea el último.

Siguió un silencio prolongado, incómodo. Y cuando Beaumont habló por fin, en su voz amable parecían infiltrarse unas gotas de resentimiento.

—Es marino de guerra, ¿verdad?... Conozco el tono. Eh, sí. Y español, claro. De lo que al principio no estaba seguro era de si pertenecía a la Armada franquista o a la republicana.

Jordán replicó con dureza.

—¿Tendría inconveniente, en cualquier caso? ¿Alguna preferencia?

—¿Yo? Ninguna —el otro encendió un nuevo cigarrillo—. Enloquecido mundo, locos reyes, locas alianzas... —antes de apagarse, la llama del fósforo iluminó el rostro huesudo y sin afeitar, los ojos perdidos en la nada—. Aunque, vista de lejos, me cae mejor la República. Pero *pecunia non olet*, querido... Vaya, quiero decir comandante. O sea, señor.

Los mamparos y las planchas del suelo transmitían la trepidación de las máquinas. Sobre un hombro de Jordán, un rayo de sol que entraba por el ojo de buey del camarote se desplazaba arriba y abajo con el balanceo del barco, iluminando o dejando en sombra los documentos que leía y las cartas náuticas que consultaba. Todo cuanto necesitaba saber se encontraba allí cuidadosamente expuesto. El capitán de navío Navia-Osorio, organizador de la misión, era un jefe minucioso y un hombre de palabra. Al despedirse había prometido que el material estaría disponible a bordo del *Akamas* cuando el barco chipriota zarpase de Beirut.

—No conviene que hasta entonces lleve encima documentos comprometedores... Ya tendrá tiempo de familiarizarse con todo.

Serio, muy correcto de uniforme y actitudes, católico puntilloso, superviviente de las matanzas de jefes y oficiales efectuadas por la marinería republicana en julio y agosto del año anterior, Luis Navia-Osorio era un lúcido y eficiente encargado de operaciones del jefe del estado mayor de la Armada, vicealmirante Cervera. La conversación decisiva la habían tenido en presencia de éste y en la cámara de oficiales del crucero *Canarias*, al presentarse Jordán en Cádiz al regreso de Alemania. Allí advirtió que todo estaba planeado al más alto nivel y que urgía ponerse en marcha. Ni siquiera le concedieron permiso para ver a su mujer y su hijo en El Ferrol.

—Los barcos con material militar soviético —había explicado Navia-Osorio— siguen saliendo del mar Negro rumbo a los puertos españoles en poder de los rojos: después de pasar el mar de Mármara, los Dardanelos y el archipiélago griego, cruzan el Mediterráneo hacia su destino. Tanto los mercantes de la República como los rusos son presa legítima, y hasta ahora hemos hundido o capturado varios, gracias a los submarinos italianos y alemanes, a sus unidades de superficie y a nuestros cruceros auxiliares que hacen el corso en el canal de Sicilia...

—Pero eso se acaba —apuntó el vicealmirante, que se encontraba sentado en un sofá entre un retrato del general Franco, un reloj atornillado en un mamparo y una estampa de la Virgen del Carmen—. Es el final de los *happy times*.

Cerca de los setenta, Cervera era un anciano de pelo gris y ademanes pausados, a quien el uniforme azul oscuro con botones dorados y galones en las bocamangas aún daba una singular gallardía. Marino de prestigio, la sublevación militar contra la República lo encontró en situación de retiro forzoso, pero había acudido a ponerse a disposición del bando franquista.

—Así lo tememos —confirmó Navia-Osorio—. Inglaterra y Francia quieren prohibir actos de fuerza lejos de nuestras aguas y pretenden limitarnos al mar balear y al mar de Alborán, impidiendo a nuestros amigos intervenir y a nosotros patrullar fuera de esas zonas. La Sociedad de Naciones prepara una conferencia para conseguir un acuerdo, y eso puede ocasionar que tanto los mercantes rusos como los republicanos naveguen con impunidad. Además, barcos de otros pabellones que también trafican para los rojos se camuflan y protegen bajo bandera inglesa... O sea, que cada vez tendremos más difícil hincarles el diente.

—Por medios legales, quiere decir —precisó el vicealmirante.

—Eso es, por medios legales... Pero nosotros necesitamos mantener la tensión. Atacar su tráfico cuando está lejos de la protección de la flota roja, que espera a la altura del cabo Bon y lo escolta a lo largo de la costa norteafricana. El asunto es golpear antes de que lleguen allí, y el

Egeo es paso obligado. Un lugar perfecto para darles caza, aunque ahora se camuflen como barcos neutrales con capas de pintura, chimeneas falsas y otras banderas.

Tras decir eso los dos jefes se quedaron callados, dejando a Jordán penetrar por sí mismo en el resto del asunto. Miró éste, confuso, la esfera del reloj del mamparo, cuyo tictac parecía prolongar el incómodo silencio.

—Discúlpenme —acabó por decir—, pero no comprendo mi papel en esto... ¿Cuáles son o serán mis órdenes?

—¿Qué tal su curso en Kiel? —se interesó Cervera.

Parpadeó Jordán.

—Muy instructivo.

—¿Lo trataron bien los *kameraden*?

—De maravilla.

—¿Y se siente capacitado para operar con lanchas torpederas?

—Eso espero, almirante. Me apliqué cuanto pude.

El jefe del estado mayor de la Armada se volvió hacia Navia-Osorio, cediéndole la palabra. De modo oficial y como ayuda de guerra, explicó éste, Alemania había entregado a la flota nacional dos de esas embarcaciones, que operaban en el Estrecho y Baleares con los nombres de *Requeté* y *Falange*. Y estaba prevista la entrega de otras dos. Ninguna era del último modelo, pero sí del penúltimo, por así decirlo. En ese punto miró a Jordán con renovada atención.

—Usted las conoce bien —dijo.

—Sí, claro —confirmó éste—. Clase S, por *schnellboot*. Un poco anticuadas, con motores de gasolina, a diferencia del diésel que llevan las de ahora.

—En Kiel también hizo prácticas con la clase S-7, tengo entendido.

—Exacto. Ésa ya es de las modernas.

—¿Y cuál es su impresión?

—Una embarcación magnífica. Rápida y maniobrera. Navega a treinta y cinco nudos.

—Pues celebro que le guste, porque estará al mando de una.

—¿Perdón?

—Acaba de oírlo.

—Pero si yo...

—Lo sabemos, lo sabemos. Usted sólo es un alférez de navío de la Reserva Naval, pero tiene cualidades útiles en este momento —sonrió fríamente al desconcertado Jordán—. Además de alemán e inglés, habla griego. Podría pasar por uno de ellos.

—¿Griego?

—¿Qué ocurre? —inquirió irónico el vicealmirante—. ¿No hay rubios allí?

—Pues claro que los hay, pero...

—Además —intervino otra vez Navia-Osorio—, para la misión que le asignamos ascenderá un grado. Desde hoy es teniente de navío.

—Dios mío —a Jordán le daba vueltas la cabeza—. No comprendo...

—Parece sorprendido —lo interrumpió Cervera—. Sin embargo, aquí no se improvisa nada... ¿Cree que lo enviamos a Alemania para hacer turismo? —señaló al capitán de navío—. Él ya tenía planeada esta operación. Buscaba la persona idónea, y en la Escuela Naval le hablaron de usted.

—Poco imaginativo, calmado y fiable —confirmó el otro—. Eso dijeron.

Sonreía el vicealmirante:

—Con experiencia fuera de la Armada, que lo limita menos que a nosotros, los cabezas duras del Cuerpo General.

—Y la operación es... —aventuró Jordán, viendo venir el chubasco.

—Organizar una base en el mar Egeo —dijo Navia-Osorio— para atacar el tráfico de los rojos con una lancha torpedera S-7.

Jordán se había quedado con la boca abierta.

—Pero de ésas no tenemos —arguyó.

—Ya que el Comité de Londres prohíbe ceder naves de guerra a países beligerantes, Alemania nos entrega una en el más absoluto secreto. También desean probarla en acción de guerra real, así que en algún momento deberá elaborar informes que les enviaremos... Pero hay otras circunstancias que convierten esto en inusual. Bajo ningún concepto navegará bajo pabellón español, ni tampoco habrá españoles en su tripulación. Todos serán voluntarios extranjeros.

—¿Mercenarios?

—No ponga esa cara —terció severo el vicealmirante—. También la República los utiliza. La cuestión es que nada puede hacerse público. Sería un escándalo, así que se trata de una acción clandestina que nuestro gobierno nunca reconocerá. Una vez allí se verá completamente solo, bajo su exclusiva responsabilidad. Todo el apoyo material y económico le va a llegar a través de terceros.

—Pero eso es piratería —protestó confuso Jordán.

—Sí, desde luego... Actuará bajo identidad falsa, sin nada que lo acredite. Si lo capturan se verá sometido a leyes penales internacionales.

—Nada haremos por usted —precisó Navia-Osorio con sequedad.

Asentía Jordán lentamente. Al fin encajaba todo: el mes de adiestramiento en Alemania, la urgencia con que había sido llamado a Cádiz. Su designación y no la de otros: Miguel Jordán, Kyriazis de apellido materno. Poco imaginativo, calmado y fiable. Ni siquiera se sentía ofendido por lo de *poco imaginativo*, aunque nunca lo habría considerado una virtud militar. Estaba muy asombrado para eso.

—¿Habrá que atacar en aguas griegas o internacionales?

—Griegas, nos tememos. El tráfico pasa entre esas islas. También la base desde la que va a operar es una isla griega. Por ese lado no hay inconveniente, porque el gobierno del dictador Metaxás simpatiza con nosotros.

—¿Están allí al tanto de esto?

—Pues claro. Tenemos un acuerdo secreto para que miren hacia otro lado cuando convenga. Si actúa con discreción, no habrá problemas con Atenas. Una cosa son sospechas públicas, y otra, hechos demostrables. A usted corresponde que no se nos atribuya absolutamente nada.

—Convendría que se dejara crecer la barba —sugirió el vicealmirante tras meditarlo un poco, y miró a Navia-Osorio—. Y también el pelo, ¿no cree?... Cuanto menos formal parezca, mejor.

—Sí, es buena idea —aprobó el capitán de navío.

Siguió un silencio pautado por el tictac del reloj del mamparo.

—¿En qué piensa, Jordán? —se interesó Cervera.

Dejó éste salir de golpe el aire que retenía en los pulmones.

—Mi familia...

—Lo sabemos y lo lamento —dijo Navia-Osorio—. No hay tiempo para que visite a la familia.

—¿Qué edad tiene su hijo? —preguntó el vicealmirante, amable.

—Doce años.

—¿Sigue con la madre en El Ferrol?

—Eso creo.

—Cuidaremos de ellos, no se preocupe.

Asentía Jordán, pensativo. Resignado.

—Hace siete meses yo era marino mercante...

Lo dejó ahí, con un último titubeo. Encogió Cervera los hombros.

—Pues ahora lo es de guerra. Y la misión de un marino de guerra es hundir barcos enemigos. De modo que procure hundir tantos como pueda.

De nuevo el tictac del reloj: una pausa larga. Jordán se aclaró la garganta.

—¿Me permite una pregunta, almirante?... ¿O más bien una reflexión?

—Naturalmente. Hágala.

—En ningún momento han sugerido que tenga la opción de ofrecerme, o no, como voluntario.

Se endureció el gesto del viejo marino.

—No hace falta. En la España nacional todos somos voluntarios... Ay de quien no lo sea.

Sonaron golpes en la puerta del camarote. Un desharrapado marinero, tan sucio como el resto del barco —el *Akamas* era un candray herrumbroso de los que todavía llevaban un timón descubierto a popa—, estaba allí para decirle a Jordán que el capitán lo llamaba al puente. Guardó aquél los documentos, echó la llave y siguió al marinero hasta la cubierta, cegado por la luz que reverberaba en la marejada que a diez nudos hendía el mercante. En torno al barco había islas por todas partes: pardas, grises, verdosas, grandes y pequeñas, altas y bajas, incrustadas en el azul o emergiendo de él, visibles hasta donde alcanzaba la mirada en el aire nítido del mediodía: las islas Cícladas. El corazón del mar Egeo.

Mientras subía por la escalerilla del puente advirtió que el *Akamas* moderaba máquinas y vio a sus hombres acodados en la regala de estribor. El inglés, el holandés y los libaneses contemplaban el mar y un caique cercano: un pesquero griego que navegaba a motor a poco más de un cable, en rumbo paralelo al mercante. También el capitán, asomado al alerón, observaba el pesquero. Era un individuo flaco, silencioso, con una mugrienta gorra calada hasta las cejas, que apenas había cambiado una docena de frases con sus pasajeros durante los tres días de navegación desde Beirut. Ahora llevaba unos abollados prismáticos colgando del cuello; y cuando Jordán llegó su lado, señaló el pesquero con una mano de uñas sucias.

—Su caique, señor.

—¿Dónde estamos?

Se volvió ligeramente el otro hacia una breve línea montañosa que, por la banda opuesta del barco, destacaba en el mar.

—Cinco millas al norte de Milos.

Tras decir eso metió la cabeza en el interior del puente y dio una orden. Las máquinas aflojaron su ritmo, disminuyó la trepidación, y después de unos momentos de inercia el mercante quedó balanceándose en la marejada mientras el caique, que había cambiado el rumbo, se acercaba por estribor. El mismo marinero que había avisado a Jordán fue hasta la borda y dejó caer una escala de gato.

—Prepare a su gente —llevándose los prismáticos a la cara, el capitán chipriota exploraba el horizonte en torno al barco—. Transbordan en diez minutos.

El pesquero estaba aún más sucio que el *Akamas*: pequeño, viejo, repintado, olía a redes húmedas, combustible y pescado. Tenía una larga caña de timón a popa, su único palo llevaba las velas aferradas y el motor vibraba de modo inquietante, despidiendo una densa humareda de gasóleo mal quemado. Lo tripulaban seis marineros, todos griegos, y el patrón era un hombrecillo rechoncho, de tostado cráneo calvo y ojos vivos. Le faltaba un botón de la camisa y de vez en cuando metía los dedos por el hueco para rascarse con parsimonia la barriga. Su rostro grasiento, sin afeitar, reclamaba agua y jabón desde hacía al menos una semana. Al llegar Jordán a bordo le había estrechado la mano, solemne, dándole la bienvenida con mucha ceremonia.

—*Kalós ilzate, kyrie.*
—*Efjaristó, kapetánie.*

La respuesta en correcto griego sorprendió al otro. Ahora, mientras navegaban contra el viento a una velocidad máxima de cuatro nudos, el *kapetanios* observaba con curiosidad a Jordán y a los cuatro hombres que, sentados a proa sobre sus petates de lona, dormitaban, fumaban o miraban el mar.

—¿Cuánto tardaremos en llegar? —preguntó Jordán.

El patrón del caique, que manejaba él mismo el timón, encogió los hombros mientras movía la cabeza, indolente.

—No sé —se tocaba con un dedo la muñeca izquierda, señalando un reloj que no llevaba—. Diez horas o menos, si Dios quiere.

—¿Cuarenta millas, entonces?

—Puede ser —señaló el sol cada vez más bajo—. Podrán dormir hasta el amanecer.

Jordán fue a acomodarse recostado en su saco de marino, en un lugar desde el que podía contemplar el mar. Pensaba, como no había dejado de hacerlo en los últimos días, en la isla y la embarcación que aguardaban al término de tan extraño viaje. En sus posibilidades de éxito o de fracaso. Hasta el momento en que pisó la cubierta oscilante del caique se había limitado a seguir, disciplinado y tranquilo como era por naturaleza, la pauta establecida por otros: un plan ajeno a su voluntad. A partir de ahora, sin embargo, la responsabilidad de cuanto ocurriese recaería sobre él, sin nadie a quien apelar. Acontecimientos, vidas de amigos y enemigos, dependerían de las decisiones que adoptase, acertadas o no. Por eso llevaba tantas noches durmiendo mal, dando vueltas en la cabeza a los pormenores de una misión impredecible y peligrosa en la que nunca habría imaginado verse envuelto.

—No es usted un hombre de acción —había dicho Navia-Osorio al despedirlo en Cádiz—. Y eso nos tranquiliza.

No lo era, en efecto. Al menos, lo que solía entenderse como tal. Tal vez por ello, idiomas aparte, lo habían elegido a él. Su carácter era sencillo, prudente —lo de poco imaginativo no se le iba de la cabeza—, forjado junto a hombres hechos a poner distancia entre un barco y la tierra que dejaban a popa o por el través. No era el afán de aventura lo que lo había llevado al mar a los catorce años, a bordo de un bacaladero en los bancos de Terranova, sino la íntima necesidad de silencio en paisajes rutinarios de agua y cielo. Nunca en la vida, ni siquiera por su mujer y su hijo —había sido y era un matrimonio accidental y poco feliz—, lamentó soltar amarras, sino todo lo contrario. Era Jordán un hombre imperturbable, casi abúlico, para quien el mar suponía un recurso y la vida a bordo una solución. Pero el azar o el destino lo situaban ahora bajo responsabilidades que poco tenían que ver con el acto de llevar un barco de un lugar a otro con los menos riesgos posibles, único deber del marino mercante que hasta hacía algo más de medio año había sido: aquel a quien unos grados, minutos y segundos establecidos con certeza, las coordenadas de latitud y longitud en que se hallara cualquier nave que le fuese confiada, bastaban para permitirle dormir a pierna suelta.

Pensó en eso durante toda la noche, cada una de las muchas veces que despertó molesto por el balanceo de la embarcación, húmedo del relente que goteaba de la jarcia y mojaba la cubierta, su rostro y su ropa. Tiritando de frío bajo las infinitas estrellas que parecían oscilar en el cielo como alfilerazos en una vasta esfera negra.

En la luz horizontal del alba, todavía oculto el sol bajo el mar, el amanecer se afirmaba lento, acuchillado en tonos naranjas. Alzó la cabeza Jordán tras la última duermevela, se frotó los ojos y vio que el patrón del caique seguía sentado a popa con la caña del timón entre las manos y un cigarrillo en la boca, cual si no se hubiera retirado de allí en toda la noche. Vestía ahora un chaquetón y un gorro de lana, y al ver despierto a su pasajero le dedicó una ancha sonrisa.

—*Kaliméra, kyrie.*

Se incorporó Jordán.

—*Kaliméra, kapetánie.*

Sus cuatro hombres aún dormían a proa, bultos inmóviles cobijados bajo la lona de una vela llena de remiendos. El patrón señaló una cafetera y un pichel encajados entre las adujas de un cabo, y Jordán, con un gesto de agradecimiento, se sirvió lo que quedaba en ella. El café era malo y estaba tibio, pero le sentó bien a su estómago aterido. Se puso en pie, fue a sotavento, se desabotonó el pantalón y orinó al mar, aliviado, antes de regresar junto al patrón.

—Sigue el viento en contra —dijo sentándose a su lado.

Asintió el griego, indicando con resignación la gran vela cangreja, que seguía baja y sujeta a la botavara. Después, con un leve movimiento del mentón, invitó a Jordán a mirar más allá del palo y la proa. A unas tres millas, emergiendo del mar, que viraba despacio del azul oscuro al rojo color de vino, se distinguía una breve línea irregular de tonos pardos y grises, semejante a un cuerpo humano que yaciera vuelto hacia el cielo.

—*Nysos Gynaíka Koimisméni* —dijo el patrón, satisfecho, volviendo a tocarse con un dedo la muñeca donde no llevaba ningún reloj.

Era cierto, advirtió Jordán consultando el suyo. Llegaban a la hora prevista. El sol asomaba ya por la amura de estribor del caique. Sus primeros rayos dibujaron prolongados trazos rojos en el paisaje; y bajo aquella luz, vista desde el mar, la isla parecía el cuerpo de una mujer dormida.

2. Ajedrez en el Egeo

Cuando el peón negro amenazó a la dama, Salvador Loncar se echó un poco atrás en el diván, enarcó las cejas y miró a su oponente.

—Qué hijo de puta eres, Pepe.

Desde el otro lado del tablero, Ordovás le dedicó una mueca maliciosa.

—Me lo has puesto fácil... ¿Estabas distraído, o qué?

—Estaba.

—Pues ya sabes, compadre: camarón que se duerme, se lo lleva la corriente. A ver cómo sales de ésta.

Estudió Loncar la posición de las piezas. Era un jugador cauto y realista. A causa de su descuido no quedaba otra solución que retirar la dama, y eso llevaría el alfil enemigo, mortal como una estocada, hasta el flanco de su rey. Aquella partida estaba más perdida que el *Titanic*.

—Es tuya —dijo, resignado—. Lo dejamos.

—Hoy te rindes fácil, chico. Te veo flojo de forma. ¿Quieres la revancha?

—No, déjalo. Estoy cansado. Me desquitaré el lunes.

Más bien gordo, con frondoso y descuidado bigote, reluciente de gomina el pelo negro y brillante, Loncar devolvía las piezas a la caja. Dio su acompañante tres palmadas, y Shikolata, un corpulento camarero negro vestido de gaucho argentino —cada tarde y noche se bailaban tangos en el local—, trajo dos narguiles ya encendidos. Se llevó Loncar a los labios la boquilla del suyo y aspiró con deleite la mezcla de tabaco turco y hachís. Desde hacía unos años este último estaba oficialmente prohibido en Turquía; pero madame Aziyadé, la dueña, tenía buenas relaciones con la policía. Al fin y al cabo, su cabaret burdel —Kapi Saadet, Puerta de la Felicidad— era de los más serios y elegantes de Estambul.

—¿Cenamos juntos? —propuso Ordovás—. Han abierto un sitio nuevo en la cornís Florya, cerca de la muralla: una lokanta apartada, discreta, donde hacen unas albóndigas celestiales.

—Hoy no puedo —dijo Loncar.

Vio que el otro le dirigía una mirada de extrañeza entre dos bocanadas de humo.

—Pues ya es raro que tú rechaces unas albóndigas como Dios manda —se animaban los ojos de Ordovás con un brillo expectante—. ¿Hay novedades?

—Mis labios están sellados.

Entornaba Ordovás los párpados astutos, de oteador paciente.

—Cómo sois los rojos... O sea, que tienes algo entre manos.

Cogió Loncar la boquilla de su narguile y volvió a fumar. Los botones del chaleco se tensaban sobre su excesiva tripa. Tenía un aspecto engañosamente plácido y frente a él Pepe Ordovás parecía su antítesis: pequeño, nervioso, flaco, afeitada la cara, crespo el pelo que empezaba a escasear en la coronilla. Las orejas grandes, apartadas del cráneo, reforzaban su aire zorruno. Si las debilidades de Loncar eran la buena comida y el ajedrez, las de Ordovás eran, ajedrez aparte, el champaña Bollinger, la ropa de calidad y las mujeres. Tal era la razón de que las partidas que jugaban los lunes y los viernes de cada semana tuvieran lugar en el local de madame Aziyadé: espejos con marcos de terciopelo rojo, alfombras, ventanas de madera dorada, divanes tapizados en damasco. Un sitio donde a nadie podía llamar la atención que coincidiesen, con periódica frecuencia, un agente de la España nacional y otro de la republicana.

—Hace tiempo que no cambiamos cromos de Nestlé —dijo Ordovás, con intención.

Lo admitió Loncar.

—No hay gran cosa que contar.

—¿Te fue útil el soplo sobre aquel polaco?

—Sí, mucho.

—Al final cerraron el negocio en el hotel Slavyanska de Sofía, como te previne... ¿A que sí? El alemán y él.

—Exacto.

—Tengo entendido que lo mataron dos días más tarde, en Trieste. Qué casualidad.

Inescrutable, Loncar le sostuvo la mirada.

—No tengo ni idea —dijo.

—Da igual —metió Ordovás una mano en el bolsillo interior de la chaqueta y sacó una cuartilla doblada, escrita a máquina—. Ahí tienes una verdadera perita en dulce: un mercante griego tiene previsto cargar en El Pireo cañones de campaña Schneider, morteros Brandt y fusiles Mauser... El pago se ha hecho a través de la sucursal del Banco Otomano en Atenas.

Cogió Loncar el papel y se lo guardó sin mirarlo; como veterano ajedrecista, sabía disimular la sorpresa. Aquello era demasiado bueno para él, y justo por eso podría ser malo. Estudió fijamente a Ordovás.

—¿Fecha de salida?

—La ignoro.

—¿Nombre del barco?

Moduló el otro una mueca cómplice, cual si ya hubiera ido muy lejos.

—Búscate la vida, anda. Con eso cumplo de sobra.

Asintió Loncar y sin más comentarios dio una larga chupada a su narguile. En espera de la contrapartida, Ordovás le había guiñado un ojo.

—Quiero algo bueno a cambio, compadre. Una por ti y otra por mí, ¿no? —dejaba salir, triunfal, una bocanada de humo—. Ya sabes: un trueque de peones.

—Todo a su tiempo —sonrió Loncar, cauto—. Algo tendré pronto.

Se inclinó un poco el otro hacia él, bajando la voz. Sonaba *Volver* en un gramófono y había dos mujeres, ligeras de ropa y abundantes de carne, sentadas en una esquina del reservado. Madame Aziyadé las había situado allí por si se requerían sus servicios, de baile o de los otros. No hablaban español, pero más valía prevenir que lamentar.

—Si fuera sobre los barcos que vienen del mar Negro me iría muy bien.

Loncar se quedó, de nuevo, mirando a su interlocutor. Así que era eso. En su cabeza tintineaba desde hacía rato una campanita de alerta. Funcionario de consulado uno, agente comercial el otro, eran íntimos desde antes de la guerra. El golpe militar en España los había situado en bandos distintos —intereses opuestos era otra forma de decirlo—, pero no llegó a romper su relación. Por eso, cuando los servicios de espionaje nacional y republicano, cada cual por su cuenta, recurrieron a ellos como agentes de información en Estambul, los dos desarrollaron un insólito juego de lealtades y triquiñuelas: pacto de no agresión y, hasta donde era posible, de asistencia mutua. Una especie de hoy por ti y mañana por mí que, para su doble satisfacción —llevaban ocho meses practicándolo con toda clase de cautelas—, funcionaba bien. Cuídame y te cuidaré, gane quien gane. Pero el mar Negro era un asunto delicado.

—El del mar Negro es un asunto delicado —repuso Loncar, prudente.

Desde luego que lo era. En el complicado juego del tráfico de armas con destino a los bandos españoles en conflicto, los puertos soviéticos constituían la joya de la República. Y ambos agentes lo sabían. Desde el principio aquél había sido un tema a evitar, una especie de pacto tácito fuera de sus complicidades y combinaciones habituales. Palabras mayores. Y eso, intuyó Loncar, pretendía ahora alterarlo Ordovás con su imprecisa oferta de caza menor: una vaga mención de cañones y morteros donde no constaban el nombre del barco ni el puerto de salida. Desde algún lugar debían de estarle presionando para que él se arriesgara, aunque fuese poco, a violentar las reglas.

—Muy delicado —insistió.

Asentía el otro con desparpajo.

—Por eso me iría bien un toquecito por ese lado. Cualquier cosa vale, te digo. Con un nombre y una fecha aproximada puedo arreglarme: le doy un par de vueltas, lo cruzo con lo que ya sé, mando un informe y quedo como un señor.

Loncar, precavido, ganaba tiempo. Chupó dos veces la boquilla del narguile, reteniendo el humo. Le sentaba bien en los pulmones y la cabeza.

—Nombre y fecha, dices.

—Sí.

Seguía reflexionando Loncar. Por qué se arriesga a cruzar la línea, seguía preguntándose. Por qué ahora, y qué le habrán pedido que haga. La rebelión militar y el estallido de la guerra civil en España habían echado sobre Europa una turba de representantes de la República en busca de suministros que equilibrasen la ayuda alemana e italiana a las tropas de Franco; pero había demasiado dinero de por medio, así que la llamada Comisaría de Armamento y Municiones era un caos de oportunistas y bandoleros que actuaban cada uno por su cuenta y a veces adquirían cargamentos inexistentes o transformados, a la hora del embarque, en chatarra defectuosa o inservible. De todos los proveedores, los rusos eran los más serios; así que para tratar con ellos se había creado en Estambul una estación de seguimiento llamada Oficina de Suministros y Fletes, destinada a coordinar el tráfico desde la Unión Soviética por el Bósforo y los Dardanelos. Y al frente, debido a su experiencia y lealtad —hasta el 18 de julio fue agregado comercial adscrito al consulado—, habían puesto a Salvador Loncar. Nadie por encima ni nadie por debajo: empleado único, en contacto directo con el ministerio de Marina y Aire. Hasta ese día, de los treinta y cinco viajes de mercantes —veinte soviéticos y quince de otras banderas— supervisados por él, veintisiete habían llegado sin novedad a Valencia y Barcelona. No era mal resultado, para como andaban las cosas.

—Veré qué puedo hacer —aparentó no darle más importancia—. ¿Te interesa ahora eso en especial?

Dio el otro una chupada a su narguile. Por un momento sólo se oyeron las burbujas del agua.

—Hombre —concluyó evasivo—. Eso interesa siempre.

Se estudiaban uno a otro como si la partida de ajedrez siguiera en curso. Tenía picante, pensó Loncar, la esporádica transgresión que de vez en cuando hacía peligrar el pellejo de ambos, poniéndolos a prueba. Pero el mar Negro y sus inmediaciones eran otra cosa: un tablero cuyas piezas contenían intrigas, azares, información y vidas humanas.

—Son bocados demasiado grandes, Pepe —dijo al fin—. Ahí no puedo darte facilidades.

Lo dijo con un arrebato de sinceridad que ambos sabían relativa. Sobre los dientes de roedor del otro asomó la sonrisa, taimada, de un depredador que deja las presas a los chacales cuando ya sólo son carroña.

—Con que me des alguna, me conformo. Ya sabes, ¿no?... La puntita nada más.

—De tus puntitas fascistas me fío lo justo —protestó Loncar—. Hace dos meses me bastó mencionar el nombre del *Mandrakis* para que los tuyos mandaran un crucero auxiliar a recibirlo en el canal de Sicilia...

Aburridas de esperar, las dos mujeres se habían puesto a bailar un tango —ahora sonaba *La cumparsita*—, moviéndose abrazadas, exageradamente procaces, en un ángulo del reservado. Ordovás les dirigió una breve ojeada de interés.

—Pero ese barco no era ruso, sino turco —replicó, volviendo con desgana al asunto—. Nada que ver. Y además, salió de Esmirna con bandera francesa.

—Da igual. Si mi gente llega a relacionarme con eso, me cortan los huevos.

—Pues calcula lo que pueden hacerme los míos —lo señaló Ordovás con la boquilla del narguile y luego se la pasó por la garganta como si fuera el filo de un cuchillo—. Lo que sería una lástima para nuestra vieja amistad.

Rió Loncar de buena gana.

—Sería, sí... Además, si te echan los tuyos, ¿a quién ibas a pasar tus infladas notas de gastos, las listas de sobornos imaginarios y el pago a los colaboradores que te inventas?

—Siempre podéis ficharme vosotros —el otro fingió considerarlo un momento—. Aunque no creo que me convenga, porque la guerra la vais a perder, compadre.

—Eso lo veremos.

—Te lo digo yo. La perdéis tan seguro como que me quedé sin abuela.

—Pues en el Jarama os hemos dado pomada para el pelo.

—Vaya por la que os dimos nosotros en Villarreal y Málaga. ¿Has leído los versos que publica Pemán, o uno de ésos, en el *ABC*?

—¿En el vuestro o en el nuestro?

—En el mío, coño. La edición de Sevilla, la buena... Pemán es falangista.

—Pues no los he leído.

—*La hidra roja se muere / de bayonetas cercada / y el Cid, con camisa azul, / por el cielo azul cabalga* —Ordovás se lo quedó mirando, expectante—. ¿Eh?... ¿Qué te parece?

—Cursi que te mueres.

—Qué va a ser cursi. Es precioso. Y lo que dice es verdad: tu República está para el arrastre. Demasiado bien os salen las cosas, con ese panorama.

—Pues mejor van a salir, ya verás.

—Ni lo sueñes, porque lo vuestro es un sindiós: bolcheviques, socialistas, anarquistas... Todos haciéndose la puñeta unos a otros. Os sobran gallos en el corral.

Suspiró Loncar, estoico.

—Hasta que pasa el rabo, todo es toro.

—Pues más vale que tus camaradas comunistas tengan más toros, porque éste anda buscando las tablas para tumbarse.

—No soy comunista, hombre. Lo sabes de sobra.

—Simpatizas.

—¿Y qué?

—Y eso.

Loncar se puso en pie. Sonreía casi afectuoso.

—Pepe...

—¿Qué?

—*Trach.*

Rió Ordovás. En turco vulgar, eso significaba vete a tomar por culo. De soslayo dirigió otro vistazo, esta vez más apreciativo, a las dos mujeres. Se habían sentado de nuevo y fumaban cigarrillos, cansadas de bailar inútilmente.

—No sé, chico... A estas horas me apetece algo más convencional.

—Me voy.

Lo miraba el otro desde abajo, recostado en el diván. Señaló a las mujeres con la boquilla del narguile.

—¿Y las señoritas?... ¿Qué hago con la parte que te toca?

—Sabrás arreglártelas, seguro —se encogió Loncar de hombros con aire resignado—. Hoy tengo la cabeza en otras cosas.

—Para esto no necesitas la cabeza.

—Paso.

—Pues tú te lo pierdes.

—Sí, yo me lo pierdo. Ya habrá otro día.

—¿Y de verdad no cenas conmigo?... Lo de las albóndigas iba en serio.

—De verdad. Nos vemos el lunes —levantó Loncar un puño cerrado hasta tocarse la sien—. Viva la República.

Dio Ordovás un taconazo guasón bajo la mesa.

—Que viva, pero no mucho. Arriba España.

Hacía frío fuera. El viento levantaba remolinos de papeles y polvo. Caminó Salvador Loncar con las manos en los bolsillos de la trinchera —nunca usaba sombrero, prenda burguesa— hasta la plaza Taksim, donde los viernes por la tarde tocaba marchas patrióticas una orquesta militar bajo el kiosco central. Compró el *Cumhuriyet* y lo estuvo hojeando mientras un tranvía rojo lo llevaba a las proximidades del barrio de Ortaköy. Anduvo luego un trecho cuesta arriba, entre las fachadas de madera cubiertas de parra virgen y las casas pintadas de azul y gris cuyos bajos albergaban tenderetes de anticuarios y ropavejeros; pisando con precaución el empedrado irregular que lo mismo destrozaba los zapatos que exponía a un esguince de tobillo. Y al inclinarse poco a poco la calle en la pendiente opuesta, vio el Bósforo y la costa de Asia al otro lado: dos millas de anchura que durante siglos no habían detenido la civilización ni la barbarie.

Se cruzó con un vecino al que conocía de vista: arrojaba trozos de pan duro a unos perros callejeros que lo rodeaban moviendo la cola, y Loncar se preguntó qué habría hecho de malo. Cuando un estambulí cometía alguna acción indigna, se llenaba de pan los bolsillos para repartirlo entre los perros que encontraba al paso: una especie de reparación pública parecida a la penitencia católica. Lo singular era que *köpek*, perro —animal proscrito por el Corán—, se contaba entre las palabras turcas más despectivas.

Le gustaba esa ciudad, pensó una vez más, satisfecho de que la guerra de España no lo hubiera alejado de ella. Allí le habían planchado camisas los rumanos, limpiado zapatos los armenios, llevado en taxi los rusos, le habían prestado dinero los judíos y se lo habían robado los turcos. Vivía a gusto en aquel rescoldo ruinoso, cajón de sastre de un imperio que ya no existía: sus calles sucias, su gente suspendida entre un pasado muerto y un futuro incierto, los tenderetes donde se asaba pescado bajo las viejas murallas, las luces nocturnas temblando en la superficie tersa del Cuerno de Oro, las orillas salpicadas de palacetes abandonados por la antigua nobleza otomana, la imposible modernidad que se pretendía imponer tras la liquidación del rancio califato. Pese a los esfuerzos de los Jóvenes Turcos —que ya no eran tan jóvenes— y de Kemal Atatürk, Estambul nunca dejaría de ser lo que ya no era; y Loncar llevaba allí tiempo suficiente para no desear otro lugar. Sin nadie especialmente querido, sin más familia que él mismo, nada lo reclamaba en el extremo opuesto del

Mediterráneo. En su instinto, la palabra *volver* había dejado de tener sentido. Sobre todo a una España desgarrada ahora por fanáticos y asesinos en la que —de eso estaba seguro— nada de cuanto recordaba sería reconocible si regresaba.

Se detuvo ante una puerta claveteada y la abrió con su propia llave. Aquélla no era su residencia oficial —tenía asignada una casa en Pera, como el resto de los funcionarios que vivían en Estambul—, pero desde hacía cuatro meses habitaba junto al Bósforo. Eso facilitaba su trabajo. El edificio, de tres pisos, pertenecía a dos españolas entradas en años, las hermanas Calafell: viuda una, solterona otra, hijas de un dirigente anarquista ejecutado tras la Semana Trágica de Barcelona y vecinas de Estambul desde hacía dos décadas —la mayor había estado casada con un consignatario de buques belga—. Ambas eran fervientes activistas de izquierda, y desde la sublevación de los militares en España se habían puesto incondicionalmente al servicio de la República con colectas de dinero, conferencias sobre antifascismo, cartas a los periódicos locales, envíos de ropa y alimentos. También se negaban a cobrar alquiler por el ático que Loncar ocupaba. Y —detalle fundamental para él— tenían unas manos maravillosas para la cocina.

—Buenas tardes, señoras.

—Buenas tardes, camarada.

Las Calafell eran así de formales, todo el tiempo con el camarada en la boca. Amojamadas de sobra, entre los sesenta y los setenta, sin el más remoto sentido del humor —Loncar sólo recordaba haberlas visto sonreír cuando fracasó la ofensiva fascista sobre Madrid—, la mayor, Libertad, viuda del consignatario, era alta, rubia y delgada; y Acracia, la menor, baja, morena y rellenita. Sólo se parecían físicamente en los ojos de color verde hierba, idénticos, que en los momentos de enardecimiento dialéctico adquirían destellos de apasionada juventud.

—¿Cenarás aquí?... Acracia ha hecho *imam bayildi*.

Se acarició la tripa, ilusionado.

—¿Berenjenas rellenas?

—Sí, riquísimas.

Estaban sentadas en la salita, junto al mirador, cosiendo Libertad y leyendo Acracia algo de Eliseo Reclus. Y como de costumbre, rodeadas de gatos: dos dormitaban en la alfombra, uno en una silla, otro sobre el aparador. Creyentes en la regeneración de la raza felina tanto como en la de la raza humana, las Calafell los recogían de la calle, escuálidos y sarnosos, para brindarles cuidados y oportunidad de una nueva vida. Algunos de ellos, los aventureros incapaces de sentar cabeza entre cortinas impolutas, tapetes de ganchillo y cojines de cretona, añoraban la libertad callejera y acababan por volver a los cubos de basura y a las pedradas de los muchachos. Otros, los conformistas aburguesados, se quedaban a engordar y echar la siesta. Por aquellos días había al menos cinco gatos en la casa. Y aunque le costó al principio, Loncar estaba acostumbrado al olor.

Sonrió, hogareño, mientras colgaba la gabardina en el perchero.

—Berenjenas rellenas —repitió complacido, en voz alta—. Madre mía, ¿quién puede negarse a eso?

—En una hora estará puesta la mesa —dijo Libertad.

—Estupendo.

Subió al ático haciendo crujir los peldaños de madera. El apartamento era pequeño pero luminoso: un dormitorio con cama de latón y armario ropero y un despacho en forma de medio hexágono con ventanales, mesa de escritorio, archivadores, una alfombra buena de Bujará y un ajedrez sobre una mesita, con una partida a medio jugar. Había también un teléfono —conseguido sobornando al funcionario adecuado—, unos prismáticos y dos grandes catalejos de latón, uno antiguo y otro moderno, montados en trípodes ante las ventanas desde donde se apreciaba una vista espléndida del Bósforo, paso obligado entre el mar de Mármara y el mar Negro. El sol declinante iluminaba Usküdar, al otro lado, y a la derecha la punta del Serrallo y las grandes mezquitas. Había embarcaciones de todas clases, desde mercantes hasta goletas turcas y caiques, navegando por la estrecha franja de agua que separaba Europa de Asia.

Sentado ante el escritorio trabajó con el libro de claves, preparando un mensaje. Después levantó la funda de hule que protegía el telescritor Siemens-Halske y comprobó que había suficiente cinta en la bobina. Todo estaba en orden, así que consultó el reloj, accionó el alimentador y la tecla que disponía el aparato para la recepción y se dispuso a esperar mirando por la ventana. Un petrolero pasaba despacio ante los esbeltos minaretes de la mezquita de Ortaköy. Con gesto maquinal, Loncar se situó tras uno de los catalejos para echar un vistazo: *Anjelique* era el nombre pintado en la proa. Llevaba a popa bandera rumana, así que supuso procedía de Constanza. Nada tenía de interés, pero por rutina desenroscó el capuchón de la estilográfica y anotó en el registro: *buque cisterna Anjelique. 18:47. Sur.*

Se asomó la mayor de las Calafell desde el rellano de la escalera.

—Voy a prepararte la cama. Sólo está puesta la colcha.

—No, déjelo. Ya la haré yo.

Dirigió la mujer una mirada satisfecha al telescritor, como haría una madre ante los deberes escolares de un hijo aplicado. Asentía, aprobadora.

—Como quieras, camarada. La cena está casi a punto.

—Gracias... Bajaré en seguida.

—No tengas prisa, haz lo que tengas que hacer. La mantendremos caliente.

Cobró vida súbita el telescritor: primero un breve zumbido de la dínamo y después el repiquetear del disco a medida que la bobina dejaba salir una larga tira de papel con los caracteres impresos en clave. Loncar aguardó de pie a que terminara la recepción; después, sentándose ante la máquina, accionó la tecla blanca del inversor para ponerlo en estado de transmisión y tecleó su mensaje, que era rutinario y se refería a las últimas disposiciones aduaneras tomadas por las autoridades turcas a la salida de los Dardanelos. Al terminar apagó el telescritor, lo cubrió con la funda, encendió un cigarrillo y, pasando la cinta de papel entre los dedos, se aplicó a descifrar el mensaje recibido de la estación de comunicaciones del estado mayor de la Armada republicana, en Ciudad Lineal, Madrid:

Ultimar detalles nuevo envío odesa prioridad alfa fecha determinar contacto tolstoi facilitar trámites paso continua información este departamento.

Había un segundo mensaje de carácter particular: *C3AR*. Venía sin cifrar, y Loncar se alegró al verlo. Fue hasta el tablero de ajedrez, y tras contemplarlo un momento desplazó el caballo negro a la tercera casilla frente al alfil de rey. Todavía se quedó un instante inmóvil, mirando. Era buena opción, admitió. El operador de la estación radiotelegráfica de Madrid, cuya identidad desconocía, jugaba muy bien. Instintivamente pensó en responder con el caballo a la casilla tres alfil dama de las blancas, pero eso requería meditarlo despacio. Había cosas más urgentes.

Después de leer otra vez el primer mensaje, fue al cuarto de baño y quemó las notas y la cinta telegráfica. Cuando regresó al despacho la oscuridad se cerraba sobre el Bósforo a la manera de Estambul: en forma brusca, como caída de las montañas de Asia. Un rosario de débiles luces empezaba a encenderse a lo largo de la orilla.

Odesa, prioridad alfa. Miró el reloj y sonrió, complacido. Por el hueco de la escalera ascendía un aroma delicioso; las berenjenas rellenas de las hermanas Calafell ya debían de estar en la mesa. Se recreó en la inminencia del paladar satisfecho; pero antes de bajar necesitaba hacer una llamada telefónica, así que descolgó el auricular, pidió un número a la central, y tras identificarse con el nombre en clave de Petronian —supuesto representante de una empresa ficticia de exportación de aceite— concertó una cita con el contacto Tolstoi, cuyo verdadero nombre era Antón Soliónov, representante en Estambul de Sovietflot: el organismo oficial de la marina mercante soviética.

Desde el punto de vista de un marino, comprobó Miguel Jordán, la lancha torpedera era una belleza: larga, esbelta, treinta y seis metros de eslora por cinco de manga, ochenta toneladas de madera y metal impulsadas por tres motores diésel que sumaban 3.900 caballos de potencia. Había navegado a bordo de una durante el curso de adiestramiento en Alemania y conocía su capacidad de maniobra, la soltura con que, en condiciones adecuadas de mar, podía alcanzar la velocidad de treinta y seis nudos y lanzar de modo casi simultáneo dos torpedos cargados cada uno con doscientos cincuenta kilos de alto explosivo. Construida hacía tres años en los astilleros Lürssen de Vegesack, aquella *schnellboot* S-7 era una máquina de guerra rápida y eficaz, ahora amarrada bajo una red de camuflaje a un estrecho pantalán en la cala situada a levante de la isla, rodeada de paredes rocosas: un abrigo natural protegido de todos los vientos excepto los del sudeste.

—Los hombres están listos para escuchar, *kapetánie*.

Dejó de contemplar la embarcación y se volvió hacia el que había hablado: el piloto Ioannis Eleonas —Juan Olivar, traducido al español— era un griego de cabello rizado y salpicado de canas que también apuntaban en el mentón apenas pasaba unas horas sin afeitarse. Tenía el aplomo físico de los hombres de fiar: tostado de sol y vientos etesios, estatura mediana, manos rudas, ancho de rostro, torso y cintura, con unos ojos duros y tranquilos, oscuros como basalto pulido. Aspecto clásico de pescador o marino de aquellas islas y aguas, inmutable desde que treinta siglos atrás sus antepasados izaron velas rumbo a Troya.

—Vamos a ello, piloto —respondió Jordán.

Se ciñó el cinturón con el revólver Webley —metido en una funda de lona del ejército británico— y anduvo despacio, seguido por el griego, hacia la sombra del barracón principal, situado a pocos pasos del muelle que se adentraba en el agua sobre pilotes de madera. La arena sembrada de pequeñas conchas crujía bajo sus pies. El sol cenital molestaba pese a la estación del año; así que se inclinó sobre los ojos la visera de la gorra de marino que no lucía emblema naval alguno, como tampoco la camisa azul descolorida que llevaba, remangada, sobre el sucio pantalón de faena.

Ocho hombres aguardaban sentados en las cajas y sacos del barracón que servía de almacén. Jordán había procurado memorizar cada nombre y podía llamar por el suyo a todos. Allí estaban los que habían llegado a la isla con él y también los otros, que incluyendo al piloto eran cuatro griegos y un albanés: altos o bajos, flacos o gruesos, morenos o trigueños, tenían todos el aire semejante, de familia o equívoca cofradía, acostumbrado en el Mediterráneo oriental. Con rostros en los que era fácil leer un turbio pasado, y a veces un claro destino. Frente a ellos había un gran panel de madera con dos cartas náuticas del Almirantazgo británico sujetas con chinchetas, que todos contemplaban con curiosidad.

Procuró ser conciso y claro, sin más explicaciones que las necesarias. Gynaíka, expuso, iba a ser base operativa y hogar común durante cierto tiempo. La isla tenía cuatro kilómetros de longitud, y en el extremo opuesto vivía el propietario, en una casa a la que todos excepto Jordán tenían prohibido acercarse. Hasta principios de siglo aquel lugar fue una prisión, primero turca y después griega; y a medio kilómetro de la playa, sobre una pequeña colina, aún podía verse el edificio abandonado de la antigua cárcel. Nadie, absolutamente nadie excepto él, traspasaría ese límite.

—En cuanto a lo que haremos aquí —mostró las cartas náuticas—, la isla se encuentra a medio camino entre los dos pasajes habituales de los mercantes que se dirigen al Mediterráneo occidental: el estrecho de Kafireas, al noroeste de las islas Andros y Tinos, y el de Mikonos, al sudeste. Como pueden ver —utilizó los dedos abiertos a modo de compás para indicar las distancias—, está a veinte millas de uno y otro... Con una embarcación tan rápida como la nuestra, podemos acudir a cualquiera de ellos en menos de una hora.

Uno de los griegos —barbudo, cetrino, uñas tan negras como las patillas, ancha cicatriz que dividía su ceja izquierda— alzó una mano. Figuraba en el rol como Giorgios Ambelas, primer maquinista.

—¿Y qué se espera que hagamos allí, señor capitán?

—Hundir barcos.

Hubo estupor general.

—¿No saquearlos?

—He dicho hundirlos.

A esa respuesta seca, casi brutal, siguió un silencio tenso. Jordán observaba sus reacciones, pues era el momento de hacerlo: se miraron unos a otros cual si se vieran por primera vez, o de modo distinto; y un joven flaco y con granos en la cara —inscrito en el rol como Fatmir Selmani, albanés, segundo maquinista— emitió una risa nerviosa. Pero no hubo comentarios. Esperó Jordán diez segundos —los contó mentalmente— antes de hablar de nuevo.

—Nuestro objetivo son ciertos mercantes procedentes del norte. Y como digo, no se trata de capturarlos.

—¿Atacaremos barcos españoles?

La pregunta la había hecho uno de los primos Maroun. Asintió Jordán.

—Es posible... Y también rusos.

Volvieron a mirarse entre ellos. Algunos mostraban excitación o curiosidad; otros, indiferencia. Bobbie Beaumont, el inglés, sentado sobre un cajón de conservas y humeante un cigarrillo en la boca, movía la cabeza con una sonrisa de suficiencia, como si la palabra *rusos* no lo sorprendiera en absoluto.

—Somos parte de un dispositivo complejo —prosiguió Jordán—. Un barco nodriza traerá suministros y un par de caiques pesqueros, encargados de vigilar los estrechos, nos tendrán informados mediante TSH —señaló a Beaumont—. De ahí la importancia de nuestro telegrafista, cuyo equipo llegará en un par de días.

Intervino el holandés, Jan Zinger.

—¿Cuándo tendremos los torpedos?

—Los trae el barco nodriza, con todo lo necesario para almacenarlos y embarcarlos.

—¿Modelo?

—Lamentablemente no son modernos. Nos envían seis W-200 Whitehead con espoleta de percusión.

Frunció el otro la boca.

—Italianos, entonces —se hurgó una muela con un dedo—. De hace por lo menos diez años.

—Da igual de dónde vengan. Funcionan, espero, y es lo que hay.

Señaló las cajas apiladas en el almacén: sardinas en aceite, carne enlatada, galleta de barco, garrafas de vino y de agua. Hasta entonces no habían tenido más.

—En cuanto a la comida —añadió—, no deben preocuparse. A partir de mañana habrá alimentos frescos y un cocinero griego que nos envía el propietario de la isla. Tampoco faltarán cigarrillos.

—Con el cuidado madura la fortuna —dijo Beaumont en tono solemne—. Que Dios los bendiga.

Todos se mostraron complacidos. Pasó Jordán a hablar del adiestramiento, que empezarían al día siguiente. Teórica a primera hora —disponían de diagramas y manuales técnicos— y una salida a la mar por la tarde. La idea era que lancha y hombres estuviesen operativos al cabo de una semana.

—Ustedes hablan griego o inglés, así que las órdenes se darán en esos idiomas — se volvió a medias hacia Eleonas—. El piloto, mi segundo, tiene mucha experiencia. Como algunos saben, pues él los reclutó, lleva toda la vida dedicado al contrabando y conoce estas islas como si fueran suyas.

Sonrieron al oír aquello, y uno de los griegos dijo en voz baja algo que suscitó carcajadas. Jordán no había alcanzado a oírlo, pero vio que el piloto asentía, bonachón.

—Un par de cosas más... Este lugar debe seguir pareciendo un poblado de pescadores, y el escondite de la lancha ha de ser perfecto, haciéndola todavía más invisible desde el aire y el mar. El azul oscuro en que está pintado el casco nos conviene para la navegación nocturna, pero aquí puede llamar la atención —se dirigió al piloto, indicando el terreno tras las rocas—. Por ese lado hay muchos arbustos. Encárguese de que espesen con ellos el camuflaje de la red.

Asintió el griego, disciplinado.

—Como mande, *kapetánie*... Así se hará.

—En cuanto a precauciones, aunque la torpedera procede de un astillero alemán, varios instrumentos a bordo, como el telégrafo de órdenes y alguno más, son elementos recuperados de embarcaciones inglesas, francesas e italianas.

—Borrar las pistas —comentó Beaumont chupando su cigarrillo.

—Sí, en lo que se pueda. Es poco probable que las autoridades griegas nos molesten, pero eso no excluye la prudencia por nuestra parte —señaló al holandés—. Jan Zinger adiestrará a un segundo torpedista, y yo ayudaré a nuestro primer y segundo maquinistas a familiarizarse con los MAN L7 diésel... En cuanto a los Maroun, aparte su función de marineros y serviolas cuando no estemos en acción directa, el barco nodriza trae un cañón Oerlikon de 20 mm que instalaremos a popa de la caseta de gobierno —miró a un individuo callado, reseco como un sarmiento, que lucía un bigote tan exagerado que parecía postizo—. Por decisión de nuestro piloto, el timonel será Teóphilos Katrakis, que ya navegó con él y es de toda su confianza... ¿Alguna pregunta?

No parecía haberlas, porque siguió un silencio. Pero, al cabo, Zinger levantó otra vez la mano.

—¿Tendremos armas?

—Sólo las que he mencionado: los torpedos y el Oerlikon. Las otras nos complicarían la vida.

Inclinó un poco el holandés la cabeza a un lado. Sonreía ligeramente, con un ápice de insolencia, mirando el revólver que Jordán llevaba al cinto. Y esa mueca le gustó a éste menos que una sonrisa abierta.

—Pero usted lleva una, comandante —dijo en voz casi baja.

Lo miró Jordán con dureza.

—Sí, en efecto... Y mientras me parezca oportuno, la seguiré llevando.

El sol empezaba a ocultarse tras las alturas que circundaban la cala, alargando la sombra de las paredes rocosas sobre el agua de color esmeralda, tan transparente que podían verse las piedras del fondo moteadas de erizos. No había viento y nada se movía en la orilla, excepto algunas gaviotas que iban y venían entre la playa y una antigua torre de vigilancia en ruinas situada arriba del acantilado.

Jordán y su segundo, Ioannis Eleonas, conversaban en el puente de la lancha torpedera, familiarizándose con ella. Antes de enviarla al Mediterráneo, en Lürssen habían hecho modificaciones para volverla más operativa en esas aguas: el timón y los instrumentos seguían en la caseta de gobierno, protegida por un techo y con una puerta a cada banda; pero el puente de ataque, antes situado frente a la caseta y blindado por una brazola de acero, se hallaba ahora sobre aquélla, comunicado con timón y máquinas mediante tubos acústicos, y en él se había instalado una dirección de tiro de torpedos RZA con binoculares Zeiss. Era una embarcación correctamente equipada, y no —eso temió Jordán al principio— un viejo trasto que la Kriegsmarine se quitara de encima. En los acuerdos entre Burgos y Berlín, el vicealmirante Cervera había hecho bien las cosas.

—Este aparato fija los ángulos de ataque... Se le meten los datos de rumbo, eslora, velocidad y distancia del barco a atacar, y el giróscopo del torpedo lo guía hacia su objetivo.

Asentía aplicado el piloto, atento a cuanto escuchaba. De vez en cuando sacaba una libretita que llevaba en el bolsillo trasero del pantalón, humedecía con la lengua la punta de un lápiz y tomaba notas.

—Podemos enviar dos torpedos seguidos con intervalo de unos segundos —explicó Jordán— o atacar dos veces, disparando uno y, si falla, disparando otro.

—¿Y si también falla ése?

—Pues vuelta a casa, y más suerte la próxima vez.

Atendía el griego con solemne curiosidad.

—Hay algo que me preguntan los hombres —dijo—: cómo llamarlo además de capitán o comandante.

—Con eso les basta.

—Ya, pero conviene algo, ¿no cree?... Un nombre de cristiano acerca más.

—No los quiero más cerca, piloto.

—Por favor. Usted ya me entiende.

Lo pensó Jordán, y parecía razonable.

—Miguel —dijo—. Capitán Miguel, supongo. Pero suena extraño aquí.

—Mihalis —resolvió satisfecho Eleonas—. *Kapetanios* Mihalis.

Compartió Jordán su sonrisa. Miraba el griego en torno, y al fin hizo un movimiento circular con una mano.

—¿Aún no ha recorrido la isla?

Negó con la cabeza. Ni por tierra ni por mar. Eleonas se rascaba los pelos que despuntaban en el mentón sin afeitar.

—Conozco las Cícladas y éste es buen lugar... Quien lo eligió lo hizo bien.

—No fui yo —se sinceró Jordán—. A mí me lo dieron hecho.

—¿Ya vio al dueño, el barón Katelios?... Es muy conocido aquí.

Volvió a negar Jordán. Su documentación incluía una escueta biografía del hombre llamado Pantelis Katelios: sesenta y dos años, propietario de Gynaíka, bien relacionado con la dictadura griega, simpatizante de la causa nacional en España y persona de confianza. El informe, un folio mecanografiado, venía con una antigua fotografía recortada de las páginas de sociedad de una revista: un hombre delgado y apuesto, vestido de frac, sentado a una mesa entre dos señoras elegantes, un cigarrillo en una mano y una copa de champaña en la otra. Alguien —Jordán creía reconocer la letra del capitán de navío Navia-Osorio— había escrito una fecha en el margen: *Nochevieja 1924.*

—Todavía no lo he visitado —respondió—. Lo haré, claro, por cortesía.

Abarcaba Eleonas con un ademán la cala, los barracones y la lancha.

—Deben de ser ustedes muy influyentes, si él permite todo esto.

—También eso me lo dieron hecho... ¿Conoce al barón?

Hizo el griego un gesto impreciso.

—Lo vi dos veces. Una me habló.

—¿Y qué tal es?

—Raro, solitario... Hasta la última guerra con los turcos su familia controlaba el negocio de esponjas en el Dodecaneso, con una factoría importante y barcos propios en Kálymnos. Después vino a menos.

—¿Vive aquí todo el año?

—Antes viajaba. Ahora no sale de la isla ni para ir a la casa que tiene en Syros, a diez millas de aquí. Es su mujer la que va.

Se interesó Jordán. Ninguna esposa constaba en el informe.

—¿Está casado el barón?

—Sí, pero ella no es griega... Rusa, dicen unos. Otros, que francesa.

Asomó la cabeza por una de las escotillas de popa Giorgios Ambelas, el primer maquinista, sucio de aceite pero de excelente humor. Estaba encantado con lo que veía abajo, y lo manifestó dirigiendo una larga y rápida parrafada en griego al piloto, en la que expresaba su satisfacción por el buen estado de los tres motores diésel. Hasta el telégrafo de órdenes que comunicaba la sala de máquinas con el puente venía rotulado en inglés y no en alemán. Todo un detalle.

—Habrá que dar un nombre a la embarcación —dijo Eleonas cuando desapareció el maquinista.

Lo miró sorprendido Jordán.

—¿Cree que es necesario?

—Pues claro que lo es. No puede navegarse en un barco sin nombre, igual que trae mala suerte cambiárselo. Los barcos son iguales a personas, ¿no? Cada uno tiene su forma de ser y su manera de moverse o de tomar la mar, sus reacciones ante el viento... Usted es marino y sabe de qué hablo.

—¿Y cuál cree que será el carácter de éste?

—No sé. Depende de nosotros. Si uno quiere que los barcos sean fieles, debe cuidar de ellos, comprenderlos. Aprender su lenguaje y respetarlos.

—¿Qué nombre le ponemos, entonces?

Señaló Eleonas los tubos torpederos situados uno en cada banda, todavía vacíos.

—Es una embarcación destinada a cazar, es hembra y tiene buenos dientes —tras pensarlo un momento levantó una mano a la griega, con los dedos juntos hacia arriba—. ¿Qué tal *Lykaina*?

—Me gusta.

—¿Cómo se dice en español?

—*Loba*.

—Pues así suena mejor. Y hay que pintarle un ojo azul en la proa, como aconsejan las tradiciones.

—Me gusta lo del ojo, piloto.

—Pues en tal caso...

Alzó un dedo Jordán pidiéndole que esperase, bajó a la camareta y subió con el coñac para emergencias —una botella de Metaxá con el precinto intacto— que un rato antes había guardado en el botiquín. Señaló la escotilla por donde había aparecido el maquinista.

—Llámelos. Necesitamos testigos.

Dio un grito Eleonas y Ambelas asomó otra vez la cabeza. Lo invitó Jordán a unirse a ellos, y el maquinista —barbudo, grasiento, mono azul, sonrisa blanca en el rostro atezado— vino limpiándose las manos con un trapo, seguido por Fatmir, su ayudante albanés.

—Por nuestra *Loba* —dijo Jordán.

Derramó un poco de coñac por el costado de la lancha y luego le pasó la botella al piloto para que tomase un trago.

—*Yasas...* Salud.

Bebieron después él y los maquinistas. Sonreían los griegos y el albanés, a sus anchas, y acabaron llamando a los que estaban en tierra para que se unieran al ritual. Vinieron todos a bordo y bebieron —Bobbie Beaumont fue el único que no lo hizo— celebrando el bautismo de la torpedera.

—Y por el *kapetanios* Mihalis —apuntó Eleonas.

Pensaba Jordán, viendo tan animada a su tripulación, que nunca estaba de más, e incluso era conveniente, asegurar la lealtad de los barcos y de los hombres.

Venus era una estrella todavía solitaria en la última claridad del cielo cada vez más oscuro. El agua, en calma absoluta, se había vuelto de un azul profundo, casi negro. Seguía sin haber ni un soplo de brisa, y de la pequeña ensenada llegaba olor a madejas de algas y salitre secándose en las rocas que flanqueaban la playa. Amarrada al muelle bajo la red de camuflaje, cubierta de ramas y arbustos, la lancha torpedera resultaba casi invisible en la luz indecisa del crepúsculo.

Hay un buen resguardo abierto al SE, con fondo de arena y piedra, aunque conviene precaverse de la restinga que se alarga en su parte sur...

Ya no era posible leer, por más que se forzase la vista. Así que Jordán, sentado en la puerta de su alojamiento —una choza de pescadores apartada de los otros barracones—, cerró el libro que subrayaba con lápiz rojo: volumen IV del *Mediterranean Pilot*, correspondiente al Egeo. Necesitaba familiarizarse con fondeaderos, balizas, faros, peligros, hasta convertirlos en parte natural de su nueva vida; en el paisaje mental de su trabajo. Durante diez mil años, marinos de diversa condición habían recorrido aquellas aguas registrando cada incidencia, cartografiándolo todo. Y parte de esa antigua ciencia o arte náutico se resumía, como un destilado de siglos, en quinientas páginas de ilustraciones, tinta y papel.

Cuando alzó la vista, Bobbie Beaumont se hallaba delante. Había dado un paseo por la playa y al regreso se detuvo ante Jordán. Le colgaba de la boca el inevitable cigarrillo, y en aquella última luz, que se reflejaba en el cristal de las gafas, parecía aún más enjuto y desgarbado.

—Lectura mientras muere el día —dijo—. Noble ejercicio.

Se lo quedó mirando Jordán y al fin lo invitó a sentarse a su lado. Obedeció el inglés, abrazándose las piernas, que, muy flacas, calzados los pies con sandalias, salían de unos arrugados pantalones cortos de estilo colonial británico. Llevaba también un jersey deshilachado, demasiado grande, que alguna vez había sido negro. Después de un momento señaló el mar.

—Acaso nosotros, criaturas de esta isla —sentenció solemne—, nacimos para ver una hora tan triste.

Escuchaba Jordán con curiosidad.

—¿Shakespeare? —preguntó al azar, poniendo el derrotero a un lado.

Lo miró el otro con sorpresa.

—Oh, vaya... Es un hombre culto.

—No he leído nada de Shakespeare en mi vida, pero en usted suena inconfundible.

—La perspicacia también es una forma de cultura, querido muchacho.

Decidió Jordán pasar por alto la familiaridad. Ambos se mantuvieron callados un momento, lo suficiente para que el inglés diese las últimas chupadas al cigarrillo antes de enterrar la colilla en la arena.

—Tranquilo lugar —suspiró.

—¿Qué le parece la instalación TSH de la torpedera?

Se quedó pensativo el otro.

—De eso quería hablar, porque hay un inconveniente.

—¿Cuál?

—Al eliminar el palo que hay sobre la caseta de gobierno, el cable de la antena queda demasiado bajo. Tendré que hacer pruebas cuando llegue el equipo completo, pero no garantizo nada.

—El palo nos hace muy visibles. Por eso lo quitamos.

—Ya, pero ocurre lo que digo. Cuando emita o reciba desde la estación que vamos a montar en tierra, todo irá bien; pero navegando podemos tener problemas... ¿Es importante utilizar el equipo en el mar?

—Mucho. Habrá dos caiques vigilando los estrechos, uno al noroeste y otro al sudeste. Informarán por radiotelegrafía cuando avisten los objetivos.

—Pues habrá que ver la manera... Quizás una pértiga provisional.

Alzó ambas manos Jordán.

—Lo dejo a su criterio.

—Gracias.

Siguió un nuevo silencio. La luz menguaba con rapidez, pero aún era suficiente para ver el contorno de la cala y la sombra de la torpedera en el muelle.

—Es una extraña aventura —comentó de pronto Beaumont.

Jordán no dijo nada. Ahora, al ocultarse el sol, hacía más frío. A treinta metros, frente al barracón que servía de alojamiento a la tripulación, habían encendido una pequeña fogata con madera de deriva. Era la única luz en toda la playa.

—Debe de ser usted marino competente, de confianza, para que le encomienden esta misión... Tan delicado, todo, dentro de la barbarie.

El término sorprendió a Jordán.

—¿Barbarie?

—Eh, por supuesto. Hundir barcos no es un acto civilizado en el siglo veinte, aunque hayan transcurrido dos décadas desde las últimas grandes carnicerías europeas. Sin contar lo de aquí, recuerde: turcos, griegos, Esmirna y todo lo demás.

Volvieron ambos a callar. En torno a la hoguera se movían las siluetas rojizas de los hombres. Se oían sus voces interpelándose en griego y en inglés.

—¿Qué le parecen sus compañeros? —inquirió Jordán.

—Bien, en general —repuso apacible Beaumont—. Ese griego, su segundo, conoce el oficio. Lleva toda la vida jugando al gato y al ratón en estas aguas.

—Sí. Tabaco, alcohol... Lo normal aquí.

—Es callado y serio, parece fiable. Y los que vienen con él, nuestra pintoresca legión extranjera de contrabandistas y corsarios, están a tono.

Sonrió Jordán.

—Así parece.

—No sé cómo se comportarán cuando empiece la acción, pero supongo que eso depende de usted, querido muchacho.

Jordán dejó transcurrir cinco segundos.

—Le pedí que me llamase capitán, o comandante.

Había endurecido el tono, y sintió titubear al otro.

—Eh, sí, es cierto. Disculpe. A veces, como dicen ustedes los católicos, se me va el santo al cielo.

Hurgaba en los pantalones y acabó sacando un paquete de cigarrillos y una caja de fósforos.

—Así que rusos, ¿eh?... Mercantes soviéticos.

La repentina luz, reflejándose en el cristal de las gafas, le iluminó un instante las mejillas hundidas.

—¿Le he dicho ya que simpatizo más con la República que con Franco?

—Sí, lo dijo en Beirut.

—¿Y no le importa?

—No, mientras cumpla con el trabajo por el que le pagan.

El otro dejó salir el humo y el olor llegó hasta Jordán.

—¿Y usted, con quién simpatiza?... Aunque la mía sea una pregunta estúpida, ¿no? La respuesta es evidente.

Asintió Jordán. Recordaba los turbulentos meses que habían precedido al golpe militar, la indisciplina pavorosa de la flota mercante y la marina de guerra, los comités de marineros que entorpecían el buen gobierno del petrolero de la empresa estatal donde navegaba como primer oficial. Vagamente partidario de las ideas republicanas aunque ajeno a las pasiones políticas del momento, Jordán había visto decidir su destino a los dados del azar. Durante la sublevación militar en El Ferrol, cuando un grupo de la CNT-FAI quiso incendiar el buque para impedir que los militares rebeldes se apoderasen de las cuatro mil toneladas de fuel que llevaba a bordo, él y su capitán lo habían impedido pistola en mano. Eso le valió la aprobación de quienes en ese puerto resultaron vencedores. Dos semanas después, el piloto de la marina mercante Miguel Jordán Kyriazis era destinado a la Reserva Naval; y algunos días más tarde, la noticia de que doscientos cincuenta y cinco jefes y oficiales de la Armada habían sido asesinados por sus tripulaciones en zona republicana le hizo pensar que, al menos como marino, tal vez no estaba en el peor de los bandos posibles.

Volvió a asentir, encogiéndose de hombros.

—Un filósofo español muy respetado allí dijo algo interesante: Yo soy yo y mi circunstancia.

—Vaya —se interesó Beaumont—. ¿Eso dijo?

—Eso mismo.

—¿Lee filosofía?

—Leo periódicos, cuando los encuentro. Y derroteros náuticos cuando los necesito. Poco más.

—Pues no le falta razón a su compatriota. Todos somos nuestras circunstancias, supongo... Aquí estoy yo, por ejemplo. Violentando mis simpatías.

La claridad crepuscular había desaparecido casi por completo. Bajo las estrellas que se asentaban arriba, las únicas luces terrestres eran ahora la fogata del barracón y el brillo intermitente de la brasa del cigarrillo que fumaba Beaumont.

—Es usted un hombre singular, capitán Mihalis. Con ese aspecto de vikingo rubio y barbudo, pero hablando griego como un nativo —señaló la fogata con el cigarrillo—. A casi todos les cae bien, por ahora... Parece seco y justo.

Se asombró Jordán.

—Repítalo.

—Seco y justo, dije.

—Nunca me habían dicho algo así.

—Pues confío en que sepa beneficiarse de ello, esforzado príncipe. Y la dulce patria se lo premie.

Era suficiente, decidió Jordán. Bastaba de confianzas por esa noche. Cogió el derrotero, se puso en pie y, al hacerlo, la funda del revólver que seguía llevando al cinto rozó el costado de Beaumont.

—¿Me permite un consejo, comandante? —dijo éste con voz tranquila.

—Le permito comentarios, no consejos.

—No es necesaria el arma, se lo aseguro. Haría mejor efecto que no la llevase. En mi opinión, denotaría...

—En su opinión.

—Sí.

—¿Confianza?

—Sí... En todos ellos, en nosotros. En su tripulación, ¿comprende?... Ésa es la palabra exacta: confianza. Al fin y al cabo, se supone que vamos a jugarnos la vida juntos.

3. La baronesa Katelios

Al remontar la última colina chaqueta al hombro, el extremo occidental de Gynaíka quedó a su vista rodeado de un mar que parecía artificial de tan crudamente azul como se prolongaba hasta el confín remoto, semicircular, del horizonte bajo un cielo sin nubes, allí donde media docena de grandes islas, nítidas aunque las más próximas distaban diez o doce millas, se destacaban en trazos pardos y grises.

La casa y su entorno eran un oasis diminuto en la desnuda topografía del lugar. Para llegar hasta ella, Jordán había pasado junto a la vieja prisión abandonada y recorrido luego el sendero que conducía a poniente, sin más sombra que la de su gorra de marino. El día era templado, casi caluroso. Todo se mostraba desnudo de vegetación: sólo había arbustos indignos de ese nombre y retorcidos troncos de árboles secos, tan muertos como el terreno pedregoso que los rodeaba. En torno a la casa, sin embargo, situada en una loma ante una pequeña playa y adosada a una vieja torre de piedra ocre, había algunos olivos, higueras y cipreses, como si fuera un último reducto defensivo antes de que el resto de la isla, tarde o temprano, se adueñase de todo.

Mientras subía los peldaños desgastados de la escalera de ladrillo y azulejos miró la playa abrigada, estrecha, donde sobre pilotes de hierro roídos de óxido había un embarcadero con una canoa automóvil amarrada. La casa de dos plantas, bella y decadente, con dos columnas de mármol flanqueando la entrada, era una mezcla de villa decimonónica italiana y palacete turco. Había tejas rotas, los muros desconchados necesitaban reparación y los postigos de las ventanas una mano de lija y pintura.

Se puso la chaqueta. No llevaba corbata y lamentaba no contar con una en el reducido equipaje: hasta ese momento, hacer vida social no había figurado entre sus expectativas.

—*Kaliméra*... Vengo a ver al barón Katelios.

El interior olía a humedad centenaria. Un sirviente griego —viejo, reseco, adusto— le franqueó el paso y Jordán recorrió tras él un vestíbulo y un pasillo ambientados con añejo exceso: cuadros, objetos de bronce, coral y porcelana en vitrinas, muebles de pulida caoba, ventanas por las que, tamizada entre visillos, la luz exterior difuminaba melancólicos rectángulos en el enlosado del suelo y hacía relucir una treintena de sables antiguos, colocados en soportes de madera a lo largo del recorrido. Y al pasar ante una puerta abierta a una pérgola con macetas y rosales, Jordán vio un sombrero de paja de ala ancha, de mujer, colgado sobre una cesta con utensilios de jardinería. En algún lugar lejano de la casa sonaba un gramófono.

El barón Pantelis Katelios leía en la biblioteca, y al ver entrar al visitante se puso en pie despacio, con extrema lentitud. Vestía un cárdigan de lana gris, gastado pantalón de pana y pantuflas. Su piel tenía el aspecto marfileño de una vejez quizá prematura. Sesenta y dos años, según había leído Jordán en el informe. Era muy delgado y alto, aunque menos que él: cabello gris con corte casi militar, bigote del mismo tono, ojos oscuros y atentos. Las patas de gallo entre los párpados y las sienes le daban una vaga apariencia de sonreír siempre, aunque no lo hacía.

—Bienvenido. Agradezco su visita.

—Soy yo quien viene a dar las gracias por su hospitalidad.

—No diga eso, por favor. Me complace ser útil, tenerlos aquí. ¿Cómo debo llamarlo?

—Tozer puede valer.

—Bien... Capitán Tozer, entonces.

A diferencia del resto de la casa, apreció Jordán, la biblioteca estaba amueblada con sobriedad: una chimenea de líneas modernas, una mesa de despacho de diseño nórdico y muebles de cuero, cristal y acero. Era ingresar en un mundo aparte, yendo sin transición del siglo pasado al presente. Tomaron asiento en un ángulo de la estancia, único espacio sin libros, cuyas paredes estaban cubiertas con una docena de fotografías enmarcadas. Ofreció el barón al recién llegado cigarrillos y bebida, que éste declinó, y hablaron sobre asuntos intrascendentes mientras pasaban del inglés inicial al griego con toda naturalidad. Tenía Katelios una forma peculiar de atender la conversación: inexpresivo, fijos los ojos en su interlocutor como si enfocasen un lugar indefinido a espaldas de éste. Era la suya una amabilidad fría y artificial, aunque en extremo correcta. Confiaba, dijo, en que el visitante y sus hombres estuvieran bien instalados. Naturalmente, cualquier cosa que necesitaran y estuviera en su mano tendría sumo gusto en procurársela.

—La mayor parte son libros de viajes, epistolarios o memorias —dijo al advertir que Jordán miraba la extensa biblioteca—. Hace tiempo que apenas leo otra cosa —una mano fina y pálida indicó las baldas—. Anduve por muchos lugares en mi vida, pero me he vuelto perezoso... Ya sólo viajo con la imaginación y converso con autores muertos.

Atendía Jordán mientras intentaba descifrar al personaje. Cuando hablaba, Katelios seguía mirándolo con aparente fijeza, pero sus ojos mantenían una especie de claridad velada, lejana. Una educada indiferencia. Daba la impresión de que, si en mitad de la conversación cambiase el interlocutor, nada alteraría su actitud ni su discurso.

—¿Y no lee a los vivos? —preguntó cortés, aunque le daba igual lo que leyera el barón.

Lo obsequió el otro con una sonrisa levemente cómplice.

—Los difuntos me interesan más. Suelen habitar en los libros, y sólo hablan cuando se les pregunta.

Tras decir aquello señaló las fotografías de las paredes: amarillentas y medio desvaídas unas, más recientes otras. En algunas se reconocía al propio Katelios, joven. En dos de ellas vestía peto de esgrima y tenía una careta y un florete en las manos.

—También casi todos los que ve ahí están muertos —comentó con ironía—, incluido ese esgrimista que todavía mira, o miraba, el mundo exterior con cierta curiosidad.

—¿Qué edad tenía en esas fotos?

—Veintiún años. Formé parte del equipo griego de esgrima en la Olimpíada de Atenas, el año noventa y seis —sonrió débilmente—. No nos fue mal del todo.

Se quedaron un momento callados, observándose. Al fin, Katelios habló de nuevo para elogiar el dominio del idioma griego por parte de su visitante.

—Nadie lo diría, con su aspecto tan... escandinavo, ¿no? Supongo que es una razón entre las que lo han traído aquí.

Asintió Jordán sin más explicaciones. Hizo el barón un ademán desganado, moviendo una mano para abarcar la biblioteca, la casa o la isla.

—Imagino que le sorprende mi título, pues no hay nobles en Grecia; pero es auténtico. Mi abuelo, el barón

72

Sonderburg, que era medio alemán y medio danés, vino con el rey Jorge en mil ochocientos sesenta y tres. Uno de sus hijos, mi padre, se casó con una griega y heredó el título, pero no podía usarlo... En cuanto a mí, nací Sonderburg-Katelios, aunque para la Olimpíada suprimí el apellido paterno. O me lo suprimieron, da igual. El caso es que aquí me tiene, ciudadano griego con título danés, viviendo en la que fue propiedad de verano de mis padres.

—Una vida solitaria, si como ha dicho no viaja.

Lo miró el otro con repentina fijeza.

—No vivo completamente solo.

Pensó Jordán en las huellas de presencia femenina que había visto al llegar a la casa, aunque se abstuvo de mencionarlo. Katelios había cogido una pipa de entre varias dispuestas en una mesa contigua y procedía a llenar la cazoleta, presionando con un pulgar el tabaco que sacaba de un recipiente de porcelana.

—Viajé mucho en mi juventud y madurez, como dije —añadió tras un momento—, así que no lo echo en falta. Todo lo contrario. Desde hace años vivo aquí tranquilo, pues tengo cuanto necesito... La fortuna familiar fue mermando con el tiempo, pero aún da algo de sí.

—Me han dicho que simpatiza con la causa nacional en España —apuntó Jordán.

—¿Eso le dijeron? —sonreía ligeramente el barón, benévolo—. Quizás exageren. Soy anticomunista, por supuesto; sobre todo ahora, cuando al concepto más o menos sano de pueblo lo sustituyen palabras como proletariado y populacho... Detesto a esa escoria criminal casi tanto como a los turcos, pero no se haga una idea equivocada: mi vida es, desde hace mucho tiempo, un acto continuo de no intervención.

Hizo una pausa para encender la pipa, concentrado en ello. Mantenía la sonrisa, aunque ésta ya no parecía significar nada.

—Observo que le extrañan mis palabras —prosiguió tras un momento—, pero tienen explicación. Soy un hombre que mira, o más bien que lee, y con eso me basta... Pero, aunque no nos veamos ya, el general Metaxás y yo somos amigos desde que tirábamos esgrima en Atenas con el viejo maestro Ostarevic —señaló una fotografía en la que posaban dos oficiales: él y otro joven con lentes—. Después pasamos un tiempo juntos en el estado mayor del príncipe Constantino, durante la guerra por Tesalia con los turcos.

—¿Fue usted militar? —se sorprendió Jordán.

—Sólo un poco, brevemente. Todos debemos servir a la patria, por confusa que sea la idea que tengamos de ésta... ¿No cree?

—Por supuesto.

—Cuestión de decoro.

Chupó Katelios la pipa hasta que lo rodeó una nube de humo azulado y aromático.

—El caso —prosiguió— es que mi relación con Ioannis Metaxás viene de antiguo. Incluso se refugió en esta casa durante la revuelta venizelista del año veintidós... Y, bueno. Cuando le pidieron facilidades para lo que usted ha venido a hacer aquí, él mismo pensó en este lugar. Me convocó para pedirme el favor, y yo accedí, claro.

Habló luego el barón de la isla: Nysos Gynaíka Koimisméni, como la llamaban, la isla de la Mujer Dormida, tenía una larga y no siempre feliz historia. En la Antigüedad había sido utilizada como lugar de destierro; y durante varios siglos su ensenada de levante fue refugio de piratas y corsarios bizantinos, venecianos y turcos. Bajo la dominación otomana se construyó la prisión, que los griegos siguieron usando al apoderarse de la isla.

—La vio al venir, supongo... Un lugar siniestro, deshabitado. Me gustaría demolerlo para borrar su mal recuerdo, pero eso cuesta dinero y no puedo permitírmelo.

Emitió un suspiro de resignación y se puso en pie, estirando los largos y huesudos miembros como si estuvieran entumecidos. Jordán se levantó también.

—La idea me pareció interesante —Katelios sonreía de nuevo—: modernos filibusteros en aguas del Egeo. Una isla de la Tortuga en versión helénica. Esto altera la monotonía de mis libros y el mar que me rodea —alargó una mano para estrechar la de Jordán—. Seguiré su aventura con interés, capitán... Ah, sí. Tozer. Hasta cierto punto.

—Molestaremos lo menos posible. Mi intención es pasar inadvertido.

—Eso espero, aunque a mi edad y en mi situación ciertas cosas no importen demasiado —con una mano afablemente puesta en su brazo, el barón acompañó a Jordán hasta la puerta de la biblioteca—. Pero no es sólo por mí: Metaxás confía en que esto no se vuelva contra él, ¿comprende?

—Por supuesto.

Miró Katelios la cazoleta de la pipa, fruncido el ceño cual si desconfiara de la combustión del tabaco que humeaba en ella.

—Citando sus palabras exactas, la presión de los amigos alemanes e italianos, unida a los diplomáticos de Franco, ha sido intensa. Aunque espera cobrársela en el futuro, sin duda... No es de los que, para bien o para mal, olvidan una deuda.

Salió Jordán al sol. El mar estaba tranquilo también en ese lado de la isla. La pequeña playa que se abría en forma de concha al final de una escalinata de ladrillos era de arena dorada, más fina que en la cala de levante. En la quietud absoluta del agua podían verse las piedras y algas del fondo. Amarrada al embarcadero, la canoa automóvil parecía suspendida en una transparencia delicada de color esmeralda.

Más por curiosidad profesional que por otra cosa, se acercó a echar un vistazo. La motora era una bonita Chris-Craft de ocho metros de eslora, cromados brillantes, asientos de cuero verde y madera de caoba impecablemente barnizada. En lugar de timón tenía un volante de automóvil situado en la banda de babor, junto al cuadro de instrumentos, la palanca de marchas y el compás. Había una bandera griega y un nombre con letras de latón en el espejo de popa: *Lena*.

Después de remontar la escalinata pasó otra vez cerca de la casa, y al hacerlo advirtió que en una de las ventanas de la planta superior se movían las cortinas como si alguien acechase desde allí. No alcanzó a ver quién era, pero se sintió observado mientras se alejaba por el sendero que conducía a levante de la isla.

Dejó Pantelis Katelios el libro en el que, sin conseguirlo, intentaba concentrarse de nuevo. El viaje a Italia que Michel de Montaigne había hecho en 1580 no lograba recobrar su atención. Pensaba en el marino español que acababa de marcharse —un hombre educado y prudente, era su impresión—, en el asunto clandestino que lo había llevado a la isla y en su propio papel en tan extraña o disparatada aventura. Inoportuno Ioannis Metaxás, concluyó irritado. Inoportunos tiempos de antaño que obligaban más que los nuevos, tan revueltos, en aquella Grecia que a imitación de toda Europa derivaba hacia un totalitarismo a la moda que al barón, desde el desdén cosmopolita de su biblioteca, le resultaba imposible concebir. Lealtad, compromiso, obligación, honor —escurridiza palabra— eran ya términos difusos, de límites imprecisos: una trampa peligrosa para quienes, como él, se veían obligados por antiguas e ineludibles maneras. Por viejos

códigos de conducta. Nadie escapaba a su pasado, y Katelios no había tenido oportunidad de negar Gynaíka
para aquella historia. Eso ofrecía, al menos, un aspecto
divertido: como le había dicho al español, alteraba la
monotonía de su vida en la isla. Pero lo inquietaban posibles daños secundarios. Hacía más de una década que
se había retirado a esa casa para escapar del mundo, y
ahora el mundo llamaba a la puerta con consecuencias
imprevisibles.

Dio una última chupada a la pipa, comprobó que estaba apagada y la vació en un cenicero de bronce que re-
presentaba el torso de una mujer desnuda. Después rascó
la cazoleta y puso la pipa junto al cenicero. Tras permanecer un momento inmóvil mirando las fotografías de la
pared, se puso en pie y abandonó la biblioteca. La sirvienta estaba quitando el polvo a los sables del pasillo.
Llevaba treinta años en la casa junto a su marido, el viejo
Stamos.

—Irini, ¿dónde está la señora?

—En su dormitorio, señor.

Subió deslizando los dedos sobre el gastado pasamanos
de nogal, bajo una copia razonable, en marco barroco, de
La matanza de Quíos. Desde el piso de arriba llegaba música de gramófono, y al acercarse reconoció la voz de Fréhel:

> *Où sont tous mes amants,*
> *tous ceux qui m'aimaient tant*
> *jadis, quand j'étais belle...*

Llamó con los nudillos a la puerta entreabierta y entró sin aguardar respuesta. Dentro olía ligeramente a Ban-
dit, aquel perfume seco y sobrio que él detestaba.

—¿Quién era? —preguntó ella.

Katelios no respondió en seguida. Fue hasta la ventana, apartó las cortinas, contempló el mar y el camino de

levante, que a través del terreno yermo se perdía en dirección a la colina central de la isla, donde estaba la antigua prisión.

—El jefe de la gente que anda por ahí. Un español.

—Lo he visto irse... ¿Qué tal es de cerca?

—Me pareció correcto. Agradable de aspecto y modales. Habla bien el griego.

—Menos mal, temí que enviasen a un bruto.

Se volvió a mirarla. Estaba recostada en la cama, con un cigarrillo encendido entre los dedos. Por el kimono japonés de seda asomaba una de sus piernas hasta casi la ingle: desnuda, larga y bronceada, con una fina cadena de oro en el tobillo y las uñas pintadas de rojo sangre.

Pies de puta turca, pensó Katelios. Y era curioso, concluyó. No lo excitaba la visión de aquel cuerpo —hacía demasiado tiempo, o al menos no directamente—, pero sí la idea turbia, el concepto. La imaginó con otro hombre y sintió crecer el deseo. Tal vez aquel marino grande y rubio que acababa de irse. Al fin y al cabo no habría sido la primera vez. Algunos, pensó con sangre fría, tenemos la facultad de adivinar futuros recuerdos.

En el gramófono había terminado la canción. Fue hasta él, levantó el brazo de la aguja, retiró el disco y lo introdujo en su funda.

—¿Quieres que ponga otro?

—No, déjalo. Así está bien.

Los ojos almendrados, bajo cejas sin depilar ajenas a la moda, lo miraban indolentes. Lena Katelios tenía cuarenta y nueve años, facciones delgadas con pómulos altos, nariz larga y boca grande, bien dibujada. El cabello, negro pero muy veteado de canas, lo llevaba corto, casi masculino. Había sido hermosa y todavía lo era, aunque ahora de un modo oscuro, equívoco, distinto al día en que el barón la vio por primera vez en el número 7 de la rue Saint-Florentin de París; cuando su físico de

78

maniquí de la casa Patou, flexible y prolongado en líneas de elegante geometría, confería un chic especial a las blusas de cintura baja y las faldas cortas que las clientes europeas y americanas, aferradas a sus talonarios de cheques, envidiaban sin disimulo al verla caminar y detenerse con mirada altiva y una mano apoyada en la cintura.

—Te traerán complicaciones. Sería un escándalo.

—Es posible, pero sabes que no puedo negarme. El propio Metaxás...

—Por Dios. No le debes nada a él, ni siquiera a Grecia. Y mucho menos a los fascistas españoles.

Las últimas palabras las había dicho en francés. A veces, al conversar, pasaban con naturalidad a utilizar esa lengua. Eso incluía el formal *vous*. Con el paso del tiempo, tanto en un idioma como en otro, ella había perdido el ligero acento ruso que tenía cuando se conocieron, quince años atrás.

—Combaten a los bolcheviques, querida —el barón volvía al griego—. Precisamente tú deberías ser sensible a eso.

La vio apartar la mirada, dar una última chupada al cigarrillo y apagarlo despacio, deshaciendo la brasa en el cenicero que estaba a su lado, sobre las sábanas arrugadas.

—Ha pasado mucho tiempo desde lo que yo fui —dijo ella—. Y también desde lo que fuimos.

Era cierto, pensó el barón con melancolía. Se recordaba a sí mismo con un codo apoyado en la barra del pequeño bar privado de Patou, exclusivo para clientes —actrices de moda, políticos influyentes, grandes fortunas internacionales—, donde los hombres solían esperar sentados en altos taburetes mientras esposas, novias o amantes eran atendidas en la planta superior. El barón había ido acompañando a una amiga, y mojaba los labios en un brandy-flip cuando la vio bajar a ella por la escalera de caracol. Nunca olvidaría el nombre del vestido. *Il viendra*, se llamaba: una *robe de soir* de muselina violeta, tan delicada que parecía adaptarse a su cuerpo como si la hubieran cosido sobre él. Dos noches después, la mujer que entonces aún se llamaba Lena Mensikov y el barón Pantelis Katelios cenaban juntos en Prunier, y cinco semanas más tarde se casaban en Montecarlo.

—Es cierto, entonces, que van a atacar barcos rusos desde aquí, ¿no?... ¿Que Gynaíka será su base?

—Ésa es la idea.

Torcía ella la boca, escéptica.

—¿En el siglo veinte?... Qué disparate.

—Quizás.

La mujer se levantó con brusquedad de la cama: pies descalzos, primero sobre la alfombra y luego sobre las baldosas frías.

—Creo que me acercaré a echar un vistazo... Desde el mar, de lejos, con la lancha.

Movía él la cabeza.

—No puedes hacer eso.

—¿Por qué? —había dejado caer el kimono—. Es nuestra isla.

Contempló Katelios el cuerpo de su mujer: la piel tostada de sol sin apenas marcas de ropa, la curva suave de las caderas, el pecho escaso y todavía firme, casi de muchacha. El vello púbico rizado entre el arranque de las largas piernas.

—Puede ser inconveniente —opuso con calma—. Son hombres que... En fin. Serán gente peligrosa.

—Acabas de decir que su jefe te ha causado buena impresión.

—El jefe no es todos ellos. Además, hay un acuerdo. Oficialmente no sabemos nada de esto.

Ella había abierto el armario. Tras una corta duda sacó unos pantalones de algodón basto, marineros, y se los puso. También cogió un jersey negro. Con él en las manos, todavía con el torso desnudo, se volvió hacia Katelios.

—Es ridículo —dijo—. Están ahí. Y lo peor es que ni siquiera te pagan por eso.

—Ofrecieron hacerlo. Metaxás propuso...

—Déjate de Metaxás, por Dios —lo interrumpió—. Estoy harta de él y de tus apolilladas reglas. El hecho es que te negaste a aceptar dinero... Tenías que dejar claro quién eres, ¿verdad?

—Tenía que dejar claro quién fui.

Relampaguearon los ojos de la mujer.

—¿Y crees que eso le importa a alguien?

—Es cierto —asentía sombrío—. Ni siquiera te importa a ti.

Ella había terminado de vestirse. Se calzó unas zapatillas para tenis, de lona y suela de caucho.

—En serio, Lena —insistió él—. ¿A dónde vas?

—A Syros. Hace casi dos semanas que no voy allí.

Miró Katelios las dos diminutas marcas de pinchazos recientes en el brazo izquierdo de la mujer y apartó en seguida la vista.

—Tu amigo el doctor.

Lo dijo con fría amargura y ella lo miró súbitamente, tan molesta como si hubiera recibido un insulto. Después alzó una mano adversativa: tenía la palma surcada por líneas hondas y prolongadas. Como para despistar a la más sagaz quiromántica, solía decir en otro tiempo, cuando aún bromeaban entre ellos.

—No es mi único amigo.

Sonó seco, igual que una bofetada. Permanecieron un momento mirándose, a la espera de palabras ya imposibles. Por fin él desistió, resignado.

—Le diré a Stamos que te lleve.

—Puedo ir sola.

—Son doce millas hasta el puerto de esa isla. El mar está tranquilo; pero si tienes una avería...

Se encogió ella de hombros e hizo ademán de irse. Katelios la tomó por un brazo.

—Ni se te ocurra acercarte a la cala de levante, Lena.

—No te preocupes —se liberó sin brusquedad de su mano—. La parte más absurda de nuestras vidas te la dejo a ti.

Soplaba una brisa húmeda y fría, así que Salvador Loncar se abotonó el cuello de la trinchera. Desde que en su adolescencia había tenido un amago de tuberculosis —hubo que secar con gas parte de un lóbulo pulmonar— era propenso a una neumonía. Después de eso miró el reloj, comprobando que todo iba bien. El pequeño vapor que lo transportaba por las aguas tranquilas del Cuerno de Oro pasó ante las casas de madera del barrio de Fener, medio abandonado por las últimas matanzas de griegos y armenios, y dejando atrás las chimeneas de las fábricas, los minaretes sobre viejas iglesias bizantinas y los astilleros con esqueletos oxidados de barcos a medio desguazar, apuntó la proa hacia Eyüp, cuyas orillas brumosas salpicaban blancos cementerios otomanos y altos cipreses grises.

Cuando bajó del barco vio a Antón Soliónov en el muelle, apoyado en un paraguas entre las campesinas que aguardaban para subir a bordo con cestas de verduras, gallinas y pollos. Era un detalle por parte del ruso, advirtió complacido; una deferencia diplomática a tener en cuenta. El representante de Sovietflot en Estambul —la oficina estaba allí mismo, cerca de unos tinglados para mercancías alquilados por la Unión Soviética— era corto de estatura, poderoso de hombros, con tupidas cejas pajizas bajo el sombrero de ala ancha y torso de atleta cubierto por un abrigo con cuello de astracán, largo casi hasta los zapatos. Sus ojos eslavos chispearon al ver al español.

—Gracias por venir a recibirme —dijo Loncar.

Con ademanes de gran señor, abriendo mucho los brazos como si esas palabras superfluas lo ofendieran, Soliónov restó importancia al detalle. Había cumplido los cincuenta pero conservaba un cutis delicado, infantil, que con los ojos claros y una boca a menudo sonriente le confería un aspecto simpático, inofensivo, engañoso para quien —ése no era el caso de Loncar— ignorase el papel despiadado que Soliónov, conocido como Tolstoi por el servicio de información naval de la República, había tenido años atrás en la salvaje purga de elementos contrarrevolucionarios en la flota mercante rusa.

—¿Prefiere sentarse en algún sitio, o pasear, camarada Loncar?

Miró el español el cielo bajo y oscuro.

—¿No lloverá?

—No creo —mostró el otro su paraguas, aferrado por una mano velluda y rubia—. De todas formas, ruso prevenido, medio combatido... Ya lo dijo Lenin.

—¿Lo dijo?

—No sé, pero pudo decirlo.

Sonrieron cómplices, eligiendo el paseo hacia el prado de Karayagdi. Lo habían hecho otras veces hasta llegar al cementerio de los verdugos: Soliónov parecía hallarse a gusto entre aquellas lápidas sin remate ni inscripción, confinadas allí porque los estambulíes rechazaban mezclar a sus difuntos con quienes habían hecho de ejecutar al prójimo una profesión remunerada. Eso aparte, el lugar era agradable; así que Loncar prefería pensar que la querencia por aquel cementerio se debía sólo a razones estéticas.

—Hay algo —se pasó una uña por el bigote—. No sé qué importancia puede tener, pero lo hay.

—Soy todo oídos soviéticos —apuntó el ruso.

Loncar intentó concretar lo que hasta ese momento no eran sino simples impresiones. Había obtenido, expuso, indicios sobre el interés de los franquistas en los barcos que cruzaban los Dardanelos. Eso no era nuevo en absoluto, pero sí más evidente en los últimos días. Parecía como si algo distinto, fuera lo que fuese, se insinuara en el paisaje.

Escuchaba con atención Soliónov, balanceando el paraguas.

—Me parece interesante, aunque un poco vago... ¿Podría ser más preciso, camarada?

—No, y eso es lo que me preocupa. Es más una corazonada que algo basado en evidencias. Pero me atrevería a decir que se cuecen novedades.

Dio Soliónov unos pasos sin decir nada. Pensativo.

—La sospecha permanente es el estado natural del buen comunista.

Loncar no pudo evitarlo.

—¿Se refiere a la paranoia?

Lo miró el otro de reojo, severo.

—Ustedes, los españoles, siempre tan ocurrentes con sus chistes... La sospecha, he dicho: una saludable prevención, alerta siempre, en la certeza de que el imperio burgués trabaja en la sombra. Que se infiltra en las más nobles empresas a fin de traicionar al proletariado internacional.

—Me lo ha quitado usted de la boca.

Se detuvo en seco Soliónov, encarándose con él.

—¿Se está choteando de la Unión Soviética, camarada Loncar?

—Dios me libre.

—¿Dios?

Se quedaron uno frente al otro, en apariencia serios, y de golpe estallaron en carcajadas. Soliónov se echó un poco atrás el sombrero, abrió el abrigo, sacó una funda de cigarros de cuero y ofreció uno a Loncar: era tabaco turco de buena calidad, vitola Osmán. Al ruso aún le lagrimeaban los ojos risueños cuando accionó el encendedor —un Parker de oro nada proletario— para darle fuego a Loncar.

—¿Tiene forma de averiguar algo más?

—Puedo intentarlo —dijo el español.

Fumaron en silencio, contemplando el paisaje entre las estelas blancas y grises de las tumbas: los barcos que cruzaban en todas direcciones el Cuerno de Oro, el lejano puente Gálata, Topkapi y la mezquita de Suleymaniye bajo el cielo oscuro que empañaba de bruma las colinas.

—Es un momento delicado —dijo al fin Soliónov, serio de nuevo—. Como sabe, está negociándose el tratado que limitará las actividades fascistas en el Mediterráneo... Alemanes e italianos ya no podrán, como hasta ahora, hostigar impunemente a los barcos que llevan suministros a la República. Ni siquiera la flota de Franco podrá detener, registrar o hundir mercantes fuera de las tres millas de aguas españolas —hizo una pausa, chupó su cigarro y exhaló despacio el humo—. A Moscú no le conviene alzar la voz hasta que todo esté concluido.

—Pero no van a interrumpir, ni de modo temporal, el tráfico con nuestros puertos, ¿verdad?... O eso esperamos.

—Claro que no, por supuesto. Ya sabe que la Sección X sigue noche y día dedicada a eso. Nuestros puertos de Sebastopol, Odesa, Feodosia y Jersón se mantienen activos.

Asintió Loncar. La Sección X era el departamento del temible NKVD que desde Moscú coordinaba la ayuda soviética a España mediante los llamados barcos *Igrek*, que transportaban material de guerra: código Y para identificar los de pabellón soviético, código YZ para barcos de otras banderas, incluida la española republicana. Bajo la cobertura comercial de Sovietflot, Antón Soliónov era el jefe de la Sección X en Estambul.

—El camarada Stalin es fiel a sus promesas —prosiguió el ruso— y la solidaridad de nuestros campesinos y obreros con España es inquebrantable. Por eso me parece importante lo que usted dice. Es vital averiguar si los fascistas preparan nuevas acciones. Nuevas estrategias.

Reflexionó un instante Loncar.

—¿Hay algún embarque inminente en el mar Negro?

—Claro que lo hay... Durante las próximas ocho semanas, al menos cuatro barcos soviéticos, españoles o con pabellón de conveniencia zarparán con destino oficial a México u otros países que, para cubrir las formas, garantizan el certificado de último usuario. Pero desembarcarán su carga, como suelen hacerlo, en Cartagena, Valencia o Barcelona.

—Entonces, convendría...

—Ya sé, no se inquiete. Ya sé. Lo tendré informado, como siempre. Su colaboración y control siguen siendo preciosos. En un par de días le haré llegar un informe detallado, pero puedo adelantarle algo... ¿Se acuerda del *Stary Bolshevik*?

—Sí, claro. Ha hecho dos viajes a España.

—Pues se encuentra listo para el tercero. En este momento los trabajadores portuarios de Odesa trabajan día y noche, con el entusiasmo de su admiración por el antifascismo español, estibando en las bodegas el cargamento del que hablamos hace diez días: el Y-21.

—¿Completo?

—Excepto las ametralladoras Bergmann, que irán en otro viaje con la munición correspondiente, está casi todo.

Se mostró Loncar satisfecho. Con el código Y-21 figuraba un importante envío de material para la República: diez cañones de campaña Schneider, ocho obuses Krupp, ciento cincuenta ametralladoras Maxim, cuatro mil fusiles Mauser, sesenta toneladas de pólvora, cuarenta mil relés eléctricos, quince mil espoletas de mortero y ocho millones de cartuchos de fusil. Un envío necesario para los duros combates que las tropas leales libraban en España.

—¿Cuándo está previsto que zarpe el *Stary Bolshevik*?

—Una semana, o tal vez menos. Me avisarán, naturalmente, y lo pondré en su conocimiento para que controle el paso por los Dardanelos y prepare la escolta de su escuadra... Supongo que el punto de cita será el acostumbrado.

—Sí, en principio. Salvo otras órdenes, se encontrarán frente a la costa de Túnez, a la altura del cabo Bon.

—Perfecto. Y en cuanto a esas sospechas de que me habló antes...

—Ni siquiera se trata de sospechas, camarada Soliónov. Todavía no llego a eso.

—¿No hay nada concreto en lo que apoyarse?

—En absoluto. Se trata de simple intuición.

—¿Y qué es lo que intuye?

—Que los fascistas están más interesados que antes en los envíos del mar Negro.

Los ojos claros de Soliónov pestañearon, simpáticos. Casi ingenuos.

—Interés siempre tuvieron, que yo recuerde.

—Sí, pero tal vez ahora tengan un poquito más.

—¿Podría relacionarse con el tratado que está a punto de firmarse?

—Podría.

Se quedó callado el ruso, contemplando pensativo el puño de su paraguas. Al cabo emitió un suspiro que sonaba fatigado.

—Nunca infravaloré las intuiciones de hombres experimentados como usted —dijo lentamente—. En nuestro oficio no existe la casualidad, y nada debemos descuidar como tal... Veré si mi gente puede averiguar algo, pero no baje la guardia. No suelte el hueso, si llega a morderlo.

—No lo haré.

—Todos nos jugamos mucho en esto. La Unión Soviética, la República española, yo mismo... Usted.

—Sobre todo yo —comentó Loncar.

Los ojos de Soliónov habían descendido veinte grados de temperatura. Ya no parecían ingenuos, ni simpáticos.

—Sí, camarada, eso creo. Aquí, tan lejos de su patria... —hizo una pausa larga como un pasillo de la Lubianka—. Sobre todo, usted.

Veinticinco nudos era una buena velocidad de crucero. Habían alcanzado los treinta y seis, pero Jordán no deseaba forzar los motores. Ya habría ocasión, o necesidad de ello. Cuando iban al máximo de revoluciones bajó a la sala de máquinas para comprobar cómo iba todo. Sentados entre tubos, conductos y palancas, atentos a los indicadores, el primer maquinista y su ayudante albanés se mostraban satisfechos. Todo funciona, *kapetánie*, dijo Giorgios Ambelas levantando la voz por encima de la rítmica trepidación de los diésel. Esos alemanes saben hacer las cosas. Le ordenó Jordán moderar a mil revoluciones y después subió por la escala metálica de vuelta a la caseta de gobierno, donde Ioannis Eleonas, atento a todo, daba instrucciones en voz baja al timonel.

—Arriba, piloto —dijo a su segundo.

Subieron los dos al puente de ataque, situado sobre la caseta. El sol estaba veinticinco grados por encima del horizonte y la lancha hendía como un cuchillo el resplandor inexorable de una superficie azul que la estela recta y blanca dividía en dos mitades exactas. En torno a ella, en el paisaje circular, se perfilaba el azul más espeso, en masas oscuras, de las islas que moteaban la distancia, con sus cañadas aún llenas de sombras en la luz de la mañana.

Jordán se apoyó en la dirección de tiro, protegida con una funda de lona, y miró hacia popa. Junto al tubo lanzador de estribor, disimulado como el otro con una lona pintada del mismo color que el resto de la embarcación, Jan Zinger adiestraba a Nikos Kiprianou en el manejo del mecanismo de armado y disparo de los torpedos.

—Ahí está nuestra cita —dijo Eleonas.

Miró Jordán el punto oscuro, lejano, y levantó luego el rostro hacia la pequeña cofa, protegida por un aro metálico a nivel de la cintura, donde Sami Maroun apuntaba sus prismáticos hacia el mismo lugar.

—¿Es el caique?

—Lo es, comandante —respondió el libanés.

Destapó Eleonas el tubo acústico que comunicaba con el interior de la caseta y ordenó al timonel modificar el rumbo. Puso proa la lancha al punto oscuro, que empezó a aumentar de tamaño. En ese momento, Bobbie Beaumont asomó la cabeza por el tambucho. Tenía los lentes subidos sobre la frente y un cigarrillo en la boca.

—¡Señal del *Karisia*! —gritó—. ¡La recibo muy fuerte!

—Lo estamos viendo —repuso Jordán.

Desapareció el inglés. El caique, que navegaba con rumbo sur, se encontraba ya lo bastante cerca para reconocerlo a simple vista. Era el mismo en el que Jordán y cuatro de los tripulantes habían llegado a Gynaíka, encargado ahora de vigilar el sector noroeste de las islas Andros y Tinos mientras otro caique, el *Zeios Demetrios*, patrullaba al sudeste. Con apariencia de inocentes pesqueros griegos pero equipados con aparatos de telegrafía sin hilos y en contacto permanente con Bobbie Beaumont, los dos caiques eran los ojos avanzados de la torpedera. A ellos correspondería señalar la presencia de los objetivos.

—Aprovechemos, piloto —propuso Jordán—. Zafarrancho de combate.

Dio el griego un toque de silbato, reforzándolo con un grito. Los que estaban en cubierta miraron hacia el puente, sorprendidos. Zinger y su ayudante se situaron en posición y Sami Maroun bajó de la cofa y fue a reunirse con su primo Farid junto al afuste del cañón de 20 mm, aunque éste no estaba instalado todavía. Jordán destapó la boquilla del otro tubo acústico para pedir treinta nudos de velocidad al maquinista. Después, mientras retiraba la funda de la dirección de tiro, fue dando instrucciones al segundo, que las transmitía al timonel.

—Quince a estribor. Así, mantenga a la vía... Diez a estribor. Ahí va bien, piloto. A la vía.

Como empujada por una mano repentina y poderosa, la torpedera alzó más la proa, hendiendo el agua mientras saltaban rociones a una y otra banda. Los tres motores llevados casi al máximo transmitían su vibración a las estructuras de cubierta y el ruido de los tubos de escape sonaba con ronca contundencia de máquina perfecta, potente, bien calibrada. Jordán no había vivido aquello desde que acabó su adiestramiento en Alemania, y reconoció complacido el familiar estímulo, la sensación de cabalgar una fuerza poderosa de la que esta vez él era dueño. Único amo a bordo después de Dios, como solía decirse.

—Cinco más a estribor. A la vía.

Le flameaba la ropa a causa del viento generado por la velocidad. Se quitó la gorra para evitar que volara de su cabeza y acercó los ojos al binocular Zeiss. Centrada en la retícula de la mira, que era de una asombrosa nitidez —aquellas perfectas ópticas alemanas—, la imagen del caique aumentaba a medida que disminuía la distancia. Mil quinientos metros. El tamaño del pesquero era menor que el de un mercante y las incursiones tendrían lugar sobre todo de noche, pero aquello servía para adiestrarse. Lo repetirían docenas de veces antes de atacar de verdad.

—Ahí va bien, piloto... Así va bien.

Moviendo las ruedecillas de la dirección de tiro, Jordán calculó rumbo y velocidad del blanco para fijar la trayectoria del torpedo imaginario. Se hallaban a mil metros del caique cuando dirigió un rápido vistazo a Zinger y vio que el holandés y su ayudante estaban atentos. En el puente, pegado al tubo acústico que conectaba con el timonel, Eleonas miraba el objetivo, concentrado, tenso como si se tratara de auténtica acción. Alzó Jordán, cerrado, el puño de la mano izquierda. Ochocientos metros. La torpedera parecía volar sobre el azul del agua, rizada por una suave marejadilla. Quinientos metros. El caique ocupaba todo el visor. Bajó el brazo, y al apartar los ojos del binocular y mirar a estribor vio cómo Zinger simulaba accionar la palanca de lanzamiento, cual si hubiera un torpedo en el tubo.

—A estribor, piloto. Vámonos de aquí.

Eleonas dio la orden, y con todo el timón a una banda, inclinada la cubierta hacia la otra, la lancha trazó una curva a la derecha, apartándose del caique. Se relajó Jordán.

—Bien hecho. Mantenga timón así y modere a ochocientas revoluciones.

—¿Lo hemos hundido, *kapetánie*?

Sonreía el griego, y Jordán lo hizo también.

—Yo diría que sí.

Detrás del tubo lanzador, Zinger mostraba un satisfecho pulgar hacia arriba. Ahora más despacio, la lancha describió un círculo casi perfecto, a cuyo término se hallaron de nuevo junto al *Karisia*. A Jordán no le pasó inadvertido el cable de telegrafía sin hilos que iba de la timonera al tope del palo. Seis hombres estaban junto a las redes y palangres, observando la torpedera. Entre ellos reconoció al patrón que lo había llevado del *Akamas* a la isla.

Ordenó situarse por la banda de estribor del caique, a la misma marcha y al alcance de la voz. Ocupado en colocar la funda a la dirección de tiro no alcanzó a oír lo que el patrón del otro barco gritaba, así que miró a Eleonas para averiguarlo.

—¿Qué ha dicho, piloto?

Movía el griego la cabeza, bonachón, rascándose los pelillos grises de la mandíbula sin afeitar.

—Cuestiona la honestidad de nuestras madres.

—Ah, vaya... ¿Y por qué?

—Creyó que los íbamos a torpedear de verdad.

Lo que Jordán vio al regresar a la isla no le gustó. Mientras la lancha torpedera, tras dar resguardo a la peligrosa restinga de la orilla sur, entraba despacio en la cala de levante entre los chillidos de las gaviotas, divisó la canoa automóvil del barón Katelios al otro lado del pantalán, frente a los barracones. Y cuando efectuaban la maniobra de atraque observó que había una mujer sentada a unos treinta pasos, en las rocas al extremo de la playa.

—¿La conoce, piloto?

Eleonas se encogió de hombros sin decir sí, ni no. Lo que hubiese en tierra firme, decía el ademán, no era asunto suyo.

—Pues a mí no me importaría conocerla —dijo Zinger—. No creía yo...

—Cállese.

Enmudeció el holandés. Todavía estaban amarrando la torpedera cuando Jordán saltó al pantalán y caminó hacia las rocas bajo la mirada curiosa de sus hombres. Estaba realmente irritado, porque aquél no era lugar para intrusos. La mujer, comprobó, era delgada, de piernas largas.

Parecía más joven de lejos que de cerca. Mostraba un aire elegante pese al pantalón marinero, el holgado jersey negro y las zapatillas de tenis que vestía; o tal vez era el modo de llevar la ropa lo que daba esa impresión: una manera desenvuelta, natural, de sofisticado desaliño. Llevaba el pelo muy corto, como un hombre, veteado de canas. Fumaba impasible un cigarrillo, observándolo mientras se aproximaba a ella.

—No puede estar aquí —señaló Jordán.

La vio parpadear sorprendida, cual si hubiera esperado de él otras palabras. Un pestañeo fugaz al que de inmediato sucedió una mirada serena, casi irónica.

—Pues claro que puedo —dijo con sencillez—. Esta isla es mía.

Dejó caer la ceniza del cigarrillo en uno de los huecos horadados por el mar en las rocas, relucientes de salitre. Pequeños cangrejos se movían al filo del agua tranquila, entre las piedras cercanas.

—He traído desde Syros a quienes cocinarán para su gente —señaló un barracón, a cuya puerta habían salido a mirar un hombre y una mujer—. Es mi marido quien los envía, aunque tendrán que pagarles ustedes.

Dio luego una chupada al cigarrillo, dejando salir el humo por la nariz y la boca. Seguía estudiando a Jordán con interés. La luz del sol declinante daba reflejos dorados a sus iris color avellana.

—¿Cómo se llama, señor marino?

Tardó Jordán un momento en responder.

—Se lo dije a su marido.

—Pues él no me lo dijo a mí.

—Mi nombre no tiene importancia.

—De algún modo tendré que llamarlo, ¿no cree?

—No habrá muchas ocasiones para eso.

—Aun así.

Dudó él de nuevo.

—Tozer —dijo al fin.

—Suena raro para ser español —ahora sonreía distante, como distraída—. Y desde luego, nadie adivinaría su nacionalidad por su aspecto.

Dio otra chupada y dejó caer la colilla entre las piedras.

—Eso sí —añadió con tranquilo asombro—. Habla el griego mejor que yo.

—¿Qué hace aquí?

Había Jordán formulado la pregunta con rudeza y vio que la mujer iniciaba un ademán ambiguo. Tenía los dedos largos: uñas pintadas de rojo sangre, ni joyas ni reloj; sólo una fina cadena de oro en un tobillo, entre el pantalón y la zapatilla de lona.

—Ya se lo he dicho —repuso ella tras un silencio—. Traje al cocinero.

Después de eso paseó la mirada por la lancha, los barracones y la playa. Los hombres seguían observándola desde lejos.

—Tiene un extraño barco y una extraña dotación, señor Tozer... ¿O debo llamarlo capitán?

—Debe irse —dijo Jordán, seco.

La mujer le dirigió una ojeada muy lenta, casi interminable.

—¿Me está echando de mi isla?

—Tiene que irse —insistió él—. No es lugar para una mujer.

Miró ella en torno, como para comprobar que estaba sola.

—¿A qué clase de mujer se refiere?

—¿Sabe su marido que está aquí?

—Sabe que fui en busca del cocinero... Que converse con usted ya es cosa mía.

Se quedó callada mientras sus ojos lo recorrían de arriba abajo. Con una sonrisa vacía y ligera indicó a los hombres que miraban de lejos.

—¿No va a enseñarme su embarcación, ni a presentarme a sus pintorescos tripulantes?

—Le ruego que no vuelva a este lugar.

—Usted no puede imponerme algo así.

Suspiró Jordán. Estoy perdiendo el tiempo, pensaba. No me gusta lo que ocurre, ni cómo ocurre. Nadie me había advertido de esto.

—Tendré que hablar con el barón.

—Sí, es buena idea —ella se mostraba repentina y exageradamente animada—. Hágalo... Puede venir a cenar alguna de estas noches, cuando no esté en el mar. Estoy segura de que mi marido tendrá mucho gusto en invitarlo.

Haciéndose a un lado, Jordán le mostró el camino de la playa y el pantalán.

—Adiós, baronesa.

A ella se le ensombreció el rostro. Fruncía la boca, molesta. Se puso en pie.

—No sea ridículo... No vuelva a llamarme baronesa —señaló el espejo de popa de la canoa automóvil—. Mi nombre es Lena.

Los hombres seguían mirándola curiosos mientras se dirigía al pantalán. Deslizó sobre ellos una ojeada indiferente, cual si no estuvieran allí o no los viese. Después, volviendo brusca la espalda, soltó las dos amarras y se deslizó con agilidad tras el volante, sobre el asiento tapizado de cuero verde.

—Lena —repitió.

Extrajo unas gafas de sol de la guantera y se las puso. Hizo luego girar la llave de contacto, rugió el motor y la lancha abandonó la cala de levante.

4. El estrecho de Kafireas

Cuando Salvador Loncar y Pepe Ordovás salieron del pequeño restaurante —una lokanta de tablones y chapa, decorada con malos tapices y bombillas de colores—, el crepúsculo se diluía tiñendo de reflejos ocres el mar de Mármara. Desde uno de los seis alminares de la mezquita del Sultán llegaba la voz del muecín rezando la penúltima plegaria del día.

—Reconoce que las albóndigas estaban de muerte —comentó Ordovás.

Se pasaba Loncar una uña satisfecha por el bigote de mosquetero.

—Lo reconozco.

—Ya te lo dije.

La cornís Florya olía a basura, aire salino y pescado asado de la media docena de kioscos que, en la sombra cada vez más densa de la muralla y mal iluminados por lámparas de queroseno, se levantaban al pie de la antigua fortificación. Volviose Loncar a uno y otro lado, cauto, para asegurarse de que no había presencias indiscretas. Después miró hacia la orilla asiática, donde las primeras luces empezaban a encenderse, extinguidos ya los reflejos del sol en las ventanas de Usküdar y Kadiköy.

—Todavía no hemos hablado de lo nuestro —dijo Ordovás.

—¿Qué es lo nuestro?

—Ya sabes —daba rodeos el agente nacional, sombrero en mano, rascándose el pelo escaso—. Los tuyos y los míos.

Era verdad. Todo el tiempo en casa de madame Aziyadé habían estado concentrados en dos partidas de ajedrez —una la ganó Loncar y otra fue tablas—, y durante la cena se limitaron a disfrutar, comentando cada bocado, los platos que, siempre con el *efendi* en la boca, les servía un turco de colgante mostacho y delantal tan sucio como si no lo hubieran lavado desde los tiempos de Selim el Cruel. La comida era realmente deliciosa: lonchas finas de pez espada ahumado con limón y las célebres albóndigas, objeto de la visita. Después, como postre, Loncar había disfrutado un buen pudin de arroz al horno, dos tazas de café negro y espeso, y un cigarro —turco, de excelente calidad— que todavía humeaba entre sus dedos mientras se acariciaba la tripa, complacido.

Mejor allí, pensó sin remordimientos, que en una trinchera de la Ciudad Universitaria.

—Para vivir así —dijo en voz alta, satisfecho— más vale no morirse.

Ordovás se manifestó de acuerdo. Caminaron a lo largo de la muralla, entre ésta y el mar, para bajar un poco la comida: panzudo y ancho el republicano, peinado hacia atrás con gomina; pequeño y flaco el otro, afeitada la inquieta cara de raposo. Más allá de las viejas piedras bizantinas, por los huecos derruidos donde asomaba una higuera o las hojas de una parra, se veían puertas abiertas a entresuelos mal iluminados, con hombres que jugaban a las cartas o al tavla manejando rosarios de ámbar, y perros callejeros que dormitaban apacibles junto a ellos. En su covacha todavía abierta, un barbero afeitaba a un cliente a la mermada luz de un candil de aceite.

—Sabes lo del combate de cabo Machichaco, supongo —comentó al fin Ordovás.

Era la primera alusión de esa noche a la guerra civil que llevaban a medias. Casi nunca, en lo posible, mezclaban el trabajo con el placer.

—La marina auxiliar vasca se portó bien —asintió Loncar.

—Eso es resumir, ¿eh?... Deberías estar orgulloso. Dos de vuestros pesqueros armados con modestos cañoncitos enfrentándose al crucero *Canarias*, con un par. Y uno de los bous se hundió sin arriar la bandera. Hasta los periódicos turcos lo traen. Admito que no está mal, ¿verdad?, para ser como sois unos bolcheviques de agua dulce... Aunque, bueno. Esos gudaris de misa diaria sólo son rojos de boquilla. Tocan otra música.

Le dirigió Loncar una mirada socarrona.

—¿Tú no asistes a misa, Pepe?... Los fascistas vais al cielo, ¿no? Y ahí mismo, en Pera, hay una iglesia católica que te haría el avío.

—Yo qué cojones voy a ir.

—Pues a tu glorioso Caudillo, que mala puñalada le den, lo sacan los obispos bajo palio, y el tío se deja.

—Cada cual tiene su clientela —apuntó Ordovás, ecuánime—. Su parafernalia.

—Ya veo.

—Pero no me desvíes la conversación, anda. Te estaba diciendo que lo de esos marinos vascos es la excepción que confirma *vuestra* regla. Y encima, por lo visto, el patrón de uno de los bous era de Murcia, o de por ahí.

—Hay reglas hechas de excepciones —se burló Loncar—. Danos tiempo.

—Qué tiempo, hombre, si los rojos tenéis la escuadra tan amarrada que al destructor *José Luis Díez*, que no sale ni a pescar, lo llaman *Pepe el del Puerto*...

—Tampoco exageres, coño.

—¿Exagero?... Después de asesinar a casi trescientos jefes y oficiales, ahora vuestra escuadra la mandan comités de cabos como esa gentuza del acorazado *Jaime I*, a la que se dan de maravilla la actividad criminal y las putas del Molinete de Cartagena, pero no saben manejar un sextante ni una carta náutica... Y claro, así os va. Os habíais creído lo del acorazado *Potemkin*, ¿verdad?... Hay que ser primaveras.

Dio Loncar la última chupada al cigarro, dejó caer el chicote al suelo y se detuvo para aplastarlo con la suela del zapato.

—Si no me falla la memoria —dijo con calma—, que no me falla en absoluto, nosotros liquidamos a señoritos del cuerpo general que eran unos chulos arrogantes y estaban compinchados con Franco para cargarse la República, o lo habrían estado si los hubiéramos dejado vivos.

—No les disteis tiempo, leche. Se sublevaron las tripulaciones.

—Pues mala suerte, chico —reía Loncar, mordaz—. Al que madruga, san Carlos Marx lo ayuda. Pero vosotros, a cambio, ya habéis fusilado a un millar de marineros, maquinistas y fogoneros. Ésa sí que es una escabechina.

—Correcto —asumió Ordovás sin el menor complejo.

—Pues blanco y en botella, ¿no?... Cada cual despacha lo suyo.

Siguieron caminando. Suspiraba el agente nacional, menudo, filosófico.

—La vida es dura, compadre.

—Para unos más que para otros.

—Pero reconoce que las albóndigas estaban cojonudas.

—Lo reconozco.

—Si cuando hayáis perdido la guerra sigues aquí, te invitaré una vez al mes.

—Lo mismo digo, cuando la pierdas tú.

Miraba Loncar el mar, del que se adueñaba la noche como siempre ocurría en aquella ciudad: surgida de pronto de las montañas del otro lado del Bósforo. Muy cerca, mostrando la luz roja de babor, un barco remontaba el canal llevado por un remolcador cuyo espeso humo negro rozaba las alturas de Topkapi.

—¿Hay alguna novedad en los puertos rusos? —inquirió Ordovás.

Loncar se puso alerta. Al fin entraban en materia.

—Nada que yo vaya a contarte —replicó.

—Venga, hombre... Ya te dije. Necesito aunque sean unas migajas, y luego las adorno como Dios manda.

—Te digo que no hay nada. Tanto dais por saco los fascistas en el Mediterráneo que la ayuda soviética sale ahora de Murmansk, por el norte. Id a interceptarla allí, si tenéis huevos. Y llevad ropa de abrigo.

Soltó Ordovás una risita cínica.

—Eso no te lo crees ni harto de rakia, compadre... ¿Me ves cara de panoli?

Al pasar junto a otro hueco de la muralla se encontraron con uno de los vigilantes de incendios que hacían la ronda, listos para dar la alarma al menor chispazo en las casas de madera que abundaban en aquel barrio. Fumaba sentado bajo la luz de un farol, y al ver a los europeos se llevó dos dedos a la visera de la gorra.

—Esa torre de dama estuvo muy bien jugada —dijo Ordovás cambiando de tercio.

—No es mérito mío —repuso Loncar—. Capablanca le hizo exactamente lo mismo a Alekhine en Buenos Aires, hace diez años.

—Pues le jugó la de Fu-Manchú.

—Sí.

Movía la cabeza Loncar, impaciente. Lo fatigaba aquel tira y afloja, esa forma de perder el tiempo. Estropear la digestión apacible de una buena cena.

—Vamos a ver —se encaró—. ¿Qué andáis tramando?

Los ojos de Ordovás brillaban, taimados, bajo el ala del sombrero que le oscurecía el rostro.

—Pues lo de siempre —se limitó a decir—. Hacerle la puñeta a tu disparatada República.

—Y en concreto, ¿por qué tanto interés estos días? Titubeaba el otro.

—Pues no sé qué decirte, mira —se pasó la lengua por el labio inferior—. Me aprietan, me exigen, me...

Alzó Loncar una mano admonitoria.

—Oye, Pepe.

—¿Qué?

—¿Cuánto hace que nos conocemos?

—Ocho años largos.

—Pues vamos a seguir llevándonos bien, ¿eh?... Por ese asunto ni me preguntes.

—¿Y a quién le voy a preguntar, si no es a ti?

—Tienes tus contactos, yo los míos. Que a veces son los mismos.

—Somos agentes secretos, coño —insistió Ordovás—. Hacer preguntas va en el sueldo.

—Será en el tuyo, porque yo llevo tres meses sin cobrar.

—Son los horrores de la guerra.

—Vaya si son.

—Y es lógico. Como el oro del Banco de España se lo habéis entregado a los rusos, estáis tiesos como la mojama.

Loncar emitió un exabrupto poco piadoso.

—Con algo habrá que pagar, ¿no crees? A nosotros no nos fían los suministros a crédito, como a vosotros Hitler y ese payaso de Mussolini. Que hasta submarinos os mandan.

—Anda, tú —se extrañó Ordovás—. ¿Cómo sabes eso?

—Me lo ha dicho un pajarito.

—Joder.

Se quedó callado Loncar un instante, reflexionando. O fingiendo hacerlo.

—Vamos a hacer una cosa, que en realidad es lo de siempre —dijo al fin—. Si tengo algo que pueda pasarte sin perjudicar a los míos, lo haré... ¿Vale?

—Vale.

—Pero te lo advierto: de momento no esperes gran cosa. Mientras tanto, no seas pelmazo. Deja de darme la lata con los puertos del mar Negro y sigue vigilando este lugar como hago yo, anotando barcos y cosas.

Los dientes del otro se destacaron en la penumbra. Sonreía.

—Que es lo único que haces en Estambul, naturalmente.

—Que es, en efecto, lo único que hago.

Suspiró otra vez Ordovás.

—Qué hijoputa eres, compadre.

—Yo también te quiero, Pepe.

Hacía calor para esa época del año. Miguel Jordán estaba a la sombra en el porche de su barraca, sentado en una silla plegable ante una mesa de tijera, terminando de escribir el informe que debía enviar en las próximas horas. Había empezado también una carta para su mujer, pero a las pocas líneas desistió de continuar. Ella y su hijo se encontraban demasiado lejos de aquella isla, y no sólo en lo tocante a distancia física. Nada tenía que decirles —quizás al niño, pero no con la madre como intermediaria—, y releer los lugares comunes con que comenzaba la carta llegó a producirle malestar. Así que la rompió en trozos minúsculos y se concentró en el informe.

Todo estaba listo, o a punto de estarlo. El barco nodriza, un mercante italiano llamado *Massafra*, de apenas mil toneladas y con medio siglo de mar en las viejas varengas, había descargado el día anterior seis torpedos, cinco mil cartuchos de 20 mm para el Oerlikon y veinte mil litros de fuel. Suficiente, en principio, para las primeras misiones. Dos de los torpedos y siete mil quinientos litros de combustible estaban a bordo de la lancha, y el resto en el barracón que servía de almacén, comunicado con el pantalán por una pasarela de tablas dispuesta sobre la arena.

Desde el lugar en que se hallaba, Jordán veía la torpedera, cubierta a medias por la red de camuflaje, con gaviotas revoloteando encima y Jan Zinger, los maquinistas y los primos Maroun ultimando detalles a bordo. Las pruebas de mar se habían hecho con éxito, y la lancha —la *Loba*, como ahora la llamaban— estaba a punto para la primera misión real. Todo dependía ya del servicio de información nacional en Atenas, que centralizaba las operaciones, y de las alertas que enviasen los caiques destacados en los estrechos cercanos, señalando la presencia de buques soviéticos o de la República.

Vio al piloto salir del barracón donde estaban la cocina y el comedor, mirar en torno y dirigirse hacia él. Traía el poderoso torso desnudo, un cuchillo al cinto, y en la mano una camisa que se puso al estar cerca de Jordán. A éste le gustaban las maneras del contrabandista: el modo respetuoso en que guardaba las formas, sin sumisión pero con tranquila disciplina. En momentos duros, pensó mientras lo veía aproximarse, convenía tener cerca a individuos como él. Durante muchos años, viéndolos luchar contra el viento y el mal tiempo, atrapado con ellos donde no podías decir paren esto que me voy de aquí, hombres muy parecidos a Ioannis Eleonas, por lo común taciturnos, silenciosos excepto a la hora de gritar maniobras o blasfemias, habían sido sus padres espirituales. Por eso era capaz de reconocerlos cuando los veía.

—Todo dispuesto, *kapetánie* —dijo el griego.

Jordán le ofreció un vaso de agua de la garrafa que tenía junto a la mesa y Eleonas lo bebió, agradecido.

—Podemos salir cuando nos dé la orden —añadió, secándose la boca con el dorso de una mano.

Señaló Jordán a los que estaban en la torpedera.

—¿Qué opina de ellos, piloto?

Lo pensó Eleonas un momento.

—Ya los vio en las pruebas de mar. De los míos respondo yo... Por su parte, los Maroun son competentes y el torpedista conoce su oficio. Buena tripulación.

—¿Y el telegrafista?

—Es más raro, va a su aire —hizo el griego un ademán vago—, pero trabaja bien. La instalación de la antena en la lancha es buena, como su estación en tierra. Sabe lo que hace.

—¿Puntos débiles?

—¿Del inglés?

—De todos.

—Zinger tiene su manera de hacer las cosas; insolente, pero se contiene. Los libaneses no darán problemas mientras coman bien y cobren su dinero.

Miró Jordán hacia los barracones. Humeaba la chimenea del comedor. El cocinero y su mujer habían salido a vaciar unos cubos de basura. Eran un griego de mediana edad, calvo y panzudo, y su mujer, todavía joven: Apóstolos y Cenobia, vecinos de Syros. No se les permitiría abandonar la isla mientras durase la misión. Por un instante pensó en la baronesa Katelios.

—¿Satisfecho con ellos?

Asintió Eleonas.

—Ha sido buen cambio, de latas de conserva a comida de verdad. Para este trabajo convienen estómagos felices —se quedó pensativo y movió los hombros—. Pero hay una cosa...

Otra vez se detuvo, mirando a Jordán. Al fin siguió adelante.

—Sospecho que el cocinero tiene intención de ofrecer su mujer a los nuestros. Cobrando, naturalmente.

—¿De verdad es su mujer?

Se rascó Eleonas la nariz.

—Eso dice.

—O sea, que no lo es... ¿Los conoce?

—En estas islas nos conocemos todos, *kapetánie*... ¿Quiere que la eche de aquí?

—Ya no. Puede hablar de lo que no debe, donde no conviene.

—Estoy de acuerdo.

Se miraron en silencio, indecisos.

—En todo caso —dijo al fin el piloto—, no irá mal que nuestra gente pueda aliviarse. Vendrán situaciones de tensión, y la otra salida es el alcohol. Más peligrosa que ésta.

—Comprendo.

—No habrá problemas si todo queda claro desde el principio.

—¿Ya ha ocurrido algo?

—No, pero lo veo venir. Acabas conociendo a los hombres —hizo el griego otra pausa reflexiva—. Quizás...

—Hablaré con ellos y con el cocinero —zanjó Jordán—. Reglas estrictas.

—Convendría, sí. Prevenir las cosas.

—Cuente con ello, piloto.

Bobbie Beaumont se había asomado a la puerta de la barraca de la radio, estirando los brazos. Parecía fatigado, pues sin duda llevaba un buen rato pulsando el manipulador o ajustando el equipo. Después de contemplar la playa volvió a meterse dentro.

—Quiero pedirle que vigile al telegrafista —sugirió Jordán—. Discretamente.

Eleonas lo miraba sorprendido, pero no objetó nada.

—Lo haré —dijo.

—Es un buen hombre si se mantiene lejos de productos embotellados.

—Ah, ya... Pero he visto que no prueba el alcohol. Sólo cerveza.

—Procuremos que siga así.

Se quedaron callados mirando la playa y las gaviotas que planeaban sobre la lancha y rozaban el agua en busca de peces. Jordán enroscó el capuchón de la estilográfica y metió los documentos en una cartera de cuero.

—¿Desde cuándo se gana la vida en el mar?

Entornó los párpados el otro, calculando despacio. Todo, confirmó Jordán, lo hacía así, asegurándose antes de cada movimiento y cada palabra. Difícil suponerle al veterano contrabandista una improvisación o una imprudencia.

—Desde los doce años, que embarqué en un pesquero... Eso son treinta y dos.

Con doce, pensó Jordán. A la misma edad que ahora tenía su hijo, Ioannis Eleonas había salido al mar a ganarse la vida. Dos años antes que él mismo.

—¿Y de dónde es? —quiso saber—. ¿De una de estas islas?

—No, de Focea... Está cerca de Esmirna, en la costa turca. A mis padres y mis hermanos los mataron el año catorce —lo dijo con naturalidad, sin dramatismo, e hizo otra pausa fatalista—. Yo tuve suerte, estaba en el mar. Me salvé por eso.

Suspiró Jordán.

—Un lugar duro, esta parte del Mediterráneo.

Pareció pensarlo el otro, cual si nunca se lo hubiera planteado de ese modo.

—Todos los lugares lo son, tarde o temprano, antes o después —concluyó—. Ustedes los españoles lo están demostrando en su patria. Y también esa Europa a punto de estallar.

Lo había dicho con un amago de sonrisa que no desmentía su acostumbrada seriedad: una mueca resignada ante las evidencias. Sólo pueblos muy antiguos y sabios, se dijo Jordán, eran capaces de sonreír así.

—Nadie aprendió la lección de la Gran Guerra y andan buscando otra —añadió el piloto.

—¿Le interesa la política?

Opuso Eleonas el gesto griego de protesta: mano alzada, vuelta de muñeca con los dedos separados, índice apuntando al interlocutor.

—Para nada, *kapetánie*... Sólo en lo que afecte a mi trabajo.

Lo contemplaba Jordán curioso, con extremo interés. Cada uno de nosotros es un mundo, pensaba. Nunca se acaba de aprender.

—¿Y qué hará si todo arde? —quiso saber.

Hizo Eleonas otro ademán, esta vez de indiferencia: palmas de las manos hacia arriba, transfiriendo la responsabilidad al cielo, o a los dioses.

—Los griegos estamos acostumbrados a que todo arda: Quíos, Focea, Esmirna —miró a Jordán en busca de confirmación—. Creo que también ardieron Atenas y Troya, ¿no?

—Eso cuentan.

—Pues con fuego o sin él, pase lo que pase, seguiré comerciando con alcohol y cigarrillos. En guerra o en paz, todos necesitan fumar y beber.

A Jordán le agradaba el estoicismo con que su segundo se planteaba vida y destino.

—¿Tiene familia?

—Una mujer y cinco hijos, en Paros... ¿Y usted?

—Mujer e hijo. En España.

—¿Afectados por la guerra?

—Poco. Están en zona segura.

—Es una suerte que en el mundo haya lugares seguros. Es afortunado... Combatir solo, sin preocuparse por cuidar de nadie a quien se quiere.

—Supongo que sí, que lo soy.

Eleonas señaló la torpedera.

—Yo también me siento afortunado. Mi familia está en una isla, sin turcos demasiado cerca. Vivo libre para esto... Además, tengo curiosidad —de nuevo moduló la mueca de antes, que no llegaba a sonrisa—. Nunca hundí un barco.

—Yo tampoco —le recordó Jordán.

—Bien, aprenderemos juntos. Puede ser útil aprender a hundirlos. Como incendiar ciudades y matar hombres... Creo que son destrezas importantes en el mundo que está por llegar, o por retornar.

Escuchaba Jordán, interesado.

—Me gusta usted, piloto —dijo de pronto.

Se lo quedó mirando Eleonas con aire intrigado antes de sonreír de modo abierto: un ancho trazo blanco contrastando en el rostro atezado y sin afeitar. Después extendió una mano fuerte de dedos cortos, encallecida por una vida en el mar, para estrechar la que Jordán le ofrecía.

—Yo también conocí a peores jefes, *kapetánie* Mihalis.

Entró Jordán en la barraca del telegrafista, llevando una cámara fotográfica Agfa y un maletín de revelado que acababan de llegar con los últimos suministros del barco nodriza. Bobbie Beaumont, sentado frente al equipo emisor-receptor Telefunken, dejó de pulsar el manipulador y quitándose los auriculares se volvió hacia él.

—Todo bien, comandante. Acabo de comunicar con el *Karisia*... Está a unas treinta y cinco millas, frente al cabo Kafireas —alzó una mano hacia el techo, sobre el que estaba situada la antena—. Y la señal es perfecta.

Miró Jordán la carta náutica clavada con chinchetas en la pared. Había dos rutas trazadas a lápiz que se bifurcaban desde la salida de los Dardanelos para pasar a uno y otro lado de las islas Andros y Tinos. El *Karisia* era el pesquero que patrullaba el noroeste, ruta habitual de los mercantes que venían del mar Negro. El otro caique, el *Zeios Demetrios*, vigilaba el estrecho de Mikonos, al sudeste: la ruta alternativa.

—Necesitaremos que comuniquen con nosotros desde más lejos.

—Eh, por supuesto —lo tranquilizó Beaumont—. No habrá dificultad en deshacer el áspero nudo gordiano de las ondas.

—Traduzca.

—Pues eso, comandante. Puedo garantizar una cobertura de cien millas desde la isla y de unas sesenta desde la torpedera —hizo un gesto esperanzado mientras limpiaba las gafas con un faldón de la camisa, atentos a Jordán sus ojos aguamarina y miopes—. ¿Le parece suficiente?

—Eso creo. Debe darnos tiempo para aparejar e ir al encuentro del objetivo. Y si es de noche, será más complicado. Necesitaremos al menos una hora de margen.

—La tendrá si los caiques comunican a tiempo —el inglés acercó un poco más un cenicero lleno de colillas y encendió un cigarrillo—. Todo depende, majestad, de lo que aporte el viento de Escocia. O de donde sople.

Jordán ya le había cogido el tono al telegrafista. Llevaban los suficientes días juntos.

—Excelente —se limitó a comentar—. ¿Y Atenas?

—Ahí no hay problema. Acabo de comunicar con nuestra antena de El Pireo: señal tan alta y limpia como el alegre gorjeo de las aves... En lo que a mí respecta, en cuanto ajuste el carrete de inducción todo estará en orden —dio una honda chupada al cigarrillo y habló entre el humo—. Ni más cerca ni más lejos, mi señor, que la fuerza de este brazo. Etcétera.

Asintió Jordán. Las instrucciones del cuartel general de la Armada llegaban cifradas a través de la estación clandestina que el servicio de inteligencia nacional tenía en el puerto ateniense. Era su enlace directo con España; y si los caiques se hallaban demasiado lejos de la isla, también con ellos.

—Lo felicito, buen trabajo —Jordán indicó el cuaderno de notas que estaba sobre la mesa, junto al librito de claves y el manipulador telegráfico—. ¿Algún mensaje?

—Nada especial —Beaumont arrancó una hoja escrita y se la dio—. Sólo piden confirmación de que todo el material se ha recibido y la torpedera está lista.

—¿Nada de barcos en puertos rusos?

—No.

—¿Ni de fechas posibles?

—Nada en su más prístino sentido... O sea, nada de nada.

Leyó Jordán lo anotado con letra mayúscula y clara. Pese a los años que llevaba en el mar —conocía el alfabeto Morse como cualquier oficial de marina—, seguía asombrándolo la habilidad de los especialistas para interpretar con rapidez la sucesión de puntos y rayas, sonidos e impulsos eléctricos que recibían mediante el radiotelégrafo. Y a menudo, cifrado en claves que aún lo complicaban más.

Le devolvió a Beaumont el mensaje, que éste fechó al margen con lápiz azul y rojo —la ceniza del cigarrillo caía sobre el papel— antes de meterlo en el archivador con cerradura de seguridad. Señaló Jordán el transmisor.

—¿Puede contactar con Atenas ahora?

Miró el otro su reloj: viejo, barato, de bolsillo.

—Creo que sí.

—Responda que afirmativo. Todo listo para operaciones.

—En seguida.

Se puso el inglés los auriculares, pulsó en el manipulador los toques dobles y simples de la llamada preliminar, y tras recibir una señal de respuesta emitió el mensaje: tres rayas, punto, raya, punto...

—Lo hace en clave, supongo —dijo Jordán.

Le dirigió Beaumont, de soslayo, una mirada más de reproche que ofendida.

—Por supuesto. Grupo ORR.

Asintió Jordán. *Estoy preparado*, era el mensaje. Para abreviar en las comunicaciones, a cada situación probable, a las preguntas y respuestas más frecuentes, se había asignado un grupo de letras previamente dispuesto. *Me dispongo a atacar* era OBB. *Objetivo alcanzado*, OAA. *Objetivo fallado*, OFF.

Había terminado la transmisión. Beaumont se quitó los auriculares recostándose en la silla, humeante el cigarrillo colgado de los labios.

—Hecho, comandante.

—Otra cosa —indicó Jordán la cámara fotográfica y el maletín que había dejado sobre la mesa—. Nos han pedido algunas fotografías para acompañar los informes. ¿Le importaría encargarse de eso?

—Con mucho gusto... Pero no soy ducho en materia de revelado, me temo.

—Es fácil, le enseñaré cómo hacerlo. Y ahí tiene un manual.

Al salir Jordán al exterior, el otro fue con él. Permanecieron inmóviles, deslumbrados por la luz. Cuando Beaumont se llevó la mano a la boca para dar la última chupada a la colilla, Jordán observó que los dedos le temblaban.

—Estará cansado —dijo, amable—. Doce horas diarias de escucha, aparte el trabajo de instalar y comprobar todo... Es mucha tensión.

Encogió el otro los hombros con sencillez.

—Cobro por esto.

—Aun así —Jordán adoptó un tono oficial—. Permanezca alerta, pero tome un descanso. Duerma, despéjese —con un pulgar señaló la barraca a su espalda—. Que alguien lo releve ahí, para avisar si entran comunicaciones. Farid Maroun podría ocuparse. ¿Le parece bien?

—Sí. Es el más listo de los dos primos.

—Enséñele lo básico: que sepa estar a la escucha, identificar llamadas y todo eso. Pero nada de transmitir ni responder, naturalmente.

—Por supuesto.

—Al entrar en acción lo voy a necesitar a usted fresco y despejado a bordo.

—Lo estaré.

—Eso espero.

Contemplaba el inglés la playa y el mar. Al cabo levantó la mirada para comprobar la altura del sol.

—La fuerza de una cadena es la de su eslabón más débil.

Se removió Jordán, incómodo.

—No pretendía...

—Eh, lo sé, querido muchacho. Lo sé.

Seguía Beaumont vuelto hacia el cielo. Tras un momento bajó despacio la cabeza.

—No se inquiete, comandante. Quizá no merezca yo guirnaldas de sauce, pero tampoco desciendo de estirpe innoble, ¿comprende?... No soy un eslabón débil. Sólo me hallo un poco maltrecho. La vida gasta.

Se detuvo, mirando a los hombres que trabajaban en la torpedera. Sonreía.

—Es buena tripulación, diría yo —añadió en seguida—. Los pocos afortunados, nosotros, grupo de hermanos, etcétera —se giró hacia Jordán—. ¿Nos eligió?

—No, a ninguno. En realidad me lo dieron casi todo hecho. Incluido a usted.

Hizo Beaumont un círculo con el índice y el pulgar y lo penetró con un dedo de la otra mano. Después le guiñó un ojo a Jordán.

—¿Sabía que la cocinera...?

—Algo he oído.

—¿También se la dieron hecha?

—También.

Una risa seca hizo toser al inglés.

—El consuelo está en el cielo, no en la tierra —se quedó pensativo—. ¿O era al revés?

Contemplaba a Jordán, inquisitivo, como si realmente éste lo supiera. Por fin asintió con resignación.

—Todos somos barro y espíritu, ¿no le parece?... Con nuestras debilidades, nuestras pasiones y nuestros vicios —hizo un ademán dirigido a una audiencia imaginaria—. Cuántas veces, mi señor, no pecamos por no haber visto el modo de pecar.

Tanteándose indeciso un bolsillo del pecho, cual si no estuviera seguro de encontrarlo ahí, sacó un arrugado paquete de cigarrillos Papastratos; pero al encenderlo le temblaban tanto los dedos que se le apagó el fósforo. Fue Jordán quien, tomando la caja, le dio fuego. Tras los cristales de las gafas, el telegrafista parpadeaba, avergonzado.

—Es curioso. Cuando estoy ahí dentro o en la lancha, pulsando puntos y rayas, no me tiembla nada. Es sólo cuando...

—¿Cómo fue lo de Jutlandia? —interrumpió Jordán.

—Eh, bueno, hace mucho de aquello —lo miraba con sorpresa—. Casi no me acuerdo.

—¿Cómo fue?

Se quedó callado el otro, dejando salir humo por la nariz y la boca. Miraba el mar.

—Duro, querido muchacho. Eso es lo que fue.

—¿Y qué más?

Lo contó Beaumont, al fin. Lo hizo de un modo sencillo, sin dramatismos: Jutlandia para los ingleses y Skagerrak para los alemanes, 31 de mayo de 1916, dos flotas cañoneándose en la mayor batalla naval de la historia, tres mil muertos alemanes y casi siete mil británicos, con él mismo encerrado en la cabina de telegrafistas del crucero ligero *Southampton* ignorante de quién ganaba o perdía, enviando y recibiendo mensajes en el caos del combate, punto-raya, punto-raya, mientras oía los cañonazos, los impactos de artillería, la metralla reventando en cubierta y los estruendos de los acorazados que volaban por los aires.

—No quiero otra como aquélla —concluyó con disgusto.

—¿Por eso lo dejó?

—Fue una de las razones. Probé suerte en la marina mercante y luego anduve trabajando en los ferrocarriles de Oriente Medio. Sin demasiada fortuna en los últimos tiempos, como todos saben.

Se quitó las gafas, mirándolas al trasluz para comprobar si de verdad estaban limpias, y se las puso de nuevo.

—Si lucháis, ciudadanos, contra los enemigos de una patria, la riqueza de esa patria premiará vuestras fatigas —ahora miraba irónico a Jordán—. ¿No cree?

—Claro.

—Nuestras fatigas deben premiarse.

—Supongo.

—Pues yo también lo supongo —señaló a sus compañeros en la torpedera—. Ni a ellos ni a mí nos viene mal algún dinero en el banco, o en el bolsillo.

—Sin embargo, esto lo expone otra vez —objetó Jordán—. Al mar, quiero decir. A lo que quiso dejar atrás.

—¿Se refiere a combates?

—Alguno habrá. Aunque confío en que sin demasiado riesgo para nosotros.

Miró Beaumont pensativo la brasa de su cigarrillo y le dio otra chupada.

—Nunca se sabe, querido muchacho —dejó salir despacio el humo—. En asuntos de riesgos, en el mar nunca se sabe.

Nos dormimos al ruido de los tronos que se derrumban durante la noche y que son barridos cada mañana ante nuestra puerta...

Pantelis Katelios cerró el libro, se quitó los lentes y apoyó la cabeza en el respaldo de cuero y acero de la butaca, contemplando distraído el techo, donde una capa de pintura blanca ocultaba los antiguos frescos —paisajes clásicos y sabios de la Antigüedad— que habían decorado la estancia. Chateaubriand solía consolarlo tanto como Cervantes, Montaigne, Séneca y el doctor Johnson, pero no aquel día. Estaba cansado, aunque no era la suya una fatiga física. Aún permaneció un rato inmóvil después de dejar el libro a un lado, sobre la sencilla mesita de lectura en la que había una plegadera de marfil, una pipa apagada, una caja de fósforos y el cenicero de bronce en forma de torso de mujer desnuda. Muchas cosas, pensó, se encontraban cada mañana barridas ante la puerta. *Das Dort ist niemals Hier,* había escrito un alemán, no recordaba quién —Schiller, quizás—. Allí jamás será Aquí. Cosas ajenas o propias, y tal vez eran demasiadas.

Se puso en pie lentamente, con indolencia, y abotonó los dos botones superiores del cárdigan. Llevaba debajo una camisa de franela a cuadros y el descolorido pantalón de pana. Al salir del despacho-biblioteca —hacerlo era como penetrar de nuevo en el ayer—, el centenario espejo veneciano del pasillo le devolvió una imagen empañada que parecía de otro tiempo, de un hombre distinto al que recordaba haber sido; una estampa ante la que a veces se detenía inquisitivo, curioso, queriendo descifrar los extraños vínculos que entre presente y pasado teje la vida del ser humano que alcanza a vivir lo suficiente: alto y muy flaco, el pelo gris, el bigote, las manos pálidas, huesudas y largas. Los ojos cansados que cercaban pliegues y arrugas.

Pasó sin dirigirle la palabra junto al viejo Stamos; que en el pasillo, bajo las pinturas agrietadas que a diferencia de la biblioteca allí se mantenían a la vista, limpiaba una vitrina donde había tres cerámicas blanquiazules de Luca della Robbia. Un poco más allá, junto a la zona de servicio, le llegó el aroma del guiso que la sirvienta preparaba en la cocina. Se detuvo en la puerta.

—Eso huele muy bien, Irini.

—Gracias, señor barón.

—¿Qué es?

—Estofado de conejo con ajo, hierbas y tomate.

—Ah, estupendo... ¿Dónde está la señora?

Hizo la sirvienta un ademán indiferente con la cabeza, en dirección a la playa.

—Salió.

Cogió Katelios, al paso, un ajado panamá del perchero del vestíbulo. Afuera, el sol y los árboles trazaban en el suelo arabescos de luz y sombra. No se oía un sonido, ni había el menor soplo de brisa. Anduvo sin prisa entre los olivos, las higueras y los cipreses hasta la terraza y los peldaños de piedra que descendían a la playa, y se detuvo allí. Lena estaba en el embarcadero, ocupada en el motor de la Chris-Craft. Durante el desayuno había comentado algo sobre la conveniencia de un cambio de aceite y de limpiar bujías.

Permaneció un rato inmóvil, observándola desde la terraza. Ajena a su presencia, había desmontado la cubierta central de la canoa automóvil y trabajaba arrodillada sobre el motor desnudo. Vestía un pantalón corto y una camisa de hombre remangada hasta los codos, y un pañuelo, anudado en torno a la frente, evitaba que el sudor incomodara sus ojos.

La recordó mientras la contemplaba como había hecho innumerables veces desde que ella conoció su piso de soltero de la rue Rivoli, cuyas ventanas daban a las Tullerías: admirado por su elegancia aristocrática y fría, de una belleza casi trágica; por los ojos avellana tan profundos que en un momento de vértigo él temió caer dentro de ellos, y por sus primeros besos lentos, dolorosos como lágrimas —besar a Lena Mensikov, antes Helena Nikolaievna, después Lena Katelios, era abrazar una arcana biografía—. Besos que acabarían siendo, aunque no por mucho tiempo, estallidos de risa y felicidad. En los meses siguientes ella había reído así en la terraza del Ritz de Madrid, donde los farolillos chinos recreaban, en sus hombros desnudos y la pechera blanca del frac de él, una Venecia de luz rosada que tenía como fondo el Palace Hotel. También la había oído reír de ese modo en la villa alquilada junto a la via Ludovisi, en la colina desde la que se veía Roma entera, con el Vaticano a sólo media hora en coche de caballos; y ante los tulipanes blancos de una mesa del Hôtel de Paris, en Montecarlo, mientras él contaba la historia del genio perverso que redujo a treinta y seis los números de la ruleta y ella escuchaba como entonces solía hacerlo: absorta en sus palabras, un codo sobre la mesa y el rostro apoyado en la palma de la mano que sostenía un cigarrillo. Todo eso, y mucho más, había sucedido antes de que ella se convirtiera en una extraña, y antes de que él mismo hallase un oscuro alivio en la aceptación de su incapacidad para hacerla feliz.

Se dirigió a la playa, al fin. Lena no lo advirtió hasta que sus pasos hicieron crujir la madera del embarcadero, y cuando alzó la vista del motor ya estaba él junto a la canoa automóvil. Se llevó ella al rostro una mano, y los dedos dejaron un rastro de aceite en su mejilla derecha.

—¿Desde cuándo estás ahí?

Señaló Katelios las tablas de la pasarela. A uno y otro lado, el agua inmóvil tenía transparencias de esmeralda.

—Me has oído llegar.

La vio hacer un ademán amplio, abarcando la playa, la escalera de piedra y la terraza.

—Ahí —repitió ella.

—Te estuve observando desde arriba.

—No me gusta que hagas eso... Que me espíes cuando no sé que lo haces.

—Te advertiré la próxima vez.

—Sí, por favor.

Permanecieron un momento callados, mirándose. Indicó él el motor de la lancha.

—¿Todo en orden?

Asintió Lena. Se había quitado el pañuelo de la frente para secarse el rostro. La camisa tenía manchas húmedas en la espalda y las axilas. Percibió Katelios, próximo, el olor de su cuerpo: carne de mujer, sudor, suciedad y grasa del motor. Una sensación familiar, antigua, turbadora, lo estremeció en sus adentros. La imaginó una vez más, o la recordó, en brazos de otros hombres. En plural. Mezclando aquel olor con el de ellos. La había visto hacerlo.

—¿Cuándo vas a Syros?

—Mañana o pasado —lo miraba fijo, provocadora—. ¿Quieres venir?

—No... Tampoco esta vez.

Lena sabía sonreír de un modo concreto, como si insultara. Torciendo la boca a un lado, breve, serena, gélidamente cruel. También ahora. Y no sé dónde aprendió a hacerlo así, pensó de nuevo él. Pero lo hace.

—Ya van muchas veces que no —repuso ella en voz baja, sosteniéndole la mirada.

Quizás aprendió conmigo, concluyó desolado Katelios. O tal vez antes ya sonreía de ese modo y sólo llegó a olvidarlo durante un tiempo, al principio de nosotros, hasta que yo le devolví la manera de hacerlo. Le afilé el gesto con el fracaso en curar sus heridas y las mías. Cada cual a solas con los propios estragos, al fin y al cabo. Con los particulares fantasmas.

—Sí —se limitó a decir, resentido—. Muchas veces.

La ayudó desde el pantalán a colocar la tapa del motor apretando las palomillas de los cierres. En la impecable caoba oscura, los cromados relucían bajo la intensa luz. Al terminar, mientras se limpiaba las manos con un trapo, ella se volvió hacia el lado oculto de la isla.

—¿Qué hay de esa gente?

—Siguen con lo suyo, supongo.

—¿Ya han empezado a actuar como tienen previsto?

—No lo sé... Ni creo que nos convenga saberlo.

Lena seguía mirando hacia levante de la isla. La mancha de aceite permanecía en su mejilla, y Katelios contuvo el impulso de alzar una mano para limpiársela.

—Su jefe, ese tal...

—Tozer —dijo él—. Comandante o capitán Tozer.

—Un nombre ridículo para un español.

—Medio griego, creo.

—Da igual. Estoy segura de que no se llama así.

—Por supuesto que no; pero a nosotros nos da igual cómo se llame. En cualquier caso, habla tan bien el griego que podría serlo.

—No con ese aspecto.

Parpadeó Katelios. Apenas fue un instante, pero no pudo evitar que ella lo percibiera.

—¿Te gusta su aspecto?

—¿Por qué no? —Lena saltó de la lancha al pantalán—. Es atractivo, masculino, fuerte, con esa barba rubia que le da aire de vikingo... Parece un hombre preparado para lo imprevisto y lo peligroso, y eso lo hace distinto.

—¿A qué, o a quién?

Ella no respondió y esta vez pudo él mantenerse impasible. De todos los hombres que existen, concluyó, soy el que mejor la conoce.

—Lástima que esté ocupado en sus piraterías —dijo en tono objetivo, abanicándose con el sombrero—. De no ser así podrías invitarlo a acompañarte a Syros.

Tardó ella en reaccionar. Seis latidos en el corazón de él, cinco segundos de mirada atenta, casi científica.

—¿Te importaría?

—En absoluto.

Surgió de nuevo la sonrisa aguzada como un puñal. También los ojos de Lena parecían astillas endurecidas al fuego.

—Pues quizá lo haga.

—Tenme informado, entonces.

La vio pasarse una mano por el pelo cortísimo. Sus innumerables canas destacaban bajo el sol como salpicaduras de plata.

—Oh, sí, serás el primero en saberlo... Puede que de ese modo te animes a acompañarme allí otra vez.

—No creo —le sostenía la mirada, ácidamente sereno—. Tengo suficiente de pescadores y camareros. La cuota completa.

—Ése no es pescador ni camarero.

Era imposible poner en duda la sinceridad de aquellas palabras. Sonaban como una fría advertencia o una amenaza. O más bien como una certeza.

Un naranja trémulo empezaba a aclarar la línea oscura del horizonte, definiendo límites entre mar y cielo. En el puente de ataque de la lancha torpedera, escarchado por el relente del alba que se asentaba despacio, Miguel Jordán sentía húmeda la ropa, e incluso notaba así la toalla que se había puesto bajo el cuello subido del chaquetón marino. Se había echado atrás la visera de la gorra y sostenía pegados a los ojos unos prismáticos Zeiss con los que escrutaba inquieto el nordeste.

—Nada, piloto —murmuró entre dientes—. Nada todavía.

A su lado, Ioannis Eleonas se mantenía tan inmóvil y callado que resultaba casi invisible: una sombra que se confundía con la estructura negra de la embarcación. Todo se hallaba igual de quieto y en silencio más allá del suave runrún de los motores, que hacían vibrar la cubierta. El agua estaba tranquila y la torpedera, con todo apagado a bordo, apenas se balanceaba en ella. No había luna ni estrellas. En el círculo de noche agonizante que los rodeaba, las islas y el mar se confundían en una informe oscuridad, sólo interrumpida a intervalos por el destello lejano del faro del cabo Kafireas.

Alzó el rostro Jordán hacia el serviola, otra sombra sobre sus cabezas.

—¿Algo a la vista?

—No se ve nada, comandante —llegó de arriba la voz de Sami Maroun.

Dejó Jordán los prismáticos, y con las manos apoyadas en la mojada regala de acero hizo nuevos cálculos mentales. El *Stary Bolshevik* —pabellón soviético, matrícula de Odesa, 4.950 toneladas de registro bruto—, vigilado por los servicios de información nacionales desde que tres días atrás pasara el Bósforo procedente del mar Negro, debía de estar a esas horas muy cerca del punto de paso habitual de los barcos que procedían del nordeste, entre la gran isla de Eubea y la de Andros: un embudo de siete millas donde sería difícil no descubrirlo. El *Karisia*, el caique de exploración disfrazado de pesquero que vigilaba ese sector, había avistado al mercante ruso la tarde anterior al sudeste de Skyros, justo cuando encendía sus luces de navegación a la puesta de sol, navegando a unos siete nudos de velocidad. Ya debería estar allí, por tanto, salvo —la posibilidad inquietaba en extremo a Jordán— que hubiese alterado el rumbo durante la noche para pasar entre las islas de levante.

Otra sombra se incorporó a las del puente. Era Beaumont, el telegrafista. Traía la respuesta a un mensaje enviado por Jordán al caique explorador.

—Comunicación del *Karisia*, comandante.

—¿Qué dicen?

—No han perdido de vista en toda la noche la luz de alcance del mercante, al que siguen de lejos. Cada vez se distancia más, pero aún pueden distinguirlo a unas ocho millas. Calculan que se encuentra embocando el estrecho, así que deberíamos verlo pronto.

Asintió Jordán, tranquilizado al fin. Alzó de nuevo el rostro.

—¿Lo ha oído, serviola?

—¡Lo he oído, comandante!

—Pues mantenga los ojos abiertos.

Lo angustiaba la posibilidad de equivocarse de barco. Había estado a punto de ocurrir hora y media antes de que rayara el alba, cuando avistaron las luces de navegación de un vapor. Se habían aproximado con cautela a media máquina, por su babor, procurando confundirse en la informe oscuridad de las islas a levante, y durante quince tensos minutos estudiaron las luces y la estructura del buque que podía deducirse de aquéllas. Después, imitando los movimientos, velocidad y rumbo errático de un caique arrastrero —allí los pescadores solían faenar sin luces—, la *Loba* se acercó lo suficiente para comprobar que no se trataba del mercante soviético sino de un desconocido que, como tantos otros, seguía la misma ruta.

—¡Luces, comandante!... ¡Roja y verde, en la amura de estribor!

Se llevó Jordán los prismáticos a la cara. Roja y verde significaba que el barco venía de frente, dándoles la proa. Y sí, allí estaba. Procurando ignorar el vacío que de repente se le había hecho en el estómago, estudió las luces e hizo cálculos mentales de rumbo y distancia. Después retiró la funda de la dirección de tiro RZA y miró por el binocular. Demora, treinta y siete grados. A cinco millas, aproximadamente.

Sintió que se le secaba la boca. Su voz brotó ronca:

—¡Baje, serviola! —se volvió a Eleonas—. Zafarrancho, piloto... Y no quiero ninguna luz a bordo. Ni siquiera un cigarrillo.

Dio el griego un toque de silbato y Jordán oyó a los hombres ocupar sus puestos de combate: el chasquido de los primos Maroun al municionar el cañón de 20 mm en la cubierta de popa y el chirrido de los mecanismos de los tubos lanzatorpedos, uno a cada lado de la caseta de gobierno, destrincados por Zinger. Los días de adiestramiento tenían su efecto. Se dirigió a Beaumont, que seguía allí.

—Envíe la señal Oscar-Bravo-Bravo y esté atento a cualquier comunicación que emita el mercante... Y cuando empiece el ataque, procure emitir lo que sea, lo más confuso posible y a la máxima potencia, para interferir su comunicación si dice que está siendo atacado y pide ayuda. ¿Entendido?

—Sí, comandante.

—Vaya a su puesto —se volvió a Eleonas con toda la calma de que fue capaz—. En sus manos, piloto. Haremos lo mismo que antes, fingiendo ser un pesquero... Por su estribor, para que se recorte mejor.

Mientras hablaba señaló la franja anaranjada que se ensanchaba en el horizonte: la presa más visible a contraluz y el cazador acercándose por el lado oscuro. Un ataque clásico, de manual.

—¡Zinger! —gritó sin volverse.

—¡Sí, comandante!

—Abra tubo dos... ¿Todo en orden?

Le pareció que reía el torpedista: una carcajada en la oscuridad. El holandés disfrutaba con aquello. Nikos Kiprianou se había reunido con él detrás del tubo de babor, para auxiliarlo.

—¡Todo!

Ordenó Jordán a los Maroun no abrir fuego sin su orden expresa y volvió a pegar los ojos al binocular. El objetivo aparecía nítido y su silueta correspondía con el informe recibido —la descripción del barco y su carga había llegado a la estación telegráfica de la isla dos días atrás—: chimenea alta, dos puentes de diferente altura, puntales en los palos de proa y popa. Eleonas había destapado los tubos de comunicación con el timonel y con el maquinista.

—Avante poca —ordenó el piloto—. Rumbo trescero-siete.

Vibraron con más intensidad los tres potentes motores diésel y la torpedera empezó a moverse con rapidez hacia el noroeste, en ángulo recto con las luces roja y verde de las que, tras un momento, desapareció la roja. Eso significaba que se hallaban en el lado de estribor, a la derecha del mercante que se acercaba. Entonces Eleonas ordenó un rumbo casi paralelo, a la misma velocidad y algo convergente, para aproximarse al vapor sin que ni la maniobra ni un ruido excesivo de los motores despertara sospechas.

—Ahí va bien —dijo Eleonas por el tubo acústico—. Caña a la vía.

La brisa producida por el movimiento de la lancha enfriaba la ropa húmeda de Jordán, que seguía mirando por el binocular. Apretó los dientes porque temía morderse la lengua, pero no lo estremecía el frío, sino la tensión. Perfectamente recortado ahora en la estrecha franja de claridad, el *Stary Bolshevik* navegaba ajeno a lo que iba a ocurrir, llevando en sus bodegas cañones, fusiles, ametralladoras y munición destinados a la República española.

—Manténgalo así como va, piloto.

Calculó de nuevo la distancia, siempre a ojo —la RZA no tenía telémetro—, basándose en la altura de la chimenea. El vapor se encontraba a unos novecientos metros. Los dedos se le crisparon en torno a las ruedecillas de la dirección de tiro.

—Yo tomo el mando, piloto —dijo—. Rumbo cero-nueve-tres. Motores a seiscientas revoluciones.

Repitió Eleonas la orden por el tubo acústico y Jordán siguió la variación mediante el binocular. Al fin, tras calcular nueva distancia, velocidad y rumbo, fijó el ángulo de ataque.

—Una cuarta a babor —seguía procurando que su voz sonara fría, dueña de sí—. Ahí va bien. A la vía.

Después respiró hondo y despacio, tres veces. El blanco estaba perfectamente fijado en el visor y el rumbo de la lancha era correcto. Los índices coincidían. Respiró dos veces más, sintiendo el pulso latirle fuerte en las sienes. Ya no había vuelta atrás.

—Vamos a por él... Avante media, novecientas revoluciones.

Repitió la orden Eleonas por el tubo acústico y la torpedera adquirió más velocidad. Hendía ahora la noche con rápidos y suaves pantocazos, rumbo al vapor y al alba naranja que se ensanchaba tras la silueta en contraluz. Levantando a uno y otro lado rociones que salpicaban la cubierta.

—Ahí, piloto. Muy bien... Manténgalo así, a quince nudos.

Con la cara pegada a los protectores de caucho de la dirección de tiro, agarrado con una mano a la brazola, que vibraba con la trepidación de los motores, Jordán levantó la otra con el puño cerrado, señal de aviso para el torpedista. Ignoraba si Zinger podía verlo con tan poca luz, pero era el gesto convencional, automático, previo al lanzamiento. El mercante se agrandaba por momentos en el visor. Seiscientos metros, calculó. Distancia adecuada.

—¡Fuego, dos! —gritó por encima del rugido de los motores, bajando la mano.

Un ruido de succión, seguido por un estampido sordo, sonó en la banda de babor mientras la forma negra y larga del torpedo saltaba hacia el agua. Bien por Zinger.

—Todo a babor, piloto —ordenó, sereno.

Inclinada la cubierta hacia el lado opuesto, describió la lancha un amplio círculo cerrado hacia la izquierda, buscando situarse de nuevo en una posición parecida a la de antes.

—¡Abrir tubo uno!

Esta vez, mientras la lancha ejecutaba la maniobra, Jordán se volvió a mirar a estribor. La claridad del horizonte había aumentado lo suficiente para que, en la penumbra del alba cada vez más luminosa, pudiera ya distinguirse al torpedista y a su ayudante situándose junto a las palancas de lanzamiento de esa banda.

Miró otra vez al frente. Era imposible ver la estela del primer torpedo en el agua todavía oscura, y el reflejo del contraluz tampoco ayudaba. Confiado en que el pez de acero estuviera siguiendo la trayectoria correcta, volvió a pegar los ojos al binocular.

—Una cuarta menos, piloto. A babor, eso es. Así va bien... Caña a la vía y modere a diez nudos.

El *Stary Bolshevik* estaba centrado de nuevo en el visor, a unos mil metros. La franja de claridad se había ensanchado detrás del mercante y el contraluz lo hacía ahora más visible. También tripulantes y estructura adquirían contornos propios a bordo de la torpedera.

—Ya tendría que haber impacto —dijo Eleonas.

—Sí.

Pero no lo había, pensó descorazonado Jordán. Los Whitehead italianos fallaban a menudo, y él mismo podía haber cometido un error en la dirección de tiro. No era igual adiestrarse con blancos simulados e instructores competentes en las aguas calmadas de Kiel que operar bajo la propia responsabilidad de aquella manera, a oscuras y en acción real de combate. Y menos mal, concluyó, que se trataba de una presa indefensa.

Cual si fuera una reacción a sus pensamientos, un proyector se encendió en el puente del mercante soviético y el haz luminoso recorrió el mar, buscando. Sin duda los rusos habían oído los motores acercándose. Quizá hasta sintieron pasar el torpedo.

—Atacamos otra vez, piloto. Avante toda.

Repitió Eleonas sin inmutarse la orden por el tubo acústico, sonó el triple rugido de los motores y la *Loba* saltó adelante, alzada la proa entre rociones. Deslizándose y golpeando con suavidad el agua tranquila.

—Tres grados a estribor... Así como va, a la vía. Modere a media.

Fijado el nuevo ángulo de ataque, sin apartar los ojos del visor levantó Jordán una mano. En ese momento, a menos de media milla de distancia, el proyector del mercante los iluminó antes de perderlos en seguida. Bajó la mano.

—¡Fuego, uno!

Succión y estampido, esta vez en la banda de estribor. El haz luminoso del proyector, que volvió a pasar muy cerca un instante, iluminó los negros seis metros y medio del torpedo, relucientes de grasa, saliendo del tubo con una breve humareda y entrando en el agua.

—Todo a babor, piloto.

Describió la lancha una amplia curva hacia la izquierda. Jordán había apartado los ojos de la dirección de tiro y observaba con ansiedad el mercante, calculando la velocidad del torpedo y la distancia a recorrer: de treinta a cuarenta segundos entre el lanzamiento y el impacto. Pero había transcurrido un minuto y el *Stary Bolshevik* continuaba su rumbo, a salvo, sin que nada estallase contra su costado. De improviso se apagó el proyector y una luz más débil empezó a parpadear en el puente.

—*¡Kapetánie!* —avisó Eleonas.

—¿Sí?

—¡Hacen señales desde el vapor!

Se volvió Jordán hacia él: definido su duro perfil en la penumbra del alba, el piloto movía silencioso los labios, descifrando los puntos y rayas luminosos que emitían con una lámpara Scott desde el mercante soviético.

—*What ship? What ship?...* —dijo al fin—. Preguntan quiénes somos y qué diablos estamos haciendo.

Miró Jordán la luz parpadeante, que repetía el mensaje en la distancia. Su corazón latió desacompasado y notaba la boca amarga. A esto, pensó, es a lo que sabe el fracaso.

—Rumbo sur —se limitó a decir, sombrío—. Regresamos a la isla.

5. Cintas de sombrero griego

Los muecines convocaban a la *öglenamazi*, la oración del mediodía. Salvador Loncar bajó del tranvía y cruzó la calle de los consulados. Circulaban en ambas direcciones automóviles y carruajes que el agente republicano sorteó con dificultad, pues a esa hora el tráfico discurría intenso. El día era agradable: en las soleadas terrazas de los cafés frente al Pera Palace, detrás de la fila de taxis cuyos conductores eran casi todos viejos rusos exiliados, había hombres que fumaban o leían los periódicos. Algunos estaban en compañía de mujeres, lo que habría sido imposible pocos años atrás, antes de la modernización impuesta por Kemal Atatürk. Casi todos vestían a la europea, y sólo la gente de más edad, reacia a los cambios, o los campesinos que abastecían los mercados de la ciudad, se cubrían con el antiguo fez rojo, ellos, y con el manto o el velo musulmán, ellas.

Antón Soliónov aguardaba sentado a la puerta del café Fanaraki, comiendo pistachos, y parecía impaciente. Vestía su abrigo largo con cuello de astracán y llevaba metido el sombrero hasta las espesas y pajizas cejas. Debía de llevar allí un buen rato, pues junto al vaso y la botella de cerveza vacíos había un cuenco lleno de cáscaras. Era insólito que pasara a este lado del Cuerno de Oro, abandonando las oficinas de Sovietflot en Eyüp; sin duda lo movía algo grave o urgente, y era fácil adivinar qué: esa mañana, media hora antes de la llamada telefónica de Soliónov, Loncar había recibido un mensaje cifrado del mando de la flota republicana. Y apenas tomó asiento, sin que mediara saludo y tras dirigir un vistazo a uno y otro lado para comprobar que no había oídos indiscretos, el ruso confirmó su certeza.

—¿Qué sabe del *Stary Bolshevik*?

Era un tono distinto al de la última entrevista: preocupado, frío. Casi hosco. Ni rastro de la simpatía habitual entre ellos.

—Que hemos tenido —el español medía sus palabras— un extraño incidente en las Cícladas.

Hizo Soliónov un ademán de impaciencia.

—Fue peor que un incidente. Se habla de un intento de ataque.

—Mis informes son más limitados —Loncar dirigió un gesto negativo al bigotudo camarero que se acercaba bandeja en mano—. Una embarcación desconocida se aproximó al barco con intenciones en apariencia hostiles... Por dos veces. Pero no llegó a nada más.

Chascó el ruso la lengua. Movía dubitativo la cabeza.

—Quizá lo intentó y no pudo.

—Todo es posible. ¿Tiene detalles?

—Sólo sabemos eso: que ocurrió al alba, todavía con poca luz, y no podía verse gran cosa.

Siguió un silencio incómodo. Recostado en su silla, Loncar miraba pasar a los transeúntes.

—La responsabilidad... —empezó a decir.

—No se trata de responsabilidades —lo interrumpió con sequedad el otro—. Ya habrá tiempo de establecer eso. Lo urgente es averiguar qué ocurrió. Y, sobre todo, qué puede ocurrir. Ustedes arriesgan importante material de guerra, pero nosotros arriesgamos tripulaciones y barcos soviéticos.

—No todos son suyos, camarada Soliónov. Entre sus puertos y los nuestros también navegan barcos españoles y de otras banderas.

Los ojos claros del ruso se enfriaron un par de grados.

—Comprenderá que me preocupen más los de la Unión Soviética. En la Sección X están inquietos.

Volvió el español a quedarse callado. Reflexionaba.

—¿Corsarios en aguas griegas? —dijo tras un momento—. Suena extraño, porque sería una osadía excesiva. Los ataques suelen tener lugar más adelante, al oeste de Malta y en el canal de Sicilia, antes de que los mercantes lleguen a la costa de Túnez y sean escoltados por nuestra escuadra.

—Pues da esa impresión —opuso Soliónov—. La firma del tratado que limitará las acciones navales fascistas está próxima. Tal vez eso los pone nerviosos, incitándolos a arriesgar más.

Lo pensó Loncar. No había, en realidad, muchas opciones imaginables.

—Pudo ser un submarino italiano. Son los que actúan más lejos y más a menudo. Sabemos que al menos dos de ellos operan al servicio de Franco.

Soliónov cogió uno de los últimos pistachos e intentó abrir la cáscara, sin conseguirlo. Lo dejó en el cuenco mientras se chupaba la uña de un pulgar.

—Navegaba demasiado veloz, o eso dicen los del *Stary Bolshevik*. Hablan de una nave ligera de superficie.

—¿Lancha rápida? —el español se interesó por aquello, que el mensaje recibido por la mañana no mencionaba—. Imposible que sea alemana. No en esas aguas.

Emitió Soliónov un suspiro mientras lo intentaba con otro pistacho.

—Tampoco se ha señalado presencia de torpederas italianas en esa zona, tan a levante —se metió el fruto en la boca, complacido—. No tienen autonomía suficiente para operar en el Egeo.

—Y se arriesgarían mucho, en tal caso. Las islas son aguas territoriales griegas... Quizá fue una patrullera de aduanas que se limitaba a reconocer el buque.

—Las aduanas de allí no tienen lanchas tan rápidas —replicó el ruso—. Y su marina de guerra dispone de dos torpederas, pero están amarradas en El Pireo... Por lo demás, desde nuestro barco intentaron comunicarse con la embarcación desconocida, pero no hubo respuesta.

—Eso suena raro.

—Suena mal. Apunta a maniobra de ataque o intimidación que no llegó a consumarse.

—¿Y por qué razón?

Se miraron indecisos. La dureza inicial de Soliónov parecía haberse suavizado, y por fin le dedicó al español una mueca tolerante.

—Lo ignoro, camarada... Nadie lo sabe.

No debe de ser fácil para él, pensó Loncar. En España, los problemas y los errores se disimulan en el caos de taifas, rencores y acusaciones mutuas: comunistas, socialistas y anarquistas reivindicando victorias y negando derrotas, acusándose entre sí de los desastres y encubriendo a los suyos hagan lo que hagan, de modo que las responsabilidades se diluyen hasta acabar no siendo de nadie. Pero tener encima la despiadada cadena de mando de la Unión Soviética, desde la Sección X hasta el Kremlin, es otra cosa. En ese terreno, pisar una piel de plátano te deja solo y a la intemperie. Camino de Siberia o del paredón.

—Me inclino por los italianos —concluyó—. Ya lo han hecho otras veces, aunque no dentro de las tres millas jurisdiccionales griegas, ni tampoco en aguas turcas.

—Ésa es también nuestra opinión —asintió el ruso.

—¿No hubo disparos?

—Ninguno.

—¿Ni torpedos?... ¿Pudo ocurrir que pasaran de largo?

Alzó Soliónov las palmas de las manos.

—Al menos no se vieron. Pero ocurrió al alba, como dije. Tampoco había luz suficiente. Un marinero creyó ver una estela cruzar ante la proa, aunque sólo fue él. Nadie más lo confirmó a bordo.

—¿Ataque fallido, entonces?

—Ésa es la posibilidad que nos inquieta. Si hubo uno, fallido o no, puede haber más.

Se quedaron un momento callados, pues un turco de mediana edad, con chaleco, corbata y un tespih de cuentas de ámbar en la mano, había tomado asiento dos mesas más allá. De mutuo acuerdo, tras cambiar una mirada silenciosa, se pusieron en pie, caminando en dirección al parque cercano.

—Hay embarques previstos para las próximas semanas —dijo Soliónov cuando se hubieron alejado lo suficiente—. Y todos son de importancia.

—¿Qué podemos hacer?

Encogió el otro los hombros.

—Extremar las precauciones. Son mil novecientas millas a recorrer entre el mar Negro y España, y apenas tenemos rutas alternativas; pero vamos a procurar que capitanes y tripulantes vayan prevenidos en los siguientes envíos... Usted y los suyos deberían intensificar pesquisas en la parte que les toca —dirigió a Loncar una mirada penetrante, suavizada por una sonrisa más franca que la anterior—. Los agentes fascistas en Estambul no son ajenos a nada de cuanto ocurre —hizo el ruso una pausa intencionada—. Y sé que usted tiene buenos contactos en todas partes.

Sé que sabes, pensó Loncar. Pero no sé hasta qué punto llegas a saber, ni tú me lo dirías claramente nunca. Todo es muy ambiguo en nuestro extraño oficio.

—Puedo arreglármelas —se limitó a decir.

Ensanchaba Soliónov la sonrisa. Amable, por fin. Persuasiva. Tan cómplice como de costumbre.

—La última vez que nos vimos, camarada Loncar, dijo que los fascistas parecen más interesados que antes en nuestras actividades desde el mar Negro.

—Ésa es mi impresión.

—También la mía. Y quizá sea el momento de confirmarlo... En cuatro días zarpa de Sebastopol el *Camponegro* para cargar en Constanza —lo observó con atención—. ¿Sabe a qué barco me refiero?

—Sí, claro. De la compañía estatal Campsa. Tres mil toneladas de gasolina con destino a Cartagena, código de embarque YZ-16... Un barco pequeño y muy viejo.

—Exacto. Y puede ser útil para tantear la situación.

—Comprendo —dijo Loncar.

Comprendía demasiado bien, y Soliónov no tardó en confirmarlo.

—Ya que ese petrolero enarbola pabellón español y la carga no es demasiado importante, sería excesivo pedir que nos haga de conejillo de Indias —se rascó una ceja con aire distraído, de forzada inocencia—. Pero será instructivo seguir el curso de los acontecimientos.

Aquel *excesivo* no le gustó a Loncar. Y el *instructivo*, tampoco. La forma en que el ruso los había pronunciado.

—¿No puede tener escolta soviética?

—Sólo en el mar Negro, ya sabe —señaló Soliónov hacia el Bósforo, invisible tras los edificios y los minaretes de las mezquitas—. A partir de ahí correrá su propia suerte, como todos.

—Pero tenía entendido que el YZ-16 saldría después del Y-22...

—Oh, desde luego. Se refiere usted al mercante *Tchapaiev*.

—De bandera soviética.

—Sí, claro —extrajo el ruso un pañuelo de la manga derecha del abrigo y se sonó ruidosamente—. Su partida se retrasará unos días, por razones técnicas.

Loncar retuvo aire.

—¿Cuánto de técnicas?

—Como sabe, es un envío importante. Transporta carros de combate y artillería de campaña.

—Es lo previsto. ¿Hay algún problema?

—No, por supuesto. Aunque me dicen de Moscú que el cargamento no llegará a tiempo a Sebastopol... Hay un pequeño retraso.

El español dejaba salir el aire contenido. Sonó como un suspiro.

—Así que ustedes —comprendió— mandan al *Camponegro* por delante.

Se detuvo Soliónov mientras guardaba el pañuelo, mirando al frente cual si algo entre los árboles de la plaza atrajese su atención. Su gesto no expresaba nada. Tras un momento así, inmóvil y con aire ausente, se volvió muy despacio.

—Nos conocemos hace algún tiempo, ¿verdad, camarada?

—Sí.

—Pues hágase cargo —los ojos del ruso se habían enfriado otra vez—. A fin de cuentas, ésta es su guerra. Nosotros ayudamos, claro. El pueblo soviético participa de la solidaridad proletaria contra el fascismo internacional, pero nuestra flota mercante todavía es modesta... Insisto en que ésta, y me refiero al aspecto inmediato, es su guerra.

Asintió resignado Loncar. Conocía lo suficiente a los rusos y a su agente naval en Estambul. Sólo se trataba de un presentimiento, pensó. Incluso de una posibilidad inconcreta. Pero no le gustaría estar a bordo del *Camponegro* cuando ese barco dejara atrás los Dardanelos.

—Revisé los cuatro torpedos que nos quedan, como hice con los otros antes de embarcarlos —dijo Jan Zinger—. Los motores están bien y la distancia era correcta. Tampoco hay defectos en las aletas de contacto de las espoletas. Y si hubiera habido impacto contra el casco del barco...

—Su reacción habría sido otra —comentó Jordán.

Estaba sentado informal sobre la mesa de trabajo, en el barracón que servía de almacén y lugar de reuniones. A su espalda tenía, sujetas con chinchetas al panel de madera, las dos grandes cartas náuticas del Egeo. Frente a él, sentados en sacos de víveres y cajas de material, estaban Zinger, Beaumont y Eleonas. Todos, incluido Jordán, en pleno análisis del fracaso.

—Eso creo —repuso Zinger—. El golpe de un torpedo contra un casco no pasa inadvertido, aunque no estalle —señaló al inglés, que estaba a su lado—. Pero según Bobbie no hubo nada.

—En absoluto —confirmó éste, quitándose el cigarrillo de la boca—. Ninguna comunicación telegráfica hablando de ataque, ni llamada de socorro, que habría sido lo normal... Sólo un poco más tarde el telegrafista del barco señaló a las autoridades navales griegas la actitud sospechosa de una embarcación rápida desconocida. Éstas le pidieron más información, pero ya no respondió a eso.

Asintió Jordán.

—Un silencio comprensible. No quería dar detalles sobre posición, cargamento y todo lo demás.

—Sin embargo —añadió Beaumont—, media hora después emitió otras comunicaciones: puntos y rayas durante al menos diez minutos. Lo anoté todo, pero era un mensaje cifrado. Ignoro qué decía y a quién iba dirigido.

—Seguramente informaba a los suyos del incidente.

—Es posible.

Miró Jordán a Eleonas.

138

—Lo que está claro es que, si hubieran visto torpedos, la llamada habría sido abierta, inmediata y general... ¿No cree, piloto?

El griego, que había estado callado, se rascó despacio la mandíbula sin afeitar. Todo lo seguía haciendo de ese modo, cual si cada una de sus palabras o ademanes exigiera una previa consideración tranquila.

—Seguro que sí —dijo al fin—. Sus señales luminosas y luego las radiotelegráficas se limitaron a preguntar qué estábamos haciendo. Se referían a nuestra maniobra sospechosa, no a un ataque.

Jordán se dirigió de nuevo al torpedista.

—¿Cuál es su conclusión técnica, Zinger?

—Que los dos peces pasaron de largo —se detuvo un instante, indeciso—. No iban bien dirigidos, si me permite el comentario.

—Soy yo quien ha pedido que lo haga.

—Creo que pasaron por su proa o por su popa y ni siquiera los vieron, con tan poca luz. Por eso no los mencionaron.

Suspiró contrariado Jordán.

—Lo que nos lleva a la dirección de tiro.

—Eso parece... Error en los cálculos: velocidad del objetivo mal estimada o ángulo de ataque incorrecto.

Había recalcado con un ápice de insolencia la palabra *error*, y eso no pasó inadvertido a nadie. Jordán escuchaba, impasible.

—Pude equivocarme —admitió tras un silencio incómodo—, o puede que la RZA esté mal ajustada.

Sonreía ligeramente el holandés, que parecía complacido por la primera posibilidad.

—Todo puede ser. Nadie nace sabiendo, ¿verdad?... Ni siquiera los comandantes.

Reflexionó Jordán. Primero, sobre lo inoportuno de agarrar por el cuello al torpedista y sacarlo de allí a patadas.

Después, resolviendo ser práctico —habría tiempo de poner las cosas en su sitio—, miró el reloj de pulsera y echó un vistazo a las cartas náuticas. Uno de los dos pesqueros que exploraban los estrechos debía de estar a esa hora entre el cabo Nikolaos y su base habitual en el puertecito de Gávrion, a unas quince millas de la isla, donde repostaba combustible.

—Habrá que calibrar de nuevo la dirección de tiro —concluyó con calma—, así que prepárelo todo, Zinger, porque haremos pruebas de mar al atardecer y por la noche.

—Bien.

Sintió Jordán otra punzada de irritación.

—¿Bien, qué?

Miraba al holandés con tanta dureza que éste acabó pestañeando.

—Bien, comandante.

—El *Karisia* se encuentra cerca y podemos utilizarlo como objetivo simulado.

Sonó afuera un redoblar metálico. Golpeando una sartén, el cocinero avisaba de que la comida estaba lista. Jordán se apartó de la mesa y todos se levantaron.

—Hora de comer... Aparejamos para largar a media tarde. Hay que aprovechar la última luz.

Salieron del almacén. Algunos hombres se acercaban desde la torpedera y otros ya estaban dentro del barracón que hacía las veces de comedor. Jordán se puso la gorra y miró hacia la punta rocosa de la ensenada, allí donde se hallaban las ruinas de la antigua atalaya.

—¿Quién está de guardia?

—El albanés.

En la orilla, Cenobia, la supuesta mujer del cocinero, fregaba con estropajo dos grandes cazuelas de cobre. Llevaba el pelo recogido en una gruesa trenza. Era una griega todavía joven, vestida de negro, y estaba de pie ante una pila de madera llena con agua de mar. Al inclinarse, entre la falda y las medias se entreveía una porción de carne blanca de sus muslos.

Jordán dejó adelantarse a Beaumont y Eleonas y se retrasó un poco con el torpedista, tras tocarle ligeramente un codo.

—Zinger.

—Dígame.

—Comandante.

Sonrió el holandés, irónico.

—Dígame, comandante.

Jordán bajó la voz hasta un susurro.

—Si vuelve a decir una insolencia, por leve que sea, le arranco la cabeza.

Lo expuso despacio, sin inflexiones, con mucha frialdad. Y palideció el otro. La sonrisa se había borrado de golpe.

—No creo... —empezó a decir.

—Me importa una mierda lo que usted no crea.

Zinger se había quedado inmóvil. No parpadeaba y tenía la boca abierta como si necesitara más aire del que podía respirar. Boqueaba igual que un pez fuera del agua.

—¿Me está amenazando?

—Comandante —insistió Jordán, sereno.

Vaciló el holandés.

—¿Me está amenazando, comandante?

—Por supuesto que sí. Está bajo una autoridad, y esa autoridad soy yo.

—Me parece que...

Se detuvo ahí, sin acabar la frase. Jordán había dado un paso hacia él, mirándolo de cerca y desde arriba. Lo sobrepasaba en casi dos palmos de estatura.

—Esto no es como el barco del que desertó. Sólo hay dos formas de salir de aquí. Y la que le conviene es hacer su trabajo con eficacia, disciplina y respeto.

No preguntó el holandés cuál era la otra forma de salir de allí.

—Mi intención no es causar problemas, comandante.

—Celebro oír eso —señaló el barracón—. Ahora vaya a comer.

Se alejó el otro arrastrando los pies. Eleonas, que había dejado irse a Beaumont y permanecía inmóvil esperando, vio pasar a Zinger sin decirle nada. Jordán anduvo despacio hasta el piloto.

—¿Todo bien, *kapetánie*?

—Sí, todo bien.

—¿Alguna clase de...?

—No. Nada.

Caminaron de nuevo. Buscaba Jordán un pretexto para cambiar de conversación y se fijó otra vez en Cenobia, que aún fregaba las cazuelas en la orilla. La indicó con una mirada.

—¿Qué hay por ese lado, piloto?

Dio el otro unos pasos antes de responder.

—Los hombres están encerrados aquí, no saben para cuánto tiempo... No pueden ir a ningún sitio, el vino está racionado y las bebidas fuertes, prohibidas. Ni ouzo tienen. Y este trabajo mete mucha presión en las calderas. Así que, como ya le dije, no veo mal que puedan aliviarse.

—Usted...

Blanquearon los dientes en el rostro atezado del contrabandista.

—Ni lo piense, no me ofenda. Sé cuál es mi sitio. Hay que dar ejemplo.

—Discúlpeme —se excusó Jordán—. Soy un torpe. No insinuaba...

—Lo sé, lo sé. Olvídelo.

Seguían mirando a la mujer mientras caminaban.

—De todas formas —dijo Jordán—, ate corto al marido, o lo que sea. Vigílelo. No quiero el menor tropiezo.

Reía el griego, quedo.

—Hace mucho que conozco a Apóstolos. Además de buen cocinero es hombre práctico.

—Pues déjele claro que al menor problema le meto un tiro en la cabeza a él, y otro a su mujer.

Se detuvo Eleonas con sobresalto. Estaban ya junto al barracón, y bajó la voz.

—¿De verdad lo haría? —su expresión era más pensativa que asombrada—. ¿Es lo que dice?

—No sé, no creo —se encogió Jordán de hombros con deliberada calma—. En principio, creo que no. Pero como advertencia puede ser eficaz.

—En principio, ha dicho.

—Sí.

—¿Y en final?

Suspiró Jordán. Aquella conversación era innecesaria. Lo fatigaba. Recorrió con la vista la playa, las rocas y el cielo azul pálido. Demasiada responsabilidad, pensó. Lo habían adiestrado para tripular lanchas torpederas, pero sólo para eso. El resto tenía que improvisarlo. Había gobernado a hombres otras veces, incluso en situaciones extremas, con el mar transformado en cólera de Dios. Pero nunca de esa clase.

—Lucho en una guerra, piloto. Y ustedes forman parte de ella... Se les paga por esto.

Arrugaba el griego la frente, considerándolo.

—La guerra tiene sus propias reglas —resumió.

—Todo las tiene: los océanos, la vida, incluso esta isla... Como marino que es, sabe a qué me refiero.

Asintió el otro y permaneció callado un instante, sombrío.

—Una vez maté a un hombre —dijo al fin.

Lo miró Jordán con sorpresa, no por el hecho —atribuía al contrabandista una vida dura entre hombres duros— sino por la confesión. Se mantuvo en silencio hasta que Eleonas habló de nuevo.

—No con una pistola, claro... Nunca tuve una, porque en mi trabajo no es bueno que las autoridades te encuentren armas de fuego. Fue con un cuchillo. Sucedió una noche de mucho riesgo, teníamos a los aduaneros turcos encima, y uno de mis hombres perdió los nervios...

Seguía Jordán sin decir nada. Eleonas miró hacia el mar.

—Era su silencio o la cárcel para todos.

—Comprendo.

—Sé que comprende y por eso se lo cuento. Para que sepa que yo también lo comprendo a usted. Nunca es fácil, y menos así.

Permanecían uno junto al otro, sin moverse.

—No toda su vida fue marino de guerra... ¿Me equivoco, *kapetánie* Mihalis?

—No se equivoca.

—Marina mercante, diría yo.

—Sí.

Movió el griego los hombros, afirmativo. Satisfecho en apariencia.

—He visto a muchos en mi vida... Hay maneras y maneras.

—¿De qué?

—De ser marino.

Cenobia pasó cerca, baja la cabeza, camino del barracón. Cuando desapareció en el interior, Eleonas contempló la sombra a sus pies, pensativo.

—¿Puedo decirle algo personal? ¿Sobre usted?

—Claro que puede.

—Hace bien en no llevar ese revólver encima.

Sonrió apenas Jordán. Tenía el Webley y la munición bajo llave en el arcón de su barraca donde guardaba los libros de claves y los documentos.

—Fue un consejo de Bobbie Beaumont —confesó.

—Puede que fuera un buen consejo.

—Eso creo.

—Un tipo raro, el inglés.

—Mucho.

Eleonas se había movido un poco, lo necesario para situarse ante él, y lo estudiaba con una rara mezcla de curiosidad y suspicacia. Acabó apuntándole con un dedo burlonamente acusador.

—En realidad no necesita mostrarlo... Me refiero al revólver.

Se sorprendió Jordán.

—¿Por qué dice eso?

Volvía el griego a rascarse el mentón salpicado de canas. Entornó tanto los párpados que apenas había dos rendijas de basalto negro entre ellos.

—Llevamos unos días juntos y los hombres lo observan. Sobre todo anoche, durante el ataque.

Hizo Jordán una mueca amarga.

—Durante el fracaso, querrá decir.

—¿Qué importa fracasar cuando vives para intentarlo otra vez?... Es lo que llamamos fortuna de mar: a veces se gana y a veces se pierde. Pero ya nadie duda de lo que usted es capaz.

—¿Cómo lo sabe?

—Lo sé, permítame saberlo. Pasé mi vida entre gente así.

—¿Y qué hay de usted, piloto?

Alzó Eleonas ambas manos, cual si todo fuera obvio.

—En mi oficio se acaba conociendo a los hombres tanto como al mar. Yo tampoco lo dudo.

Jordán había dejado de prestar atención, pues en la atalaya de la punta rocosa, donde estaba de guardia el vigía, sonaban tres toques de silbato. Y cuando miró hacia allí vio que la canoa automóvil entraba despacio en la ensenada. La tripulaba el viejo criado de los Katelios.

—A los fascistas les hemos dado fuerte en Guadalajara —dijo Acracia Calafell mientras hojeaba el periódico.

Tales palabras, sobre todo el plural *hemos*, contradecían sus facciones regordetas y amables; en especial, la mansedumbre aparente —engañosa, sabía Salvador Loncar— de los ojos color hierba idénticos a los de su hermana. El plácido aspecto de solterona inofensiva.

—Y bien fuerte —confirmó Libertad Calafell.

—No pueden con Madrid, ¿eh?... Y mira que lo intentan, los canallas.

—Es mucho pueblo en armas para esa gentuza.

—Vaya si lo es.

Conversación aparte, la de esa noche, como todas, era una escena doméstica convencional. Las dos hermanas y Loncar tomaban café después de cenar —un pescado al horno con arroz y tomate que a él casi le había provocado lágrimas de felicidad—, sentados los tres en torno a la mesa camilla de la sala contigua al comedor: bandeja y cafetera de plata, tazas de porcelana, grabados de revistas enmarcados en las paredes, sillones y sofá con brazos cubiertos por tapetes de ganchillo. Dos gatos dormitaban en la alfombra y tres ante la estufa de hierro, junto a la ventana cuyas cortinas se veían entreabiertas. La noche acababa de adueñarse del Bósforo, y de la orilla asiática sólo era posible advertir luces aisladas que brillaban a lo lejos.

Acracia dejó el periódico y cogió de la cesta de costura las agujas y los ovillos de lana roja, amarilla y morada. Llevaba unos días tejiendo para Loncar una bufanda con los colores de la República, que a pesar de su declarado agradecimiento éste no tenía intención de ponerse nunca.

—Hablan de miles de italianos muertos y prisioneros —dijo retomando el punto.

—Bien se lo merecen —opinó la hermana mayor— por meterse donde no los llaman.

—Bueno, Líber, lo cierto es que los llamaron, ¿no?...
Franco y sus asesinos.

Alargó la otra el rostro huesudo y seco.

—Pues mira tú por dónde, bien empleado les está.
Que tome nota ese pavo real de Mussolini.

Alzó Acracia la vista de la labor hasta Loncar.

—¿Crees que también resistirá Bilbao, camarada?

Éste, que fumaba un cigarrillo, hizo un ademán confiado.

—Supongo que aguantaremos. Aquello es un cinturón de hierro.

—No me fío de esos vascos —movía Acracia la cabeza, dubitativa—. Hasta curas llevan en la tropa.

—Pero son republicanos —terció la hermana.

—Sólo para lo que les conviene, hija mía.

Loncar miró el reloj: faltaban diez minutos para la comunicación de esa noche, prevista a las nueve en punto.

—La lucha del pueblo me reclama, señoras —apagó
el cigarrillo y se puso en pie—. Con su permiso.

Asintieron las hermanas. Todo cumplimiento de un
deber popular gozaba de su beneplácito.

—Faltaría más, camarada. No te retrases por nosotras.

—Si queda café, luego tomaré otra taza mientras es-
cuchamos la radio.

—Ay, sí, porque dentro de un rato ponen *Turandot*...
Aquí te esperamos. Anda, ve a lo tuyo.

Seguido por uno de los gatos, que se desperezó en la
alfombra antes de pegarse a sus talones, Loncar subió al
piso de arriba, retiró la funda del telescritor y comprobó
que todo estaba en orden. Faltaban cinco minutos para la
transmisión, así que se detuvo ante el tablero de ajedrez
sin llegar a sentarse, estudiando la disposición de las piezas en la última jugada que tenía previsto enviar a su anónimo contrincante de la estación de comunicaciones de
Ciudad Lineal. Llevar el caballo a la tercera casilla de alfil

de dama de las blancas seguía pareciéndole mejor, y era posible que el otro respondiese con peón de torre, eventualidad para la que él estaba prevenido. Miró al gato, un felino atigrado que lo contemplaba con recelo.

—¿Qué jugarías tú, Micifuz?

No hubo respuesta. En su lugar repiqueteó el telescritor y la cinta impresa en clave empezó a salir de su bobina. Cuando acabó la transmisión, el agente republicano se sentó a teclear su propio mensaje; y al final, tras una corta pausa, añadió *C3AD*: caballo tres alfil dama. Apagó la máquina, abrió el libro de claves y se puso a descifrar lo recibido, con el gato encaramado a la mesa y mirando como si entendiese lo que anotaba:

Investigar incidente estrecho kafireas posible actividad unidades superficie fascistas extremar precaución informar puntualmente todo indicio amenaza...

En el piso de abajo, las Calafell habían encendido la radio: por el hueco de la escalera ascendía una voz de barítono proclamando en italiano que el príncipe de Persia, tras fracasar en la prueba de la princesa Turandot, iba a morir. Recostado en la silla, Loncar encendió otro cigarrillo y volvió a leer el mensaje del estado mayor de la Armada republicana. Después se acercó a la mesa, dio una chupada y expulsó el humo directamente en el hocico del gato, pero éste no retrocedió: se mantuvo impávido, tiesa la cola, limitándose a erizar el pelo del lomo arqueado.

Qué útil sería, se dijo Loncar, tener la sangre fría que tienen estos bichos.

Iba siendo hora, decidió, de tirar de la lengua al cabrón de Pepe Ordovás.

—Ha sido muy amable —dijo Pantelis Katelios— al aceptar nuestra invitación.

Hablaban en griego y de vez en cuando pasaban al inglés. El barón estaba sentado a la cabecera de la mesa, con el marino español a la derecha y Lena a la izquierda. La claridad de la ventana, a la espalda del dueño de la casa, lo situaba en contraluz; pero él podía observar a su mujer y al invitado. No había nada casual en aquella disposición de asientos.

—De verdad amable —repitió Katelios.

La criada había servido el segundo plato antes de regresar a la cocina: pierna de cordero con orégano y pimientos. Manejando con delicadeza el cuchillo y el tenedor de plata, el barón cortó un pedazo minúsculo y se lo llevó a la boca para saborearlo, satisfecho. Irini era buena cocinera.

—Soy yo quien está agradecido —dijo el español.

Negó Katelios con la cabeza mientras se tocaba los labios con la servilleta.

—En cierto modo, usted es nuestro huésped. También sus hombres lo son, pero no podemos traerlos a todos.

Advirtió que el invitado miraba a Lena y apartaba luego la vista.

—En realidad, oficialmente... —empezó a decir.

—Oh, deje eso —lo interrumpió el barón—. Esto no tiene nada de oficial, y rompe de forma grata nuestra monotonía. Además, sería la primera vez, desde Homero, que un extranjero llega a un hogar griego y no se sienta a la mesa —esbozó una sonrisa cómplice—. Lo que pasa es que al visitante se le exige a cambio que cuente su historia.

Sonrió apenas el visitante.

—Lamento no poder contar la mía.

—No se turbe por eso, capitán... Eh... —lo contempló con fingida ingenuidad y miró a su mujer—. Tozer, ¿no?... Aunque creo que en esa playa lo llaman capitán Mihalis.

—Sí —repuso el español con calma.

—Parte de su historia podemos imaginarla, capitán. Ahí está el condimento —miró de nuevo a la mujer—. ¿No es verdad, querida?... En lo que imaginamos.

Respondió ella con una mirada opaca, breve. Apenas había hablado desde que el visitante llamó a la puerta: sólo frases de cortesía, sin amabilidad ni calor algunos. Para la comida había cambiado sus habituales suéters y pantalones casi masculinos por un vestido que a Katelios le agradaba mucho: una sobria *robe de jour* de crepé blanco, ligeramente pasada de moda.

Deslizó el barón un dedo por el tallo de su copa de vino —cristal de Bohemia, quedaban once copas de una vajilla de veinticuatro— y miró al español. Era Katelios hombre de mundo, o lo había sido. Hábil en el arte de orientar una conversación y en desviarla.

—Espero que le agrade este Clos Sainte Hune del veinticinco.

Sonrió el otro: un repentino destello blanco entre la barba rubia, cuya simpatía acentuaban los tranquilos ojos azules.

—Me gusta mucho.

—Oh, gracias.

Katelios estudiaba con interés a su invitado: alto, fuerte, con aspecto de nórdico despistado en aguas cálidas que no eran las suyas, el español vestía pantalón de faena y camisa muy limpia bajo la chaqueta. La barba parecía recién recortada y el pelo estaba peinado hacia atrás con raya alta. Era obvio que se había aseado lo mejor posible para la comida, aunque no debían de ser muchas las facilidades al otro lado de la isla.

—Aún quedaban un par de botellas en la bodega... Le aseguro que en esta casa los vinos nunca fueron suizos —sonrió con educada desgana—. El nuestro, o más bien el mío, es un mundo que encoge poco a poco.

150

El invitado bebió un sorbo de vino: era moderado en eso y frugal en el comer, advirtió Katelios. No parecían tales sus pasiones, si es que las tenía.

—¿Nunca salen de la isla?

—Yo no salgo, o lo hago raramente —repuso el barón—. La última vez que estuve en Atenas fue hace tres meses, y lo hice porque fui convocado para hablar de su posible presencia aquí.

Fue cuanto dijo sobre ello, omitiendo el resto: claridad brumosa de El Pireo en enero, el automóvil que esperaba en el puerto, eco de pasos en los corredores del palacio presidencial, y al otro lado de una mesa cubierta de informes de la policía secreta —incluido el del propio Katelios, bien a la vista—, el reflejo de una lámpara eléctrica en los lentes de Ioannis Metaxás: querido y viejo amigo, envidio la vida que llevas, te pido un favor que no podrás negarme, italianos y alemanes insisten mucho y tú puedes aliviarme el problema, etcétera. Oficialmente nadie admitirá nada; pero hasta el rey, al que he consultado, está de acuerdo. Te manda, por cierto, sus saludos.

—También le estoy agradecido por permitirnos estar aquí —dijo el español.

—Oh, por favor... Como supondrá, no lo hago por usted. Ni siquiera por su país.

—Mi marido tiene compromisos —apuntó Lena.

Katelios la miró con interés. Había permanecido callada hasta entonces, pero él sabía interpretar sus silencios: ninguna mujer de las que había conocido dominaba ese lenguaje como ella.

—Sí, desde luego —convino—. Mi esposa tiene razón. Tales compromisos no son demasiados, y eso facilita poder cumplirlos.

Tras decir eso dejó los cubiertos en el plato, recostándose en la silla con una mano introducida a medias en un bolsillo de la americana. Consideraba el presente e intuía el futuro como una premonición de renovado rencor —retorcida, turbia, casi placentera— que se uniría al antiguo. Sabía reconocer, por costumbre, los síntomas previos.

—¿Sus hombres están cómodos, capitán?

—Mucho.

—Confío en que el cocinero que les conseguí haga un buen trabajo.

—Sí, desde luego.

Tocó Katelios el resto de pan que tenía junto al plato.

—¿Qué le parece este pan?

—Es muy bueno —respondió el español.

—Harina de centeno sin levadura, cocido directamente sobre el fuego. Tradicional de aquí, con ese sabor tan agradable a humo y tierra. Seca rápido y se conserva bien. Se lo recomiendo para su gente... Puedo hacerle llegar un par de sacos de esta harina, pues tenemos de sobra.

—No será necesario. Gracias.

Apareció Irini para retirar los platos y servir el postre: un bizcocho bañado en licor que comieron en silencio. Era dulce y sabroso, con aromas turcos. Al terminar, Katelios volvió a dirigirse a su invitado.

—Invitarlo a comer fue idea de mi esposa.

La vio alzar con brusquedad la cabeza.

—Eso no es exacto.

Sonrió tolerante Katelios.

—No la crea, o no del todo. Le aseguro que la idea fue de ella. Yo me limité a secundarla.

Hizo Lena un ademán de impaciencia. La cucharilla de postre sonó en el borde del plato.

—Se envanece de adivinar mis pensamientos —le dijo con sequedad al invitado.

—Incluso de provocarlos —confirmó Katelios en tono festivo—. Llevo casi quince años observándola de cerca, y a esa distancia algo se aprende.

Apoyaba el español, correcto, las muñecas en el borde del mantel.

—¿Es indiscreto preguntar dónde se conocieron?

Apreció aquello el barón: esfuerzo del forastero por suavizar la situación. Podía tomarse por cortesía tanto como por prudencia. Hablar de ellos y no de él. A pesar de su aspecto rudo, el tal capitán Tozer, o como de verdad se llamara, sabía conducirse en una conversación delicada, o que derivaba hacia eso. Sintió subir varios puntos su simpatía por él.

—No, en absoluto. París, hace quince años. Desde hacía dos, ella era maniquí en Patou... ¿Conoce la firma?

—Vagamente. El mundo de la moda me pilla lejos, y veo pocas revistas ilustradas.

—Los diseños de ese modisto, que murió el año pasado, estilizaban el drapeado según el cuerpo de la mujer que los llevase. En el caso de Lena, la caída era perfecta. Verla bajar por una escalera era todo un espectáculo, así que me interesó en el acto.

—Yo tardé un poco más —dijo ella con sonrisa vaga, tras un silencio casi teatral. Era ésa, decidió Katelios, su primera sonrisa de aquel día.

—Una semana... Se me resistió hasta Biarritz.

El español se había vuelto hacia Lena, que seguía sonriendo de aquel modo pensativo y distante. No era habitual, pensó el barón, que lo hiciera así. Hacía tiempo que no. Y entonces, como si en su interior se hubiera roto una brida invisible, ella habló de verdad, sin reserva, sorprendiendo a su marido:

—Era un hombre elegante, seductor y de los que saben que una ruleta gira entre treinta y siete y sesenta veces cada hora... Me invitó a acompañarlo y fui con él. Lo vi perder los ciento cincuenta mil francos que llevaba encima, sin pestañear. Y aquella misma noche, al salir del casino sin un céntimo, se me declaró... ¿Qué mujer se habría resistido?

Todo eso lo dijo sin mirar a Katelios ni un solo instante, cual si no estuviera allí. Sintió él de pronto la necesidad de intervenir. Recobrar el control de la conversación.

—Así fue —dijo en tono ligero—. Hicimos el viaje en mi Bentley Blue Label con un equipaje que cabía en dos maletas... Y descubrí que nada era más elegante que una mujer de piernas largas vestida de castaño y beige en el asiento de un coche descapotable. De modo que fui a por más fondos a mi banco de Montecarlo, donde ella ganó en el casino por primera vez. Y allí nos casamos.

Hizo una pausa calculada, melancólica, dando oportunidad a Lena de hablar de nuevo. Pero ella no dijo nada más. Había apoyado un codo en la mesa, el mentón en la palma de la mano, y escuchaba atenta y fría.

—Siempre fui infiel a los dioses y a las mujeres —dijo el barón, cubriendo el silencio— hasta que la conocí a ella.

—Entienda lo de fidelidad como una figura retórica —matizó Lena.

Observó Katelios que el español se removía en la silla, aunque parecía encajarlo todo bastante bien. Tenía unas manos fuertes y duras, y no le fue difícil imaginarlas acariciando el cuerpo de su mujer.

—Hay algo de un compatriota suyo que leí hace poco, capitán... ¿Le gusta la lectura?

Lo pensó el otro, o pareció hacerlo.

—Lo imprescindible para matar el tiempo en el mar. Tampoco soy muy de eso.

—Hace mal, estimado amigo. Hay virtudes que sólo existen en los libros... Es natural que el último depositario de la hidalguía sea su compatriota don Quijote, que se inventa a sí mismo mediante lo que ha leído.

Advirtió que el visitante seguía incómodo y que el silencio de Lena empezaba otra vez a ser excesivo; pero Katelios era experto en resolver incomodidades de protocolo.

Había pasado buena parte de su vida haciéndolo. Así que propuso tomar el café fuera, bajo el emparrado del jardín.

—*La única tentación seria es la mujer. Fuera del arte, de la filosofía, no hay más que la mujer* —le dirigió al español una ojeada de interés mientras se levantaban de la mesa—. Ésa es la cita. ¿Está de acuerdo?

—No sé... —el marino lo miraba inexpresivo—. Es posible.

Salieron a una terraza que daba a un pequeño jardín de flores casi quemadas por el sol, con sillones de mimbre bajo la sombra de un emparrado, y tomaron asiento en torno a una mesita con una tabaquera de marfil y un cenicero de cristal. La sirvienta había traído el café —griego, oscuro, denso— en una bandeja con elegantes servilletas de hilo que el tiempo amarilleaba; y Lena, tras dejarlo reposar un poco, se inclinaba para servirlo. La luz exterior multiplicaba las hebras plateadas en su cortísimo cabello y hacía relucir la cadenita de oro del tobillo.

Pies de puta turca, pensó Katelios una vez más. El deseo físico, una punzada súbita, lo estremeció de un modo oscuro y triste.

—Cuando la conocí —le dijo con calma al invitado— se apellidaba Mensikov, pero su verdadero nombre era Helena Nikolaievna.

—Y ahora soy Lena Katelios —comentó ella, impasible, mientras terminaba de llenar las tazas—. Cambiar de apellido tres veces en la vida no es excesivo, tal como va el mundo.

El café aún estaba demasiado caliente. Sacó el barón un hule de tabaco y una pipa de un bolsillo de la chaqueta y empezó a llenar la cazoleta. Seguía haciéndolo cuando oyó la pregunta de ella.

—¿Está casado, capitán?

—Sí.

—¿Hijos?

—Uno.

—¿Y la guerra de España pone en peligro a su familia?

—Por ahora están a salvo.

Katelios terminó de llenar la pipa y alzó la cabeza.

—A nosotros no nos dotó Dios con ese monstruo social creado por el cristianismo que es la familia convencional —dirigió a Lena una rápida mirada de soslayo—. En cualquier caso, a las mujeres suele convenirles un hijo, pues pueden utilizarlo como arma defensiva y ofensiva... Pero tal vez en tiempos inciertos sea prudente no tenerlos. Se corre mal con un niño en brazos mientras arde Troya, ¿no cree?... Y todo parece a punto de arder, ahora.

Rascó un fósforo y encendió la pipa concentrado en ella, atento a la correcta combustión del tabaco.

—*Ágonos* en griego, ya sabe —dijo exhalando la primera bocanada—. Improductivo, sin descendencia.

Chupó la pipa un poco más y miró al español a través del velo azulgrís.

—Es usted un hombre callado, me parece.

—Es posible —admitió el otro con sencillez.

—¿Conoce el teatro de Epidauro?

—No.

—Allí no hace falta levantar la voz. La acústica es tan buena que cualquier palabra llega a las gradas de arriba.

Hizo la pausa exacta, necesaria, entre otras dos bocanadas de humo.

—A mi esposa le gustan los hombres silenciosos —añadió, ecuánime—. Procuro satisfacerla siéndolo cuanto puedo... Por eso hoy me desquito con usted.

—Es raro que las palabras mejoren el mundo —dijo Lena de pronto—. Lo más común es que lo empeoren.

Katelios permanecía inmutable, como si no la hubiese oído.

—No vamos a preguntar por su misión, capitán. Ni voy a comprometerlo hablando de política. Pero es cierto que el comunismo es la gran amenaza de nuestro tiempo. Mi esposa lo sabe bien —ahora se volvió despacio hacia ella, cual si de nuevo reparase en su presencia—. ¿No, querida?

Asintió Lena sin decir nada y Katelios volvió a dirigirse al visitante.

—Procede de una familia huida de los bolcheviques. Su padre era comerciante de cueros y pieles en San Petersburgo. Lo perdicron todo.

—¿Es cierto?

—Naturalmente.

—¿Por eso París...?

—Sí —dijo ella.

—Hay que parar a esa gentuza, amigo mío —intervino Katelios—. Antes dominaban el mundo los poderosos y los ricos, lo que no era perfecto en absoluto; pero hoy pretenden hacerlo los resentidos: primero Rusia, ahora España. Pronto será Grecia y toda Europa. Por suerte, Alemania e Italia procuran...

Se detuvo en ese punto, pues a él mismo le sonó ridículo lo que estaba diciendo. Una avispa revoloteaba en torno a las tazas vacías de café, y a Katelios le gustó que el español no hiciera intento alguno por alejarla, aunque se le acercaba mucho. Sin duda era un marino tranquilo. Un hombre estoico.

—No crea una palabra —estaba diciendo Lena—, porque en realidad le es indiferente. Menciona todo eso por cortesía, ya que usted se enfrenta a los rojos. Pero no cree en lo que dice... Su resignación a esta isla es significativa. Se limita a esperar con calma que el destino se sitúe en el lugar adecuado para destruir lo que queda de su mundo.

—Bueno, bueno —objetó Katelios—. La palabra *teatro* se relaciona con el griego *zeomai*, que significa hacer visible, contemplar, mirar. Soy, en efecto, un hombre que mira... *Mais vous exagérez peut-être, ma chère.*

Lo dijo en francés, pasando con naturalidad al *vous*. Respondió ella sin mirarlo, pues seguía atenta al invitado.

—No exagero en absoluto... La frialdad de mi marido proviene de su convicción de que es imposible salvar lo que ve desmoronarse. Es un egoísta pasivo; cuando mira alrededor no ve nada que desee que sobreviva.

—¿Y usted?

A Katelios le sonó audaz la pregunta, y observó todavía con más atención al español. Percibía en él posibilidades interesantes bajo su aparente simpleza, que empezaba a parecerle deliberada. Después de todo, aquel hombre de aspecto escandinavo era marino, y en el mar las cosas sólo eran simples para quien pasaba en él una semana de vacaciones.

—Yo no soy —repuso ella, casi brusca—. No existo.

Ahora el visitante la contemplaba desconcertado. Katelios creyó oportuno devolver la conversación a un terreno neutral, o menos íntimo. Se quitó la pipa de la boca.

—En cuanto a mí, nací en el siglo pasado, compréndalo. Uno de mis abuelos luchó contra Napoleón... Se me hacen cuesta arriba las maneras de moda en esta extraña época. No concibo que Europa renuncie a ser el faro de la civilización superior que iluminó el mundo.

El español aceptaba sin reservas el nuevo derrotero.

—¿Por eso viven en la isla? —se interesó, cortés.

—Por eso nos sepultó aquí a los dos —dijo Lena en el mismo tono que antes.

El español titubeó a contrapelo, sin saber qué decir. Con retorcida satisfacción, Katelios improvisó una sonrisa de circunstancias y la dirigió a su mujer.

—Nadie te obliga a permanecer, querida.

—Es cierto.

—Tienes tu preciosa canoa automóvil, y tienes Syros ahí cerca, y tienes...

—También es cierto —admitía ella, obstinada—. Todo eso lo es.

—Va y viene de Syros cuando quiere —se dirigió Katelios al invitado—. Tenemos una casa de mi familia en esa isla. Me trae libros y música que encarga a Atenas.

En ese momento emitió Lena una risa queda y breve que él conocía bien. Apuró ella el resto de su café, abrió la tapa de la tabaquera y cogió un cigarrillo tras estudiar el contenido como si fuera importante elegir uno u otro.

—Nunca me gustó, en el cuello de las mujeres —dijo—, la huella de las perlas que acaban de vender. Y de ésas conocí a unas cuantas... ¿Querrías que terminase así?

—Oh, por Dios, querida. Claro que no —se inclinó Katelios para encenderle el cigarrillo—. Además, hace mucho que tu piel es bellamente griega: cobriza, dorada por el sol y el mar. No necesita perlas.

—Tal vez necesite volver a necesitarlas.

La avispa revoloteaba ahora cerca de una rodilla del barón. La mató éste con un rápido golpe de servilleta —antiguos reflejos de esgrimista— y volvió a chupar la pipa, imperturbable.

—¿Sabe, capitán?... En mi vida anterior, cuando me movía por lugares civilizados, compré a muchos hombres y mujeres, y no me refiero sólo a sus cuerpos. A los hombres nunca los deseé y a las mujeres nunca fue necesario: venían ellas solas, creyéndome el mejor postor.

—Así me compró a mí —apuntó Lena con ojos apagados—. Era el mejor postor.

El español, resultaba evidente, volvía a estar incómodo en el fuego cruzado. Advirtió Katelios que dirigía un vistazo al reloj, de modo que fue en su ayuda.

—Tiene usted, capitán, todo el aspecto de un *alodapós*, de un extranjero. Y sin embargo...

Funcionó el recurso, y durante unos minutos conversaron sobre el visitante, su dominio de la lengua griega, su aspecto y estatura. También sobre los indicios de carácter que dejaba a la vista.

—Y sí —concluyó Katelios—. Parece idóneo para cierta clase de asuntos. Esa calma suya no se aparenta.

Hizo el invitado un movimiento impreciso.

—Navegué desde muy joven en barcos de pesca y motoveleros, haciéndome adulto entre hombres que me aceptaron como uno de los suyos. Supongo que eso facilita una forma de ver las cosas y de comportarse ante ellas.

—¿Cierto estoicismo resignado? —arriesgó Katelios.

—Y también una saludable incertidumbre.

—Desconfianza, quiere decir.

—No, no... Sé muy bien lo que digo: saludable incertidumbre.

Miró el barón de reojo a su mujer, que escuchaba en silencio.

—Oh, ya comprendo. Nunca puede dormir del todo pensando en el barómetro, en los escollos, en que cambie el viento y lo demás.

—Algo parecido, sí.

—En estas islas, cuando sopla el meltemi tenemos un antiguo dicho: a la mujer y al viento, con mucho tiento.

—También en España... Es el Mediterráneo.

—Helena de Troya y tal.

—Supongo.

—La mujer, querido Watson.

Dudó el español, confuso, sin comprender la alusión.

—Quizás —dijo.

—Los hombres, con nuestra vanidad, creemos ser amantes o verdugos; pero en realidad sólo somos sus testigos.

—Es posible.

—Sí, desde luego... Le aseguro que lo es.

Era tiempo de que el invitado se despidiera, y lo hizo éste de modo educado, poniéndose en pie en el momento oportuno. Sin duda, pensó Katelios, era un hombre de lo más correcto. Le ofreció que el viejo Stamos lo llevara en la lancha al otro lado de la isla, pero el español dijo que prefería regresar dando un paseo.

—Lo acompañaré un trecho —dijo Lena.

—No hace falta que se moleste, se lo agradezco.

—Me irá bien tomar el aire.

La estudiaba su marido con curiosidad casi científica. Sorpresa habría sido una palabra inapropiada.

—Dudo que nuestro invitado se pierda, querida. Sólo hay un sendero que cruza la isla y ya lo recorrió para venir.

—Lo acompañaré —insistió ella—. Voy a cambiarme de ropa y vuelvo en seguida.

Se quedaron de pie los dos hombres, mirándose.

—¿Le gusta cazar? —inquirió al fin Katelios.

—No demasiado.

—Lástima, porque en la isla hay conejos. Se comen las hortalizas de nuestro pequeño huerto. A veces doy un paseo y les tiro, aunque a mi mujer no le gusta que lo haga —hizo una pausa que pretendió significativa—. No siempre Lena y yo coincidimos en todo.

Se quedó chupando la pipa mientras observaba al invitado, al acecho de una reacción; pero éste permaneció impasible. Considerando ecuánime su aspecto, pensó Katelios que con hombres como aquél era un error buscar querella física. Se les dejaba en paz o se les soltaba un escopetazo antes de que empezaran a moverse hacia uno. Más automatismos de viejo esgrimista.

—Será un placer enviarle algunos conejos para usted y sus hombres.

Sonrió por fin el español.

—No es necesario.

—Oh, supongo que no lo es... ¿Tienen escopetas?

—No.

—Puedo prestarle una, si se anima. Tengo una Purdey y una excelente Sarasqueta, española como usted.

Seguían uno ante el otro, mirándose a los ojos. Tras un momento, Katelios vació la ceniza de la pipa dando golpecitos en la pared. Se sentía divertido, concluyó. Ácidamente divertido.

—¿Sabe que en estas islas es tradición que los hombres usen cinta negra en el sombrero?

—Lo ignoraba... ¿Sólo de ese color?

—Sí.

—¿Alguna razón especial?

—Luto.

—¿Por quién?

—Por los amigos y familiares muertos, y por los enemigos a los que todavía tienen que matar.

Movía lentamente el otro la cabeza, como si al fin comprendiera. Modulando una sonrisa amable, Katelios quiso abreviar camino.

—Matar por la patria, por odio al turco o al vecino, por amor, matar por celos... Desde la *Ilíada* hasta hoy, los griegos siempre hemos matado por algo.

6. Gambito de petrolero

En el Kapi Saadet, Salvador Loncar había ganado una partida con negras y Pepe Ordovás otra con blancas.

—Empate entre rojos y nacionales —resumió cínicamente Ordovás.

Mientras Shikolata, el camarero negro, retiraba el tablero y disponía los narguiles para que fumaran, madame Aziyadé, siempre vigilante, había enviado la compañía adecuada: dos armenias de modales correctos, vestidas sólo con la ropa imprescindible, permanecían silenciosas en un diván próximo, en espera de que les dedicaran atención. Una era una veterana de piel color tabaco, grande y carnal, y la otra una jovencita de quince o dieciséis años, menuda, delicada, a la que Loncar no había visto nunca.

Dio éste una honda chupada a la boquilla, dejó salir el humo aromatizado con hachís y miró de soslayo al agente franquista. Estudiaba Ordovás a las dos mujeres, concentrada su cara de hurón cual si le costara decidirse por una u otra.

—¿Qué está pasando en el Egeo, Pepe?

Ordovás todavía se mantuvo un momento pendiente de las mujeres, sin decir nada. Al volverse a Loncar, su expresión era idéntica a cuando alargaba la mano para mover una pieza y la dejaba así, inmóvil en el aire, antes de decidirse a hacer la jugada.

—No sé de qué me hablas, compadre —dijo al fin.

—Sí lo sabes.

—Te juro por Dios que no lo sé.

Rió Loncar al tiempo que dejaba salir el humo. Eso lo hizo toser.

—Tú no crees en Dios, por muy fascista que seas. Así que tus juramentos no valen una perra chica.

La cara de zorro se retraía en sí misma, impenetrable, entornados los ojos pequeños y astutos.

—Cuéntame tú lo que crees que está pasando —tardó en responder— y podré decirte si sé o no sé.

—¿Hay alemanes o italianos que anden por allí de caza?

—¿Tan lejos?

—Sí. A muchas millas de sus pastos habituales.

—No sé, no creo —puso Ordovás cara de pensarlo—. Aunque todo podría ser.

—¿Queréis extender la guerra a esas aguas?

Los ojos del agente nacional se volvieron opacos. Un velo de cautela.

—No sé nada de eso —dijo en voz baja.

—Pues en los últimos tiempos has estado echando miguitas de pan. Incluso a mí.

—Hago mi trabajo, oye. Como tú el tuyo.

—No pido que me abras tu corazón, Pepe... Basta con que me ilumines un poquito. Alguna pista, ¿comprendes?

Ordovás respiró despacio tres veces. Miró a las mujeres y respiró tres más.

—Sólo sé, o creo saber, que hay cierto interés.

—¿Interés?

—Sí. Es cuanto puedo decirte.

—Esa parte ya la conozco. Para eso no te necesito a ti.

164

Se sostuvieron los ojos chupando sus narguiles sin apartar la vista, en silenciosa complicidad. Tú sabes que yo sé lo que ambos sabemos, era la implícita lectura.

—El otro día dijiste que te apretaban los tuyos, ¿no? —movió Loncar el primero.

—Es verdad.

—Pues ahora me aprietan a mí los míos. Y barrunto que es sobre lo mismo.

—¿Y qué es lo mismo?

—Dímelo tú, anda.

—¿Qué hay de tus camaradas ruskis?

—Ellos también me aprietan.

—¿Y por qué ahora más que antes?

—Como te digo, ahí abajo están pasando cosas... Todos parecen pescar en las mismas aguas, aunque con diferentes anzuelos. Y seguro que de eso sabes más que yo.

—Te equivocas.

—Puede que ignores el conjunto, pero algo tendrás que me sirva.

Asomó el otro la lengua entre los dientes y volvió a esconderla.

—¿Y qué tienes tú para mí?

—Cada cosa a su tiempo, hombre. La urgencia es mía.

Volvió a mirar Ordovás a las mujeres, pero era obvio que ahora no les prestaba atención. Después sus ojos vagaron por el salón, los espejos con marco de terciopelo, las alfombras, las ventanas de madera dorada.

—Hay un agente de compras checo que llega a Estambul la semana que viene —dijo al fin—. Un tal Zborenci. Se alojará en el Pera Palace...

Torció Loncar el gesto.

—¿Tiene algo que ver con lo que te he preguntado?

—No —admitió el otro—. Pero es un fulano... En fin. Tiene cierta importancia.

—Escucha, Pepe.

—Dime.

—En este momento, esa historia me importa una mierda.

—Pues haces mal. Te aseguro que el checo...

—Y dale con el checo. Estamos a otra cosa, coño. No quieras torearme por los dos pitones.

—Dame algo tú, a ver.

Reflexionó Loncar. El humo que llegaba a sus pulmones lo hacía sentirse extremadamente lúcido. Lo retuvo y luego exhaló despacio.

—¿Tengo tu palabra?

—Claro que la tienes —asintió Ordovás—, dentro de lo que cabe.

—¿Palabra de fascista o la tuya?

—La mía, joder. Personal e intransferible.

Aún dudó el agente republicano. Pero a fin de cuentas, concluyó, quizá matara dos pájaros de un tiro. Recordaba su última conversación con Antón Soliónov: el embarque YZ-16 como tanteo. En términos de ajedrez aquello podía llamarse un gambito de petrolero. Tres mil toneladas de gasolina y un viejo buque podía ser una pérdida lamentable para la República, pero no era grave si servía para despejar incógnitas.

—De aquí a dos o tres días, un barco pasará el Bósforo.

—Me gusta, compadre, me gusta —se iluminaron codiciosos los ojillos de Ordovás—. ¿Qué más?

—Nada más.

—No me seas cabrón.

—Te lo repito: nada más.

—¿Tovarich?

Seguía dubitativo Loncar.

—Niet —se decidió—. Españolski.

—¿Carga?... ¿Puertos de salida y destino?

—No lo sé, pero cambiará a bandera francesa cuando esté en aguas griegas.

—¿Y?

—Con eso vas que chutas, Pepe. A partir de ahí búscate la vida —hizo una pausa satisfecha—. Ahora te toca mover a ti.

Se quedó pensativo el otro, analizando el asunto. Al cabo asintió muy despacio.

—No hay certeza absoluta de lo que te voy a decir... ¿De acuerdo?

—De acuerdo.

—Sólo es lo que olfatco.

—Que sí, venga. Desembucha.

—Me huelo que van a pegar fuerte allí.

—¿Cómo de fuerte?

—Mucho.

—¿En las islas?

—Sí.

—No pueden —objetó Loncar—. Son aguas territoriales griegas.

—Da igual... Hay prisa, antes de que se firme el nuevo tratado de control e ingleses y franceses acepten garantizarlo. Mi impresión es que alguien se va a pasar las tres millas jurisdiccionales por el forro de los huevos.

—¿Alemanes?

—No creo. Les pilla lejos.

—¿Italianos?

Guiñó un ojo Ordovás, socarrón.

—A ésos les pilla más cerca.

—¿Submarinos o unidades de superficie?

—Ni idea. Aunque supongo que serán submarinos, suyos o de los que nos han prestado. Lo otro, barcos de guerra con bandera y tal, suena descarado... Los sumergibles llevan tiempo operando en otras zonas del Mediterráneo, así que todo es cosa de que se arrimen más.

Arrugaba Loncar la frente, reflexionando. Se acarició el bigote con una uña.

—¿Has oído hablar de lanchas rápidas?

—No he oído hablar de nada en concreto —Ordovás hizo un ademán evasivo—. Sólo soy un peón en Estambul: la información circula hacia arriba y poca viene hacia abajo. Te cuento lo que puedo suponer, pero ni siquiera lo sé.

Parecía razonablemente sincero, aunque quiso insistir Loncar.

—¿Y qué puedes decirme de...?

Lo interrumpió el otro moviendo la cabeza mientras alzaba una mano.

—Fin de la primera parte, chico. Como dicen los turcos, quien cuenta toda la verdad es expulsado de nueve pueblos. Ha llegado el intermedio, visite nuestro bar.

Hizo un gesto a las dos mujeres, que se acercaron a ellos. Miraba con codicia a la que había elegido y ésta se sentó sobre sus rodillas con desenvoltura profesional. Tenía unos ojos grandes maquillados de kohl, un busto que desbordaba el escote y las caderas anchas. Contrastaba aquel exceso de carne con la menuda apariencia del agente franquista.

—Para mí —dijo éste— mula grande, ande o no ande.

La otra, la jovencita, permanecía de pie ante Loncar, esperando sus indicaciones; pero, tras la conversación con Ordovás, aquél tenía otras cosas en la cabeza. Se puso en pie dispuesto a irse y la muchacha se acercó como si temiese un desaire, pegándose a él.

—Non ti vayas, *efendi* —dijo en una mezcla de turco y mal francés—. Yo ti faré feliz.

Tenía un cuerpo delicado y cálido, piel clara, ojos medio asiáticos y rostro angelical sólo desmentido por la sonrisa encanallada, artificial, que la boca pintada de carmín mantenía como una máscara. Una chica peligrosa, pensó Loncar; de aquellas de las que se enamoraban militares y marinos ingenuos, soñando con regenerarlas mientras ellas, con frialdad propia o de quienes las explotaban —madame Aziyadé debía de obtener pingües beneficios de esa joven—, les vaciaban a conciencia los bolsillos.

—¿Cómo te llamas, muchachita?

—Yildiz.

—Lo dejaremos para otro día, Yildiz.

Abrazada a él sin permitirle moverse, alzado el rostro para mirarlo cual si fuera el único varón sobre la tierra, la muchacha deslizó unos dedos hábiles en el lugar adecuado para que le flaqueasen las ganas de irse. Por encima del hombro de la otra, Ordovás le dirigía una mueca guasona.

—Ánimo, compadre, la vida es corta... ¿Quién dijo miedo, habiendo hospitales?

Suspiró Loncar. No había nada en el informe que iba a escribir para Madrid que no pudiera esperar un par de horas, decidió. Y mientras se dejaba llevar de la mano —Yildiz se movía con delicada lentitud, como una cierva joven—, pensó en las hermanas Calafell, que a esas horas estarían haciendo punto, escuchando la radio o leyendo a Reclus y a Kropotkin, rodeadas de gatos.

Soplaba una brisa suave del norte. En aquella parte de la isla el sendero discurría sin demasiadas pendientes, entre arbustos secos y troncos aislados de árboles muertos. En los tramos altos alcanzaba a verse el mar.

—No es el lugar más bello del mundo —comentó Lena Katelios—. Sin las vistas del Mediterráneo, sería un horror... Lo fue, en realidad, durante mucho tiempo.

Jordán escuchaba en silencio mientras caminaban. De vez en cuando, por instinto de marino, dirigía un vistazo hacia el norte, al cielo de barlovento que deshilachaba largas nubes. Iba en mangas de camisa, chaqueta al hombro.

La visera de la gorra atenuaba el resplandor de la luz sobre las piedras blancas y grises. El sol incidía más oblicuo y las dos sombras empezaban a alargarse ante ellos.

—Isla de la Mujer Dormida —añadió ella—. La llaman así desde hace tres mil años y fue lugar de confinamiento y prisión... ¿Lo sabía?

—Lo mencionó su marido.

—El poeta Ovidio estuvo desterrado aquí por el emperador Augusto antes de acabar en lo que hoy es Constanza, a orillas del mar Negro —miró en torno y luego, dubitativa, a Jordán—. ¿Leyó algo de Ovidio?

—Nunca —dijo él con naturalidad.

—Era bueno, o al menos mi marido me convenció de que lo era. *Ése es el viejo camino de los venenos*... Cuando nos conocimos, yo era de pocas lecturas —movió la cabeza con una extraña sonrisa—. ¿Qué es usted?

—Leo poco.

—No me refiero a lo que lee.

—Soy un marino.

—Poco convencional, me parece —apuntó tras estudiarlo unos segundos—. Una especie de corsario o de pirata, diría yo. Suenan bien esas palabras, ¿no cree?... Un hombre de mar, al margen de la ley.

Encogió los hombros Jordán, resignado.

—Los corsarios navegaban con patente de su nación, no eran piratas. Pero yo no tengo patente oficial alguna.

—Parece lamentarlo. ¿Eso es importante, considerarse honorable?... Le va bien, encaja con su aspecto y sus maneras. Porque, dígame: su misión...

—No puedo hablar de eso con usted, señora Katelios —la interrumpió Jordán.

—Llámeme Lena, por favor.

—Lena.

—Mejor así... ¿Y con mi marido puede hablar?

—Tampoco demasiado. Sólo un poco más.

Frunció ella los labios, considerándolo.

—Quizá tenga razón... Confiar secretos a una desconocida es como poner un arma en manos de un niño. Imposible saber qué hará con ella.

Dieron unos pasos más sin hablar. Sólo se oía el chirrido monótono de las cigarras. Inclinada la cabeza, la mujer parecía contemplar las dos sombras que se movían juntas por el sendero.

—Soy anticomunista, igual que Pantelis —dijo de pronto—. Nacida rusa, detesto a los bolcheviques... O más bien los detestaba.

Se sorprendió Jordán.

—¿Ahora no?

—El mundo ha cambiado, o puede que quien cambie sea yo. A veces pienso que, molestias personales aparte, no vienen mal ciertas sacudidas de la Historia.

Había un almendro solitario a la izquierda del sendero, en una pequeña loma. Ella se detuvo y alargó una mano, señalándolo.

—Es el único que nos queda en la isla. Olivos hay una docena, casi todos cerca de la casa, pero almendros sólo éste. Es el último de los que hubo en otro tiempo. ¿Alcanza a ver las yemas de los brotes?... Florece cada año, y siempre vengo a cortar una rama con flores blancas para llevarla a mi dormitorio, donde sólo se conserva unos días mientras los pétalos van cayendo sobre la mesa.

Observaba Jordán la mano que la mujer había extendido: fina, larga, de uñas barnizadas en rojo sangre. Había muchas rayas en la palma, más de las habituales. Ella sorprendió su mirada y sonrió de un modo singular, casi ausente. Después se pasó la mano por el pelo corto veteado de canas.

—He estado muchas veces en esta vida.

Caminaron otra vez y Jordán se sintió en la obligación, o la necesidad, de llenar con palabras el nuevo silencio.

—¿Cuándo se fue de Rusia?

—Con la revolución, como tantos... Estaba en San Petersburgo, vivíamos en la Milionaya. A mi primer marido, que era militar, lo mataron la noche del veinticinco de octubre en el Palacio de Invierno; y a mi padre lo detuvieron y nunca supimos de él. Huí con mi madre a Budapest y acabamos en París.

Miró a Jordán con repentina curiosidad.

—¿Dónde estaba el veinticinco de octubre de mil novecientos diecisiete?

Dudó éste sobre la conveniencia de una respuesta. A fin de cuentas, se dijo, no había secreto militar en eso.

—Llevaba dos meses en el mar.

—¿Tan joven?... Dios mío. Debía de ser un niño.

—Tenía catorce años. No me gustaba estudiar, así que me embarcaron de mozo de cocina.

—Vaya, un aventurero precoz. ¿Cuándo se convirtió en marino de guerra?

—Cuando en España hubo una guerra.

Advirtió que Lena Katelios lo observaba con renovada curiosidad. La vio dar unos pasos con los labios entreabiertos como para decir algo, pero no llegó a pronunciar palabra alguna.

—En París me enamoré por segunda vez en mi vida —dijo ella de pronto.

Jordán no supo qué responder. Siguió otro silencio incómodo.

—El barón, supongo —deslizó tras un momento.

La mujer movía la cabeza. No, dijo. Pantelis Katelios había aparecido más tarde. Su segundo hombre —pareció recalcar la última palabra— fue otro ruso exiliado: uno que jugaba a las cartas como un delincuente y bebía como un cosaco. La relación sólo duró meses, hasta que se hizo insoportable.

—En ese tiempo —añadió— mi madre y yo conocimos de cerca la miseria: un cuarto alquilado por quince francos, una cama de hierro, un desportillado bidé y un papel horroroso con moscas aplastadas en las paredes.

Se quedó callada y tampoco esta vez supo Jordán qué decir.

—Lo lamento —murmuró al fin.

La vio encoger los hombros con aparente indiferencia.

—Conocí la miseria y la humillación, como nos ocurre a muchos tarde o temprano; pero no me destruyó porque tuve la sensatez de convivir con ella, aceptándola igual que el resto del juego.

Seguía contemplándola él con atención, de soslayo, mientras caminaban: las piernas largas, los pasos tranquilos, el cuerpo maduro pero delgado y flexible bajo el suéter holgado y los pantalones marineros. Incluso vestida así, decidió, era una mujer elegante. Se movía con la precisión de un animal cazador, bien adiestrado. Y su aplomo casi intimidaba.

—¿Cómo empezó a trabajar en casas de modas?

—Mi madre acababa de morir de tifus y yo me ganaba la vida como podía —hizo una pausa casi imperceptible después de decir eso—. Un día, sentada en la terraza de Le Dôme mientras comprobaba si tenía en el bolso suficientes monedas para pagar el café, un caballero muy bien vestido se detuvo ante mi mesa y preguntó, con exquisita amabilidad, si nunca había pensado en ser maniquí. Aquel caballero era Jean Patou.

Habían subido una pendiente prolongada y se detuvieron a tomar aliento. Desde allí se veían el mar y las manchas verdosas y grises de las islas lejanas. Entre unos matorrales asomó un conejo y desapareció con rapidez.

—Mi marido les dispara —se le había oscurecido el semblante—. No me gusta eso.

—Me lo ha contado —apuntó Jordán.

—¿Que les dispara?

—Que a usted no le gusta que lo haga.

—Oh, vaya —pestañeaba con aire de sorpresa—. ¿Le contó mi desagrado?... Qué extraña confianza. Es curioso que hiciera eso.

Jordán la vio ladear un poco la cabeza, contemplando el mar.

—O no tan curioso —añadió.

Después de decirlo miró a Jordán con imperturbable atención.

—Supongo que usted inspira confianza, a pesar de lo que lo trajo aquí. Su aspecto, quiero decir. Esos ojos azules que parecen inocentes... ¿De verdad es así?

—Nunca intenté saber cómo soy.

Ella pareció apreciar la respuesta.

—Ha dicho que no tiene muchas lecturas, pero ¿conoce las novelas de Joseph Conrad?

—Alguna hojeé cuando navegaba.

—¿*Lord Jim*?

—Sí, ésa sí... La leí porque trata de mar y marinos.

Le dirigió otra lenta mirada valorativa, de abajo arriba, hasta detenerse otra vez en sus ojos.

—Me recuerda a Jim. Físicamente, quiero decir... Siempre lo imaginé alto y fuerte, parecido a usted, aunque sin barba.

Continuaron caminando. La antigua prisión se encontraba sobre la siguiente colina: muros mellados y en ruinas, piedra gris, ladrillos deshechos. Todavía quedaban herrumbrosas rejas en algunas ventanas, al otro lado de las cuales y de las vigas desnudas podía verse el cielo.

—Dijo que está casado.

—Lo dije.

—¿Y es el suyo un matrimonio feliz?

No respondió Jordán a eso, limitándose a dirigir otra ojeada al horizonte de barlovento. Ella aguardó antes de hablar de nuevo, cuando comprendió que no obtendría respuesta. Lo hizo señalando la superficie azul que circundaba la isla.

—De ese mar y su espuma surgió el cuerpo de Afrodita... ¿La vio alguna vez desnuda en sus navegaciones?

—Nunca —sonrió distraído Jordán—. Ni siquiera vestida.

—¿Y en los puertos? Porque ustedes los marinos...

—Tampoco allí.

—¿Sirenas? —ella parecía divertirse con la conversación—. ¿Se encontró con sirenas?

—Ni una.

No había tenido tiempo para sirenas, pensó él. Faenas duras en los primeros años, entre hombres recios y sencillos que afrontaban con resignado fatalismo los golpes del mar y de la vida; y que en las treguas de tierra firme, cuando el suelo dejaba de oscilar bajo sus pies, quemaban en breves horas de olvido la aspereza del pasado cercano y la incertidumbre de lo inmediato. Y un poco más tarde, cuando llegó la comprensión de lo que deseaba y no deseaba en la vida, horas de estudio en coys balanceantes o literas de castillo de proa, preparación de exámenes en pensiones portuarias baratas —trigonometría, estiba, maniobra, cosmografía, idioma inglés, mecánica del buque—, respuestas a preguntas formuladas por tribunales examinadores con capitanes adustos de cinco galones en la bocamanga: mozo de cocina Miguel, marinero Jordán, alumno de náutica Miguel Jordán, piloto don Miguel Jordán Kyriazis, corsario —esto último lo hizo sonreír en sus adentros— Miguel Tozer o *kapetanios* Mihalis. Miró la palma de su propia mano: también él había estado muchas veces en la vida.

Lena Katelios se había detenido y contemplaba la extensión azul. Recordó Jordán lo que había dicho de Afrodita saliendo del mar e imaginó que su cuerpo desnudo emergía entre la espuma de la orilla, húmedas las caderas y el sexo. Hace mucho tiempo, pensó, que no estoy con una mujer. Hace un endiablado y excesivo tiempo.

—¿Teme al mar? —preguntó ella.

—Como todo el que lo conoce.

Seguía inmóvil, inexpresivo el rostro.

—A veces sueño que muero ahogada, que el mundo se cierra sobre mi cabeza... Sumergida en una masa medio densa y medio líquida como el mercurio. Los días de calma, estas aguas se parecen a eso.

—Sin embargo —objetó Jordán— va con su canoa automóvil para un lado y otro.

Asintió despacio la mujer.

—Sí... Voy a Syros, casi siempre.

—Pero ha dicho que teme morir ahogada.

—No he dicho que lo tema.

—Ah.

—Riesgo a cambio de libertad —suspiró ella—. Todo tiene su precio.

—¿No es libre en esta isla?

—No demasiado.

—¿Y por qué sigue aquí?

La vio modular una sonrisa lenta, insolente y cruel.

—Éste no es mal lugar para interpretar el mundo.

Tras decir eso alzó súbitamente la cabeza, cual si pretendiera observar la altura del sol.

—Debo regresar, capitán —indicó el sendero—. Su playa está ahí, detrás de aquellas rocas. A medio kilómetro.

Dio la vuelta con brusquedad, desandando camino. Jordán la miraba irse, desconcertado. De improviso ella se detuvo un momento, a siete u ocho pasos de él.

—Usted sabe por qué esta isla se llama como se llama: vista desde el mar, esa mujer que duerme, o parece hacerlo... Pero le aseguro que el nombre no es exacto. Sería más adecuado llamarla isla de la mujer muerta.

Sentado en la terraza bajo el emparrado, Pantelis Katelios apuró la segunda taza de café. Después, cuidando de no rayar el acero, volvió a pasar la lija suave por la hoja del sable para eliminar el pequeño rastro de óxido que había en la bigotera, junto a la firma del fabricante. Para un aficionado como él, capaz de identificar punzones y marcas, era fácil establecer modelo, lugar y fecha de fabricación de cada ejemplar. Aquél había salido del taller de un armero llamado Osborne, en Birmingham, entre 1796 y 1810. Era una bella hoja ancha y curva, contundente, utilizada por la caballería ligera británica en las guerras napoleónicas.

Oyó ruido en el jardín y prestó atención. Quizá Lena estaba de regreso, tras acompañar al marino español. Pero era Stamos, que trajinaba por allí. Lo vio caminar entre los olivos, higueras y cipreses cargado con un cesto y cubierto con un sombrero de paja, así que volvió a ocuparse del sable. Cuando el acero estuvo limpio pasó un algodón para aplicar la misma cera protectora que utilizaba para los libros encuadernados en piel de la biblioteca. Frotó después con un paño para eliminar la cera, y tras contemplar satisfecho la hoja a la luz del sol que se filtraba por el emparrado la devolvió a su vaina, se puso en pie y entró en la casa para colocar el arma en su lugar del pasillo, entre un sable de coracero francés modelo Año XIII y otro de dragón fabricado en 1801. Le gustaba que los tres estuvieran juntos, pues quizás ellos y los hombres que los blandieron se habían cruzado, por azares de la vida y la muerte, en un mismo campo de batalla.

Se encaminó a la biblioteca. Cada vez que entraba en ella, Katelios tenía la sensación de que abandonaba un pasado ajeno para penetrar en un presente propio; un baluarte que hacía posible mirar atrás sin desazón ni excesiva tristeza. Nada de eso era casual, pues él lo había planeado así:

buscando un deliberado contraste entre el caserón familiar, lleno de objetos vinculados al tiempo viejo, y los sobrios muebles de acero, cuero y cristal, la moderna chimenea, la mesa de despacho de diseño nórdico, la ausencia de otra decoración, libros aparte, que las fotografías enmarcadas con sencillez en el rincón más discreto de la estancia.

Cogió una pipa y se la puso en la boca, chupándola sin intención de cebarla con tabaco. Después fue a sentarse en uno de los sillones y dirigió un desganado vistazo al libro que estaba en la mesita de lectura —*Memorias de ultratumba*, de Chateaubriand— con un resguardo de equipaje del hotel Vittoria de Sorrento indicando las últimas líneas leídas:

Es fácil tener resignación, paciencia, amabilidad, humor sereno, cuando ya no se apasiona uno por nada, cuando todo hastía, cuando se reacciona ante la felicidad como ante la desgracia con un desesperado y desesperante: «¿Y eso a mí, qué?».

Pensó en ella, en Lena. En el paseo que en ese momento daba con el marino español y en cuanto de la condición de su esposa sabía o adivinaba. Observándola, llenando con la imaginación los muchos y crecientes ángulos de sombra en la vida de ella —el pasado en París, el presente en la isla y las escapadas a Syros, el incierto futuro—, él mismo, y de eso estaba completamente seguro, experimentaba una peculiar sensación de vértigo, de atracción peligrosa y turbia. Algo parecido a asomarse, más allá de lo razonable, a un acantilado que fascinaba y repelía a la vez.

No era posible hacer nada por ella, había comprendido mucho tiempo atrás. Le faltaban recursos emocionales para eso y los señuelos intelectuales habían dejado de ser eficaces, hasta el punto de que Lena los despreciaba de modo abierto, provocador, menos por convicción que por insolencia. Buscando a la vez —eso era lo paradójico— la aprobación tácita del marido, su perversa complicidad y también su escándalo.

Abrió el libro e intentó concentrarse en la lectura, sin conseguirlo. Dos páginas después lo dejó de nuevo sobre la mesita con la pipa encima, apoyó la nuca en el respaldo del sillón y cerró los ojos. Pensaba en su mujer, imaginándola mientras caminaba por la isla junto al español. Silenciosa como solía, seguramente, pues lo contrario en ella no significaba gran cosa. No era ahí donde se la podía descifrar. En realidad, ninguna de las mujeres que había conocido en su vida manejaba lo tácito como Lena; y en los últimos años él se había especializado en lo que ella no decía: en escuchar lo que ocultaban sus palabras y desvelaban sus silencios. En estudiar con interés casi científico el oscuro instinto de hacer daño que acometía a muchas mujeres que amaban o habían amado.

Al abrir los ojos ella estaba en el umbral de la biblioteca, mirándolo. Ignoraba cuánto tiempo había permanecido allí.

—¿Cómo fue el paseo? —preguntó Katelios con desenvoltura.

—Fue bien.

—Ese corsario, o como debamos llamarlo, parece un hombre agradable.

—Sí.

—Y educado... Cuando me hablaron de esto no esperaba a alguien como él.

Todavía la contempló un momento tal como estaba: apoyada en la puerta, aún esbelta y elegante pese a los estragos del tiempo inexorable, vestida del modo informal que ahora prefería a cualquier otro —sólo una mujer vulgar, le oyó decir en cierta ocasión, acepta ser obediente a la moda—. Y sin embargo, recordó melancólico, la había visto atraer todas las miradas años atrás, cuando entraba en un restaurante o cruzaba el vestíbulo de un hotel, moviéndose por el Danieli, el Adlon, el Savoy, con la naturalidad de quien caminaba por escenarios que el mundo se limitaba a disponer para ella.

Lena seguía inmóvil en el umbral.

—Irini me ha consultado sobre la cena —dijo—. ¿Qué te apetece?

—Poca cosa, comimos demasiado. Una sopa ligera, como mucho... ¿Qué prefieres tú?

—No cenaré aquí —hizo una pausa opaca—. Me voy a Syros.

Tardó Katelios unos segundos en responder. Inexpresivo, encajaba aquello. Lo asumía otra vez, como las anteriores. Como siempre.

—¿Pasarás allí la noche? —inquirió al fin.

—No lo sé.

Ahora el silencio fue largo. Él hizo un ademán fatigado y se puso en pie.

—Diré a Stamos que te prepare la Chris-Craft.

—Ya se lo he dicho yo.

—Deberías...

—Sé lo que debería.

Estaban frente a frente, quietos los dos. Adivinándose. Sintió él una punzada de retorcido deseo. Siempre tan absurdo, todo. Tan desesperado y oscuro.

—¿Tiene algo que ver ese español?

Lo miraba serena, con un desprecio infinito.

—No seas ridículo.

—Entiendo... ¿De quién se trata esta vez? ¿Músico, camarero? —señaló un brazo de ella, cubierto por la manga del suéter—. ¿O te vas a limitar a eso?

—Improvisaré.

Si las palabras llevaran hielo, ésa habría congelado el aliento entre ambos. Volvió Lena la espalda, alejándose por el pasillo, y él permaneció quieto, observándola hasta que desapareció de su vista. Después regresó a la biblioteca, tomó asiento y cogió el libro de la mesita de lectura:

Nuestras vidas se parecen a esos edificios viejos, sostenidos por sólo unos arbotantes: no se vienen abajo de golpe, sino que se van derrumbando poco a poco...

Tal vez un día la mataré, pensó fríamente. Quizá cogeré una de esas escopetas con las que disparo a los conejos —la Purdey, por supuesto—, apoyaré con calma el doble cañón en el pecho de ella, y atento a la expresión final de sus ojos —estoy seguro de que no pronunciará una palabra y me sostendrá todo el tiempo la mirada— apretaré los dos gatillos a la vez. *Put out the light*: apaguemos la luz y apaguemos su luz. Un apropiado quinto acto de la tragedia. Y después de eso, con una pipa humeando en la boca, un libro sobre las rodillas y una copa del mejor coñac en la mano, el último de los Sonderburg-Katelios tendrá tiempo, sin prisas, para reflexionar y ocuparse de sí mismo.

El ruidoso puente Gálata hormigueaba de tranvías, carromatos y automóviles. Saliendo del Gran Bazar, donde había cambiado a buen precio francos franceses por libras turcas, Salvador Loncar descendió a la zona peatonal y anduvo por ella hacia la orilla oriental, junto a las barcazas y caiques amarrados. Soplaba el poyraz: un viento desagradable que solía venir del mar Negro. El día era frío y luminoso, y los chiquillos limpiabotas, casi todos con una colilla en la boca, se alineaban en el lugar más soleado junto a los vendedores de roscas de pan y los puestos de comida, abrillantando zapatos de hombres con sombrero occidental, chaleco, corbata de lazo y americana a la moda. Olía a mejillones hervidos y mazorcas de maíz asadas.

Miró Loncar el reloj y luego se volvió hacia levante, donde el Bósforo se estrechaba por la parte de Usküdar. Había barcos que navegaban lentamente, unos hacia el norte y otros hacia el sur, pero ninguno era el que esperaba. Sin prisa, el agente republicano se detuvo a comprar los diarios franceses e ingleses al jorobado que atendía el kiosco de periódicos y revistas, y siguió camino entre los restos de verduras, frutas y cajas de madera que alfombraban el suelo y flotaban en el agua. Sonaban a intervalos las sirenas de los vaporcitos que iban y venían, y en el contraluz de la parte oriental del puente brillaban las cañas y sedales de los pescadores como una tela de araña entre la claridad del cielo y el agua plateada del canal.

Al llegar a Karaköy, Loncar eligió las mesitas soleadas de un café frente al Bósforo. Pidió un sorbete de granada con un chorro de licor y unos garbanzos tostados a un camarero sucio y sin afeitar, estiró las piernas y estuvo casi una hora leyendo los periódicos. De vez en cuando alzaba la vista hacia el canal y volvía luego a los diarios. Guerra de España aparte, el mundo no era un lago de paz: el Kuomintang chino rechazaba colaborar con los comunistas, Birmania se escindía de la India, Egipto iba a ser admitido en la Sociedad de Naciones, diecisiete manifestantes habían sido asesinados en Puerto Rico por la policía estadounidense. Y en Europa, donde se confirmaban purgas de Stalin en el ejército rojo, Hitler y Mussolini seguían golpeándose el pecho como orangutanes enloquecidos mientras, sin molestarse en guardar las apariencias, sostenían con descaro a Franco y los suyos.

Bebió un poco de sorbete, masticó un par de crujientes garbanzos y se limpió el bigote con el dorso de la mano. Después miró de nuevo el reloj y el cercano tráfico de buques. Uno asomaba ahora al norte del canal. Extrajo del bolsillo unos pequeños gemelos de teatro, chapados en plata, y echó un vistazo. No parecía el que esperaba, así que acabó de leer los periódicos, terminó la bebida y pidió otra al camarero. Un artículo de *Le Figaro* había llamado su atención y volvió a leerlo. Hablaba de las tensiones en Cataluña entre anarquistas, trotskistas y comunistas; y según el corresponsal que firmaba la crónica no se descartaban nuevos choques violentos en las próximas semanas, atentos los anarquistas a hacer la revolución antes de ganar la guerra y resueltos los comunistas —*hombres de Moscú*, afirmaba el corresponsal— a ganar la guerra antes de culminar la revolución.

La lectura del artículo arrancó una mueca sarcástica a Loncar, porque ése era el único punto discrepante entre él y sus caseras, las Calafell. Separó la página y se la guardó en un bolsillo para mostrársela a ellas. Los tres habían conversado a menudo sobre eso, en animadas discusiones políticas en torno a la mesa camilla y escuchando la radio. No había modo de convencer a las dos hermanas de que la libertad individual, la demolición del Estado burgués y la arcadia libertaria que anhelaban debían aplazarse para dar prioridad a una lucha antifascista que sólo la organización política y militar del Partido Comunista podía librar con eficacia. La marina republicana, sabía Loncar por experiencia, era prueba de eso: tras el caos de los primeros tiempos, incitado por marineros y suboficiales de filiación anarquista, la paulatina toma de control de la flota por mandos comunistas con asesores soviéticos empezaba a dar resultado.

Otro barco había aparecido con rumbo sur. El agente republicano miró el reloj y encaró de nuevo los gemelos: casco negro, puente central y otro a popa, larga chimenea. Con el francobordo bajo, lo que indicaba una navegación a plena carga. Era, sin duda, un buque cisterna.

Sintió que se le aceleraba el pulso. Todavía se mantuvo en la silla durante un rato mientras el barco se aproximaba; y al fin, cuando estuvo más cerca, se puso en pie y anduvo hasta el muelle, en la orilla misma del canal. Se encontraba ya lo bastante a la vista para, con ayuda de los gemelos, leer su nombre en la proa: *Camponegro*.

Tomó aire, lo retuvo en los pulmones y acabó por expulsarlo en un prolongado suspiro. Allá iba eso, con todas las consecuencias: el gambito de ajedrez —sacrificar una pieza para obtener ventaja— que el oponente podía aceptar o no. Aquel barco era buen señuelo, un objetivo tentador. Bandera roja, amarilla y morada a popa: tres mil toneladas de gasolina rumbo a la España republicana, con paso obligado por el mar Egeo.

Por un momento imaginó a los hombres que iban a bordo: veintinueve tripulantes, según sus informes, todos españoles. Seguramente la mayor parte de los que se hallaran libres de servicio estaría acodada en la banda de estribor, contemplando la ciudad. Quizás a él mismo, de pie en el muelle, viéndolos pasar hacia el destino feliz o infortunado que los aguardase cuando dejaran atrás el mar de Mármara.

Se metió los gemelos en el bolsillo. Dejando un rastro de humo negro, el petrolero se alejaba ya hacia el sur. A simple vista aún podían verse nombre y matrícula en el espejo de popa.

Confío, pensó antes de irse del muelle, en que ese hijo de puta de Pepe Ordovás haya hecho bien su trabajo. Y que sus jefes fascistas se coman la pieza que les ofrezco.

Era extraño el crepúsculo en aquella isla, consideró Jordán: parecía artificial, ideado por la mano del hombre. El blanco y gris de las rocas resplandecía nítido hasta el último instante en torno a la orilla arenosa y el agua esmeralda de la playa; y sólo al final, cuando el sol estaba a punto de extinguirse, todo adquiría una violenta tonalidad rojiza que duraba unos segundos antes de apagarse con brusquedad, dando paso a una penumbra que desdibujaba las formas hasta que la oscuridad cubría tierra y mar, y las estrellas se adueñaban del cielo.

Sentado a popa de la torpedera, Jordán contemplaba el paisaje, que en ese instante se teñía de la misma intensa claridad bermeja que le enrojecía el rostro y la barba y se reflejaba en sus ojos claros, cuyas pupilas estaban contraídas ante la luz. Abajo, en su estrecho camarote, alejado de la playa y de los hombres que se encontraban en ella, había escrito de nuevo una carta a su mujer. La cuartilla de papel estaba a medias, inacabada, sobre el tablero plegable que hacía las veces de mesa: términos convencionales, fórmulas faltas de convicción y de afecto. Espero que el niño y tú estéis bien, yo lo estoy, etcétera. Todavía tardaremos algún tiempo en volver a vernos. Jordán era poco dado a escribir cartas, ni a su mujer ni a nadie: tres a sus padres desde que había estallado la guerra, cinco a su mujer. Aquélla era la sexta, y quizá no llegara a enviarla nunca.

Reflexionaba respecto a las razones de escribirla; sobre el impulso inicial que se había ido agotando a medida que la pluma estilográfica añadía sobre el papel línea tras línea de frías banalidades. Era obvio que lo sucedido aquel día estaba relacionado con eso, aunque no lograba establecer cuánto y por qué razón exacta: la comida con los Katelios, la mirada perspicaz y reflexiva del barón, el largo paseo en compañía de la mujer. La forma, en fin, con que ésta lo miraba, conversaba y callaba; y también las sensaciones que él había experimentado cuando caminaron uno junto al otro, rozándose de modo accidental y distanciándose de inmediato, como queriendo evitar, o tal vez demorar, presagios de lo que se intuía inevitable.

No era sólo deseo, concluyó Jordán. Llevaba demasiado tiempo sin una mujer y eso podía confundir sus ideas; pero era un marino tranquilo, ecuánime, hecho por oficio a observar el barómetro, la declinación magnética y la desviación de la aguja. Alguien, en fin, capaz de identificar los síntomas. Aunque poco acostumbrado a analizarse a sí mismo, advertía el impulso, el instinto, la necesidad física de aproximarse a esa mujer en particular y no a otra. Deseaba, en fin, indagar en el desconsuelo que Lena Katelios parecía llevar cosido a los pies como una sombra. Adentrarse en su piel y su carne para descifrar allí, como si de una carta marina se tratara, las rayas de la palma de una mano cuya propietaria aseguraba haber estado demasiadas veces en la vida.

Se recordó a sí mismo pasando de la adolescencia a la juventud entre hombres rudos de los que obtuvo una manera específica de afrontar el mar y sus consecuencias. La ambición surgida luego, paulatina, firme, de no ser siempre como ellos; de no envejecer relegado al maloliente castillo de proa de un buque: cambiar las paletadas de carbón, el lampazo de cubierta y las estachas de amarre por la limpia asepsia de un puente de mando, por el resplandor tenue de la bitácora que iluminaba desde abajo el rostro del timonel, la proa del barco vista desde arriba, cortando el agua tranquila o macheteando violentas marejadas. Noches de estudio, lecturas en horas libres de maniobra, exámenes durante las estancias en tierra entre dos embarques, ahorrando cuanto era posible para matricularse en la escuela de náutica de Bilbao. Y tras un tiempo como agregado en un barco de pasaje de la Trasmediterránea, aquella pensión para estudiantes de la calle Somera, junto a la ría, donde durante tres meses preparó el examen de segundo piloto: la patrona viuda, la hija que se ocupaba de la limpieza y el futuro oficial de la marina mercante. Mi hija ha tenido una falta, muchacho, ya sabes a qué me refiero. Confío en que seas un caballero y asumas tus responsabilidades.

La claridad rojiza se extinguió con rapidez y una súbita penumbra agrisó el lugar. Jordán permaneció inmóvil mirando el agua que se oscurecía más allá de las dos puntas rocosas de la ensenada. El hombre que había esta-

186

do de guardia en la torre en ruinas —uno de los primos Maroun— bajaba hacia la playa: se le veía silueteado contra el cielo cada vez más sombrío, moviéndose por el estrecho sendero de la cortadura. En la calma crepuscular se percibía con nitidez cualquier sonido: más allá del embarcadero, junto a los barracones, las voces de los hombres que se disponían a cenar y la de uno de los contrabandistas de Ioannis Eleonas, que encendía una fogata cantando algo que repetía mucho la palabra *palikári*, mozo valiente. Era curioso —sonrió Jordán pensando en ello— lo mucho que a los griegos les gustaba ese término. Hasta para dirigirse a un camarero decían oiga, por favor, *palikári*. Valiente.

Crujieron las tablas del embarcadero. Miró hacia allí y vio acercarse la flaca y desgarbada figura de Bobbie Beaumont junto a la maciza silueta del piloto. Traía el telegrafista un papel en la mano y un cigarrillo en la boca. Subieron a bordo y fueron a sentarse junto a él.

—Hay novedades, comandante —dijo el inglés—. Noticias de los sabios príncipes que nos rigen.

Le pasó el papel, pero ya no había suficiente luz para leerlo.

—Cuéntenmelo —dijo Jordán, guardando el papel en un bolsillo de la camisa.

Fue Eleonas quien habló.

—El objetivo sobre el que nos alertaron ha pasado el Bósforo.

—¿El petrolero?

—Ése, sí... *Camponegro*, bandera española. Hoy.

—¿A qué hora?

—Sobre las once de la mañana —confirmó Beaumont—. Algo después del canto de la alondra.

Le entregó a Jordán un sobre grueso.

—También revelé las fotografías que me pidió que hiciera —añadió—. Mi barraca no es ideal como cuarto oscuro, pero han quedado potables.

Hizo cálculos mentales Jordán. Habían estudiado las posibles rutas y practicado maniobras de ataque hasta el agotamiento, tanto de día como de noche. Con el depósito lleno de combustible, la *Loba* se hallaba lista para operar: tenía un torpedo dispuesto en cada tubo lanzador, la dirección de tiro estaba ajustada y había tiempo de sobra para actuar con calma. Se puso en pie y descendió por la escalerilla hasta su camarote, seguido por los dos hombres. Se volvió a mirar al inglés.

—Tire ese cigarrillo.

Obedeció éste. Una vez abajo, Jordán encendió la luz del camarote, metió en un cajón las fotos y la cuartilla a medio escribir, extendió una carta náutica y los otros se acercaron a mirar. En ella, todas las alternativas posibles estaban trazadas a lápiz, desde la salida del mar de Mármara hasta las islas Cícladas.

—La cuestión es acertar con la ruta —comentó mientras seguía los trazos con un dedo.

—Los caiques han zarpado y surcan el mar color de vino —dijo Beaumont—. Recibí sus mensajes casi al mismo tiempo que éste.

Se inclinaban los tres sobre la carta y Beaumont se había subido las gafas a la frente para ver mejor de cerca. Eleonas no necesitaba fijarse mucho: tenía todas aquellas aguas e islas en la cabeza.

—Trescientas millas hasta el estrecho de Kafireas —comentó—. Si ésa es la ruta que eligen.

Asentía Jordán.

—Veinte más si pasan a levante de Tinos.

—¿Conocemos la velocidad del petrolero?

Indicó Jordán el *Replinger Merchant Shipping,* registro de buques que estaba en un estante del camarote con los derroteros y manuales técnicos.

—Es un barco viejo. Sólo puede navegar a un máximo de diez o doce nudos, y por eso no lo hará todo el tiempo, forzando máquinas en un viaje largo... Siete u ocho sería lo normal.

—Entre treinta y cuarenta y tres horas de navegación —calculó Eleonas.

—Más o menos —Jordán golpeaba con un dedo tres puntos de la carta—. Lo que significa que mañana a mediodía puede estar aquí; y al atardecer, aquí o aquí.

—La ruta más corta es el estrecho de Kafireas —opinó el griego.

—Es la más probable. Si viene despacio y elige ese paso, llegará mañana durante la noche o al amanecer del día siguiente; así que podemos salir a su encuentro por la tarde. Cuatro o cinco horas de margen bastarán para explorar la zona y situarnos.

—¿Serán capaces de localizarlo nuestros caiques? —preguntó Beaumont.

—Más nos vale; y si no se distrae usted, será el primero en saberlo. De no ser así, a ciegas y tal vez de noche, en este laberinto de islas será buscar una aguja en un pajar —sonrió forzado, alentador—. Ahí confío en el ojo marinero de nuestro piloto.

Movió la cabeza Eleonas, insensible al elogio. Rascándose la barba.

—Haré cuanto pueda, *kapetánie*.

Jordán miraba a Beaumont.

—Hasta que salgamos, permanezca pendiente del telégrafo. Y asegúrese de que en el mar funcionen perfectamente las comunicaciones.

—La pértiga de la antena da buen resultado —repuso el inglés—. Mejora la recepción.

—Mejor así, porque no podemos permitirnos otro fracaso como el del *Stary Bolshevik* —se volvió Jordán hacia Eleonas—. Diga a los hombres que tendremos reunión mañana temprano, y que esta noche procuren descansar.

—Ah, sí, maravilloso —intervino Beaumont—. Incluso la mujer del cocinero podrá entregarse al dulce sueño, tras laboriosas noches en vela —alzó la mano para brindar con una copa imaginaria—. Hechicémonos con la grata somnolencia antes de que el carro celestial, etcétera. Y suene la trompeta para montar a caballo.

Se miraron Jordán y el piloto con fatigada resignación. Estaban acostumbrados a las maneras del inglés.

—Los hombres se alegrarán —opinó Eleonas—. Demasiada inacción en los últimos días. Sólo maniobras y maniobras, así que irá bien una cacería de verdad —descubría los dientes risueño, con mueca depredadora de viejo contrabandista—. Les gustará cobrar una verdadera presa en el mar, como Dios manda.

—Amén —dijo Beaumont—. Y mil veces amén.

7. Hermanos del mar

Había un poco de luna, algo menos del cuarto creciente: la sonrisa del gato de Cheshire, dijo Bobbie Beaumont cuando miró arriba, al subir con el último mensaje del caique que nueve horas antes había localizado el objetivo. Comentó lo del gato y volvió a desaparecer bajo cubierta mientras Ioannis Eleonas se llevaba los prismáticos a la cara para escrutar la noche y Jordán daba el nuevo rumbo al timonel. A media máquina, sigilosa en la oscuridad que cubría el mar bajo un cielo salpicado de estrellas, la *Loba* puso rumbo oeste-noroeste.

El puente de ataque de la torpedera, descubierto sobre la caseta de gobierno, estaba mojado por el relente nocturno. Hacía frío. Faltaban tres horas para el amanecer y la humedad penetraba hasta el cuerpo de Jordán a través del chaquetón marino, el jersey que llevaba debajo y la toalla puesta en torno al cuello y el pecho. No había apenas viento, sólo un par de nudos más del aparente que suscitaba el movimiento de la lancha; pero una molesta marejada zarandeaba la embarcación. Todo a bordo se mantenía apagado —prohibición absoluta de encender cualquier luz o fumar— y a veces, en algún bandazo más violento que otros, se oían contenidas maldiciones en la oscuridad. Los torpedistas y uno de los Maroun estaban sentados junto al cañón Oerlikon, quietos entre las sombras, y el otro primo arriba, en la pequeña cofa sobre el puente.

—Nada todavía, *kapetánie* —dijo Eleonas pasándole los Zeiss a Jordán.

—Ya debería estar ahí.

—Pues no está.

Alzó Jordán el rostro.

—¿Algo, serviola?

—Nada, comandante —sonó arriba la voz—. Sólo la farola de Kafireas.

Llevaban siete horas cubriendo un arco de veinte millas al norte de la isla de Andros, sin perder de vista los destellos lejanos del faro. El *Karisia*, el caique explorador destacado más al norte, había localizado al petrolero un poco antes de la puesta de sol, señalándoles por radiotelegrafía posición aproximada, dirección y velocidad: rumbo doscientos siete grados, siete nudos. Eso significaba que se dirigía al estrecho por la ruta más corta y que se proponía cruzarlo antes de que amaneciera.

—Lo normal es que traiga las luces de posición encendidas —dijo Jordán.

—Puede que sí y puede que no —repuso Eleonas—. Quizá su capitán sea un hombre prudente.

Lo pensó despacio Jordán. En ese momento su cabeza era una geometría de combinaciones sobre una carta náutica: líneas, ángulos, latitud, longitud, rumbos y horarios. Miraba por los prismáticos, pero sólo vio oscuridad.

—Vamos hacia la costa, piloto. A ver si lo que hay de luna nos ayuda.

Dio Eleonas nuevas instrucciones por el tubo acústico y la torpedera varió el rumbo a babor, aumentando la velocidad. Algunos machetazos de la proa en la marejada arrojaron salpicaduras sobre el puente, haciendo agacharse al piloto y a Jordán. Secó éste con la toalla las gotas de agua salada que le mojaban la barba y se encajó más la gorra para evitar que el viento se la llevara.

—¡Verde y blanca por el través de estribor! —gritó el serviola.

Dirigió de inmediato Jordán los prismáticos hacia la derecha, y en la oscilación impuesta a la doble lente por el balanceo pudo distinguir, todavía lejanas, lo señalado por el serviola: dos luces blancas muy juntas, la de delante más baja que la de atrás, y una verde indicando que el buque avistado les daba su banda derecha. Eso significaba que iba directo al estrecho de Kafireas y, según la referencia del faro, estaba a unas quince millas de su parte más angosta.

—¿Es el petrolero? —preguntó Eleonas.

—Lo parece... Eche un vistazo —Jordán le pasó los prismáticos y miró arriba—. ¡Serviola!

—¡Sí, comandante!

—Baje de ahí.

—Ahora mismo, señor.

—Podría ser el *Camponegro* —dijo el piloto tras un momento—. Pero también puede ser otro.

—Busquemos el contraluz para ver la silueta.

Dieron las órdenes oportunas y maniobró la torpedera. Por un instante se perfiló, recortada en un destello del faro, la sombra del cañón de 20 mm.

Recuperó Jordán los prismáticos.

—Ahí va bien, piloto.

—¡Caña a la vía! —ordenó Eleonas por el tubo acústico.

Estudiaba Jordán la silueta del barco en el contraluz que, situada ahora la *Loba* en posición más favorable, formaba la escasa luna con el rielar en la marejada: negra, larga, con una estructura en mitad del casco y una alta chimenea en la otra, a popa. La obra muerta parecía baja, lo que indicaba plena carga. Era un buque cisterna, desde luego. Era el *Camponegro*.

—Lo tenemos... ¡Beaumont!

Se oyó la voz del radiotelegrafista.

—¡Diga, comandante!

—Emita Oscar-Bravo-Bravo, nos disponemos a atacar —se volvió a Eleonas—. Ordene zafarrancho, piloto.

Emitió el griego un gruñido satisfecho y dio el toque de silbato. Jordán había retirado la funda de lona encerada de la dirección de tiro y pegaba los ojos al binocular. Esta vez, se dijo, no podía fallar. Después de ajustado el instrumento habían repetido la maniobra infinidad de veces usando el *Karisia* y el otro caique explorador como objetivos simulados. Pero era necesario actuar con mucha calma, sin dejar cabos sueltos. No esta vez.

—Rumbo paralelo. Vamos a seguirlo para calcular su velocidad.

Se inclinó sobre la alidada, tomó la marcación del petrolero, al cabo de dos minutos volvió a tomarla y lo hizo por tercera vez dos minutos después, comprobando que se mantenía constante. Y en cada ocasión, Eleonas, en contacto con la caseta de gobierno, confirmó siete nudos de velocidad. Entonces Jordán introdujo los datos en la dirección de tiro.

—Atacaremos algo a proa del través, a unos sesenta grados de su rumbo —retiró un momento los ojos del binocular y miró de nuevo—. A quinientos metros.

Esperó hasta que la maniobra estuvo ultimada para ordenar a Zinger que abriese el portillo del tubo de babor y destrincara el torpedo. La silueta del petrolero seguía enmarcada en el débil contraluz.

—Vamos a por él, piloto. Motores a mil cien revoluciones.

Rugieron los diésel y la torpedera tomó impulso a veinte nudos, alzando más la proa. Los dos hombres se agarraron a la brazola de acero del puente. El viento llegaba ahora más húmedo y frío, y las salpicaduras se convirtieron en rociones de agua.

—Rumbo cero-nueve-cero... Así como va. Aguante ahí.

Pegados los ojos a los protectores de caucho del binocular, que lo incomodaban en cada pantocazo sobre la marejada, procuró Jordán mantener la retícula del visor en la silueta del petrolero, cada vez más próxima. En ese momento no pensaba en nada ajeno a lo inmediato; sus sentidos seguían concentrados en situar torpedera y objetivo en la relación correcta, con la tensa ansiedad de la caza. Era un marino absorto en un problema profesional: rumbo, velocidad, distancia, ángulo de ataque; eso era todo. Nada tenía que ver con simpatías o antipatías, con ideas políticas, con impulsos bélicos o patrióticos, con rojos o nacionales. Una fría resolución técnica era cuanto importaba ahora: que el rumbo de los torpedos, cuando se lanzaran e hiciesen su recorrido, se encontrara con el de la presa en el lugar y tiempo exactos. Cuestión de éxito o de fracaso. Y respecto a la tripulación, los seres humanos que pudiera haber a bordo del *Camponegro* quedaban fuera de la ecuación. Habría tiempo para pensar en eso. Aunque ojalá no.

—Cinco a babor, piloto.

—Cinco a babor.

—Así, a la vía.

—A la vía.

—Modere a doce nudos, novecientas.

—Doce nudos.

—¡Zinger!

Por encima del ruido de motores llegó la voz del torpedista holandés, agazapado con su ayudante tras el tubo de babor. Sonaba animado y casi gozoso, disfrutando.

—¡Listo, comandante!

Sin despegar los ojos de la RZA alzó Jordán la mano izquierda, que nadie podía ver en la oscuridad. El petrolero ocupaba la casi totalidad de la mira óptica. Quinientos metros justos. Bajó la mano.

—¡Fuego, dos!

Ruido de succión, estampido sordo. Por la amura de babor se deslizó al mar la forma alargada y oscura del torpedo; y la lancha, desequilibrada de peso, dio una guiñada a estribor. Ordenó Eleonas meter toda la caña a la banda contraria y la *Loba* describió tres cuartos de círculo macheteando la marejada para situarse en rumbo paralelo al del mercante. Jordán había apartado los ojos del binocular de la dirección de tiro, y empuñando los prismáticos los dirigía al *Camponegro*, aún silueteado en el suave contraluz lunar. En la oscuridad era imposible ver la estela del torpedo o consultar el reloj de pulsera, así que contó mentalmente los segundos. Medio minuto desde el disparo hasta el impacto.

—*¡Zeemu!* —exclamó Eleonas.

Dios mío, significaba eso. La misma expresión de asombro rozó los labios de Jordán cuando entre el través y la popa del petrolero surgió primero un fogonazo breve, casi imperceptible, y luego una columna de espuma oscura más alta que la chimenea. Ocurrió en silencio, sin otro sonido que el de los motores de la lancha; y el estampido, un retumbar seco amortiguado por la distancia, llegó después. Para entonces, del costado herido de la nave había brotado ya una llamarada roja, amarilla y negra que se retorció sobre sí misma salpicando de reflejos el agua entre el barco alcanzado y la torpedera.

Se habían detenido a media milla y la *Loba* se balanceaba en la marejada. Los hombres de abajo subieron a contemplar el espectáculo; observaban impresionados y silenciosos cómo el incendio se corría con rapidez de popa a proa del barco moribundo. El hongo de fuego era cada vez mayor y más violento, igual que cuando en una caja de fósforos se prendían todos a la vez. Su resplandor llegaba hasta la lancha, iluminando en rojo los rostros graves de los que miraban.

—Pobres diablos —dijo alguien.

Así que era eso, concluyó Jordán, hipnotizado por la visión. Era así, y no de otra forma. Tres mil toneladas de gasolina a las que doscientos cincuenta kilos de trilita enviados a una velocidad de cuarenta nudos acababan de prender fuego. Fue entonces cuando pensó —y era la primera vez— en los que iban a bordo del *Camponegro*. La idea penetró en su cerebro de modo repentino, con la contundencia física de un golpe, haciéndolo estremecer. En aquel barco había marinos mercantes, como él había sido durante los últimos veinte años. Ignoraba cuántos, pero parecía imposible que alguno pudiera sobrevivir entre semejantes llamaradas.

Se volvió hacia Bobbie Beaumont. El telegrafista había subido al puente y miraba el incendio sin decir palabra.

—¿Alguna comunicación del petrolero?... ¿Llamadas de socorro?

Movió el inglés la cabeza. El fuego lejano se reflejaba en los cristales de sus gafas.

—Nada, comandante. Nada en absoluto. Supongo que no han tenido tiempo.

Lo pensó Jordán un momento.

—Baje y emita un SOS —dijo al fin—. *Tenemos incendio a bordo, hundiéndonos diez millas al este del cabo Kafireas...* Añada su señal distintiva, para que parezca que la llamada procede del propio petrolero.

—Entendido.

Desapareció Beaumont. Fue Ioannis Eleonas quien hizo la pregunta obvia entre hombres de mar.

—¿Vamos a buscar supervivientes, *kapetánie*?

Apoyó Jordán las manos en la brazola sin apartar los ojos del barco en llamas. Tenía la impresión de que la escena quedaría impresa en ellos para siempre. Sus dedos crispados apretaban el acero húmedo. Sintió la boca áspera y amarga.

—No, piloto... Regresamos a la isla.

Pantelis Katelios había desayunado en su habitación. Solía hacerlo así en los últimos tiempos, ya que Lena se levantaba cada vez más tarde y a él no le gustaba bajar al comedor sin otra compañía que la sirvienta, pan tostado con aceite y una jarra de café. Dejó la bandeja a un lado, en la mesita, y se puso en pie. Aún estaba en pijama, sin afeitar, con el viejo cárdigan de lana gris por encima, y calzaba babuchas turcas de cuero. Al mirar por la ventana comprobó, más allá de los árboles, que el viento había refrescado durante la noche y venía del norte, rizando en el mar borreguillos de espuma blanca. El día, sin embargo, era luminoso y claro.

Rellenó con parsimonia la primera pipa y se la puso entre los dientes sin encenderla. Le gustaba el aroma del tabaco fresco —una mezcla inglesa que se hacía traer de Atenas— bien apretado en la madera de brezo antes de aplicar una llama y convertirlo en humo. A menudo disfrutaba más con la perspectiva de fumar que con el hecho mismo, y ése era un rasgo esencial de su carácter: lo por venir, lo anunciado, más estimulante que la culminación. Cada expectativa era una promesa, pero cada hecho solía terminar decepcionando. A juicio del propio Katelios, aquello podía considerarse una constante inmutable. Y también una apropiada sinopsis de su vida.

Continuó contemplando el paisaje. Desde la ventana distinguía los colores grises y azulados de la isla de Kea, doce millas a poniente; y a más distancia, al norte, el alto perfil montañoso de la de Andros. Súbitamente algo llamó su atención. Había una pequeña embarcación que se movía hacia el sudeste dejando una estela blanca y recta. La siguió con la vista: navegaba rápida y sin duda era una lancha. Por su rumbo parecía dirigirse al norte de Gynaíka,

198

en demanda del lado oriental de la isla, y eso le hizo pensar en la torpedera. Era posible que volviera de una misión tras pasar la noche en los estrechos. El regreso del cazador, concluyó irónico. Tal vez aquel raro español de madre griega traía una presa cobrada. O quizá venía con el zurrón vacío. No siempre el conejo se lo ponía fácil a la escopeta.

Todavía con la pipa sin encender, el barón pasó a la habitación contigua, de paredes cubiertas con frescos roídos por el tiempo y la humedad donde aún era reconocible Ulises, arco en mano, exterminando a flechazos a los pretendientes de su esposa. Había allí una otomana de forro ajado, un par de sillones, una mesa con un quinqué veneciano y una estantería con volúmenes en desorden: álbumes de fotografías, revistas encuadernadas, novelitas de Phillips Oppenheim. Cruzó hasta la otra puerta y se detuvo ante ella tras golpear ligeramente con los nudillos. No obtuvo respuesta, así que abrió con cuidado y entró en la habitación.

Olía a colillas de cigarrillos y carne tibia de mujer dormida. Las cortinas estaban echadas y en la penumbra se distinguía el bulto de Lena en la cama. Respiraba con suavidad, lenta, pausada, y Katelios estuvo escuchándola con furtiva cautela antes de ir a la ventana y descorrer un poco las cortinas, lo suficiente para que una rendija de claridad iluminase el lecho. Después se sentó en un taburete a mirar. Dormía ella boca abajo, desnuda como acostumbraba incluso en invierno: sábana y manta quedaban por debajo de la cintura, descubriendo desde el arranque de las caderas hasta la nuca vulnerable y el cabello cortado a lo masculino, medio rostro hundido en la almohada y el otro medio casi inexpresivo, sólo algo fruncida la frente como si durante el sueño algún recelo la mantuviese tensa.

Una mujer así, pensó Katelios una vez más, sólo podía ser resultado de una época, ya concluida, de la más alta civilización europea. Aquel siglo de nubarrones oscuros que nublaban el mundo no volvería a producir ejemplares como ella; ninguno de una perfección semejante. Y resultaba asombroso. Los quince años transcurridos desde el primer encuentro en París —la escalera del bar privado del número 7 de la rue Saint-Florentin— apenas habían alterado la belleza del cuerpo ahora semidesnudo e inmóvil. Al contrario: afirmaban una cualidad densa, excitantemente turbia, de la que al principio ella careció, o parecía carecer. Pies de puta turca, recordó. Le había gustado que le hablara de eso, que la tratara así. Dime que lo soy, por favor. Susúrramelo al oído, tan cerca, mientras yo, etcétera. Dime de nuevo que soy tu trofeo elegante, condúceme sin miramientos al lugar oscuro que hay en mi corazón y mi cabeza. De ese modo, en aquel tiempo remoto habían alcanzado juntos la perfección: la más extrema complicidad física e intelectual posible entre un hombre y una mujer. Pero el estado ideal tenía fecha de caducidad; la vida terminaba siempre por imponer sus propias reglas. Lena había dejado de amarlo justo cuando él empezaba a amarla a ella; todo acabó yendo demasiado rápido y demasiado lejos, hasta un lugar donde Katelios ya no pudo seguirla: un paraje desolado por el que acabó internándose sola, ahora amarga, resabiada, desdeñosa, sin mirar atrás, armada con el frío rencor del que sólo eran capaces ciertas mujeres singulares cuando sufrían. O cuando consideraban, ebrias de infelicidad y según extrañas fórmulas sólo por ellas conocidas, que había llegado la hora de sufrir.

La vio abrir los ojos, frotar somnolienta la cara en la almohada y mirarlo. Aún boca abajo, inmóvil y en silencio, durante un largo momento. Después se volvió un poco sobre el costado, apoyándose en un codo, y alzó ligeramente la cabeza.

—¿Qué haces ahí?

—Te observo.

—Ya veo que me observas... ¿Qué haces ahí?

No respondió a eso. Sonreía cortés, con aire distraído. Metió una mano en un bolsillo, sacó una caja de fósforos y encendió la pipa. El humo aromático ambientó la habitación.

—No me gusta que me mires cuando duermo —dijo ella tras un momento—. Estar dormida se parece a estar muerta... Tampoco querré que nadie me mire cuando esté muerta.

No dijo él nada. Se limitó a asentir mientras daba chupadas a la pipa. Ella se incorporó un poco más. Mostraba sus pechos desnudos: pequeños, firmes a causa del tamaño, proporcionados al cuerpo todavía esbelto, de líneas prolongadas. El rostro y los brazos apenas más dorados por el sol que el resto de la piel.

—He visto pasar la lancha —dijo él, por fin.

—¿Qué lancha?

—La de los hombres del otro lado de la isla —chupó de nuevo la pipa—. Me pregunto si habrán atacado a alguien.

Lo miraba inexpresiva, con ojos vacíos. Tardó en hablar.

—No es asunto nuestro.

—Oh, por supuesto que no lo es... No demasiado, en realidad.

Se puso Lena en pie, desperezando su tranquila desnudez. Después se acercó a la ventana, descorrió del todo las cortinas y un caudal de claridad inundó su torso, haciéndola entornar los ojos y deslumbrando a Katelios. Cuando las pupilas de éste se adaptaron a la luz, contempló el cuerpo que se mostraba con naturalidad, sin pudor alguno. Ella seguía inmóvil junto a la ventana, indiferente a su mirada, y él se acordó de cuando la había visto así, quieta, descalza sobre la alfombra del apartamento de la rue Rivoli cuyo alquiler costaba una fortuna al año, y que

Katelios sólo utilizaba cuando iba a París para hacerse unos trajes en Samuelson & Son o unos zapatos a medida en Dauxois. Aquella tarde parisién la vio al fin desnuda —habían comido en Le Grand Véfour—, después de que ella misma liberase los tirantes del vestido, dejándolo caer a sus pies para mostrar, como si se tratase de la conclusión de una fórmula matemática, que no llevaba nada debajo. Y por primera vez en su vida él se había quedado paralizado, incluso físicamente —tardó casi una hora en reaccionar de forma adecuada—, menos por la espléndida visión de aquel cuerpo que por la impudicia natural con que ella lo desvelaba para él.

Con idéntica soltura dio ahora Lena media vuelta y se dirigió al pequeño cuarto de baño, donde entró sin cerrar la puerta a su espalda. Había dentro un inodoro de porcelana, un bidé y un lavabo, y la vio sentarse en la taza del inodoro con la misma naturalidad que si se encontrara sola. Y desde allí, mientras orinaba con las piernas ligeramente abiertas, dirigir una mirada indiferente al marido que la observaba desde el taburete cerca de la ventana, la pipa en la boca, velando a intervalos con bocanadas de humo la escena que se desarrollaba ante él. No era la primera vez que ocurría, aunque ahora las circunstancias fueran distintas. En otras ocasiones, mucho tiempo atrás —semejante a siglos, pues así percibía Katelios el tiempo transcurrido—, él se había acercado muchas veces para meterse entre los muslos mojados y clavarse hondo en el interior húmedo y cálido. Buscando penetrar, más que el cuerpo que entonces sin reservas se le ofrecía, los misterios oscuros de la cabeza de aquella mujer.

Cuando Lena se puso en pie, una gota le corrió por la cara interior de un muslo, hasta la rodilla. Sin secarse, con la naturalidad de antes, fue hasta la percha situada junto a la cama, en busca del kimono de seda. Después cogió el paquete de Raleigh que estaba sobre la mesita de noche junto a una novela de Gabriele d'Annunzio que nunca terminaba de leer y se colgó un cigarrillo en la boca. Fue entonces cuando Katelios salió de su inmovilidad. Se puso en pie, fue hasta ella, y rascando un fósforo se lo encendió. Dejándolo hacer, Lena lo miraba pensativa entre las primeras volutas de humo.

—Creo que iré a Syros —dijo de pronto.

Katelios mantuvo la calma. Agitó en el aire la cerilla para apagarla y la dejó en el cenicero, sobre las colillas.

—¿Irás hoy? —se limitó a preguntar.

—No sé... Hoy, quizá mañana. Depende.

—¿De qué?

La vio contemplar la brasa del cigarrillo como si buscase ahí una respuesta adecuada. Tras un momento entornó los párpados mientras movía un poco la cabeza, afirmativa, respondiendo a una pregunta misteriosa que parecía formulada en su interior.

—Puede que invite a ese español a acompañarme, si sus obligaciones se lo permiten —ahora lo miraba con gelidez átona, perfecta—. ¿Crees que aceptará?

Se quitó Katelios despacio la pipa de la boca. Había hombres —pocos, pero había— capaces de sonreír así cuando los llevaban al cadalso.

—Estará loco —respondió, suavemente educado— si no lo hace.

Los primeros rayos de sol enrojecían el Cuerno de Oro y el atardecer lo volvía dorado. A Salvador Loncar le gustaba comprobarlo, en aquella ciudad cuya peculiar topografía suscitaba un permanente cambio de colores, matices y sombras, hasta el punto de que parecía imposible estar diez minutos bajo la misma luz. Estambul, pensó, debía de ser una pesadilla para cualquier pintor de paisajes.

—Hace frío —dijo Antón Soliónov.

Había amanecido hacía una hora y el sol todavía estaba a poca altura sobre la orilla asiática del Bósforo. El agua surcada por el vaporcito que iba y venía del puente Gálata a Eyüp era de color rojizo. Había gaviotas planeando en el contraluz sobre los pequeños pesqueros y los caiques cargados de mercancías que navegaban despacio por todas partes.

—Un frío asquerosamente capitalista —añadió el ruso, bromeando.

Interpuesto entre Loncar y la ciudad, el representante de Sovietflot tenía media cabeza hundida en el cuello de astracán del abrigo y el sombrero calado hasta las hirsutas y rubias cejas. A su lado, metidas las manos en los bolsillos de la trinchera y con una bufanda al cuello, Loncar le rió el mal chiste. Los dos estaban hombro con hombro, sentados en el último banco de madera a popa, después de que el agente republicano recibiera una llamada telefónica citándolo a bordo de la embarcación. El ruso había venido desde Eyüp para encontrarse con él sin bajar a tierra, y ahora éste lo acompañaba en el viaje de vuelta. Una cita discreta, pues a esa hora apenas había pasajeros.

—Imagino —dijo Soliónov— que está informado.

—Si se refiere al barco hundido ayer, lo estoy. La embajada de Atenas se ocupa del asunto. Sigo en contacto con ellos y con mi ministerio de Marina.

—¿Hubo supervivientes?

—Dos.

—¿De cuántos?

Se pasaba Loncar, sombrío, una uña por el bigote.

—De veintinueve... Los demás se dan por desaparecidos —hizo otra pausa breve—. Achicharrados vivos.

Movió el ruso los poderosos hombros, incómodo. Y no era el frío.

—¿Quién los atacó?

—Fueron torpedeados. No por un submarino, sino por una embarcación de superficie. Oyeron los motores acercándose y creyeron verla a pesar de la oscuridad.

—Eso coincide con lo que contaron los del *Stary Bolshevik*.

—Sí.

—Sólo hay una explicación —Soliónov chasqueó la lengua—. Torpederas italianas.

—A eso hucle.

—Resulta extraño que se arriesguen tan lejos, pero parece evidente, ¿no cree?... Seguramente operan desde un buque nodriza.

Hizo el español un ademán dubitativo.

—No tenemos constancia de ninguno en la zona.

—¿Una base clandestina?

—Es una posibilidad —concedió Loncar—. Pero los griegos...

—El gobierno griego es un gobierno fascista. No nos sorprende que miren hacia otro lado. En cuanto a las islas, convendría...

—Hay cientos de islas donde pueden esconderse. Es buscar una aguja en un pajar.

Asentía el ruso con una sonrisa estoica, perdida la mirada en la orilla más próxima, donde los pilotes de las viejas casas de madera hundían en el agua sus leños podridos, tan diferentes de los palacios blancos y minaretes de la margen opuesta. Loncar estudió el gesto de su interlocutor. Antón Soliónov había sido un hombre peligroso, y aún lo era. Sus ojos claros muy eslavos, de equívoca apariencia, habían visto cosas que al agente republicano no le gustaría ver.

—Confiamos en que ustedes no interrumpan sus envíos —dijo Loncar.

Alzó ambas manos el otro, convincente. O buscando convencer.

—Me comuniqué con mis superiores, y no parece su intención.

—Eso me tranquiliza.

—No es la primera vez que nos interceptan un *Igrek*, ni por desgracia será la última. La República española necesita la ayuda soviética y la seguirá teniendo. Material militar aparte, hay dispuestos cargamentos de trigo en los puertos del mar Negro y en Bulgaria —su expresión se tornó seria—. El camarada Stalin sigue personalmente interesado en eso.

—¿Cuándo saldrá el próximo?

—El Y-22 y el Y-23 están listos en los muelles de Odesa y Sebastopol.

—¿Sigue siendo el *Tchapaiev*?

—Sí, es el primero que se hará a la mar: carros de combate, artillería de campaña y una veintena de especialistas soviéticos. Lo seguirá el *Nikolái Chernyshevski*.

—¿Van a escoltarlos?

—Un cazatorpederos los acompañará hasta que dejen atrás los Dardanelos, pero no podemos ir más lejos... Y la escuadra de ustedes —añadió con estudiada cortesía— nunca se arriesga a este lado del canal de Sicilia. El mar Egeo sigue siendo una zona vulnerable.

—Trescientas millas de aguas e islas —confirmó Loncar.

—O más, si consideramos desde Creta hasta Malta.

—¿Y qué dicen ingleses y franceses?

—Empiezan a preocuparse, aunque no pueden hacer gran cosa: sólo garantizar con sus barcos de guerra que no se hostigue a quienes lleven su pabellón o sean neutrales. No son los policías del Mediterráneo.

Lo último lo dijo en tono apagado y triste, cual si lo lamentara. Se caló a fondo el sombrero, hundió aún más la cabeza en el cuello del abrigo y miró el paisaje. Estaban llegando a la próxima escala del vaporcito y ya podían verse las alturas de Eyüp, con sus largos cipreses entre las estelas blancas de los cementerios. Tras un breve silencio, el ruso habló de nuevo. Su departamento, dijo, mantenía contacto permanente con Nikolái Kuznetsov, el principal consejero naval soviético en España. Y coincidían con el gobierno republicano en que era imprescindible encontrar soluciones: rutas alternativas que hicieran más difícil la localización de los barcos procedentes del mar Negro, cambios de nombre, falsos movimientos en los puertos para despistar al espionaje fascista y medidas defensivas en los propios barcos.

—¿De qué clase? —se interesó Loncar.

—En la guerra, el elemento básico para cualquier victoria es la sorpresa. ¿Está de acuerdo?

—Naturalmente.

—Vamos a usar banderas falsas. Y también, tanto en el *Tchapaiev* como en el *Chernyshevski*, un cañón naval de 76 mm. De ahora en adelante, en cada buque soviético la tripulación será reforzada con cinco artilleros de marina. Ustedes deberían hacer lo mismo en los suyos.

—Estamos en ello.

El vaporcito ya se encontraba junto al muelle y los amarradores dirigían los cabos a tierra, donde aguardaban los habituales campesinos cargados con bultos y animales en jaulas, dispuestos a embarcar. Indiferente a todo eso, Soliónov miró a Loncar con fijeza. Su rostro se había vaciado de expresión.

—Podemos permitirnos perder barcos —comentó grave—. Eso estaba previsto desde el principio. Pero perder muchos sería demasiado, incluso para un país generoso como la Unión Soviética. Y más en aguas griegas, tan lejos del verdadero escenario de la guerra. A ustedes corresponde identificar la amenaza y neutralizarla. Confío en que sus superiores comprendan la gravedad de la situación.

—Eso espero yo también. Aunque no siempre es fácil hacérselo entender.

—Sé a qué se refiere... Un despacho no es lugar apropiado para interpretar el mundo. Por eso conviene, periódicamente, abrir las ventanas y pasar la escoba por ellos —hizo una pausa significativa—. Y a ser posible, hacerlo antes de que desde allí nos barran a nosotros. Buscar responsables ajenos de los errores propios es una lamentable práctica habitual.

La embarcación estaba abarloada al muelle y los escasos pasajeros bajaban a tierra. Se puso Loncar en pie aunque iba a regresar a Estambul en el viaje de vuelta, pero el ruso no abandonó su asiento: se miraba melancólico las manos, que descansaban sobre los faldones del abrigo que le cubrían los muslos, y al fin alzó la vista hasta el agente republicano para observarlo con una atención tan fría que estremeció a éste. A quien de verdad te conoce o te comprende, pensó incómodo, lo acabas temiendo. Y nadie más temible que quien necesita sobrevivir.

—¿Tiene alguna idea? —inquirió Soliónov—. ¿Algo que yo pueda comunicar a mis superiores para tranquilizarlos?

Tardó Loncar en responder.

—Alguna idea tengo, pero necesito madurarla un poco.

—¿No puede adelantarme en qué se basa? —sonreía súbitamente el ruso, persuasivo—. En realidad, un buen secreto no es algo que nadie sabe, sino de lo que nadie habla.

—Se basa en que casi siempre sólo vemos lo que estamos preparados para ver.

Permaneció un momento en silencio el otro. Parecía evaluar esa respuesta. Al cabo se puso en pie.

—Me gusta hablar con usted, camarada. Es un hombre de temperamento tranquilo, y yo siempre admiro eso.

El mundo iría mejor si hubiera más gente tranquila como usted y como yo... ¿Está de acuerdo?

—Podría estarlo.

Soliónov parpadeó dos veces. Después de hacerlo, su sonrisa se había vuelto ligera y vacía. Menos amable.

—Bien, muy bien —dijo lentamente—. En cuanto a esa idea que debe madurar, no se demore demasiado... La paciencia del camarada Stalin es mucha, pero no infinita.

Miró Jordán el cielo pálido, de un azul muy claro sobre los bordes rocosos que circundaban la playa. El aire era tibio y transparente, y el agua estaba tan quieta que parecía un semicírculo de cristal; pero él no sentía la misma paz en su interior. Seguía furioso consigo mismo, pues un momento antes había estado a punto de perder los estribos con Jan Zinger, aunque tenía plena conciencia de que en realidad el holandés sólo era un pretexto: la válvula de seguridad por la que escapaba algo más complejo, más oscuro, hecho de cólera y remordimiento.

El incidente con el torpedista había tenido un motivo banal. Tras el éxito del *Camponegro*, Jordán permitió relajar algo la disciplina: una pequeña celebración para recompensar el trabajo bien hecho. Por eso había ordenado al cocinero y su mujer una comida especial —*psária plakí* con salsa de zanahorias seguido por un buen estofado de cordero—, y sacado de su arcón personal tres botellas de ouzo de buena calidad y dos de Metaxá que guardaba bajo llave. Los hombres lo habían festejado en regla, primero con el retsina habitual de las comidas y luego con el licor y el coñac. Casi todos se habían comportado con moderación, pero Zinger —Jordán se reprochaba no haberlo previsto— había ido un poco más allá. Cuando Cenobia, la mujer del cocinero, recogía los platos, aquél la había manoseado con mucha desvergüenza. Eso dio lugar a un par de bromas groseras por parte de sus compañeros, a la ojeada incómoda que Ioannis Eleonas dirigió a Jordán y a que éste llamara la atención al holandés.

—Compórtese —se había limitado a decir.

Todo pudo quedar ahí, pero el alcohol enturbiaba la mirada de Zinger algo más de lo razonable. Y el rumiado rencor le subió a la boca.

—Ella está aquí para eso —dijo con insolencia.

Era cierto, o lo era en parte, y el comentario suscitó sonrisas procaces en torno a la mesa; pero Jordán sabía que bajo ningún concepto podía tolerar ni el tono ni las sonrisas. No tanto por Zinger, sino por el resto de la tripulación. Con hombres como aquéllos, la menor grieta podía convertirse en peligrosa vía de agua. Y quedaba mucho trabajo por hacer.

Se puso en pie despacio, sin precipitarse.

—Salga —ordenó.

Los ojos turbios parecieron aclararse un instante. Tal vez el holandés no estaba tan borracho como aparentaba.

—¿Perdón?

—Que salga —con un movimiento de cabeza señaló la puerta del barracón—. Afuera, ahora.

Se había hecho un silencio absoluto. El torpedista vaciló un momento, miró en torno y se puso en pie al fin, con desgana. Después se dirigió a la puerta y Jordán fue tras él. Lo alcanzó unos pasos más allá, y Zinger se volvió a mirarlo entre los párpados entornados por el deslumbre del sol. Jordán se alegró de haber hecho caso al consejo de Bobbie Beaumont y no llevar nunca encima el revólver. Era mucho mejor así.

—Si vuelve a hablarme de ese modo lo mataré, Zinger.

Inició el otro una sonrisa, como si acabara de escuchar una broma; pero se le heló en la boca apenas iniciada. Jordán había dado un paso más hacia él, uno solo. Le llevaba casi dos palmos de estatura y el holandés se vio forzado a levantar la vista.

—Usted no... —empezó a decir, aunque se calló de pronto.

Jordán no dijo nada más. Se mantenía inmóvil, mirándolo. Desvió Zinger los ojos resentidos y hostiles. Ahora parecía completamente sobrio.

—Vuelva adentro —dijo Jordán.

Dudó el otro, cual si quisiera objetar algo. Al cabo asintió con la cabeza.

—No le oigo —dijo con dureza Jordán.

Tragó saliva Zinger.

—Sí.

—Sí, ¿qué?

—Sí, señor.

—Váyase.

Pensaba en eso Jordán, sentado ahora bajo la red de camuflaje de la torpedera mientras contemplaba la playa y el mar. En las futuras misiones y en los hombres con que contaba para ejecutarlas; en cómo manejarlos y manejarse entre ellos; en las ventajas, las dificultades y la soledad en que debía hacer frente a sus actos presentes y futuros —el pensamiento lo estremeció como si algo le doliera—. Después de enviar al cuartel general de Burgos, vía Atenas, el informe sobre el petrolero hundido, sólo había recibido un *enterados* como respuesta. Ni una palabra de aprobación o aliento: sólo eso. Fríamente informados, allá lejos, de que en el mar Egeo una tripulación de republicanos españoles había ardido igual que antorchas a bordo de un barco cargado de gasolina.

Pensó en las palabras con que había amenazado a Zinger. Él nunca había matado antes. Hasta dos días atrás ignoraba la sensación de truncar vidas con un ademán o una orden; y lo cierto es que habría preferido seguir ignorándola. La incomodidad no provenía de razones religiosas, a las que era ajeno; y tampoco de índole moral, pues con frecuencia su profesión lo había situado allí donde la existencia humana perdía el valor que la sociedad convencional solía atribuirle. Estaba acostumbrado a eso. Su malestar, comprendió, tenía más que ver con una percepción gremial del asunto. Había matado a hombres que, como él, practicaban un oficio que nada tenía que ver con causas justas e injustas, patrias o banderas: simples trabajadores que tripulaban barcos y transportaban mercancías a través de los océanos. Seguramente un auténtico oficial de guerra, alguien de carrera en la Armada, lo habría considerado desde otro punto de vista; pero Jordán era un hombre de guerra accidental. Un marino mercante que acababa de quemar vivos a dos docenas de hermanos del mar.

Oyó ruido en la pasarela y se volvió a ver quién era. Bobbie Beaumont venía con un cigarrillo en la boca y una botella en la mano; y a Jordán le sorprendió esto último pues ni siquiera durante la reciente comida lo había visto beber. Subió a bordo el inglés y fue a sentarse junto a él, apoyada la espalda en la caseta de gobierno. Y al comprobar que Jordán miraba ceñudo la botella —coñac, todavía llena en un tercio— respondió a la pregunta no formulada.

—No se preocupe, comandante; me he limitado a quitarle el tapón y olerla. Así que por ahora mantengo mi palabra —se la pasó a Jordán—. La traigo para usted.

—Soy de beber poco.

—Lo sé, lo he visto. Pero hay momentos y momentos, ¿no cree?

Le dirigió Jordán una ojeada suspicaz.

—¿Qué le hace pensar que éste lo sea?

No respondió el telegrafista a eso. Estiraba las piernas en la tablazón de la cubierta: flacas y huesudas bajo el pantalón corto, con sandalias sobre agujereados calcetines grises. Se apartó el cigarrillo de la boca, respirando hondo.

—Después de mucho tiempo desembarcado —dijo al fin con aire complacido—, se llega a echar en falta este olor de los barcos a grasa, humedad y pintura, ¿verdad?... Es asombroso, pero a veces parece más saludable que el de tierra firme. No por lo que es, claro, sino por lo que significa.

Sin decir nada, Jordán levantó la botella y bebió un corto sorbo, apenas lo justo para sentir el coñac en la boca. Era áspero y fuerte. El inglés hizo un ademán impreciso para señalar los barracones de la playa.

—No sé qué le dijo a Zinger, pero volvió con las orejas gachas y ya no abrió la boca. Tampoco mencionó nadie el asunto... De todas formas, Eleonas los tiene controlados, o nos tiene. No dijo nada, aunque cuando usted y el otro salieron, fue hasta la puerta y se quedó allí, mirando atento, con los pulgares en el cinturón donde lleva el cuchillo. Por si acaso.

Jordán le puso el tapón a la botella y la dejó sobre la cubierta.

—El piloto es un buen hombre —se limitó a decir.

—Lo es, sí. Todos lo somos hasta que dejamos de serlo... Hasta que la enferma naturaleza estalla, como es su inclinación, en pasmosas erupciones.

Beaumont lo había dicho esbozando una sonrisa ligera y vacía. Después encogió los hombros.

—También Cenobia es una buena mujer, ¿no cree?... Sólo ayuda a su hombre a ganarse la vida.

Tampoco ahora respondió Jordán. Miraba a las gaviotas planear a baja altura; era tarde para que pescaran, pero algunas aún rozaban el agua y alzaban el vuelo con un pez en los picos afilados como navajas. Apurando sus oportunidades.

—Estas islas son un mundo duro, comandante.

Tras decir eso, el inglés alargó una mano hacia la botella, le quitó el tapón y aspiró el aroma, complacido y melancólico.

—Soy más bien misántropo, como resulta obvio —dijo—. Poco partidario del género humano, fundamento esta misantropía en el método aristotélico: obtengo universales a partir del análisis de numerosos particulares hijos de puta —miró a Jordán con vaga esperanza—. ¿Me sigue?

—No mucho.

—Quiero decir que tengo cierta idea de la gente que trato, cuando la trato. Puedo identificarla con relativa facilidad... Hay quien nace con el don de la risa, y yo nací con ese otro.

Puso el tapón a la botella y la dejó donde estaba.

—Usted cumplía órdenes —dijo de pronto.

Sorprendido, Jordán estudió su perfil: las canas sobre la frente y en el mentón, la nariz larga, las gafas que parecían enflaquecer más el rostro.

—¿A qué se refiere?

—Sabe a qué me refiero, querido muchacho... Cuando hace dos noches veíamos arder el petrolero, yo lo observaba a usted. Era más interesante, se lo aseguro. Más que el espectáculo del barco ardiendo. Su forma de mirarlo iluminado por el color rojo del incendio, ya sabe. Desde el vientre oscuro de la noche troyana.

Se detuvo Beaumont a encender otro cigarrillo con la colilla del que había estado fumando.

—Aquellos hombres que morían eran de los suyos —añadió tras un momento.

A Jordán no le gustó oír eso.

—También usted vivió en el mar.

—Oh, es diferente —reía el inglés, seco y mordaz—. Yo viví en el mar como en la tierra, siempre de paso. Pulsar puntos y rayas, hasta ahí llega mi responsabilidad...

Pero usted, el piloto y algún otro miraban de distinta manera —hizo una pausa reflexiva—. Sobre todo, usted.

A su pesar, Jordán estaba interesado.

—¿Responsabilidad del mando, pretende decir?

—Supongo, no sé. Nunca tuve ese privilegio, o esa pesada carga de la espada y la balanza... Y menos cuando, como ahora, voces confusas, oscuridad opaca y otros etcéteras amenazan con cubrir de nuevo el armazón del universo.

Se quedó callado mientras dejaba salir humo por la nariz. Nada en su cara indicaba qué podía estar pensando. Asomó tras los lentes un reflejo húmedo, aguamarina, que desapareció al parpadear.

—Lo hace bien, comandante —dijo súbitamente—. Vencido el reparo, oculto el dolor bajo el semblante de una serena *auctoritas*... Hace lo que debe y no debería atormentarse por ello.

La respuesta de Jordán fue muy seca:

—Usted no sabe nada de lo que puede o no atormentarme.

—Se equivoca, querido muchacho.

—No debe llamarme así.

—Estamos solos.

—Me importa un carajo cómo estemos.

Le dirigió el otro una mirada al mismo tiempo reprobadora y benevolente.

—Soy experto en tormentos personales y ajenos, ¿sabe?... Los reconozco en cuanto los veo.

Tras decir eso, Beaumont se quedó examinando con aire ecuánime la punta encendida de su cigarrillo.

—La privación de alcohol me afecta el temple, seguramente —concluyó tras un momento—. Pero afina mis sentidos. Me aferro a ellos para soportarlo.

Jordán apenas escuchó las últimas palabras, pues había dejado de prestar atención. Arriba, en la antigua torre de vigilancia, sonaba el silbato del hombre de guardia. Se puso en pie, mirando inquieto hacia el mar. Y un momento después vio cómo la canoa automóvil Chris-Craft, tras dar prudente resguardo a la restinga de la punta sur, penetraba en la ensenada.

8. Una casa en Syros

Dejaron atrás el puerto y ascendieron por una calle en pendiente suave a cuyo término, ante una plaza amplia y bordeada de arcadas, se alzaba la estatua de un héroe de la independencia griega.

—Andreas Miaoulis —dijo Lena Katelios.

Asintió Jordán, mirando en torno. Había un par de cafés a la sombra, palmeras y un templete de orquesta junto al que picoteaban gallinas. Las casas y el edificio del ayuntamiento, situado sobre una lujosa escalinata, eran de mármol y piedra blanca. Pese a la decadencia visible, Ermoúpoli, en la isla de Syros, mostraba distinguidos restos de un antiguo esplendor.

—Sigue siendo el principal puerto de las Cícladas —comentó ella mientras dirigía a Jordán una mirada de curiosidad—. ¿De verdad no estuvo aquí antes?

—Nunca.

—¿Ni siquiera estos días?

Sonrió Jordán.

—Ni siquiera.

—A mí me gusta; aunque tampoco tengo dónde elegir, porque otras islas de interés quedan más lejos... Vengo con frecuencia: hago compras, encargo cosas a Atenas, saludo a los amigos. Hay un par de buenas casas de comidas, una librería y una taberna donde por la noche tocan música.

—¿Se queda a dormir?

La pregunta la había formulado de forma inocente, pero ella tardó un momento en responder. Lo estudiaba como para adivinarle alguna intención.

—Sí, a veces —repuso al fin.

Lo condujo a la derecha, por calles más angostas que seguían ascendiendo hasta los dos campanarios y la cúpula azul, roja y blanca de una iglesia que ella llamó Agios Nikolaos. Después la pendiente se inclinaba de nuevo hacia el mar, con escalinatas laberínticas y viviendas escalonadas entre palmeras, olivos y buganvillas.

—Tenemos una casa ahí.

Se había detenido a contemplar el paisaje, que era hermoso: la luz solar, todavía alta, volvía el agua transparente en la orilla, dejando entrever las piedras y bancos de algas del fondo.

—Una casa que nadie habita —repitió en tono más bajo, casi para sí misma.

La observaba él de soslayo como quien estudia una costa desconocida: con extrema atención. Llevaba haciéndolo desde que una hora y media antes lo convenció de acompañarla a Syros. De compras, fue lo que dijo. Voy de compras y estoy segura de que su gente —eso lo añadió mientras señalaba los barracones de la playa— también necesitará algo de allí. Jordán se había resistido al principio, vagamente incómodo, hasta que de pronto cayó en la cuenta de que no deseaba resistirse en absoluto. Todo seguía en orden en la isla, ninguna misión estaba en curso y nada malo tenía ausentarse unas horas. En rápido debate interior se planteó esos argumentos procurando eludir el principal: aquella mujer madura de piernas largas y cuerpo de muchacho ejercía en él un influjo singular. Nunca había conocido a ninguna con tan extraño aplomo, ni advertido en nadie la amargura elegante que ella parecía destilar, gota a gota, en cada gesto y cada palabra. Lena Katelios se movía —era la desconcertada conclusión de Jordán— como un soldado en territorio enemigo. Y le tentaba averiguar por qué.

También ella lo observaba a él. Se volvía a mirarlo, silenciosa, cuando caminaban uno junto al otro por el pavimento irregular y los desniveles de las calles procurando no rozarse siquiera. Manteniendo, como tácito acuerdo, la distancia entre ambos. Había ocurrido lo mismo a bordo de la canoa automóvil, sentado él a estribor y ella con gafas de sol que el viento moteaba con salpicaduras de agua salada, sandalias griegas y la falda del vestido —algodón blanco, el jersey marinero por encima— subida sin complejos hasta las rodillas para pilotar más cómoda, manejando con destreza el volante y la palanca de cambios, atenta a las revoluciones del motor de 125 caballos que roncaba poderoso mientras a casi treinta nudos de velocidad, dando rápidos pantocazos sobre el mar, recorrían en media hora las doce millas que separaban Gynaíka del puerto de Syros.

Seguía llevando Lena las gafas oscuras, que se quitaba en las zonas de sombra. Colgaba de su hombro izquierdo un bolso de piel grande, de buena calidad.

—¿No le molesta el sol?... Quizá no debió dejar su gorra en la lancha.

—Prefiero no llamar la atención.

—¿De verdad cree que no la llama?... Con su estatura, ese pelo y la barba rubios, no pasa en absoluto inadvertido.

Sonreía bonachón Jordán.

—Lo intento, al menos.

—Ni se esfuerce, capitán Mihalis.

De vez en cuando se cruzaban con mujeres vestidas de negro, cubierta la cabeza y la pañoleta cruzada sobre el pecho, o con hombres de aspecto tosco que al reconocer a la esposa del barón Katelios se tocaban la gorra o se inclinaban ligeramente. Un ceñudo sacerdote ortodoxo, que los vio venir desde un portal, desapareció dentro con sospechosa rapidez.

—No todos me aprecian en Syros —dijo ella con frialdad.

A veces se detenía ante un edificio o un paisaje para resumir algo del lugar y su historia —corsarios medievales, comercio mediterráneo, cuatrocientos años de guerras contra los turcos—, y Jordán atendía con educada atención, convencido de que a ella le importaba contárselo tan poco como a él escucharlo. Sin embargo, pese a su limitada experiencia en esgrima social, intuía que tal era la convención apropiada; el camino correcto para resolver preguntas aún sin respuesta y presentimientos de lo que tal vez podía ocurrir.

—La Francesca del Dante —dijo ella.

Se había detenido ante una casa de aspecto venerable que había conocido tiempos mejores. La brisa del mar cercano movía suavemente los visillos en las ventanas, como las velas de un barco. En uno de los balcones había una pintura al fresco deteriorada por el sol y la lluvia: una joven con un libro en las manos entre lo que parecían llamas del infierno.

—¿Conoce la historia?

—No.

—Es el primer personaje literario al que la lectura cambió la vida, mucho antes que a don Quijote y a madame Bovary... ¿Leyó ésas?

—Sólo algo del *Quijote*.

—Ah, es cierto. Ya dijo que leía poco... Francesca conoce la historia de sir Lancelot, que es besado por Ginebra, y ella se deja besar por Paolo. De ahí su pecado. Su condena.

Tenía las gafas de sol en la mano. Miró a Jordán un momento de reojo y apartó la vista.

—Usted no parece de esos hombres a los que la muerte sorprende leyendo —sonrió distante—. Ni siquiera de aquellos a los que sorprende en la cama.

Él no dijo nada, y continuaron camino. Un poco más allá, ante una tienda de esponjas y material de pesca —el dueño estaba sentado en la puerta, fundiendo plomo para sedales—, ella miró su reflejo en el vidrio del escaparate.

—No hay metáfora más perversa que un espejo en la vida de una mujer... ¿No cree, capitán?

Lo dijo con una mirada inesperada y rápida, violenta, que desconcertó a Jordán.

—Aquí no me llame así —dijo molesto.

Hizo ella como que no lo oía. Continuaba observándolo igual que antes, con inexplicable dureza.

—¿Cómo se imagina con los años, si vive lo suficiente? —quiso saber.

—No imagino nada... No pienso en eso.

—Yo sí me imagino. Más pronto que tarde, si llego a vieja, seré esa anciana que apenas duerme y que recuerda. No puedo permitirme...

Se detuvo ahí sin otras palabras, con una sonrisa extraña que a Jordán se le antojó aún más cruel pues la adivinaba dirigida a sí misma.

—Restos de vidas en desorden —murmuró ella tras un momento.

Jordán se creía en la obligación de decir algo.

—Usted aún es...

Se interrumpió a punto de decir «una mujer hermosa», pues súbitamente intuyó que no era apropiado. Ella parecía penetrar sus pensamientos.

—Déjelo, por favor, no es necesario. No ha venido aquí para eso. A decirme lo que soy.

Siguió una sonrisa sutil, diferente a la anterior. Más bien un amago de sonrisa.

—Sin duda es un hombre valiente —añadió—. Quizá por eso lo trajeron a estas islas. Pero a veces parece más estúpido que atrevido.

Habían llegado a un lugar elevado, al término de una escalinata y dos arcos de piedra: una terraza larga y estrecha que se prolongaba por el borde del acantilado, sobre los tejados de las casas pintadas de amarillo, azul y cal. La luz era muy violenta allí. El mar de transparencia esmeralda estaba un centenar de metros abajo, lamiendo un espigón de rocas y cemento, chozas de pescadores y una orilla quebrada a la que se asomaban casas, arbustos y tamariscos. Separada del vacío por una reja de hierro había una taberna con una higuera, cuatro mesas de pino crudo y un cañizo con pulpos secándose al sol.

—No es un hombre guapo —Lena estudiaba a Jordán como si hasta entonces no hubiera reparado en ello—. O tal vez sí, a su manera.

Sonrió él, confuso.

—¿Mi manera?

—Rudo, más bien... En todo caso, es alto y fuerte. Masculino. Ya le dije que me recuerda al personaje de esa novela que sí leyó, *Lord Jim* —hizo un ademán resignado—. Como ve, proyecto mis lecturas en usted.

Se habían sentado a una mesa próxima a la reja y el acantilado. Lena indicó un edificio al final de la explanada, separado de ésta por un muro sobre el que se alzaban copas de olivos y palmeras.

—Ésa es la casa —dijo.

La contempló Jordán: sillares de piedra casi blanca, arcadas, pilastras y un balcón de forja sobre los soportes típicos de las viejas mansiones griegas. Las contraventanas de madera, cerradas, se veían deslucidas y rotas, maltratadas por el tiempo.

—Parece abandonada —comentó.

—Casi lo está —la cara de ella se vació de expresión—. Sólo yo entro ahí de vez en cuando.

Se acercó un tabernero perezoso, gordo, de sonrisa esquinada bajo el espeso bigote isleño, al que Lena saludó con familiaridad antes de pedirle media botella de retsina. Después sacó del bolso una cajetilla de cigarrillos y un encendedor de plata y los dejó sobre la mesa.

—La vida en sí no es una realidad objetiva —dijo lentamente, como si lo hubiera estado pensando—, sino más bien un espacio parecido a una casa vacía. Nosotros introducimos la realidad en ella... Y hay cuatro medios para llenar ese vacío, o soportarlo: la religión, el patriotismo, el sexo y la ironía. Descartados patriotismo y religión, mi marido eligió la ironía. En varias de sus formas.

Se detuvo porque el tabernero había traído el vino con un plato de aceitunas negras. Mordisqueó una y arrojó el hueso al otro lado de la reja.

—¿Cuánto hace que no está con una mujer, capitán? —torció despectiva la boca—. No lo imagino esperando turno con esa del cocinero que les procuró mi marido.

No respondió Jordán. Irritado, se puso en pie. Ella lo contemplaba desde su silla, sin moverse.

—Siéntese, por favor.

Se mantuvo él como estaba, mirándola.

—Le ruego que se siente —Lena ojeó de soslayo al tabernero, que los observaba desde la puerta—. Está llamando la atención.

Obedeció él, por fin. Apoyaba ahora la mujer los codos en la mesa.

—En Atenas, cuando llevaba cinco años casada, fui al burdel que él frecuentaba, sabiendo que estaba allí. Y follé como una puta.

Había utilizado el verbo *gamó* en griego, y eso hacía la frase aún más vulgar: *gamisa san poutana*. Tardó Jordán en reaccionar.

—¿Con él?

—No... Ante sus ojos, con alguien adecuado a las circunstancias.

Seguía mirándola asombrado e inmóvil. Ella llenó muy tranquila los vasos y se recostó con naturalidad en la silla.

—Tiene gracia —continuó—. ¿Sabe qué me dijo en cierta ocasión?... Que el verdadero seductor es el que hace aparecer a la mujer que hay tras la que parece haber.

Calló un momento mientras se le dibujaba otra mueca insolente y cruel.

—No me diga que eso no tiene gracia.

Jordán no sabía qué decir.

—Soy incapaz de...

—Un eficaz seductor, sin duda —lo interrumpió ecuánime—. Siempre lo fue. Me refiero a mi marido.

La vio entrecerrar los ojos, cual si estuviera haciendo memoria.

—Le gustó lo ocurrido en el burdel. Mucho. Y a partir de ese día, por supuesto, jamás le permití tocarme... Desde entonces debió limitarse a ver; y más tarde, a imaginar.

—¿Por qué sigue con usted? —se atrevió Jordán.

Alargó Lena una mano hacia su vaso y bebió un sorbo.

—Quizá porque tiene una imaginación poderosa.

—¿Y usted con él?

—En cierta ocasión leí sobre soldados derrotados que resistían hasta el fin en vez de huir... Y uno de ellos lo explicó así: «Estábamos demasiado cansados para correr».

Aún sostenía el vaso en la mano. Bebió un poco más y lo dejó sobre la mesa.

—Estoy demasiado cansada para correr.

Inclinaba el rostro, y a Jordán le pareció que cruzaban por él trazos de sombra, aunque no había ninguna.

—Hay fantasmas que confían en verse redimidos —dijo ella de pronto—. Creen que entonces dejarán de vagar por la eternidad. Pero otros, los desconfiados, preferimos seguir siendo fantasmas.

Fijó la vista en el vaso, buscando un misterioso punto de apoyo a sus reflexiones.

—Es un sistema de selección, ¿comprende? —prosiguió—. Aislar un fragmento de lo que hay ante tus ojos. Eso me lo enseñó una prostituta griega... La clave consiste en comprender el momento adecuado y elegir a la persona idónea, como si fueras un asesino armado con un rifle.

Seguía mirando el vaso, pensativa. Después alzó la mirada hacia Jordán y se encogió de hombros.

—¿Cómo no va a acostarse usted con una mujer capaz de contarle todo esto? —ahora cruzaba sus labios otra sombra sutil, apenas un rastro de sonrisa seca y fría—. ¿Conoció a alguna así, tal vez?

Negó Jordán con la cabeza antes de hablar, y tardó en hacerlo. La boca se le había secado de repente.

—Nunca.

—Pues ya ve —con un suspiro de fatiga, Lena cogió los cigarrillos y el encendedor, se puso en pie e indicó la casa con el mentón—. Es un motivo tan bueno como cualquier otro.

Había paredes pintadas de colores ya perdidos, espejos que la vejez moteaba, arcones labrados, cuadros de barniz oscurecido y polvorientas lámparas venecianas. Un *ambataros* de madera tallada separaba el salón del dormitorio amueblado con una cama grande, un armario de luna y una antigua alfombra turca. Por las ventanas, al abrir los deteriorados postigos de madera, podían verse las terrazas de las casas próximas, el arco gris de la costa, el mar y el perfil brumoso de las islas lejanas.

Lena había puesto un disco en el gramófono del salón, junto al que se enmarcaban fotos familiares que el tiempo volvía desvaídas. Cantaba una voz de mujer:

Payons-nous un petit peu de plaisir,
nous n'en ferons pas toujours autant,
on n'a pas tous les jours vingt ans.

—¿Entiende el francés? —preguntó ella.

—Sólo un poco.

—No todos los días se tienen veinte años... Eso es lo que dice.

Estaba ante él, inmóvil, justo en la división entre el salón y el dormitorio, junto al panel de madera labrada en forma de hojas, flores y pájaros. Llevaba un rato mirándolo desde el punto intermedio entre antes y después de una frontera figurada, imaginaria, que ella misma hubiera establecido al detenerse en ese lugar. O quizá no tan imaginaria, decidió Jordán. Si algo resultaba fácil, era adivinar lo que ocurría; y sobre todo, lo que estaba a punto de ocurrir.

Ella señaló la gran chimenea de mármol, apagada. Se había quitado el jersey al entrar en la casa, dejándolo caer al suelo de cualquier manera. El vestido blanco estilizaba más las líneas prolongadas del cuerpo y permitía a Jordán ver por primera vez sus brazos desnudos. Fue entonces cuando se fijó en las pequeñas marcas: minúsculos puntitos semejantes a picaduras, o pinchazos. Los había visto antes —en los barrios portuarios podía encontrarse de todo—, pero nunca en una mujer como aquélla.

—¿Tiene frío? —preguntó Lena.

—No —movió la cabeza—. Se está bien.

Le sorprendía no experimentar deseo. O, para formularlo con precisión, que no fuera el deseo la sensación dominante. Se trataba, concluyó, de una curiosidad tranquila, más propia de un espectador que de un actor de verdad implicado. Entonces recordó lo que ella había contado de su marido, intuyendo que Lena Katelios poseía, de algún modo, la extraña facultad de convertir a los hombres en espectadores. En testigos privilegiados, íntimos, de sí misma.

Súbitamente, ella pareció tomar una decisión. O más bien la había tomado antes y consideraba llegada la ocasión de que también la tomara él: retrocedió internándose —era la palabra exacta, internarse— en el dormitorio sin dejar de mirar a Jordán, invitándolo en silencio a seguirla. Y así, de espaldas, sin perderlo de vista ni volverse en ningún momento, fue hasta la cama y se sentó en ella, en el borde mismo, ligeramente separadas las piernas que se apreciaban bajo el algodón blanco del vestido, sin apartar los ojos del hombre que se aproximaba despacio con resignada cautela, parecida a la de un marino que tanteara el fondo con el escandallo para calcular la profundidad bajo la quilla, el peligro de las rocas ocultas bajo el agua menguante. Y cuando estuvo tan cerca que pudo percibir el aroma de su cuerpo —carne cálida, fatigada, vago rastro de perfume que no era capaz de identificar—, sin apartar los ojos de los suyos ella abrió más las piernas, alzándose lentamente la falda hasta la cintura para mostrar que nada llevaba debajo. Desnudos los muslos y el triángulo de vello púbico ante el que él se arrodilló, muy despacio también, para acercar los labios y la lengua; y, cerrados al fin los ojos, saborear la carne rosada y húmeda que de aquel modo se le ofrecía.

—Sí, eso es —la oyó decir con voz de pronto ronca, lejana.

Después se estremeció en su boca, con violencia, varias veces. Hasta que de pronto, en repentino arrebato, lo agarró fuerte por el pelo, forzándolo a echar atrás la cabeza. Abrió él los ojos para encontrarse con los de ella, que lo miraban con una intensidad entre asombrada y cruel;

y lo hizo a tiempo para verle alzar una mano y abofetearlo dos veces con dura y seca firmeza. Aún pretendió golpearlo una tercera, aunque para entonces Jordán ya se había incorporado rápido, brusco, casi furioso, y agarrándola por una muñeca la echaba atrás, de espaldas sobre la cama, mientras con la otra mano liberaba su cinturón y abría el pantalón antes de clavarse en sus entrañas mediante una violencia de la que nunca, hasta entonces, se hubiera creído capaz con una mujer.

Creemos los hombres ser amantes o verdugos, recordó un poco más tarde, todavía entre las brumas del momento. Pero en realidad sólo somos sus testigos.

Sentado en un banco de la explanada de Ortaköy, rodeado de palomas que picoteaban el suelo, Salvador Loncar disfrutaba del sol que aún calentaba la orilla del Bósforo. Había una goleta amarrada bajo los dos altos minaretes de la mezquita, y los marineros remendaban las velas extendidas en el muelle. De vez en cuando el agente republicano alzaba la vista y los miraba trabajar, pero la mayor parte del tiempo su atención se concentraba en el pequeño ajedrez de viaje que tenía sobre las rodillas. Llevaba casi media hora intentando dar respuesta al mensaje que el anónimo operador de la estación telegráfica de Ciudad Lineal había añadido al término de la última comunicación recibida en casa de las Calafell: *C5A+*, caballo blanco a la casilla cinco de alfil, con jaque al rey negro. Y por más vueltas que le daba, Loncar sólo era capaz de ver una solución. Su rey negro se veía forzado a regresar a la casilla inicial, perdida definitivamente la posibilidad de enrocar.

Resopló con fastidio. Después, resignado a lo inevitable, desenclavijó las piezas, guardándolas en la cajita que se formaba al cerrar el tablero, y la introdujo en un bolsillo de la trinchera. Cuando alzó de nuevo la vista se entretuvo otro poco en los hombres que remendaban las velas; y al hacerlo, entre la mezquita y la orilla oriental vio pasar un viejo bricbarca de casco blanco y velas aferradas para la maniobra, conducido hacia el sur por un remolcador que dejaba atrás una larga humareda negra.

Sin moverse del banco, Loncar contempló el lento paso de la embarcación hasta que se alejó canal abajo. Aquel barco, pensó, le recordaba otro que había visto semanas atrás en el Cinema Alkázar, frente al pasaje Çiçek: una película americana titulada *Mar de fondo*, que narraba las andanzas de un velero en el Atlántico durante la Gran Guerra. Era la historia de un barco trampa a la caza de un submarino alemán, con un argumento general bastante ingenuo: inevitable idilio entre el comandante yanqui y una espía germana, supuestos españoles que hablaban con acento mejicano, guerra entre caballeros del mar y demás tópicos del género. Sin embargo, en ese preciso momento, la idea que desde un tiempo atrás rondaba la cabeza de Loncar tomó forma y circunstancia concretas. Su mente de ajedrecista, concentrada durante la media hora anterior en resolver un problema, y por tanto despierta y sensible en extremo, lo vio todo de pronto con tan diáfana claridad, detalle sobre detalle, que se asombró de no haber caído antes en ello.

Estúpido de mí, pensó. Se habría dado un par de bofetadas a sí mismo. Tantos días muleta y estoque en mano, pero sin cuadrar al toro. Y ahora, de forma inesperada, llegaba la revelación súbita de algo que siempre había estado ahí, en su cabeza. Se puso en pie con brusquedad, excitado, y dio unos pasos nerviosos hasta la orilla del agua para dirigir la mirada hacia el bricbarca que aún seguía a la vista bajo la humareda negra del remolcador, canal abajo, cerca ya de las alturas de Usküdar. Naturalmente, concluyó casi feroz. Ahora sabía qué jugada hacer. La idea era tan vieja como la historia bélica de la humanidad, pero los treinta siglos transcurridos no le restaban validez ni eficacia, sino que las acreditaban: ofrecer a los fascistas un caballo de Troya situado en el mar.

La luz era cada vez más dorada y horizontal, incomodando a Jordán. Se removió somnoliento, y apartándose del cuerpo de mujer que dormitaba a su lado —olía a carne cálida y a sexo reciente—, retiró las sábanas arrugadas, se puso en pie y bajó por la escalera hasta la cocina, donde había una tinaja con agua. Bebió con ansia y regresó al dormitorio sintiendo el frío de los peldaños y las baldosas bajo los pies. Lena estaba fumando sentada en la alfombra ante la chimenea apagada, con el jersey como única vestimenta y el sol poniente iluminando sus piernas desnudas como si fuera un foco artificial especialmente dispuesto para ello. En el gramófono sonaba una canción, y esta vez él reconoció la voz y la melodía: Tino Rossi cantaba en italiano *El más bello tango del mundo*.

No se inmutó al verlo aparecer. Lo contempló inmóvil, el cigarrillo humeándole entre los dedos. Tras un momento, sin dejar de mirarlo, encogió una pierna hasta apoyar en la rodilla la muñeca de la mano con que fumaba. El ademán descubrió la sombra oscura, profunda entre sus muslos.

—Creí que te habías ido para siempre jamás —dijo, irónica—. Huyendo de mí.

Señaló él su ropa tirada a los pies de la cama, con el vestido de ella.

—No habría podido ir muy lejos.

La vio sonreír un poco.

—No, claro que no —se acentuó la sonrisa—. ¿Nunca soñaste que caminabas por la calle, desnudo entre la gente?

—No, nunca. Soy de los que sueñan poco.

—Un hombre afortunado, en tu caso... Muy afortunado.

Jordán miraba las marcas de sus brazos y ella se dio cuenta: con naturalidad, sin alterarse, movió la mano que sostenía el cigarrillo para ocultar las huellas de pinchazos. Él se acercó a la ropa y consultó su reloj de pulsera.

—Se hace tarde. Debo regresar a la isla.

Lena lo miraba, inexpresiva. Dio una chupada al cigarrillo y siguió mirándolo. Movió la cabeza.

—Naturalmente —parecía recordar algo—. ¿No te importa que nos retrasemos un poco?... Sólo quince o veinte minutos. Hay algo que necesito hacer.

—Por supuesto —Jordán se vestía—. ¿Podrás pilotar a oscuras, si la noche se nos echa encima?

Ella se levantó con desgana. Lo hizo muy despacio, con aire abatido.

—Oh, pues claro... Qué tontería. Hace diez años que navego entre estas islas.

Salieron a la claridad del lento atardecer que se demoraba en las piedras altas de los antiguos edificios y descendieron por calles estrechas, zigzagueando entre fachadas amarillas y ocres en cuyas ventanas había ropa tendida y macetas de geranios y albahaca. Llegaron así al puerto sin que Lena despegara apenas los labios: caminaba con la cabeza baja, abstraída en pensamientos que Jordán no lograba situar. A veces parecía incómoda o malhumorada, y se preguntó él hasta qué punto lo ocurrido tenía que ver con ese estado de ánimo.

—¿Todo bien? —llegó a preguntar, confuso.

—Oh, sí —fue la seca respuesta—. Todo bien.

En el muelle jalonado por norays de hierro oxidado y montones de redes puestas a secar, donde estaba amarrada la canoa automóvil, se alineaban caiques y barquitas de pesca. Con un prolongado toque de sirena, el último vapor del día estaba a punto de salir para El Pireo.

—Puedes esperarme ahí, si quieres —dijo Lena.

Señalaba una taberna situada en la boca de un callejón, junto al despacho con las persianas metálicas ya bajadas de un consignatario de buques. *Panayiotis Taverna*, decía el cartel sobre la entrada.

—Es un lugar agradable —añadió—. Voy a menudo.

Parecía animada de pronto, o pretendía aparentarlo. Permaneció Jordán en la calle, mirándola alejarse hasta que la vio entrar en una casa próxima. Y cuando ella desapareció en el interior, se acercó curioso a echar un vistazo. Era un edificio de dos plantas con balcones al puerto, y a la izquierda de la entrada, junto al timbre eléctrico, había atornillada una placa de latón: *G. Papagos, yiatrós.*

Un médico, pensó desconcertado mientras daba media vuelta y se dirigía a la taberna. Un doctor griego para consultar alguna dolencia que él ignoraba. O tal vez —dio de repente en eso— se trataba de una visita relacionada con aquellas marcas que ella tenía en los brazos. La idea le desagradó profundamente, y aún le daba vueltas en la cabeza cuando entró en la taberna, que era espaciosa, con toneles grandes y mesas con manteles de cuadros, casi todas ocupadas. Fue a sentarse en un taburete, la espalda apoyada en la pared, y pidió al camarero una frasca de retsina y unas lonchas de pescado ahumado con aceite y zumo de limón.

La Panayiotis olía a vino, humo de tabaco, salazones y serrín. Era una taberna de músicos y había dos en un pequeño estrado tocando con un buzuki y una guitarra una rebética aguda, vibrante y lenta. A Jordán le recordaba melodías que de niño oyó tararear a su madre cuando cocinaba, cosía en el jardín o lo arropaba antes de dormir —el padre, importador de alfombras y tapices orientales, era seco y distante—, susurrando dulces frases en la lengua que Aglaea Kyriazis había traído consigo desde el otro extremo del Mediterráneo. Desde entonces eso suscitaba en Jordán una singular melancolía, nostalgia de una Grecia mítica, soñada, que durante muchos años no conoció sino mediante música y palabras.

Entró Lena Katelios en la taberna. Lo hizo saludando sin detenerse a algunos conocidos, incluidos los músicos, con desenvoltura de cliente habitual. Cuando fue a sentarse junto a Jordán, éste comprobó que parecía más viva; más animada. Sus ojos despiertos mostraban un brillo diferente.

—¿Te gusta el lugar?

Asintió. Un hombre mayor de pelo escaso y bigote cano, vestido de negro, había subido al estrado con los músicos. En pie, balanceándose levemente, empezó a cantar algo que evocaba antiguos puertos isleños, tugurios y vida perdularia. El tono era trágico al estilo del fado portugués, la copla triste española o las canciones suburbiales francesas. Lena movía la cabeza al compás de la música, repitiendo en voz baja las palabras del cantante.

—No te vayas, mujer, quédate en mis brazos —miró a Jordán—. O morirás por mi cuchillo... ¿Qué te parece?

—Creí que el rebético estaba prohibido por el gobierno.

—Lo está. La censura prohíbe hablar de cárceles, prostitución o crímenes. Como castigo, la policía afeita los bigotes a los músicos transgresores; y un griego sin bigote resulta tan absurdo como una mujer con él —señaló al cantante—. Pero ya ves: el viejo Manolis conserva el suyo... Estas islas son un lugar lejano y no es fácil desarraigar las costumbres.

Se quedó callada escuchando la canción. Después bebió vino del mismo vaso que Jordán, sacó la cajetilla de tabaco y el encendedor y prendió un cigarrillo.

—Desde las matanzas de Esmirna, los temas amorosos en las canciones griegas dejaron lugar al lamento por el destino, la separación de los amantes, el exilio y la muerte.

La observaba él con intensidad, preguntándose cuántas mujeres había realmente en ella.

—¿Vienes a menudo aquí?

—Con frecuencia.

Encogió Lena los hombros e hizo seña al camarero para que trajera otro vaso. Cuando estuvo lleno, lo levantó y tocó el de Jordán.

—Por las viejas costumbres y las islas lejanas que las toleran.

Después estuvo un rato callada, alternando los sorbos de vino con chupadas al cigarrillo. El griego del estrado, el tal Manolis, había terminado la canción anterior y empezaba otra.

—Me gusta —dijo Lena—. ¿Escuchas la letra?... Habla de hombres fugados a las montañas, que luchan contra los turcos y contra la autoridad. De los más valientes... Del que merece la mejor tajada de carne y la muchacha más bella cuando bajen al llano. Podría estar cantando el propio Homero... ¿Leíste la *Ilíada*?

—No.

—Si un día Grecia desapareciera, sería posible reconstruirla a partir de un olivo, un poco de mar y una canción.

Había un hombre sentado cerca, en compañía de dos mujeres: hacia los cuarenta años, apuesto, chaleco sobre la camisa blanca, espeso pelo negro peinado hacia atrás, espléndido y geométrico bigote. Tenía un komboloi en las manos y desgranaba las cuentas pasándolas de un dedo a otro con arrogante negligencia. Cuando Lena entró en la taberna, Jordán había advertido que la saludaba con una inclinación de cabeza e intercambiaban una ojeada cómplice. Ahora les dirigía una sonrisa de suficiencia, y ella sostuvo su mirada antes de apartar la vista.

Sintió Jordán un pinchazo de celos: algo nuevo para él.

—Un viejo amigo, supongo.

Se volvió con aire sorprendido, estudiándolo.

—Sí.

Ni ella ni él dijeron nada más. El hombre del estrado entonaba una tercera canción. Humo mágico, decía la letra, que hacía soñar. También cantar sobre drogas, dijo Lena, estaba oficialmente prohibido. Metaxás había cerrado los fumaderos de hachís y de opio.

—Incluso aquí, en las islas... Había uno en el puerto, y es una lástima. Si tienen dinero suficiente para no pedírtelo, los que fuman drogas son gente agradable —le dirigió una ojeada inquisitiva—. ¿Nunca probaste con ellas?

—Nunca sentí necesidad.

Lena se quedó pensándolo.

—Interesante palabra —dijo al fin—. Necesidad.

—¿Qué te inyectas?

Ni pestañeó ante la pregunta hecha a bocajarro.

—Cocaína.

Se quedó callada en espera de un comentario, pero él no dijo nada.

—Un médico conocido, con todas las garantías.

—Ya.

—Es el camino más corto que conozco a la felicidad. O tal vez el único.

Jordán miraba al hombre del komboloi y ella interpretó su mirada.

—El sexo es sólo un camino secundario. Quizá si el barón Katelios no existiera, yo sería casta como una monja... ¿Cómo saberlo?

Miró Jordán el reloj. Debía regresar a la isla. Lo dijo en voz alta, pidió la cuenta y puso unas dracmas sobre la mesa. Lena apagó el cigarrillo en el borde del plato.

—Desencanto del mundo, suele decir mi marido en la lengua de alguno de sus abuelos... *Entzauberung der Welt*

—chasqueó despectiva la lengua—. No era ése el hombre que conocí. Aquél aún estaba vivo.

El comentario estremeció a Jordán.

—¿Qué lo mató?

—La lucidez, supongo. Una especie de clarividencia egoísta que contrajo poco a poco, a la manera de una enfermedad... Posiblemente no fue culpa suya, pero me arrojó, abandonada, a una costa desconocida.

Se puso en pie y él la imitó.

—A veces —añadió ella—, cuando eres infeliz, torturar a un hombre que te adora y al que desprecias puede producir verdadero alivio... ¿Comprendes eso?

—Podría comprenderlo.

Salieron al exterior. En el aire que olía a brea y agua sucia del puerto, una penumbra color ámbar iba convirtiéndose en claridad lunar. Cuando se encaminaron despacio al muelle no eran ya más que sus sombras.

—Hay situaciones en la vida —dijo Lena— en las que crees que Dios te elige personalmente las cartas de la baraja o el número de la ruleta... Y piensas que eso va a durar mucho tiempo.

Estaban junto a la Chris-Craft. Saltó a bordo y él la siguió, soltando las amarras. Se iluminó el fanal con la luz de navegación y rugió el motor. Acomodado Jordán en el lado de estribor, miraba la silueta oscura de la mujer sentada al volante.

—Pero siempre llega un momento —añadió ella de pronto— en que Dios, sin advertencia previa, se retira del juego. Y no hay soledad más terrible que ésa.

Se alejó del muelle la canoa automóvil dejando a popa las luces de tierra. Mientras se dirigían hacia la farola parpadeante en rojo de la bocana, Jordán echó atrás la cabeza y contempló el cielo. Había sido un día extraño, se dijo. Muy extraño.

Las nubes pasaban despacio bajo la luna.

¿Para qué el conocimiento de las cosas, si nos vuelve más cobardes, si perdemos el reposo y la tranquilidad que tendríamos sin él?

Pantelis Katelios releyó esas palabras subrayadas con tinta desde hacía muchos años, cerró *Los ensayos* de Montaigne y, poniéndose en pie, lo devolvió a su lugar entre *La vida de Samuel Johnson* de Boswell y las *Memorias de ultratumba* de Chateaubriand. Era aquél su rincón favorito, donde se hallaban los libros que intentaría salvar en caso de incendio. No eran demasiados, aunque suficientes: un Homero, un Plutarco, una Biblia, la *Historia de la Revolución Francesa* de Michelet y un gastado *Quijote* en inglés. A partir de ahí —estaba convencido de ello— podía reconstruirse cualquier biblioteca.

Tras dejar el libro fue a la ventana, donde vio su propio reflejo mediante el quinqué de petróleo encendido en la mesa de lectura de acero y cristal: escorzo en sombra, parte del rostro delgado y anguloso, extremo izquierdo del bigote, cuello de seda del viejo batín escocés. Daba la impresión de que un fantasma lo observara desde el exterior, o tal vez podía interpretarse como un desdoblamiento crítico de su propia apariencia. Incómodo con esa visión, acabó por abrir la ventana y permanecer inmóvil, escuchando el chirriar de los grillos mientras contemplaba la noche que, más allá de los árboles del jardín, argentaba la superficie oscura del mar. Desde allí alcanzó a ver el embarcadero de la playa, y en el contraluz lunar advirtió que la canoa automóvil todavía no estaba allí.

Como en otras ocasiones se preguntó de qué modo estaría ocurriendo esta vez, y con quién. A menudo procuraba mantener la mente en blanco, rechazar imágenes amargas que lo turbaban; pero era difícil evitar cierta retorcida mezcla de rencor y avidez: un placer enfermizo hecho de insatisfacción, procacidad y desdicha, donde cada certeza —y en Lena bastaban como confirmación una mirada o un silencio— constituía una culminación casi física. Era lo más parecido a una relación sexual que ambos podían mantener a esas alturas, entre las ruinas desoladas de lo que en otro tiempo fue, o fueron.

Tarde o temprano, pensó Katelios, llega un momento en que miras tu futuro y sólo ves el pasado. Durante algún tiempo ésa había sido una reflexión ingeniosa, elegante, adecuada para pronunciarse con una copa de champaña de cien francos la botella rozando los labios. Hasta que en Gynaíka, o tal vez antes, acabó siendo realidad; pasado y ausencia de futuro con el viejo mar atrapándolos en siglos de espuma y esmeralda, libertad y prisión que se combinaban en un solo concepto y lugar: el territorio de los prisioneros y de los exiliados. La isla de la Mujer Dormida.

Inmóvil ante la ventana abierta a la noche, el barón recordó, melancólico. Poseía la afilada destreza de intuir en el acto, con escaso margen de error, por cuánto podía venderse un hombre y qué clase de mujer podía llevar a ese hombre a la cama. Eso distaba de aprenderse en los libros, pues era cuestión de práctica y experiencia. Por eso, si hubiera podido hacerlo en confianza —no era en absoluto el caso—, Katelios habría dicho a aquel extraño corsario español, oficial de marina o lo que fuera, cuando por primera vez lo vio mirar a su esposa o advirtió que ella lo miraba a él, algo por el estilo de tendría que haberla visto en otro tiempo, capitán Mihalis o como diantre se llame usted. Verla cuando el mundo era hermoso para quienes podíamos permitirnos que lo fuera, antes de que esta triste Europa empezara a suicidarse. Tendría que haber visto a Lena cuando usaba zapatos de tacón alto con finas correas alrededor del tobillo que parecían brazaletes. Tendría que haberla visto volver de pronto el rostro para escucharme como si fuese el único hombre sobre la tierra mientras oscilaban, a la luz de las velas, sus largos pendientes de oro y diamantes. Tendría que haberla visto, en fin, desnudarse como una diosa impasible en el espejo azulado de un coche cama del Orient Express, una habitación del Hôtel de Paris en Montecarlo, una suite del Negresco cuya ventana enmarcaba, como un cuadro, las palmeras que pintó Matisse.

Más allá del canto de los grillos oyó el ruido de la Chris-Craft y vio la pequeña luz de navegación acercarse despacio al embarcadero. Después la luz se apagó y sólo quedó la forma oscura e inmóvil de la que se destacó una sombra que anduvo por el sendero hacia la casa. Cerró Katelios la ventana y fue de la biblioteca al salón. Lena tenía que pasar por allí para subir a su dormitorio, así que aguardó de pie, metidas las manos en los bolsillos del batín. Apareció al cabo de un momento: vestido blanco, jersey marinero, aire fatigado.

—¿Todo bien? —preguntó Katelios, cortés.

Ella le dirigió una larga mirada silenciosa. Al fin asintió despacio, moviendo la cabeza.

—Todo.

Él señaló la doble puerta corredera que separaba el salón del comedor.

—Pareces cansada... ¿Cenarás algo?

—No me apetece.

—¿Una copa?

Ahora indicaba el mueble bar. Lena seguía mirándolo a él, sin decir nada. En cierta ocasión, Nochevieja de 1927, cuando los dos ya vivían ensordecidos por el ruido del mundo que se les caía en pedazos, ella había estado mirándolo de ese modo durante toda la cena, desde el otro lado de la mesa en la que se hallaba entre un armador griego y un diplomático inglés, mientras él conversaba a derecha e izquierda con la esposa del armador y con una cantante italiana de ópera. En otro tiempo, a Katelios le había divertido observar a ciertos hombres mientras conseguía a mujeres que solían ser las de ellos; pero aquél ya no era otro tiempo, y la mujer que deseaba era la suya; e incluso, superado el carácter inicial de hermoso trofeo, la empezaba a amar. Sin embargo, era demasiado tarde. Una semana después Lena se había presentado en el burdel de lujo de la calle Adrianou del que él era cliente habitual, y con gélida serenidad había pagado una fortuna por la suite principal, haciéndolo acudir allí —mediante una tarjeta escrita con bella caligrafía, que él aún conservaba— para que, sentado en un sofá con una botella de champaña y un disco de Berthe Sylva en el gramófono, presenciara el espectáculo de su mujer con otro hombre: un joven guapo y vulgar, camarero del hotel King George, cuidadosamente elegido por ella para la ocasión. Katelios había estado inmóvil, viéndolo todo; y cuando ella ordenó al joven que se marchara y permaneció en la cama, desnuda entre las sábanas revueltas, el marido se puso en pie, se despojó de la ropa y ambos hicieron el amor con una ferocidad animal, como jamás lo habían hecho antes y como nunca volverían a hacerlo, pues desde aquel día ella le impidió acceder a su cuerpo. Jamás ninguna mujer se le entregó con tanta furia y desprecio como ella esa última vez. Te estoy diciendo adiós, había susurrado con voz neutra y mirada vacía que él no supo entonces interpretar; pero de ahí en adelante se le negó para siempre, incluso cuando, para desconcierto del propio Katelios, ella quiso seguirlo a la casa de la isla y mantenerse a su lado en aquel exilio voluntario.

—Estuve en Syros —dijo Lena.

—Lo supongo —dándole la espalda, él se había acercado al mueble bar y vertía coñac en dos copas—. *Étiez-vous seule cette fois-ci?*

—*Non.*

—Ah... Déjame adivinar.

240

Se había vuelto hacia ella con las copas en las manos, ofreciéndole una. La cogió sin llevársela a los labios mientras él bebía de la suya.

—Lo has adivinado —dijo.

Asintió él, inmutable. Asomarse a la intimidad de ciertas mujeres, pensaba, era como internarse en fortalezas secretas. En curiosos laberintos, concluyó mientras alzaba un poco la copa antes de beber de nuevo. Me asombra que en las situaciones dramáticas los griegos no gesticuléis, había dicho ella en cierta ocasión. Rompéis el tópico mediterráneo quedándoos inmóviles, expresivos pero muy quietos, con la mirada peligrosa. Como si confiarais demasiado en vosotros mismos.

Lena bebió al fin.

—*Yasou* —dijo—. A tu salud.

Katelios seguía mirándola y ella le sostenía la mirada. La recordó quince años atrás, cuando todavía era una mujer enamorada, tan diferente a las que durante la luna de miel contraían una jaqueca de la que ya no se curaban nunca. Ni siquiera después, cuando llegó el tiempo del silencio oscuro, tuvo necesidad de recurrir a excusas. Bastaba una mirada, la misma que tenía en ese instante, para disuadirlo de tocarla. Y él se había acostumbrado a ello. A convivir con esa extraña suerte de venganza compartida, hecha de castigo, resignación y remordimientos.

—¿Cómo es? —quiso saber.

Ella ladeó la cabeza cual si realmente reflexionara sobre eso.

—Tranquilo —dijo—. Alguien con quien se puede contar en los momentos de caos.

—¿Rudo?... A fin de cuentas es un marino.

—No en exceso. Más bien agradable.

Se obligaba Katelios a mantener un tono natural. Tenía sobrada costumbre: diez años de práctica mientras ella iba y venía en su canoa automóvil.

241

—¿Varonil? —inquirió.

—Mucho.

—Parece un tipo fuerte, con esa pinta de vikingo.

—Lo es.

Indicó un brazo de ella, oculto por la manga del jersey.

—¿También te has...?

—Sí.

Bebió él otro sorbo y se quedó pensativo.

—Algún día —dijo ecuánime— me gustaría ir a Syros y matar a ese doctor.

La vio enarcar una ceja con ironía.

—Allí tendrías que matar a demasiada gente —hizo una pausa como si lo considerase—. Y tú no eres de los que matan.

—Mato conejos.

No dijo ella nada, limitándose a mirarlo igual que antes.

—¿Por qué no iba a hacerlo? —dijo él tras un momento—. Tengo un par de excelentes escopetas... Además soy griego, y un griego mata por amor, por celos, por venganza, por dinero o por dormir tranquilo —compuso una mueca sarcástica, alejada de una sonrisa—. Los griegos siempre matamos por algo.

—¿A mí también, llegado el caso?

—¿Por qué no?... ¿Por qué dejarte en manos de Menelao y los aqueos?

Ella se encogió de hombros y puso la copa en una mesa.

—¿Para qué matar a nadie, si ya estamos muriéndonos?

Tras decir eso dio media vuelta y se dirigió a la escalera que conducía a los dormitorios. Permaneció él quieto, mirándola hasta que se perdió de vista; luego acabó el coñac y siguió un rato sin moverse. Recordaba la primera vez que la había visto reír de verdad, cuando aún se llamaba Lena Mensikov y se comportaba como la maniquí parisién que hasta semanas antes había sido: una risa vigorosa, sana, chispeantes los ojos y echada atrás la cabeza. Había ocurrido a poco de conocerse, cuando la bolita de marfil se detuvo en el número al que habían apostado —era la primera vez en su vida que ella ganaba— en la sala privada del Sporting Club de Montecarlo. Y él comprendió en ese momento exacto, con asombro, que forzosamente debía casarse con una mujer capaz de ganar a la ruleta con una risa como ésa; una risa que había escuchado por última vez cinco años después, poco antes de lo ocurrido en Atenas, celebrando un comentario ingenioso de Katelios que él mismo ya había olvidado.

Subió a la planta superior, pasando ante el cuadro de la matanza de Quíos, y se encaminó al dormitorio. Todo estaba en orden allí: el pijama doblado sobre la cama, el quinqué y la lámpara principal encendidos, la jarra de cristal con agua y el vaso que le servía de tapadera, el libro que releía aquellas noches —las *Cartas* de lord Chesterfield— dispuesto en la mesita con una señal en la página adecuada. Lo miró todo con serena desolación. Después, tras reflexionar, fue hasta la puerta que comunicaba su dormitorio con el de su mujer. Se detuvo ante la puerta cerrada, inmóvil sobre el suelo de baldosas ajedrezadas en blanco y negro, llamó y aguardó sin obtener respuesta. Por fin puso la mano en el picaporte y abrió: la habitación estaba en penumbra, con la única luz de un candelabro en el que ardían tres velas; pero era suficiente para ver a Lena en la cama, todavía con el vestido puesto aunque desnuda de cintura para abajo, abiertas las piernas y masturbándose. Posó ella la vista en Katelios cuando lo vio aparecer, inexpresiva, sin dejar de hacer lo que hacía. Y le sostuvo así la mirada hasta que él, retrocediendo, salió del dormitorio y cerró muy despacio la puerta a su espalda.

Un corazón de mujer muerto, pensó mientras se ponía el pijama, ya no resucita nunca.

9. Temporada de caza

Durante la segunda quincena de abril, beneficiándose del buen tiempo en el Egeo occidental, Jordán y sus hombres torpedearon y hundieron otros tres barcos procedentes del mar Negro: dos soviéticos —el *Nikolái Chernyshevski* y el *Svetlograd*— al norte de la isla de Andros y uno español, que navegaba con falsa bandera británica —el *Sierra Bermeja*—, en el canal entre Tinos y Mikonos. Aquello supuso para la República la pérdida de dos cargamentos de material militar, y también de varias toneladas de alimentos y trigo ucraniano. Todos los ataques fueron nocturnos o en horas de escasa luz, y las declaraciones de los supervivientes de dos de los naufragios —el *Svetlograd* se hundió con rapidez y pérdida completa de la tripulación— resultaron contradictorias: unos hablaron de ataque de un submarino y otros de una embarcación rápida que los torpedeó y ametralló.

Miguel Jordán fue llamado a Atenas. El mensaje le ordenaba presentarse en día y hora determinados, así que uno de los caiques de apoyo lo llevó al puerto de El Pireo, donde compró los periódicos y tomó un taxi para la capital griega. Vestía con chaqueta y arrugado pantalón de franela, y en un comercio de Monastiraki compró un sombrero y una corbata. El revólver lo dejó en la isla.

Nunca antes había estado en el hotel Grande Bretagne. Mientras cruzaba el lujoso vestíbulo decorado con una gran bandera griega miró el reloj, comprobando que llegaba demasiado pronto; así que se dirigió al bar, ocupó una mesa discreta bajo la montera de vidrio multicolor, entre los macetones con palmeras y helechos, y pidió un café y un vaso de agua. Quince minutos después pagó la cuenta, se puso en pie y anduvo hacia los elevadores.

Un joven ascensorista lo llevó a la quinta planta, donde caminó por el pasillo alfombrado hasta la habitación que buscaba. Y cuando llamó y abrieron la puerta, el capitán de navío Navia-Osorio, de paisano, en mangas de camisa, chaleco desabotonado y floja la corbata, lo acogió con una sonrisa.

—Nuestro corsario favorito —dijo.

El marino español ocupaba una suite espaciosa de dos ambientes, por cuyos balcones se veía la Acrópolis. Había un rincón de butacas en torno a una mesa con bebidas, revistas y unas carpetas de cartón con documentos, e invitó a Jordán a acomodarse.

—Espléndido trabajo —añadió mientras movía la cabeza, valorativo—. Magnífico de verdad. Le traigo la felicitación personal del almirante Cervera.

—Hasta ahora hemos tenido suerte —repuso Jordán.

—Más que suerte, no sea modesto —Navia-Osorio se sentó ante él—. El Lloyd's de Londres ha subido las primas de seguros para navegar por esa zona... Cuatro barcos en poco más de un mes es una cifra excelente. Durante ese tiempo, toda nuestra escuadra sólo ha hundido cinco en el Mediterráneo y el Cantábrico.

—¿Cómo van las cosas en España?

—Pues bien, en general. Aparte los boletines triunfales y todo eso, realmente bien. Razonables en el mar y despacio en tierra, pero van... La ofensiva contra Bilbao sigue su curso. Y en lo internacional, el Congreso norteamericano está a punto de aprobar la ley de neutralidad, lo que en realidad es una buena noticia.

—¿Qué ha pasado en Guernica?... Lo leí esta mañana en los periódicos.

Se ensombreció el rostro del capitán de navío.

—Pues eso, lo que dicen —dijo tras un corto silencio—. La ciudad fue incendiada por los rojos.

—Aquí se habla de nuestra aviación: alemanes o italianos. Y de muchos muertos civiles.

Parpadeó impaciente el otro y al fin deslizó una sonrisa forzada. Sus ojos se habían vuelto cautelosos y duros.

—¿A quién da usted más credibilidad?... ¿A la prensa internacional o al cuartel general del Caudillo?

Tardó Jordán en responder.

—Al cuartel general, naturalmente.

Se miraron en silencio unos segundos. Al cabo, Navia-Osorio imitó con las manos el ademán de pasar página y dejó diluir la sonrisa.

—Hay asuntos importantes, Jordán. Para eso, entre otras cosas, estoy aquí. Los éxitos de usted no gustan a todo el mundo, como puede suponer.

—Era previsible.

—El gobierno griego nos ha dado un toque de atención. Metaxás está con nosotros, pero le conviene guardar las formas. Y nuestra actividad en el Egeo empieza a hacer demasiado ruido... ¿Comprende?

—Sabíamos que eso iba a ocurrir tarde o temprano.

—Por supuesto, y ése es el asunto. Que ocurre temprano. Nunca creímos que usted operase con semejante eficacia. Y claro, llama la atención. También los ingleses comienzan a husmear.

Aquello no gustó a Jordán. Ingleses de por medio sonaba a complicaciones.

—¿De qué manera?

—Algunos mercantes que trafican para los rojos llevan su pabellón, real o falso. Y ya sabe cómo son esos arrogantes hijos de mala madre. Van a destacar un barco de guerra para garantizar la seguridad en estas aguas: una fragata o destructor de sus bases de Malta o Alejandría.

Jordán calculaba mentalmente millas, lugares y oportunidades.

—Mal asunto.

—Sí... Podría serlo. Tenga cuidado con eso.

Se levantó Navia-Osorio y anduvo hasta el balcón. Abrió la puerta vidriera e invitó a Jordán a unírsele. Se levantó éste y fue allí. La plaza Sintagma se extendía, bulliciosa, cinco pisos más abajo.

—Bonito lugar —el capitán de navío contemplaba la Acrópolis—. ¿Qué tal su media sangre griega, Sócrates, Leónidas y todo eso?... ¿Se siente a gusto en la tierra materna?

—Es agradable estar aquí.

—Imagino que hablar el idioma ayuda mucho.

—Sí.

Se quedó pensativo el otro.

—Los rojos echan chispas y no paran de mandar notas de protesta a la Sociedad de Naciones —dijo al fin—. También dan la tabarra a los griegos, pidiéndoles más control de las aguas jurisdiccionales... De todas formas, no tienen elección: o sus barcos vienen de Rusia por la ruta del norte de Europa, que es larga y complicada, y además los esperamos en el Cantábrico, o mantienen ésta. Y aquí no hay otro camino que el embudo del Egeo: usted y su torpedera.

—¿Todavía podemos escudarnos en los italianos?

—De momento les cargan el paquete a ellos. Que lo niegan, claro, como niegan sus propias acciones de submarinos... Pero no sabemos cuánto tiempo podremos sostener el tinglado.

—Todo se acaba sabiendo —suspiró Jordán.

—Confiamos en que tarde un poco más. Estamos gastando mucho dinero en mantener la tolerancia del gobierno griego, pues no sólo de afinidades ideológicas vive el hombre... Y por cierto, nuestros amigos alemanes están satisfechos con los informes que nos envía sobre el empleo táctico de la S-7 en condiciones reales de combate. Le mandan sus felicitaciones.

Apoyaban las manos en la barandilla de hierro del balcón, mirando la plaza. A la izquierda, en la explanada ante el palacio presidencial, los centinelas se movían despacio en el cambio de guardia, como minúsculos soldaditos de plomo.

—En cuanto a lo otro —prosiguió—, lo que dure su campaña es cuestión de tiempo... Suponemos que antes o después exigirá Metaxás que desmantelemos la base y ahuequemos el ala. Ya dicen por lo bajini que les hemos complicado la vida y que no podrán mirar hacia otro lado.

Se quedó en silencio, contemplando la plaza. Después moduló otra sonrisa ligera y vacía.

—Hay que apretar, Jordán.

—¿Cuánto nos queda?

—No lo sé. Nadie lo sabe.

—Debo conocer a qué atenerme.

—Eso depende de lo que usted haga. De que llame o no la atención.

—Espero que no me esté atribuyendo la responsabilidad.

—No, nada de eso, por favor —Navia-Osorio entornaba los ojos como si lo deslumbrase la luz—. Tiene todo nuestro respaldo.

—Pues dígame un plazo. Un margen de seguridad.

Hizo el otro un ademán indiferente, metiéndose las manos en los bolsillos del pantalón.

—Yo no le daría más de cinco o seis semanas... Quizás algo más, quizá menos.

Entró en la habitación y Jordán fue detrás.

—Un error cualquiera, una casualidad, un incidente fuera de lugar pueden precipitarlo todo —dijo el capitán de navío—. Intente durar lo más posible. De una u otra forma, debe aprovechar la última temporada de caza... Mire.

Se había sentado de nuevo ante la mesa, invitando a Jordán a hacer lo mismo, y abría las carpetas con documentos.

—Nuestro servicio de información tiene controlados en el mar Negro otros tres barcos de los que los soviéticos llaman *Igrek*: uno ruso, uno español y uno francés. Del francés olvídese: lo esperarán nuestros cruceros en el cabo Bon para apresarlo allí... Pero en lo tocante a los otros dos, no sería un mal final de campaña que los echara a pique.

—¿Cuándo está previsto que salgan?

—Dentro del plazo del que estamos hablando. ¿Cómo va de suministros?

—Bien. El barco nodriza nos transbordó más torpedos hace unos días.

—También tendremos que retirarlo pronto, pues se ha hecho demasiado visible en estas aguas. De momento vamos a amarrarlo en Chipre... ¿Tiene cuanto necesita en la isla?

—Por ahora no hay problema.

Navia-Osorio sacaba papeles mecanografiados y otro material de las carpetas y lo extendía sobre la mesa.

—Seis barcos hundidos sería un número redondo, ¿no cree?

—Lo creo —confirmó Jordán.

—¿Trae las fotografías que le pedimos?

—Sí.

Extrajo Jordán el sobre del bolsillo, aliviado por librarse de él. Navia-Osorio repasó las imágenes con expresión satisfecha.

—Excelente —dijo al fin—. A nuestros amigos alemanes les gustará tener esto. Una de sus *schnellboote* en plena acción real... Buen trabajo.

Metió las fotos en una de las carpetas e indicó el material expuesto en la mesa.

—Aquí tiene lo que sabemos de esos mercantes que están previstos. Lo mantendremos al corriente si hay novedades.

Lo repasó todo Jordán minuciosamente. Había fotografías, documentación, detalles sobre cargamentos, nombres de barcos, tonelaje, tripulaciones. La precisión era asombrosa. Los servicios de información nacionales, confirmó, hacían un buen trabajo.

—Tome las notas que necesite... Las fotos puede quedárselas. Le serán útiles para identificar los barcos.

Sacó Jordán la estilográfica y tomó apuntes en papel del hotel al que cortó el membrete.

—¿Es cierto que el *Sierra Bermeja* se defendió? —quiso saber Navia-Osorio.

Asintió mientras anotaba.

—Algo quiso hacer... El primer torpedo no llegó a hundirlo y llevaba un cañoncito a popa. Emitió la señal QQQ de que estaba siendo atacado y nos presentó combate a ciegas, tirando contra la oscuridad mientras maniobrábamos para lanzar el segundo torpedo. Éste lo mandó al fondo.

Hizo el capitán de navío un gesto de aprobación.

—Valientes, esos marineros rojos... Españoles, a fin de cuentas, ¿no?

—Sí, eso parece. Asturianos en su mayoría. Los rescataron unos pescadores griegos.

—Sobrevivieron casi todos, tengo entendido.

—Veintidós de veintinueve.

Se quedó absorto un momento recordando los fogonazos del pequeño cañón del mercante atacado, los estampidos del Oerlikon tirando contra él entre el primero y segundo torpedo, el entrechocar metálico de vainas vacías en el balanceo de la marejada. Y el resplandor de un incendio en el barco herido, vencido al fin, que se deslizaba despacio, casi con elegancia —algunos barcos sabían morir—, a un abismo de setecientos metros de profundidad.

—¿Qué tal su gente? —Navia-Osorio lo estudiaba ahora con atención—. Por los resultados parece una tripulación eficaz.

—Así es. Hacen su trabajo.

—¿Algún garbanzo negro?

—No.

—¿Ningún problema de liderazgo?

—Ninguno.

—¿Nadie entre ellos cuestiona lo que hacen aquí?... ¿Sobre quién está detrás de todo?

—No son idiotas. Lo saben, pero no plantean preguntas. Son mercenarios y cobran puntualmente en sus cuentas de Atenas.

—El sueldo de usted se lo estamos mandando a su esposa, según las instrucciones que nos dio.

—Sigan haciéndolo.

Jordán había terminado de tomar notas, esperó a que la tinta se secara, dobló los papeles escritos y se los metió en los bolsillos con las fotos de los barcos.

—¿Qué tal la relación con el propietario de la isla, ese barón Katelios?

Vaciló un instante, pues no esperaba la pregunta.

—Buena —dijo con voz tranquila.

—¿Se han conocido en persona?

—Es nuestro anfitrión. Pero no interfiere.

—Vive y deja vivir, ¿no?

—Eso es.

Navia-Osorio vertió whisky inglés en un vaso, lo rebajó con un chorro de sifón y se lo ofreció a Jordán, que negó con un movimiento de cabeza.

—Hay algo que debe seguir teniendo presente —bebió un sorbo—. Bajo ningún concepto puede ser apresada la torpedera. ¿Comprende?

—Comprendo.

—En caso de que algo se tuerza, adopte las precauciones necesarias para hacerla desaparecer... ¿Sigue comprendiendo?

—Sí.

—De todas formas —la expresión del otro se había vuelto más seria—, sea por los rusos, por los griegos, por los ingleses o por quien sea, algunos de sus hombres podrían verse muertos o capturados. Todo es cuestión de negar cuanto digan... ¿Me sigue?

—Perfectamente.

Bebió de nuevo el capitán de navío.

—Recuerde que su caso personal es distinto. Es un oficial de la Armada nacional española y no puede ser apresado de ningún modo. Y si lo fuera, negaríamos saber quién es. Por eso le dimos un pasaporte falso y lo hicimos venir sin documentación oficial —dejó el vaso en la mesa y encaró a Jordán con estudiada cortesía—. ¿Lo tiene claro?

—Lo tuve desde el principio.

—Será diferente cuando todo haya pasado y regrese a la patria. Y por cierto, quizá le agrade saber que el almirante Cervera lo ha propuesto para una cruz al mérito naval —al decir eso frunció la boca, escéptico—. Aunque creo conocerlo a usted un poco, y diría que no es de los que se emocionan con las condecoraciones.

—Tiene razón —asentía Jordán—. No me emocionan en absoluto.

Grande y casi grueso uno, menudo el otro, Salvador Loncar y Pepe Ordovás salieron satisfechos del Rejans, acariciándose la tripa. Había sido, en palabras del último, un memorable almuerzo internacional: entremeses rusos con vodka, pato a la naranja y vino francés, culminado con una copa de Hennessy y un café turco de los que dejaban poso de un dedo de grosor. Esta vez le tocó pagar a Loncar. El día era templado, lucía un sol razonable y los dos agentes —enemigos aunque bien avenidos— caminaban uno junto al otro dando un paseo calle Istiklal abajo, en dirección al Cuerno de Oro. Durante la comida nadie había dicho nada de interés, pues la conversación anduvo en torno a la situación mundial, la barbarie de las tropas japonesas en China, las últimas noticias de España y el torneo internacional de ajedrez que se celebraba en La Habana. Fue Loncar el primero en mencionar el asunto.

—Y ahora que hemos comido, Pepe, cuéntame algo.

—¿De qué?

—Sabes de qué... Esos ataques en el mar Egeo.

Dieron una docena de pasos en silencio. Por fin el agente franquista se detuvo. Su rostro zorruno, afeitado y flaco no miraba a su interlocutor sino hacia poniente; allí donde, sobre las cúpulas y tejados de los edificios, surgían los minaretes de Santa Sofía y de la Mezquita Azul.

—No somos nosotros —dijo.

Se contemplaba los pulidos zapatos blancos y negros. Suspiró Loncar, estoico.

—Oye, Pepe. Mírame, anda.

Obedeció el otro levantando la cabeza, echado atrás el sombrero.

—Ya te miro... ¿Qué pasa?

—¿Tú me ves cara de gilí, como en los tangos?

—Te digo que no somos nosotros, coño —descubría Ordovás los incisivos mientras chascaba la lengua—. Pregunta a los italianos.

—Los italianos es como si fuerais vosotros. O lo mismo sois vosotros con lanchas torpederas de ellos.

—¿Lanchas?... ¿Quién habla de lanchas? Al parecer son submarinos.

—Vete a tomar por culo.

Echó a andar Loncar, dejando al otro atrás. Ordovás se apresuró en alcanzarlo.

—Ha sido una comida estupenda, compadre... No la estropeemos.

Se detuvo Loncar de nuevo.

—Te he pasado buenos asuntos, Pepe. Incluido ese petrolero al que pegasteis fuego hace unas semanas. Y el traficante húngaro que acabáis de trincar en el hotel Esplanade de Zagreb negociando tres mil fusiles Mosin-Nagant y medio millón de cartuchos te lo soplé yo con nombre y apellido... Mientras que tú, por tu parte, no me has dado una puñetera mierda.

—El húngaro estaba más quemado que una falla valenciana y además era un bocazas —objetó Ordovás—. Ya no os servía para nada.

—Da igual. Te anotaste el tanto, y es lo que importa. Pero a mí me tienes boquerón total. O sea, nada de nada.

—Te conté lo de la nueva oficina en Bucarest y el petróleo de Ploesti.

—Eso no vale un carajo.

Tras decir aquello y decirlo así, el agente republicano hizo la pausa misteriosa que llevaba mucho rato calculando. Hasta la expresión del rostro la había ensayado varias veces ante un espejo. Una historia verídica, sabía por experiencia, nunca era tan cierta ni duradera como una bien inventada.

—Y el caso es que tengo algo bueno —dijo con aparente desgana—. Algo demasiado bueno, me parece...

No añadió nada más. Caminaba de nuevo, con Ordovás pegado a él y mirándolo de reojo.

—Yo no sé gran cosa del Egeo —le oyó decir.

—Pues cuando te paso algo al respecto, bien que lo utilizas.

Anduvo el otro unos pasos callado, dubitativo, torciendo hacia abajo una comisura de la boca. Parecía luchar contra su propia prudencia.

—Es posible que tengas razón —murmuró—. Que no sean submarinos...

Loncar le dirigió una mirada desdeñosa.

—Venga, hombre. A estas alturas es obvio, ¿no? Dime algo que no sepa.

—Puede que estén operando lanchas torpederas... —guardó Ordovás un silencio doloroso, cual si le costara añadir el resto—. Lanchas italianas, naturalmente.

—¿De dónde salen? ¿De un barco, de bases en tierra?

—Eso no lo sé, Salvita.

—Algo así no se organiza sin complicidades oficiales griegas.

—Rellena tú mismo la línea de puntos.

—Qué hijos de puta.

Habían llegado a los muelles junto al puente Gálata, que en ese momento se abría para que pasara un barco. La estación del Orient Express destacaba dorada en un triángulo de sol, al otro lado del agua.

—Te juro que es cuanto sé de ese asunto —dijo Ordovás—. ¿Qué podrías darme tú?

Todavía fingió duda Loncar. Se pasó la uña por el bigote. Miraba a los vendedores de pescado que llamaban a los clientes manteniéndose de pie en el balanceo de sus barcas: todas, pese a ser de madera, tenían hornillos calentando cazuelas con aceite donde se freían chicharros y rodaballos.

—Un embarque espectacular... Tanto, que esta vez tendríais que pagarme.

Ordovás se quitó el sombrero, pasó una mano para alisar el pelo que le quedaba y volvió a ponérselo. Parecía sorprendido. Las grandes orejas afilaban más su cara de raposo.

—¿De qué estamos hablando?

—Mil libras esterlinas o su equivalente en dólares.

—Leches.

—Sí.

Un destello de avidez recelosa iluminaba los ojos del agente nacional. Se pasó la lengua por los labios y los movió levemente, sin pronunciar palabra alguna.

—¿A cambio de qué? —pareció animarse al fin—. Porque eso es un dineral... Ya tendría que ser gordo, compadre.

—A cambio del mayor embarque de material militar de toda la guerra.

—Estás de guasa.

—Sabes que no.

Ordovás contuvo el aliento. Loncar casi podía escuchar las ruedecillas que giraban en su cerebro.

—Dame detalles.

—No.

—Por tu madre, Salvador.

—No metas a mi madre en esto... Es una santa y de izquierdas, como mi difunto padre.

—Perdona, hombre. Pero dime algo.

Lo dejó cocerse medio minuto el agente republicano en su ansiedad.

—No te voy a dar nada hasta que te comprometas.

—Dime al menos de qué se trata.

Loncar fingió que se debatía entre la prudencia y la oportunidad.

—En las próximas semanas saldrán más barcos del mar Negro —deslizó.

—Toma, claro... Eso lo sabemos.

—Pero hay uno en especial.

De nuevo la lucecita de interés, más intensa ahora. Entornaba Ordovás los párpados como para ocultarla.

—¿Español o ruso? —preguntó.

—Te lo diré cuando toque, si es que toca.

—¿Qué tiene éste de particular?... ¿Cuál es la carga?

Fingió otra vez Loncar indecisión. Duda propia.

—Algo serio, importante, grande como el barco —acabó por decir—. Aviones y una treintena de aviadores y consejeros soviéticos.

Atendía Ordovás con todos sus sentidos: receloso, confiado e incrédulo al mismo tiempo.

—Vaya... ¿De ese volumen hablamos?

—De ése.

—Joder.

—Lo que oyes.

—¿Y qué más puedes contarme?

—Nada hasta que no vea el dinero: mitad antes y mitad después.

Se mordía el otro el labio inferior.

—Tengo que consultarlo.

—Pues ya tardas, criatura... Ya tardas.

Estuvieron un momento callados, contemplando el ambiente: olía a pescado y frituras, y en un cafetín cercano, en el mismo muelle, había tipos bigotudos jugando al dominó. Entre las voces de los pescadores que ofrecían su mercancía sonaban las fichas al golpear el mármol y las risas de los que jugaban. De vez en cuando, de soslayo, Ordovás se volvía a mirar a Loncar, suspicaz, cual si buscara interpretarle el pensamiento.

—Nunca pediste dinero.

Se encogió de hombros el agente republicano, con espontaneidad.

—Ni tú tampoco.

—¿Y por qué ahora?

Suspiró Loncar. En esa ocasión no necesitaba esforzarse para dar un tono sincero a su respuesta. Le salió tan natural y creíble como la vida misma.

—Empiezo a estar cansado, Pepe... Y la República puede perder la guerra.

Cuando Jordán regresó a Gynaíka tras dos días de ausencia, Ioannis Eleonas lo recibió inquieto; o más bien fue Jordán quien dedujo su estado de ánimo. En el tiempo que llevaban juntos había aprendido a interpretar al contrabandista, cuya preocupación no solía manifestarse sino en silencios largos y reflexivos; en la tardanza en responder a preguntas o aportar comentarios, como si cada palabra o gesto los filtrase antes, precavido, por su razón y su instinto.

—¿Todo bien, piloto?

Estaban sentados ante la barraca de Jordán, a oscuras. Era tarde y Eleonas demoraba en irse. Había ido a dar la novedad, como cada noche antes de que los hombres se retirasen a dormir. Podían verse a un centenar de pasos, recortadas las siluetas en torno al resplandor de una fogata que se extinguía despacio. La voz de Teo Katrakis, el timonel, sonaba cantando en griego una saloma marinera que los otros coreaban de vez en cuando, entre risas.

—Todo bien y alguna cosa no tan bien —dijo al fin Eleonas.

—¿Los hombres?

—Se comportan. Con Cenobia se turnan, pagan al marido y no hay problemas. Nadie se queja, y todos están satisfechos con la comida.

—¿Qué tal Zinger?

Lo pensó el griego algo más.

—El holandés es antipático, pero no pasa los límites —se detuvo otro momento, reflexivo—. Aunque no lo aprecia a usted. Anoche tuve que llamarle la atención. Hizo comentarios inapropiados sobre la baronesa Katelios.

Jordán no dijo nada, se limitaba a esperar. Por fin Eleonas habló de nuevo.

—No me gusta andar con chismorreos, *kapetánie*. Si le cuento esto es porque...

—Comprendo por qué me lo cuenta —lo interrumpió—. Siga.

—No hay más. Zinger dijo una insolencia, ordené que cerrara la boca y la cerró.

—¿Y el telegrafista? —se interesó Jordán—. ¿Se mantiene lejos del alcohol?

—Ni una gota... Bobbie es buen hombre. Con un humor raro que a los demás choca, pero no ofende. Buen hombre.

—¿Cuál es el problema, entonces?

—No en la isla, sino fuera —señaló el griego la sombra oscura de la torpedera—. Esta mañana vino con suministros uno de los caiques. Era el *Karisia* y hablé con su patrón, el viejo Petros.

Volvió a callar. Alzaba el rostro para mirar las estrellas y éstas se le reflejaron en los ojos. También Jordán levantó la vista. Por hábito profesional siguió la línea de la Polar a Capella y de ahí a las Pléyades.

—Petros me dijo que los aduaneros griegos se mueven más estos días —dijo Eleonas.

—¿Cuánto de más?

—Los ha visto tres veces en estas aguas; y en el paso entre Andros y Tinos lo pararon y subieron a bordo para echar un vistazo.

—Eso nunca había ocurrido antes.

—No.

La novedad preocupó a Jordán. El equipo TSH del caique no era común en aquella clase de embarcaciones. Demasiado evidente.

—¿Vieron los aduaneros la instalación telegráfica?

—La vieron, pero no dijeron nada. Y lo extraño es eso... Que no dijeran nada.

—¿Cómo lo interpreta, piloto?

—No es asunto mío interpretar.

—Ya, pero se lo pido... ¿Qué deduce de eso?

—Puedo decir lo que a mí me contó Petros.

—Dígamelo.

—Él cree que quieren que sepamos que saben. Y que nos advierten.

—¿Nos amenazan?

—De momento sólo nos advierten.

Seguían mirando las estrellas. Jordán pasó del grupito luminoso de las Pléyades a la solitaria Aldebarán. El piloto se movió un poco, aunque permaneció sentado.

—No sé cómo llevan esto fuera de la isla ni quiero saberlo, *kapetánie*. Pero hay cosas que, pasado un punto, dejan de ser secretas. Y eso es malo para todos. No sé cuánto tiempo...

—Ya. Sé a qué se refiere.

La fogata de los tripulantes era un rescoldo de brasas. El timonel había dejado de cantar y sus siluetas se dirigían al barracón. Alguien dijo algo y sonaron nuevas risas. Parecían de buen humor.

—Salí al mar siendo un chiquillo, como le dije —comentó inesperadamente Eleonas—. Mi padre y mi abuelo eran pescadores y contrabandistas, igual que todos por aquí. Mi abuelo murió en un naufragio con sus hermanos y cuñados, y a mi padre lo mataron los turcos. Tengo pocos recuerdos de él, pero algo le oí decir que no olvido nunca.

Se había puesto en pie. No era Eleonas proclive a confidencias, así que Jordán prestó especial atención a lo que decía. Hablaba ahora más despacio, casi pensando cada palabra antes de pronunciarla.

—Una vez al año, decía mi padre, el diablo celebra su cumpleaños... Y ese día es mejor no salir a la mar.

Aún permaneció callado un momento más. Estaba ante Jordán como demorando el irse: sombra maciza e inmóvil recortada en los alfilerazos luminosos de las estrellas.

—Todo consiste, *kapetánie* Mihalis, en saber qué día cumple años el diablo.

Pantelis Katelios apuntó la escopeta, apretó uno de los dos gatillos y el conejo dio un salto en el aire, rodeado de polvo, antes de quedar tendido en el suelo. Satisfecho, el barón se acercó a él mientras sustituía el cartucho vacío, y tras coger el animal muerto lo enganchó por las patas traseras en la canana que llevaba en la cintura. En otro tiempo había cazado con un perro, un buen labrador negro llamado *Áyax*; pero éste envejeció hasta quedar ciego, así que un día Katelios lo llevó a un último paseo, y tras dejarlo saciarse con un buen pedazo de carne roja y fresca lo sacrificó de un disparo, enterrándolo cerca del único almendro de la isla. Había querido mucho a ese perro, y ya nunca quiso tener otro. Desde entonces paseaba solo.

El cañón de la escopeta aún estaba caliente. Era su arma de caza favorita, una elegante calibre 12 con dos cañones paralelos de acero Whitworth de setenta centímetros, y la casa Purdey la había fabricado para él a medida en su exclusivo taller londinense de Audley Street. Si un día decido suicidarme o matar a un ser humano, había comentado Katelios con admiración cuando el armero la puso en sus manos, será con ella.

Se colgó la escopeta en el hombro derecho —llevar correa en un arma como ésa era de mal gusto, pero más cómodo— y siguió camino por el sendero que recorría Gynaíka de oeste a este. Vestía una usada chaqueta Harris con coderas de ante, el pantalón de pana y el sombrero panamá que había conocido tiempos mejores. El cielo estaba casi despejado, con una línea de nubes al sudoeste, al otro lado de doce millas de mar color malaquita, entre las islas de Kea y Kythnos.

Al cabo de un rato vio otro conejo entre unos arbustos secos. Descolgó la escopeta y apuntó, pero algo en la actitud del animal retuvo su dedo ante los gatillos: estaba inmóvil, sin mostrar inquietud por su presencia. No se agazapaba procurando pasar inadvertido, sino que permanecía erguido sobre las cuatro patas, enhiestas las orejas, mirándolo. Un conejo atrevido, valiente, pensó Katelios. Que desprecia el plomo que lo puede matar. O quizá sólo es un bicho estúpido, incapaz de adivinar la granizada que le viene encima. También puede que esté enfermo y le importe todo un bledo. Aunque, puestos a intelectualizar el asunto, tal vez se trate de un conejo hastiado del mundo, deseando que alguien ponga fin a sus días: un conejo estoico y suicida, en demanda de la cicuta de Sócrates o la espada de Catón. Consciente de que, en ciertos momentos entre la vida y la muerte, huir sólo sirve para morir un poco más tarde.

Tras apuntar indeciso durante medio minuto, Katelios bajó el arma, volvió a colgársela del hombro y continuó su camino. Pensaba en el conejo resignado, quieto; en el paisaje de la isla, el mar y el mundo del que una y otro lo mantenían lejos. Durante toda la vida los seres humanos no hacían sino vagar en torno a la propia tumba, y sólo se diferenciaban en el modo de situarse ante ella. A veces, como en ese momento pero cada vez más a menudo, el barón se sentía también espectador indiferente, igual que un romano al que solía imaginar asomado a la ventana de su biblioteca mientras los bárbaros saqueaban Roma, las respetables matronas eran violadas, los ricos caían asesinados en sus mansiones, la turba corría entre gritos de horror, y ardían —con los sacerdotes dentro, naturalmente— los templos de los viejos dioses. Qué otra cosa esperabais, estúpidos, pensaría aquel romano mientras se llevaba a los labios la última copa de vino de su bodega, que como el resto de la ciudad sería saqueada en las próximas horas. Lamentando, tal vez, no ser lo bastante joven para unirse a los bárbaros.

Lo había comentado con su mujer antes de confinarse en la isla, cuando aún viajaban por Europa y no conversaban con silencios. Desayunaban en la habitación 426 del hotel Vesuvio de Nápoles, frente al castillo y el pequeño puerto cubiertos de blanco porque una fuerte nevada —insólita allí incluso en enero— cubría la ciudad. Monologaba él como ya solía hacerlo entonces, malhumorado y amargo, lamentando cuanto la última guerra había arrastrado consigo; el final inexorable de una época que agonizaba sin remedio. Europa carece de fuerza, había dicho mirando por el balcón y más huraño que de costumbre, quizás a causa del mal tiempo. Ya no genera ideas que influyan en el mundo: Alemania, Inglaterra, Italia, Grecia, carecen de fibra moral. Hasta los bárbaros son ahora vulgares, reemplazados por anarquistas, comunistas, nazis o fascistas que pretenden sentarse a nuestra misma mesa. Y fue en ese momento, en Nápoles, cuando Lena, recostada en la cama con un albornoz blanco y una taza de café en las manos, había mirado silenciosa y largamente a su marido antes de pronunciar, sarcástica, unas palabras que volverían mudos para siempre esa clase de lamentos en Pantelis Katelios:

—Es natural que estés inquieto por tu pobre Europa... Con todo el mundo sentado a la mesa, ¿quién te la servirá ahora?

Las ruinas de la prisión se alzaban a un lado del sendero: muros sin techo, desconchados, con ladrillos rotos y ventanas por las que se colaba el cielo. El conocimiento, pensó Katelios, sólo era capaz de entender los signos; ellos suponían su *finis terrae*. Y construir prisiones era uno de los evidentes signos de la Historia: con engendrar y matar, posiblemente, la afición —o la necesidad— más antigua del ser humano.

En un lugar que quedaba en sombra, apoyó la escopeta en el muro, colgó en ella la canana con el conejo, sacó un libro del bolsillo —una vieja edición en octavo de las *Cartas a una princesa alemana*, de Euler— y se sentó a leer:

Creemos, con razón, que Dios desea realmente la felicidad del género humano, y por eso sorprende que el mundo sea tan distinto de lo que consideramos adecuado para conseguir ese deseo...

Sonrió para sí. Había diversas formas de reaccionar ante esa sorpresa, que la lucidez volvía tarde o temprano inevitable, y él había elegido una de ellas: la del observador pasivo e indiferente, ácido a veces, atrincherado en el desdén de su clase. Una clase consciente de estar condenada por la sociedad moderna, la política y el futuro. Pensando en eso levantó la vista del libro para pasearla por las ruinas próximas y la fijó en el mar. También Lena, consideró tras un momento, había elegido su propia trinchera, de un modo que no podía aprenderse en los libros y ni siquiera en la vida. Sobrevivir en un medio hostil transformándose uno mismo en el ser más peligroso del lugar —había muchos modos de conseguirlo— no estaba al alcance de cualquiera; hacía falta cierta especie de instinto previo, innato, que en el caso de una mujer podía acabar convirtiéndola en un animal fríamente peligroso. Nada conocía ni imaginaba Katelios más despiadado que la cólera silenciosa de una hembra herida cuando era capaz de destilarla sin prisa, gota a gota, con amargura, desesperación e inteligencia.

De ese modo, con las palabras *fríamente peligroso* todavía en la punta de la lengua —las pronunció en voz alta sin darse cuenta, paladeando su sonido—, el barón contempló el mar todavía un momento y luego retomó la lectura:

Considerando el mundo desde esa perspectiva, nos vemos muy tentados a dudar de la sabiduría y la bondad soberana del Creador.

Euler, consideró Katelios, era un geómetra y un físico educado de las Luces; por eso sabía expresarse con moderación, y para dirigirse a su princesa había utilizado el término *dudar* en vez de otros posibles como maldecir o blasfemar. Cada cual tenía su manera de hacerlo y también de negociar los propios remordimientos, pues no todo podía atribuirse a Dios ni a la ausencia de él. Mientras pasaba distraídamente páginas del libro —había dejado de prestar atención a lo que leía— el barón recordó a Lena al principio, recién conocidos en París y en los siguientes lugares donde la condujo cuando ella buscaba en él un alivio para las heridas, la turbulencia, el desarraigo del mundo en que había vivido y dejaba atrás. Durante aquel primer tiempo glorioso, único feliz de su existencia en común, ella lo siguió sin reservas, leal como una niña de recobrada inocencia, Helena Nikolaievna antes de ser Lena Mensikov y luego Lena Katelios, sin sospechar que se dirigía hacia la trampa oscura, el lugar sin vuelta atrás que la vanidad arrogante y estúpida de él no supo o quiso evitar. Hasta entonces la había paseado por su mundo como espléndido triunfo social que atraía miradas de admiración y asombrados silencios; pero cuando fue consciente del abismo en el que la precipitaba, contagiándola de su propia y árida lucidez como si de una enfermedad venérea se tratase, era ya demasiado tarde: había roto el mecanismo de salvación al que Lena se aferraba con todas sus fuerzas, y en adelante sólo quedaron, entre ellos y en torno a ellos, el páramo desolado, la doble soledad y el rencor de la mujer que en otro tiempo lo había amado con devoción y que dejó de hacerlo justo cuando empezaba a amarla él.

Cerró el libro, lo guardó en un bolsillo y se puso en pie. Sentía la boca tan seca como el corazón y lamentó no llevar una bota con agua o vino. Volvió a ceñir la canana con el conejo muerto, se colgó la escopeta al hombro y, tras una corta indecisión, caminó por la parte del sendero que llevaba a levante de la isla. De haber creído en el Dios del que Euler hablaba a la princesa alemana, Pantelis Katelios habría necesitado un sacerdote con el que contrito, en voz baja, confesar sus remordimientos. Pero lo único que tenía disponible en aquella isla era aquel extraño español medio griego, tan semejante a un escandinavo grande y rubio: el marino venido de lejos. El hombre que acababa de acostarse con su esposa.

—Hay alguien allí arriba, comandante —anunció Zinger.

Alzó Jordán la vista —estaba a bordo de la torpedera, engrasando con el holandés los mecanismos de lanzamiento— y vio al hombre en lo alto de la colina. Aquello lo sorprendió. Estuvo un momento observando, inquieto, hasta que reconoció al barón. Entonces se limpió las manos con un manojo de estopa, saltó al embarcadero y se dirigió a su encuentro. De camino se cruzó con Ioannis Eleonas; y éste, que también había visto al intruso, dirigió a Jordán una mirada de preocupación. Mientras recorría la playa advirtió que el visitante llevaba una escopeta colgada al hombro y que un conejo pendía de la canana con cartuchos que rodeaba su cintura; así que se desvió unos pasos para coger el revólver que tenía en su barraca. Lo introdujo entre el cinturón y la camisa, a la espalda, y remontó despacio el sendero.

—Paseaba por aquí cerca —dijo Katelios cuando llegó hasta él—. Y me atrajo la curiosidad.

Cambiaron unas palabras de cortesía y al cabo quedaron callados, mirándose como si hubieran agotado los argumentos sociales posibles. Qué diablos, reflexionaba Jordán, lo habrá traído por aquí. Observó de nuevo la escopeta que colgaba con naturalidad del hombro del barón y no pudo evitar pensar en Lena Katelios. Aunque no había nada amenazador en la actitud del visitante, se alegró de llevar encima el revólver. Con el pretexto de mirar hacia la playa, girose a medias para que el otro viera que lo llevaba. Al fin, el griego hizo un ademán tranquilo que abarcaba la ensenada y la torpedera.

—Ha traído la guerra muy lejos de su patria —dijo.

Vaciló Jordán, escrutándole el tono. Tampoco advirtió en él hostilidad alguna, de modo que se relajó un poco más.

—Siempre estuve lejos —repuso—. Incluso en tiempo de paz.

Asintió Katelios. El ala deformada del panamá dejaba sus ojos en sombra.

—Ah, es cierto. Sí. Olvidaba que antes de esto fue marino mercante.

Se sorprendió Jordán, queriendo hacer memoria.

—¿Le conté eso?

—¿De veras no lo hizo?... Bueno, tal vez se lo contara a mi mujer.

Lo miraba el griego con un interés casi científico, muy detenidamente. Y tras un momento, Jordán vio que se encogía de hombros.

—Cómo cambian las cosas, ¿verdad? Las nuevas tecnologías y todo eso... Yo también hice una guerra, pero fue de otra manera. Más sucia, como puede imaginar —le dirigió una mirada aviesa—. ¿Sabe que una docena de orejas turcas en un frasco con alcohol parecen melocotones en almíbar?

Jordán no estaba impresionado en absoluto.

—La guerra en el mar no tiene nada de limpia —se limitó a decir.

—Supongo que no, por supuesto —Katelios aparentaba pensarlo más—. Supongo que no.

Miraba el mar y la playa. Al cabo se descolgó del hombro la escopeta para dejarla a sus pies, apoyada en una piedra grande. También se desciñó la canana con el conejo. Jordán observó que la sangre le había manchado el pantalón, pero no parecía importarle.

—Luché en una guerra griega, en caballería. En Tesalia, año noventa y siete, los turcos me hirieron en un pulmón.

—Vaya... ¿Grave?

—Lo suficiente para hacerme pensar. Allí me di cuenta de algo: un hombre al que ves sorprendido porque va a morir es que no ha comprendido nada —se volvió de repente hacia Jordán—. ¿Está de acuerdo?

—Podría estarlo.

—Fue esa certeza lo que cambió mi vida, me parece. La herida también ayudó a simplificarla, pues quedé inútil para el servicio. Quise alejarme: a este lado del Mediterráneo todos se odian de un modo ancestral, histórico. Se odian por patrias, por razas, por religiones. Y en cuanto alguien olvida quién es su enemigo, se apresuran a recordárselo... No hay forma de poder que no se base en el odio al otro.

Metió una mano en un bolsillo de la chaqueta y sacó una pipa que traía ya cebada. Tras prender un fósforo protegiendo la llama con el hueco de la mano, la encendió con parsimonia. Lo hizo sin dificultad, pues no soplaba ninguna brisa.

—Pese a mis antepasados y mi título —dijo entre una bocanada de humo— nunca fui monárquico, ni tampoco republicano. Había cumplido con mi nombre y patria, así que me dediqué a otras cosas, leer y viajar: Berlín, Londres, París, Montecarlo... Me convertí en un *meraklis*.

Arrugó la frente Jordán.

—No conozco esa palabra.

—Es menos una palabra que un concepto: un hombre capaz de disfrutar del mundo, no por exhibirse sino para su íntimo placer. Atento a los detalles de la ropa, de la comida... Amigo de hacerlo todo despacio y disfrutándolo —sonrió irónico, superior—. Puede que usted ignore lo interesante que es la vida cuando decides no perderte nada de ella, pero sin apasionarte en absoluto.

Escuchaba Jordán con sincero interés.

—Lo ignoro, en efecto... ¿De verdad es así?

—Lo era. En aquella época tenía dinero y tiempo para eso.

—¿Y ya no lo tiene?

—Menos. Muy poco, en realidad. Mi familia consiguió una cómoda posición con el comercio de esponjas, pero eso nunca me interesó gran cosa. Tampoco tuve hermanos, ni quien se ocupara de ello.

—¿Y por qué regresó aquí?

—No fue un regreso, realmente. Ésta, supongo que lo sabe, es la isla de los desterrados y los prisioneros. Me daban fastidio otros lugares, y además disminuían mis medios para permitírmelo.

Se detuvo Katelios en ese punto y estudió la cazoleta de la pipa para observar la correcta combustión del tabaco.

—También creí que aquí la recuperaría a ella.

Se llevó la pipa a la boca y durante unos segundos permaneció callado, chupándola con desgana elegante. Había vuelto a mirar el mar.

—Supongo que creí comprarla... ¿Entiende lo que digo?... Las mujeres se enamoran de los osados, pero desean casarse con hombres razonables y, a ser posible, con dinero —lo pensó un poco y torció la boca en una mueca cínica—. Aunque de una u otra forma todas lo hacen por dinero... Tal vez en el futuro sea distinto, pero ahora es así.

Aquél era un terreno incómodo, decidió Jordán. Incluso claramente peligroso. De pronto volvió a ser consciente del arma que llevaba en la parte de atrás del cinturón. Había resuelto no decir nada y limitarse a escuchar, pero no pudo evitarlo. El tono de Katelios, confidencial, casi amistoso, hacía difícil quedar al margen.

—Lo afirma con mucha seguridad —apuntó.

—Compré a las suficientes mujeres como para averiguarlo.

Más bocanadas de humo. Olía bien aquel tabaco. La escopeta y el conejo seguían en el suelo, pero ninguno de los dos hombres los miraban.

—Ella no se casó conmigo por dinero, si eso le inspira curiosidad... Yo entonces lo tenía, pero ésa no fue la causa.

—Se enamoró —dijo Jordán.

—Sí, aunque a su manera.

—¿También se enamoró usted?

Fue un impulso repentino. Se arrepintió apenas lo dijo, pero el otro se mantuvo inmutable. De nuevo miraba la cazoleta de la pipa.

—Me fascinó en cuanto la vi.

Jordán recordó a Lena desnuda ante él en la casa de Syros, las largas piernas en torno a sus caderas, la suave sensación de calor húmedo cuando él penetró por primera vez en su vientre. Luego pensó en la placa de latón junto al timbre de la casa del médico: *G. Papagos, yiatrós*, y experimentó un súbito desprecio por el hombre que tenía delante. De pronto se sentía extraordinariamente audaz.

—Hablo de amor, Katelios.

El apellido hizo que el otro lo mirase con desagrado. Los labios contraídos, que dejaban escapar el humo, mostraban ahora un rictus agrio bajo el bigote gris.

271

—No sé si celebrar su confianza, capitán... En alemán, y recuerde que soy *freiherr*, llamar a alguien por su apellido, a secas, suena despectivo.

—Estamos hablando en griego.

Se miraron con más curiosidad que desafío. Después el barón volvió a encoger los hombros.

—Tardé un tiempo en amarla, y ése fue mi error. Llegué cuando se iba.

Desde un momento atrás, Jordán sentía que era capaz de atreverse a cualquier cosa. Las reglas básicas de la cortesía, de las conveniencias, se diluían en aquella extraña intimidad, cual si Katelios y él se conocieran de largos años. Eso hacía crecer su osadía.

—¿Cambió mucho ella?

Con toda naturalidad respondió el barón que Lena había cambiado muchísimo. Cuando él la conoció era una mujer con pasado —fue ése el término exacto que empleó para definirla—, pero a pesar de eso y del trabajo de maniquí en París conservaba cierto candor: una insólita inocencia que, combinada con su elegancia natural, le había parecido fascinante. Pasaba fácilmente del recelo a una confianza casi ingenua, como la de un muchacho. Y era única. Katelios había visto enmudecer a la clientela de los más refinados hoteles, casinos y restaurantes de Europa cuando la veían entrar.

—Las mujeres la miraban a ella con celos, y los hombres a mí con envidia.

Se detuvo en ese punto, un momento, y Jordán advirtió en él una mirada que reclamaba indulgencia.

—Yo era frívolo, ¿comprende?... Más bien disoluto, entiéndame. La conduje a lugares oscuros para mi propio placer, y en ellos Lena descubrió los suyos... No puedo culparla por eso.

Jordán comprendía demasiado bien. Era un profesional rudo y no un hombre de mundo, pero había evidencias al alcance de cualquiera. Y Katelios lo estaba explicando con asombrosa precisión.

—Ella le entregó cuanto tenía y usted lo malgastó. No supo qué hacer con ello.

Lo observó el otro con una sorpresa que parecía sincera.

—Vaya... Es algo más que un marinerote con aspecto de vikingo, diría yo. No me equivoco al hacerle esta visita.

Volvió a notar Jordán la sensación del revólver en su espalda.

—¿Y por qué me la hace?

No respondió el griego a eso. Estaba callado chupando su pipa, entornados los ojos, pese al sombrero, por el resplandor del sol en las piedras blancas y grises de la isla.

—Tenía que haberla visto la primera vez que la llevé a un fumadero de opio —dijo de pronto—. Su mirada... Su modo de balancear con suavidad la cabeza, aturdida, indiferente, tumbada de lado y medio desnuda, cuando inhalaba el humo.

Se detuvo un instante, con un suspiro corto y desolado.

—No hay mejor poema que un grano de opio, escribió Jules Boissière... ¿Leyó algo de Boissière?

—No diga tonterías.

—Ah, claro, disculpe... Hay mujeres, pretendía decir, que adoptan las costumbres del hombre del que se enamoran, o con el que conviven, y Lena adoptó algunas de las mías. Lo que nunca pensé es que fuera más allá de donde yo fui nunca. A partir de ahí, desarrolló costumbres propias. Y poco a poco me fue dejando atrás.

Seguía sintiéndose Jordán insólitamente atrevido. Al fin y al cabo, se dijo como excusa, no era él quien había llevado la conversación a ese punto. Por otra parte, no era capaz de reprimir aquel extraño impulso. Lo mismo podría vaciar una botella con ese hombre, conversando durante horas, que molerlo a puñetazos o pegarle un tiro.

—Quizá porque tardó en amarla —dijo.

Katelios encajó la observación con asombrosa naturalidad.

—Sí, es posible —se limitó a responder—. ¿Sabe qué me dijo en cierta ocasión, cuando era demasiado tarde para todo?... Te creía un héroe, pero ahora comprendo que fue mi imaginación la que te construyó: sin lo que yo imaginé no eres nada.

Miró otra vez la pipa, cuyo tabaco se había consumido, y agachándose la vació dando golpecitos suaves en la piedra donde estaba apoyada la escopeta. Algunas partículas de ceniza cayeron en los ojos abiertos del conejo muerto.

—Eso fue lo que ella me dijo —concluyó.

—Sabe apuñalar —dijo Jordán, ecuánime.

—Sí, todas saben. Y el rencor y el desprecio son más peligrosos cuando los ejercen mujeres inteligentes.

Se incorporó Katelios, guardándose la pipa en un bolsillo.

—No se trata de asuntos de honor ni tonterías de ésas —añadió tras un momento—. Estas islas han visto cosas peores, y una posición como la nuestra genera cierta tolerancia social cuando hay escándalo. Excentricidades de ricos, ya sabe... Así lo ven casi todos, aquí.

Se quitó el sombrero y pasó un pañuelo para limpiar la badana.

—Las infidelidades de Lena, por llamarlas de un modo prosaico, no ponen en entredicho mi reputación. O no demasiado.

Volvió a ponerse el sombrero. Se mostraba indeciso, cual si indagara en una idea que no conseguía llevar a sus labios.

—Remordimiento —dijo al fin.

Ahora asentía para sí mismo, con una extraña sonrisa.

—Puede que la palabra sea ésa —insistió—. Remordimiento.

Tras decir eso suspiró de nuevo mientras se agachaba a coger la escopeta y la canana.

—Todos pagamos nuestras culpas, tarde o temprano... Por ejemplo, caminando por esta isla entre los espectros de los viejos errores.

Se colgó al hombro la escopeta y desenganchó el conejo. Lo hizo con mucha parsimonia, pensativo. Tomándose su tiempo.

—Tal vez la mate algún día, cuando yo haya pagado mis deudas. Sola o cuando esté con otro hombre, eso no lo sé todavía... Quizá la sacrifique, como se hace por piedad con un animal maltrecho.

Sostenía el conejo por las patas mirándolo con mucha atención, como si en el animal muerto hubiese indicios que sólo él era capaz de advertir.

—De momento, aún me quedan deudas por pagar —remató, críptico.

—¿Por qué me cuenta todo eso? —quiso saber Jordán.

—Oh, no sé —Katelios le dirigió una mirada larga, oscura e indefinible—. Me cae bien, tan grande como es, ¿no?... Tan rubio y tranquilo a pesar de su medio ascendencia griega. Cacé este conejo esta mañana y pensé en regalárselo —alargó la mano, ofreciéndolo—. Como le dije, algún día podemos dar un paseo y cazar algunos más, juntos. A sus hombres les gustará variar el menú.

10. Mientras queden estrellas

A media mañana, a poca máquina, la *Loba* penetró en la ensenada de Kalafatis —un buen lugar entre acantilados, en la isla de Mikonos— y echó el ancla. Soplaba un meltemi prematuro que levantaba una molesta mar del noroeste, así que fondear al resguardo de la costa fue un alivio. El sentimiento era de frustración, pues la última incursión había sido un fracaso: los caiques exploradores perdieron el rastro del barco al que daban caza; y éste, que navegaba con las luces apagadas, se desvaneció durante la noche sin que la torpedera pudiese localizarlo. Según los informes previos se trataba del español *Cabo Negrete*, de 6.600 toneladas, que bajo el nombre falso de *Foxford* y con bandera inglesa había zarpado una semana atrás de Feodosia cargado con material de guerra y recambios de aviación. Lo habían buscado sin éxito durante catorce horas, y a eso debía añadirse una filtración de agua en el prensaestopas de una de las hélices, que requería reparación urgente.

Trabajaban en ello, fondeados en cinco metros de sonda, cuando Nikos Kiprianou, encaramado con unos prismáticos a la cofa del serviola, dio la alerta: una embarcación se acercaba desde levante. Subió a cubierta Jordán, que estaba abajo supervisando la reparación, a tiempo de ver que una lancha pintada de blanco y gris entraba en la ensenada. No era grande, sobre los doce metros de eslora, pero a proa montaba una ametralladora con dos sirvientes, y en el palo situado sobre la pequeña caseta de gobierno flameaban la bandera blanca y azul y el gallardete de la Aduana griega.

—Mal asunto —dijo Ioannis Eleonas.

Fumaba recostado en el puente de la torpedera, junto al timonel, cigarrillo en la boca y manos en los bolsillos; pero su apariencia tranquila contrastaba con la mirada inquieta que dirigió a Jordán.

—Nunca había ocurrido antes —añadió.

Compartía Jordán idéntica impresión: era la primera vez que tenían esa clase de encuentro, pero también era cierto que ahora la torpedera operaba lejos de su zona habitual. Quizá se trataba de algo casual, o de aduaneros curiosos. Dirigió un vistazo preocupado a los tubos lanzatorpedos camuflados bajo las lonas, seguro de que no superarían un registro serio. Por fortuna, como cada vez que dejaban de hallarse en acción directa, el cañón Oerlikon estaba desmontado del afuste y guardado en un pañol. Tras asegurarse de eso, Jordán bajó a su camarote y preparó los documentos de la embarcación, consciente de que tampoco resistirían el examen de alguien que no estuviese dispuesto a mostrarse benevolente o cómplice. Volvió a subir con el revólver Webley y un fajo de dracmas metido en un paquete, dejándolo todo oculto en el puente, bajo la gorra.

—Escuche, *kapetánie...* —dijo Eleonas.

—¿Qué, piloto?

—El dinero tal vez baste, pero no dispararé contra griegos.

Jordán no respondió a eso. Miraba la patrullera y respiraba hondo, despacio, procurando concentrarse en lo que podía ocurrir. Eventualidad más probable o eventualidad más peligrosa. Sin descartar que hubiera algún otro abajo, había cuatro hombres en cubierta: el que estaba al timón y los dos de la ametralladora —relajados de momento, sin actitud hostil— vestían ropa de faena gris; y el cuarto, gorra blanca y chaqueta azul con galón en la bocamanga. Mientras los veía acercarse calculó posibilidades y probabilidades, maniobras e inciertas rutas de escape. En mar abierto, la patrullera no habría podido alcanzar nunca los treinta y cinco nudos de velocidad de la *Loba*. Allí, sin embargo, la desventaja era obvia: estaban con el ancla largada y los motores parados. De cualquier modo, era consciente de que no podía dejarse apresar bajo ningún concepto. Le sorprendió la calma con que era capaz de encararlo todo. Primero los de la ametralladora, pensó fríamente. Después, el oficial. Situó la mano derecha cerca de la gorra y lo que ésta ocultaba, asombrado de que no le temblase. En el tambor del Webley había seis balas del calibre 38.

—Déjeme hablar a mí —dijo de pronto Eleonas—. Conozco al teniente.

—¿Está seguro?

—Sí, se llama Fukaris... Hemos bebido alguna cerveza juntos.

—Bien —Jordán se dirigió a los hombres que estaban en cubierta—. Todos abajo menos el piloto y yo. Pase lo que pase, que nadie asome la cabeza.

La patrullera se había situado por el través de la *Loba* y casi abarloada a ésta. Sus tripulantes los observaban con curiosidad y fue Eleonas el primero en saludar, levantando una mano.

—*Kaliméra, ipolojagué.*

Respondió el patrón aduanero en el mismo tono. Era un hombre de mediana edad, con el inevitable bigote, aunque afeitado el rostro con esmero. Antes de posarse en Jordán, sus ojos oscuros, perspicaces bajo la visera de la gorra, estudiaron la torpedera de proa a popa, sin que le pasaran inadvertidos el afuste vacío del cañón ni los dos largos bultos a una y otra banda, bajo las lonas.

—¿Todo bien? —preguntó en inglés, dirigiéndose a él.

—Sí, todo en orden —respondió Jordán en griego.

—¿Qué hacen aquí?

—Una pequeña avería —intervino Eleonas—. Sin demasiada importancia.

—¿Podemos ayudar en algo?

—No, nada, señor teniente. Muchas gracias. Lo tenemos casi resuelto.

El aduanero seguía mirando a Jordán, que mantenía la mano derecha cerca de la gorra.

—No es buen lugar para estar —dijo.

—Sólo será un momento —terció de nuevo el piloto.

Asintió lentamente el otro, cambió una ojeada con sus hombres y volvió a observar a Jordán.

—¿Es el patrón?

Hizo éste un gesto afirmativo. No había mucho que disimular, decidió. Era obvio que el aduanero sabía muy bien de qué iba todo aquello.

—Lo soy.

—¿Tiene documentos adecuados?

Jordán cogió el paquete de dracmas y se lo arrojó al aduanero, que lo atrapó al vuelo y sin ver lo que contenía lo guardó en un bolsillo de la chaqueta. Después volvió a asentir como quien confirma, sin necesidad, una evidencia.

—No es buen lugar —repitió, indicando el fondeadero—. Váyanse.

—Lo haremos, *ipolojagué* —dijo Eleonas—. En cuanto reparemos.

No dijo nada más el otro. Dirigió una última mirada a Jordán. Luego, para alivio de éste, dio una orden y, con una humareda de gasóleo y un ronquido del motor, la patrullera se apartó de la *Loba*, abandonando la ensenada.

Dos minutos después era una manchita entre el azul oscuro del mar y el azul claro del cielo. Eleonas la miraba alejarse.

—Nunca nos había ocurrido antes —comentó al fin—. Otras veces pasaron cerca de Gynaíka sin acercarse a husmear... Esto me preocupa. Puede ser una advertencia.

—Eso parece.

—También incomodaron al *Karisia*. Saben lo que hacemos.

—Lo han sabido siempre, piloto.

—Quizás estén cambiando las cosas y acabemos teniendo problemas.

Jordán se mostró de acuerdo. Analizaba lo ocurrido y las conclusiones no eran tranquilizadoras. Parecía, desde luego, un toque de atención, indicio de que los griegos empezaban a estar incómodos y alerta. Demasiado ruido en el Egeo.

—Es posible —admitió.

Asomaron la cabeza algunos tripulantes para curiosear y Eleonas los mandó de nuevo abajo. Al cabo se inclinó un poco hacia Jordán, bajando la voz.

—¿Cuánto tiempo podremos seguir como hasta ahora, *kapetánie*?

—No lo sé, ni saberlo es asunto nuestro... Yo cumplo órdenes y ustedes cobran por su trabajo.

Se quedó pensativo. Incómodo. El reverbero del sol en las rocas del acantilado le aclaraba aún más el color de los ojos.

—Un trabajo que esta vez no hemos hecho bien —añadió tras un momento—. Los rojos saben que merodeamos por aquí, y hoy la presa fue más astuta que nosotros: o su capitán tomó al anochecer una ruta más alejada, o se pegó mucho a la costa, a oscuras, para pasar inadvertido. De cualquier modo es un fracaso.

—No se puede ganar siempre —lo consoló Eleonas—. ¿Sabe la de veces que por culpa de ese teniente Fukaris tuve que tirar los alijos al mar?... Lo importante es seguir vivos y sanos para intentarlo de nuevo, y que las autoridades griegas nos dejen tranquilos —miró hacia el horizonte por el que había desaparecido la patrullera—. Aunque esta visita hace que no esté yo muy seguro. Como decimos aquí, algún agujero tendrá la lenteja.

—¿Conoce bien a ese aduanero?

—Diez o doce años. A veces nos vemos en un puerto, o en tierra, y coincidimos en alguna taberna. No es un mal hombre; y cuando hace falta, como ha visto, se deja convencer. En el mar somos enemigos, pero en tierra nos respetamos. Vive y deja vivir, ¿no cree?... Cada cual da de comer a su familia como puede.

Tras decir eso Eleonas permaneció callado un buen rato. Del interior de la embarcación llegaban las voces de los hombres, que volvían a trabajar en la avería.

—Oiga, *kapetánie...* —dijo al fin.

—¿Sí?

—¿Puedo hacerle una pregunta delicada?

—Puede.

Se pasaba el piloto una mano por el mentón, todavía indeciso.

—De haber tenido problemas, ¿habría disparado contra los aduaneros?

Hizo Jordán una mueca evasiva.

—Con el Oerlikon desmontado no teníamos ninguna posibilidad frente a su ametralladora...

—Si les dábamos tiempo para usarla, ¿no?

—Ésa era la idea.

—¿Lo habría hecho, si fallaba lo del dinero?... ¿Se les habría adelantado?

No respondió a eso. Bajaba por la escalerilla hasta su camarote. Eleonas se asomó desde arriba, por el tambucho abierto.

—Yo no disparo contra griegos, recuerde —insistió—. Si se trata de turcos, no hay problema. Pero nunca a griegos.

Jordán había metido el revólver en un cajón y lo cerraba con llave.

—Sí, piloto, lo sé —encogió los hombros—. Eso ya lo dijo antes.

Saltó a tierra apenas amarraron la torpedera, haciendo resonar el pantalán bajo sus pasos impacientes. La canoa automóvil estaba allí y había visto a Lena Katelios ante uno de los barracones, conversando con el cocinero y su mujer. Eso lo encolerizó.

—¿Qué diablos haces aquí? —dijo al llegar a su altura.

Lo miró ella, inmóvil, con mucha calma. Vestía el pantalón de sarga y el viejo jersey marinero.

—Ya lo ves —respondió—. Converso con Cenobia y su marido.

Jordán les dirigió una mirada furibunda.

—Largo los dos de aquí... ¡Fuera!

Los griegos se metieron apresurados en el interior. Los tripulantes curioseaban desde el embarcadero, y Jordán cogió a la mujer por el brazo para conducirla detrás del barracón, lejos de su vista. Ella se dejaba llevar sin oponer resistencia.

—Es mi isla, te lo advertí —se limitó a decir—. Puedo ir a donde quiera.

Se sentía Jordán tan furioso que la habría golpeado. El fracaso de la última misión, la avería de la torpedera, el encuentro con los aduaneros... Y ahora, como remate, aquella presencia inesperada, inoportuna, que introducía en su cabeza preocupaciones intolerables. Tenía cosas más importantes que atender. Más urgentes y graves.

—Si vuelves a aparecer por aquí, juro que te arrojo al mar.

Ella lo encajó sin alterarse. Apoyaba la espalda en los tablones del barracón, mirando a Jordán con extrema fijeza, cual si considerase todos los ángulos de violencia de que podía ser capaz. Tras un momento introdujo una mano en un bolsillo del pantalón y sacó un paquete de cigarrillos y un encendedor que él le arrebató con un manotazo, tirándolos al suelo. Lena se agachó para recogerlos y metérselos otra vez en el bolsillo. Al incorporarse, volvió a apoyar la espalda en los tablones y encaró serena a Jordán.

—¿No han ido bien las cosas?

Lo dijo en tono de fría sorpresa. En vez de responder, él se quedó asombrado por su calma. La cólera se le atenuaba despacio, pero volvía a ser dueño de sí mismo.

—Eres irresponsable y estúpida... No te das cuenta de la situación.

Ni pestañeó ante el insulto.

—Me doy cuenta de todo. Sólo quería verte.

—No hay nada que ver.

Siguieron un silencio y una mirada insolente de ella, y el silencio fue aún más insolente que la mirada.

—Deja que eso lo decida yo —dijo al fin.

—Tú no tienes nada que decidir a este lado de la isla. No es lugar para eso ni para nada. Esto es...

Iba a decir «un disparate», pero dejó morir la frase a la mitad. Cuanto decía o pudiera decir resbalaba sobre la máscara inescrutable en que se había convertido el rostro de la mujer. Los ojos color avellana seguían estudiándolo con fijeza, y detectó en ellos un claro desafío.

—Creo que mañana iré a Syros... Quiero que vengas conmigo.

Se estremeció él, de asombro.

—No puedo.

—Oh, sí, claro que puedes. Iré allí y deseo que me acompañes.

Tras decir eso se movió un poco en su dirección. Sólo unos centímetros, pero él sintió físicamente la cercanía, el aroma y el recuerdo intenso de su cuerpo. Olía suave: a perfume casi desvanecido, sudor y carne tibia de mujer.

—Por unas horas, manda al infierno tu asquerosa y mezquina guerra.

Vaciló Jordán y supo que ella lo notaba. Retrocedió un paso y Lena dio otro hacia adelante para mantener la misma distancia. La misma proximidad. Después, habló:

—*Jaros*, decís en griego: la muerte.

—¿Qué?

De improviso el rostro de la mujer parecía tenso y duro, casi cruel. Alzó una mano mostrándole la palma, con su intrincada trama de líneas de vida y destino.

—Un día moriremos —añadió en tono muy bajo—. Moriré yo, morirás tú... No podemos permitirnos malgastar lo que nos queda.

Negó con la cabeza, confuso. Había demasiadas cosas en ella que lo excitaban y escandalizaban a un tiempo.

—Tú no sabes lo que me puede quedar o no —opuso, molesto.

—Sé lo que me queda a mí...

Se detuvo un instante. De pronto su expresión era de inseguridad y derrota, y eso sorprendió a Jordán, por inesperado. Pero sólo duró un par de segundos.

—Ojalá una muerte que envidien los dioses —concluyó ella con una sonrisa yerma y dura.

Esa pausa, brevísima, fue el único momento vulnerable que pudo advertir Jordán: un atisbo de fragilidad súbita, semejante a un escalofrío, que le hizo adivinar más cosas sobre la mujer que tenía ante sí que en todos los encuentros anteriores. Pensó en las cigüeñas que a veces caían sobre la cubierta de los barcos ante la costa de África, exhaustas y moribundas, sin que nada pudiera hacerse por salvarlas.

—Mañana o pasado —resumió Lena—, cuando pongas en orden tus asuntos, te llevaré de nuevo a Syros.

Salvador Loncar tenía noticias de que el vicedelegado del gobierno en la flota republicana, Nicasio Molina —cuota anarcosindicalista en el juego de poderes entre comunistas, socialistas y libertarios—, era poco competente para su cargo; pero le bastó recibirlo en el andén del Orient Express y acompañarlo al Pera Palace para comprobar que, además, era un imbécil. A la llegada, cuando los faquines del hotel quisieron hacerse cargo de su maleta, Molina los había rechazado con un «yo mismo la llevo, compañeros» que a los bigotudos mozos había desconcertado primero e irritado después, al ver que se les esfumaba la propina.

Sentado ahora en su habitación del quinto piso del hotel con una copa de coñac en una mano, un cigarro puro en la otra y un traje cortado a medida —con el que ni se habría atrevido a soñar cuando era engrasador a bordo del crucero *Libertad*—, Molina, enviado a Estambul para inspeccionar el tránsito de buques procedentes de puertos soviéticos, interpelaba a Loncar sobre los incidentes del mar Egeo.

—Estarás de acuerdo conmigo, camarada, en que los barcos perdidos en mes y medio son demasiados barcos.

Esto último lo había dicho entre dos chupadas al puro, asestando a Loncar un tono áspero y una dura mirada de comisario político. Sentado entre él y Antón Soliónov, el agente republicano se mantenía callado y a la

286

espera. Dale a Molina un trato exquisito, habían advertido desde la embajada de Ankara. Es lo que queda de los
disparatados comités revolucionarios de la flota antes de
que empezáramos a disciplinarlos, así que trágate lo que
haya, dale vaselina y etcéteras. Es de piñón fijo y no la va-
yamos a liar.

—No los ha perdido él —dijo Soliónov.

Hasta ese momento, el representante de Sovietflot
había permanecido en silencio, contemplando los globos
de cristal de la lámpara del techo como si pensara en otras
cosas. Seguía mostrando un aspecto apacible, relajado, de
tercero prudente.

—No es su responsabilidad —insistió el ruso.

Lo miró Molina con un breve parpadeo bajo dos cejas que casi eran una sola, muy juntas en una frente estrecha y obtusa como su propietario.

—Ah, no, claro —reculó—. Es evidente que no.

Parecía acostumbrado a atemorizar, pero aquél no era
su terreno ni su público. Se le notaba inseguro y parecía
evidente que el ruso lo intimidaba: no era lo mismo gallear
en España que en Estambul, aunque se alojara en el mejor
hotel de la ciudad. En otras circunstancias, decidió Loncar,
habría sido inexplicable que semejante individuo ocupase
el cargo de responsabilidad que ocupaba; pero era conocido el activo desempeño que Molina había tenido en las
matanzas de oficiales cautivos a bordo de los barcos prisión
Río Sil y *España n.º 3*, en Cartagena; una forma de promo-
cionarse tan eficaz como otra cualquiera.

—Tenemos identificados a los agresores del Egeo
—anunció el vicedelegado, convencido y convincente.

Se miraron Soliónov y Loncar. Había dudado éste, al
principio, sobre la conveniencia de hacerse acompañar
por el ruso; pero ahora se felicitaba por ello.

—Qué buena noticia —comentó.

—Sí —dijo el impasible Soliónov.

—Lanchas rápidas italianas —los iluminó el otro.

—¿Seguro? —se permitió Loncar.

—Absolutamente —tan satisfecho de sí como del coñac que tenía en la copa, Molina bebió un sorbo—. Operan desde una base secreta o un barco nodriza —bajó la voz, como si las paredes oyeran—. Y el gobierno griego sabe más de lo que nos cuenta... Más de lo que admite saber.

Pese a la mirada de advertencia que le dirigían los ojos claros y fríos de Soliónov, Loncar no pudo evitarlo:

—No me digas, camarada. Es asombroso.

Al otro le resbaló el sarcasmo.

—Como lo oyes.

Se los quedó mirando Molina como a la espera de un elogio. Al fin, vagamente decepcionado, señaló a Loncar con el cigarro.

—Según parece tienes una propuesta, ¿no?... Una posible solución.

Se había levantado Loncar para asomarse al balcón, contemplando a través de los cristales el espléndido panorama que desde allí se divisaba: tejados, cipreses, minaretes y la superficie nacarada del Cuerno de Oro a lo lejos, rizada por la brisa entre la ciudad vieja y las grandes mezquitas. Para que Nicasio Molina gozara de aquella vista, se dijo con amargura, la República española pagaba dos mil francos por noche.

Alzó una mano, cauto.

—Lo de solución es excesivo —dijo—. Puede salir bien o no salir —se volvió para aludir a Soliónov, que seguía sentado y escuchaba impasible—. Pero a nuestros amigos soviéticos les parece bien.

—He leído un informe tuyo —dijo Molina con displicencia—. Propones que los barcos vayan armados. En realidad ya lo estamos haciendo. Ahora algunos llevan un cañón a bordo. Pero nada nos garantiza...

Se calló y no dijo más, visiblemente incómodo por la forma en que Soliónov lo observaba. Volvió Loncar a sentarse entre ellos.

—Mi propuesta sugería más que eso —apoyó las manos en las rodillas y se inclinó hacia Molina—. ¿Sabes lo que eran los barcos Q en la Gran Guerra?

Vaciló el otro.

—Alguna idea tengo.

—¿La tienes de verdad?

—Bueno, sí —el vicedelegado miraba de reojo a Soliónov—. Detalles aparte, claro... Más bien por encima.

—Los Q eran buques trampa —explicó Loncar—. Bajo la apariencia de simples mercantes, iban armados hasta los dientes. Dedicados a cazar submarinos alemanes, eran eficaces y letales.

—Pero las torpederas fascistas no son submarinos —objetó Molina, ridículamente sagaz.

—La táctica es la misma: dejar que se acerquen confiados, sean quienes sean, y sacudirles a quemarropa.

Lo pensó con detenimiento el vicedelegado.

—Me parece más fantasioso que práctico —concluyó.

Se permitía Loncar una sonrisa.

—Es posible, camarada... Sin duda en el mando de la flota tendréis mejores ideas.

El tono y la sonrisa no parecieron gustar a Molina, que tras un momento considerándolo detectó la ironía y frunció el ceño. Con un par de chupadas al cigarro dejó salir el humo y miró inseguro al ruso.

—¿Qué opinas, camarada Soliónov?

—No es cuestión de opinar —replicó éste—. La idea del camarada Loncar es oportuna, ha sido aprobada por la Sección X y la estamos poniendo en práctica.

Se sorprendió Molina, sobresaltado. Era torpe, pero no hasta el punto de ignorar que detrás de la Sección X, como del propio Soliónov, estaba el NKVD soviético.

—¿En práctica?... ¿Quieres decir que ya está en marcha?

—Un barco se encuentra casi dispuesto en el puerto de Odesa —respondió muy tranquilo el ruso.

Parpadeó el otro.

—¿Casi?

—Casi.

—No se me ha informado sobre eso... Estuve hace unos días con Kuznetsov, el agregado naval soviético en España, y no me dijo nada.

—Sus motivos tendría para callar —se limitó a decir Soliónov—. Conozco bien a Kuznetsov y es un hombre discreto.

Miraba Molina su copa de coñac como si de improviso le supiera amargo.

—En cualquier caso, antes de seguir adelante habrá que conseguir la aprobación del mando de la flota republicana. Y eso lleva sus trámites oficiales. Su tiempo.

El reproche, subrayado con una ojeada criminal, iba dirigido a Loncar. Pero de nuevo se interpuso Soliónov.

—Lo estamos haciendo ya, camarada.

Volvió a parpadear el otro.

—¿Haciendo?

—Sí.

—¿Cómo que ya?

—Ya, hoy, en este momento —se volvió el ruso hacia Loncar—. ¿Hay más sinónimos en su bello idioma?

Hizo memoria éste, que disfrutaba de la situación.

—Actualmente, ahora, sobre la marcha —sugirió.

Siempre inmutable, con mucha flema, Soliónov volvía a dirigirse al vicedelegado.

—Camarada Molina, mis superiores consideraron oportuno mantener el máximo secreto sobre el asunto, y yo mismo se lo exigí al camarada Loncar... Cualquier indiscreción podría estropearlo todo.

El vicedelegado intentaba recobrar su dignidad.

—¿De qué clase de barco estamos hablando?

—De un mercante de siete mil toneladas de registro bruto, el *Monte Amparo*. Ahora se llama *Kronstadt*.

—¿Soviético?

—En cierto modo. Lo retuvimos al comienzo de la guerra de ustedes para evitar que cayera en manos de Franco y los suyos.

—¿Viejo? ¿Prescindible?

—Oh, no, para nada. Construido en mil novecientos veintiuno. Es un buen barco. Pero, solidaria como es, la Unión Soviética está dispuesta a devolverlo al pueblo antifascista español.

Molina no se entretuvo en apreciar la retórica.

—¿Qué tripulación lleva?

—La original fue repatriada en su momento. Le estamos buscando una nueva.

—¿Lo van a dotar de artillería?

Mucha y buena, puntualizó el ruso: cuatro cañones grandes, dos antiaéreos y dos ametralladoras pesadas, pero con nada a la vista. Todo quedaba oculto por paneles abatibles que se descubrirían en caso de combate.

—Su aspecto será el de un *Igrek* más o menos inofensivo, quizá con sólo un cañón visible a popa, como ahora llevan muchos.

—Entiendo —Molina sonreía por fin, impresionado, cómplice, convencido de estar en el ajo—. Una apariencia inocente.

—Por completo. El barco conservará el aspecto con que figura en los registros navales: dos chimeneas, dos palos, casco negro y superestructura blanca.

—¿Llevará carga convencional?

—Aprovecharemos el viaje, naturalmente: trigo de Ucrania y material militar ligero. Pero la contrainteligencia que haremos correr, y ésa es sobre todo tarea del camarada

Loncar, mencionará un importante cargamento... Un cebo tentador que a los fascistas les abra el apetito.

—¿Tripulación?

—Sesenta hombres, más o menos. Necesitamos españoles, pero no sé si podremos reunir suficientes. Por eso también habrá marinos nuestros a bordo.

—¿Cuántos?

—Un oficial de puente y otro de máquinas van a embarcar como asesores, y algunos artilleros de nuestra Armada se encargarán de dirigir el tiro de las piezas. El resto serán españoles... Es una operación delicada y conviene que asesoremos en lo posible.

El vicedelegado ponía mala cara.

—Que controlen, querrás decir.

—No, en absoluto. El mando lo tendrá un capitán español. A los tripulantes los estamos reclutando en los barcos de tus compatriotas amarrados en puertos rusos.

—¿Cuántos hay ahora?

—Cuatro: el petrolero *Elcano*, el *Conde de Abásolo*, el *Cabo Tres Forcas* y el *Urano*.

—¿Y qué pasa con el capitán?

—Puede ser el de uno de esos barcos, o alguien a quien envíen desde España... Para esto último vamos un poco justos, así que podríamos elegir a uno de los que ya están en la Unión Soviética.

En la ojeada que Molina dirigió a Loncar había un nuevo respeto.

—¿Todo eso fue idea tuya?

—Sólo en líneas generales —repuso éste—. Los detalles técnicos corresponden al camarada Soliónov y a la Sección X.

—¿Y hay luz verde absoluta de Moscú para la operación?

—Del camarada Stalin en persona —dijo el ruso.

Iba Molina a comentar algo, pero al oír eso cerró la boca. Tras un momento la abrió de nuevo.

—¿Fecha?

—El *Kronstadt* pasará el Bósforo dentro de dos semanas, como muy tarde.

Los miraba alternativamente el otro, desconcertado.

—Ah, coño.

—Sí.

La conversación todavía se prolongó veinte minutos. Después, Loncar y Soliónov salieron juntos, y el agente republicano acompañó al ruso hasta el embarcadero desde el que éste regresaría a Eyüp. Ninguno de los dos pronunció una palabra hasta llegar al puente Gálata, ante los edificios del Arsenal y el antiguo ministerio de Marina.

—¿Sabe, camarada —dijo inesperadamente Soliónov—, que en este lugar es donde hasta hace poco ahorcaban a los espías?

Asintió Loncar.

—Vi colgar a alguno.

Soliónov se había detenido, pensativo, y lo imitó el agente republicano.

—Han cometido en España el mismo error que nosotros en mil novecientos diecisiete —dijo el ruso—: liquidaron a los jefes y oficiales competentes de la Armada, en vez de utilizarlos. Nosotros nos dimos cuenta de eso e intentamos repararlo, pero creo que ustedes no se han dado cuenta todavía... ¿Comprende a qué me refiero?

—Perfectamente.

—Conviene que esta operación salga bien, y no sólo para los míos... Si algo se tuerce, ese Molina no es de los que asumen responsabilidades.

—Casi nadie lo hace en España —replicó resignado Loncar.

—Sería usted una perfecta cabeza de turco.

—Lo sé.

Bajo el ala del sombrero, la fría mirada de Soliónov recorría el entorno: los barcos amarrados, el bullicio de los vendedores, las tiendas y modestos restaurantes, el tráfico intenso de vehículos que hacía trepidar la estructura flotante del puente.

—Tiene gracia, ¿no?... Decir eso en Estambul: cabeza de turco.

Hizo una pausa semejante a un suspiro sin dejar de mirar a uno y otro lado. Después, vuelto hacia Loncar, emitió una risa seca, entre dientes.

—Celebro conocer a semejante individuo —añadió—, pues ahora comprendo mejor en qué manos están ustedes... Y gracias a ese tal Molina despejo una incógnita: por qué la flota republicana española, a pesar de ser más poderosa que la fascista, pasa el tiempo amarrada, sin apenas salir al mar.

Cuando Jordán y la mujer salieron al exterior, la luz poniente se había retirado del recodo y sólo iluminaba la parte más lejana de la bahía. Al extremo de la línea de casas que circundaba la orilla, aún en la zona de sol, el pequeño barco que unía Syros con El Pireo doblaba despacio la punta de la escollera mientras el humo de su chimenea suspendía, en la ausencia de brisa, un prolongado trazo de humo negro.

Se habían detenido un momento en lo alto de la escalera para que Lena cerrase la puerta. Aguardaba Jordán en el primer peldaño y ella vino hacia él, metiendo el manojo de llaves en el bolso. El día había sido caluroso, demasiado para esa época del año: la mujer llevaba el mismo vestido de algodón blanco que la vez anterior, con el bolso grande al hombro. Calzaba sandalias de cuero y el jersey lo llevaba anudado con descuido, por las mangas, en la cintura. Entonaba una canción que habían estado oyendo arriba, en el gramófono, mientras se abrazaban minuciosos, tenaces y en silencio:

Parlez-moi d'amour,
redites-moi des choses tendres...

Al llegar a su altura, él todavía en el primer peldaño y ella en el rellano superior, inclinó el rostro hacia él y lo besó en la boca. Fue un beso insólito que lo cogió por sorpresa: diferente, prolongado, tierno. Se habían besado innumerables veces durante las últimas tres horas, pero ella nunca lo hizo de ese modo. Llegó a pensar Jordán que la intimidad con una mujer como aquélla se parecía a enfrentarse con un temporal del oeste: ponía a prueba el valor y temple de un hombre, la fibra de la que podía, o no, estar dotado. Habían sido hasta entonces los de Lena unos besos largos, duros, de una intensidad feroz, tan exigentes y obstinados que, mientras luchaba por seguir sereno y dueño de sí —nada fácil, en esas circunstancias, mantener su control y el de aquel cuerpo delgado y flexible violentamente ajustado al suyo—, él los había sostenido y devuelto casi con cautela, consciente de que era arrastrado a un lugar peligroso y oscuro del que no estaba seguro de salir indemne. Un lugar donde ella había estado antes y que se parecía mucho a una enfermedad, un dolor, una atroz desesperanza.

Por eso lo conmovió la repentina ternura de aquel beso imprevisto. La miró con tranquilo asombro y ella se dio cuenta: sonrió apenas y movió la cabeza como si respondiese a una pregunta.

—Eres un buen hombre, capitán Mihalis.

Eso fue todo. Después lo tomó de la mano, cual si fuera un niño y no un marino de treinta y cuatro años y un metro ochenta y nueve centímetros de estatura, y lo condujo escaleras abajo, al descuidado jardín bajo la pérgola por la que entre hierbajos que nadie arrancaba ascendían desordenadas parras y buganvillas. Se detuvo allí, contemplando la luz menguante en la bahía, y al cabo se estremeció un momento como si de repente sintiera frío. Sólo entonces soltó su mano.

—Cuéntame por qué tienes un hijo. Por qué eres un hombre casado.

Tardó él en reaccionar. Aquella mujer lo desconcertaba.

—No tiene nada de raro —replicó—. Hay muchos hombres...

—Tú —lo interrumpió—. No otros, sino tú.

Calló Jordán, pues no estaba dispuesto a confiarle nada. Era la suya, a fin de cuentas, una historia vulgar, casi sórdida: la del chico de veinte años recluido en el cuarto de una pensión de Bilbao, quemándose las pestañas mientras preparaba el examen de segundo piloto. Y muy cerca, demasiado cerca, aquella patrona y su hija.

Miró a Lena y la vio sonreír como si en el silencio de él hubiera intuido una historia obvia, cien veces vista y oída.

—Quedó embarazada, naturalmente... Y tú cumpliste como un caballero.

Se encogió de hombros sin responder. Se sentía adivinado, incómodo y amargo.

—¿Es guapa? —insistió ella.

Retuvo Jordán aire en los pulmones y lo espiró despacio. Qué más da, concluyó. Parece conocer mis recuerdos mejor que yo mismo. La historia, sospechó, de todos los hombres que se cruzaron en su camino.

—Ni guapa ni fea —dijo al fin.

—¿Culta, inteligente?

—Tal vez guapa. El resto no importa.

—¿Cómo se llama?

—Da igual cómo se llame.

—¿Y la amaste alguna vez?

Lo pensó sombrío mientras recordaba: reparación de la supuesta deuda mediante un sumiso cumplimiento de los deberes domésticos, devoción sin límites hacia el hombre que nunca deshacía del todo la maleta ni pasaba más de una semana seguida en tierra firme. Un animal obediente, agradecido y estólido, eso era ella. Eso era todo.

—Es una buena mujer —se limitó a decir.

La mueca sardónica de Lena parecía un tajo de cuchillo.

—Lo mismo que tú eres un buen hombre, ¿no?

Esta vez había veneno en el término. Dejó él pasar cinco segundos.

—También es buena madre.

—¿Y tu hijo, o tu hija? —lo miraba intensamente, queriendo comprender o fingiéndolo—. No te imagino como un buen padre.

—Mi hijo —precisó Jordán—. Y no, nunca fui buen padre. Apenas lo vi crecer. Y ahora, la guerra...

Se detuvo inseguro, y volvió a pensar que compartir intimidad con una mujer como Lena Katelios era igual que subir a los palos de un barco de vela con viento duro aullando en la jarcia y los bajíos de una costa a sotavento: la misma sensación de desastre inminente, idéntica sombría desolación. El mismo vacío en el estómago.

—El mar como solución —resumió ella.

Jordán estaba sorprendido por lo exacto del comentario.

—El mar ya estaba ahí, pero es cierto. He visto a marinos llorar porque regresaban a casa.

—¿Llorabas tú al regresar?

Movió inexpresivo la cabeza.

—Yo nunca lloro.

Lo dijo con sencillez, sin presunción, limitándose a responder a la pregunta. Contemplaba Lena el jardín abandonado, los muros desconchados y llenos de grietas, los postigos de madera carcomida y rota, las piedras gastadas, desparejas por el tiempo. Y él advirtió que volvía a estremecerse. Después la vio desanudar el suéter de su cintura y metérselo por la cabeza, estirando los brazos donde ahora quedaban ocultas las casi imperceptibles marcas de pinchazos.

—Tengo una cosa para ti —dijo ella.

Había rebuscado en el bolso y mostraba algo en la palma de la mano: una cajita de madera.

—Ábrela.

Obedeció Jordán. Había dentro unos gemelos para puños de camisa: dos pequeños discos de plata con la misma inscripción griega en cada uno de ellos. Lena no miraba los gemelos, sino a él.

—Es griego antiguo —dijo—, pero podrás leerlo.

—*Eni ponto oleto...* —levantó la vista, intrigado—. ¿Se perdió en el mar?

—Exacto. Los compré a un anticuario de Atenas para regalárselos a mi marido, pero nunca lo hice. Ahora quiero que los tengas tú.

Dudaba Jordán.

—No creo que deba...

—Oh, te lo ruego, no seas estúpido. ¿Qué mejor regalo para un marino?

Los devolvió a la caja y ella misma se los metió en un bolsillo.

—Es curioso —dijo pensativa, pasado un momento—. De una parte puedo morir ahogada, y cuando subo a la lancha pienso en eso. De la otra, envidio a quienes desaparecieron sin dejar rastro, en el mar... No me digas que el inscrito en esos gemelos no es un bello epitafio.

Movió Jordán la cabeza, escéptico.

—No hay nada envidiable en acabar así.

—¿No?... Bueno, siempre me pareció una forma viril de zanjarlo todo. Desde niña sólo sentí respeto por las mujeres capaces de tomar decisiones viriles, como Milady. Siempre detesté a esa pánfila de madame Bovary

—le dirigió un repentino vistazo socarrón—. ¿Sabes quién es Milady?

—Ésa sí. He leído *Los tres mosqueteros*.

Lena lo miraba ahora con extrema atención, cual si intentara percatarse de algo. Quizá de una cierta candidez. Después alejó de nuevo la vista hacia el mar.

—Los débiles y los mediocres no pueden permitirse el lujo de ser leales a otros o a sí mismos —comentó en voz baja—. Siempre son los primeros en traicionar y traicionarse.

La luz decreciente, que ya era rojiza en la distancia, parecía multiplicar salpicaduras de plata en su cabello encanecido y muy corto. Los ojos no reflejaban nada, ni luz ni sombra. Como si se hallaran ante un paisaje opaco.

—Necesito beber —dijo, súbitamente sombría—. Y tal vez algo más. ¿Me acompañas, capitán? —enarcó las cejas al ver que él miraba el reloj—. Pero no te inquietes. Regresarás a nuestra isla a una hora respetable, adecuada para seguir cumpliendo con tu deber... Antes de que suenen las campanadas del reloj, termine la fiesta y la canoa automóvil se convierta en calabaza.

G. Papagos, yiatrós. En la penumbra ambarina aún podían leerse las letras grabadas en la placa junto a la puerta. Jordán aguardaba recostado en la pared, contemplando el parpadeo de la farola del espigón que acababa de iluminarse más allá de las formas oscuras de los caiques y botes amarrados a los norays del muelle.

Se abrió el portón de la casa y apareció Lena.

—No he tardado mucho —dijo.

Su voz tenía un tono sereno, más bien ausente, que parecía filtrado a través de pensamientos apacibles. Permaneció un momento inmóvil, mirando hacia donde Jordán miraba. Después le rozó la mano de un modo rápido, casi furtivo, invitándolo a caminar. Esta vez no habían dejado la Chris-Craft en el muelle sino al otro lado, junto a la plataforma de piedra y hormigón situada bajo la casa del acantilado. Anduvieron así de regreso, callados, a lo largo de las fachadas de las casas frente al puerto, hasta el ángulo donde éste coincidía con la subida a la plaza del ayuntamiento y la ciudad vieja. Las sombras empezaban a oscurecer las calles, desmentidas por unas pocas lámparas en tiendas que aún no habían cerrado y por algún rectángulo iluminado de puertas o ventanas.

—¿Cómo es? —preguntó él, por fin.

Tardó Lena en responder.

—Una lucidez cálida —dijo—. El tiempo se detiene y la cabeza va cada vez más veloz que el tiempo... Te garantiza tres o cuatro horas de paraíso.

—¿Así te sientes ahora, en el paraíso?

Esta vez ella se demoró todavía más en la respuesta.

—Son días extraños.

Remontaban la cuesta que conducía a Agios Nikolaos. Sobre ella se alzaba la cúpula, silueteada en el trémulo violeta del cielo de poniente.

—Me siento muy bien —añadió Lena de pronto—. Ligera y lúcida, igual que si el mundo fuese un lugar dulce o amable. Pero el paraíso eras tú dentro de mí, hace un rato, arriba en la casa... Esto se limita a prolongarlo, a retrasar un despertar en el que sólo quieres estar en silencio. Cuando, agotado el efecto, te sientes sola y un poco enferma.

Intentaba Jordán digerir aquello.

—Pero el hábito...

—Ah, sí. Por supuesto. Puedes volverte adicta a otras drogas y destruir tu vida o matarte en pocos meses... La cocaína, sin embargo, mata despacio, durante años. Se lo toma con calma. Es amable, toda una dama. Te concede mucho tiempo.

Calló un momento para considerar sus propias palabras.

—De cualquier forma —añadió en voz más baja— yo no necesito mucho tiempo.

Dejaron atrás la iglesia y tomaron la cuesta descendente bajo los arcos de piedra. A pesar de su prudencia, Jordán no pudo reprimir la pregunta que llevaba rato conteniendo.

—¿Y tu marido?

Brillaron fugazmente los ojos de ella en la penumbra. Lo estudiaban atentos, de pronto.

—¿Qué pasa con él?

—¿También te inició en eso?

—Oh, por Dios, no. En absoluto —parecía a punto de reír, pero no lo hizo—. No probó las drogas en su vida, ninguna de ellas. Sólo iba a lugares adecuados y miraba... ¿En qué podía encontrar consuelo un hombre como él?

Llegaron a la taberna en cuya terraza habían estado la primera vez. Dos lámparas de queroseno iluminaban las mesas. Sin consultar a Jordán, Lena fue a sentarse junto a una de ellas, y al acercarse el mismo tabernero bigotudo y gordo le pidió una botella de vino y un plato de dolmades. Después hizo a Jordán, que seguía en pie y miraba inquieto el reloj, un ademán para que se situara frente a ella.

—Hay una palabra italiana, *sprezzatura*... ¿La conoces?

—No.

—Se refiere a la forma de vestir, pero puede aplicarse a un carácter. Alude a una especie de indiferencia o descuido elegante respecto a la ropa en particular y hacia el mundo y la vida, en general.

Sacó del bolso el encendedor y un paquete de Raleigh y encendió uno. Cada uno de sus gestos, observó Jordán, lo hacía ahora con rapidez y precisión. Las pupilas estaban tan dilatadas que ocupaban casi la totalidad del iris.

—Cuando conocí a Pantelis me sedujo su *sprezzatura*. Eso fue lo que me enamoró de él. Hasta que descubrí que no respondía a una actitud, sino a una ausencia.

—¿De qué? —se sorprendió Jordán.

—Vida... Comprendí que estaba muerto. Me había casado con un hombre muerto.

—¿Y por qué seguiste con él?

Lo miró con tranquilo asombro.

—Qué poco sabes de mujeres.

Se llevó dos veces a los labios el cigarrillo antes de continuar, tan lenta y pausada que parecía estar recitando algo ajeno.

—Ya me lo preguntaste hace unos días, y te respondí. Estaba demasiado cansada para ir a cualquier sitio, eso fue lo que dije —se detuvo un instante—. ¿Empezar de nuevo en otro lugar y con otro hombre?... No, gracias. Tuve ya muchos amos, y decidí que él sería el último.

Trajo el tabernero el vino y el arroz envuelto en hojas tiernas de parra. Ella arrojó el cigarrillo a medio fumar por la verja, al acantilado, y se llevó un vaso a los labios.

—*Yamas* —dijo—. Brindo por todo aquello que no he sido.

Permaneció un momento con un codo apoyado en la mesa y el vaso todavía en alto, cerca de los labios, e hizo un gesto complacido.

—Me gusta el sabor mineral del retsina... Es como beberse la tierra.

Tras decir eso cogió con los dedos un dolmas del plato y se lo llevó a la boca.

—Además —añadió de pronto, entre dos bocados—, mi marido es de los que creen, o creía, que si se compra a alguien hay que comprarlo del todo. Incluida su alma, o lo que tengamos ahí...

Se detuvo pensativa y miró el mar, que ya era negro bajo el acantilado. La penumbra ámbar y violeta se había convertido en noche oscura. Aún no asomaba la luna. Tan sólo las luces de un buque se movían lentamente a lo lejos.

—Ahora empleo parte de mi vida en demostrarle que estaba equivocado. En cuanto al precio de lo que compró, quiero decir. Hizo un mal negocio.

Lo dijo con animación, cual si estuviera contando algo divertido. Bebió un sorbo de vino y se comió otro dolmas.

—¿No quieres uno?... Están buenos. Akis, el tabernero, pone un poquito de carne picada con el arroz.

Negó Jordán con la cabeza, limitándose a su vaso de vino, y ella volvió a hablar de Pantelis Katelios. Cuando lo conoció, dijo, era un hombre fascinante, o aparentaba serlo. Ni fronteras, ni aduanas, ni clases sociales, ni dinero, aparentaban tener importancia para él. Lo seguía admirada, como una alumna a su profesor.

—Como esos patitos que en los estanques nadan detrás de la madre... ¿Conoces Montecarlo?

—No.

—Pues tampoco imaginas lo que era verlo allí, moviéndose con naturalidad por un mundo al que pertenecía y que despreciaba a la vez. Y también me llevó a Berlín, que me pareció una ciudad maravillosa: pura Metrópolis, como en ese cuadro de Grosz en el que creí estar dentro, pintada entre la gente... ¿Conoces Berlín?

—No. Sólo Hamburgo y Kiel.

—En mi vida me había divertido tanto —continuó ella casi alegre—. La noche era rutilante y enlazaba con el día. Y él lo manejaba todo con desenvoltura y con un humor inteligente, brillante, indescriptible. Había un cabaret, El Dorado, donde todo era posible: hombres, mujeres y cualquier combinación que imaginases... Fue en Berlín donde Pantelis se quitó la máscara, o tal vez se la puso, y empezó a iniciarme en sus costumbres. A mostrar lo que había tras ellas. Tenía él allí una amiga, Petra Kauffmann; una actriz hermosa y promiscua. Su casa era atractiva para pintores, artistas, cineastas —hizo una pausa, y sus pupilas dilatadas lo miraron con repentina fijeza—. ¿Comprendes, marinero?

Jordán comprendía perfectamente. La imaginó en Berlín, el cuerpo desnudo como lo había visto un par de horas atrás entre las sábanas revueltas de la casa del acantilado: las largas piernas abrazando otras caderas, el sabor de la piel, el sudor y el sexo. Sus propias manos y boca aún seguían impregnadas de ese aroma, que lamentaría sentir desvanecerse. De pronto, casi con violencia, detestó al barón Katelios y la deseó a ella de nuevo.

—Sí —dijo.

—Yo era una mujer con algún pasado tras de mí, pero no había rebasado ciertos límites. Él me hizo cruzarlos, no por mi placer, sino por el suyo. Se sentaba a mirar, fumando los cigarrillos turcos que fumaba entonces. Un testigo sofisticado y frío, eso era... Una gelidez cruel, casi perversa.

Se detuvo para llevarse a los labios otro cigarrillo. Sus movimientos al hacerlo y accionar el encendedor seguían siendo rápidos, sueltos, ágiles. De una precisión que a Jordán le pareció perfecta.

—Al fin —prosiguió ella— comprendí que todo era posible porque a él todo le era indiferente. Vagaba por las ruinas de un paisaje en el que toda verdad y auténtico sentimiento habían sido destruidos: un mundo, el suyo, que se desvanecía mientras él lo observaba ecuánime, pasivo y frío, limitándose a esperar el final con curiosidad casi científica.

Dio una honda chupada al cigarrillo, exhaló el humo por la nariz y la boca y contempló la brasa con la atención de quien busca una idea o un recuerdo.

—Así fue como un hombre muerto mató a una mujer que aún estaba viva —concluyó.

Dudaba Jordán.

—Pero se enamoró de ti mientras todo eso ocurría —objetó.

Lo estudió ella con sardónica perplejidad.

—No puedo creer que él te haya dicho algo así... ¿Habéis intimado hasta ese punto?

Jordán no respondió a eso. Se inclinaba hacia ella, los codos apoyados en la mesa.

—¿Por qué, si todo le da igual, ha prestado la isla para que mi gente y yo estemos allí?

—Su viejo amigo Metaxás se lo pidió personalmente, y él se limita a mantener, por decoro, rancios hábitos que llama sentido del honor, del mismo modo que antes y después de casarse conmigo mantuvo a costosas amantes.

Alzó su vaso y tocó con su borde el de Jordán, que estaba sobre la mesa.

—*Yasas mortes* —dijo—. ¿Conoces el brindis?

—No.

Era una frase antigua, aclaró ella tras beber un sorbo. Argot de los bajos fondos. Durante la guerra de Crimea habían llegado tantos barcos con cadáveres de soldados que en los puertos se recurrió a la gente del hampa para vaciar las bodegas y enterrarlos. Desear salud con muertos era desear trabajo y dinero. Brindar por la buena fortuna. En Grecia se seguía creyendo en el mal de ojo, la buena o mala suerte y los posos del café.

—¿A cuántos hombres has matado, capitán Mihalis?

La súbita pregunta, formulada con frialdad impecable, cogió a Jordán por sorpresa.

—¿Por qué dices eso?

—He visto algunos periódicos. Ya sabes, barcos misteriosamente hundidos en el Egeo...

Se removió en la silla, molesto.

—No sé —dijo—. No puedo responder a eso.

—¿La patria te lo exige? ¿Todos aquellos hombres muertos?

Se recostó Jordán, sombrío, y tocó su vaso sin levantarlo de la mesa.

—Yo no soy exactamente un patriota.

Lo estudiaba ella con atención extrema.

—Ah, ya veo —replicó tras un momento—. Cumples con tu deber, ¿no?... Como mi marido con el suyo. Debe de aliviar mucho tener algún deber que cumplir. Muy analgésico y masculino.

Las últimas palabras las pronunció con una sonrisa ambigua, casi tolerante.

—Qué cómodo es para los hombres. Siempre tenéis un deber a mano.

Estuvo un rato callada, vuelto el rostro a un lado, observando la noche, y estiró después los brazos, desperezándose.

—Bajemos al mar. Tengo ganas de mojarme los pies.

—Es tarde —objetó él.

—Nunca es tarde para eso.

Descendieron por la escalinata que llevaba hasta la orilla misma, bajo las casas a oscuras que parecían inclinarse sobre el acantilado. Los puntitos luminosos de las luciérnagas se apartaban a su paso. La canoa automóvil era una sombra amarrada junto a la plataforma de hormigón y piedra. Aún no había luna y tampoco se oía nada: ni un murmullo, ni un chapoteo, ni un sonido procedente del mar o la ciudad. El agua era una tranquila lámina que no alteraba ningún rizo ni reflejo, y únicamente era posible situar el horizonte porque sobre él podían verse las estrellas. Lena, reducida a una silueta oscura y esbelta, se movía despacio junto a la orilla. Canturreaba muy bajito otra de las canciones que habían escuchado arriba, en el gramófono de la casa:

A nosotros,
los muchachos sin fortuna,
nos bastarán los besos
mientras queden estrellas
bajo la bóveda del cielo.

Se detuvo de pronto, sombra negra sobre el negro del mar.

—¿No te apetece darte un baño, marinero?

—No, para nada... Hace frío.

—Al diablo el frío. Date un chapuzón conmigo.

—Ni hablar.

—Pues tú te lo pierdes.

Alzó los brazos, recortada contra el cielo, y Jordán vio que se estaba quitando el suéter y el vestido.

—Ten cuidado al pisar las piedras —le advirtió—. Hay erizos.

—Al diablo los erizos... Al diablo todo, mientras queden estrellas.

Se acercó él al borde de la plataforma y vio cómo Lena, o su sombra, descendía por la escala para desaparecer de la vista. No brotó sonido alguno de la calma absoluta que reinaba en el agua, cual si la mujer se hubiese desvanecido allí. Escudriñó la negrura, vagamente inquieto, y ya estaba pensando en la absurda posibilidad de lanzarse al mar para buscarla cuando escuchó un suave rumor bajo la escala. Emergió entonces, silueteada en el cielo, y el cuerpo desnudo y mojado fue a refugiarse en el de Jordán. Tiritaba temblorosa, agitada, buscando los labios del hombre con los suyos, húmedos de sal.

—¿Tienes frío? —preguntó él.

—No, no... Tengo miedo.

Se sorprendió Jordán.

—¿A qué?

—A cuando te hayas ido y esto se borre de mi memoria.

Presionó contra él su cuerpo goteante; y Jordán, mojada la ropa, la acogió entre los brazos, estrechándola muy fuerte.

—Maldito seas, capitán Mihalis —susurró ella de pronto.

Tardó él un momento en comprender.

—Sí —dijo al fin.

Alzó el rostro para contemplar la bóveda celeste, que parecía haber descendido para instalarse en torno a los dos y su abrazo, envolviéndolos hasta el final de los tiempos. Como si estuvieran solos en la última noche del mundo.

11. Diálogos de caballeros

Ni Salvador Loncar ni Pepe Ordovás andaban finos esa tarde: las dos partidas jugadas habían sido mediocres y terminado en tablas, que aceptaron con alivio. Tenían la cabeza en otras cosas, y ni siquiera las dos chicas alertadas por la solícita madame Aziyadé —una era la joven armenia— habían suscitado su interés. De modo que ambas acabaron levando anclas, resignadas tras una larga y aburrida espera, rumbo a otros clientes del cabaret. Como comentó un distraído Ordovás entre dientes, justo cuando su adversario le comía el segundo caballo en la última partida, no estaban los tiestos para flores.

A los narguiles con su pizca de hachís en el hornillo no dijeron que no. Abandonado el tablero, recostados en los cojines, el agente republicano y el agente nacional se miraron a través del humo que, tras pasear plácida y felizmente por sus pulmones, azuleaba el aire entre uno y otro. Y fue Ordovás el primero en abrir fuego. Después de la quinta chupada a la boquilla sin dejar de mirar a Loncar, se metió una mano en el interior de la chaqueta, sacó un sobre abultado y lo puso junto al tablero.

—Como quien somos, cumplimos.

Sonreía, esquinado y zorruno. Loncar se masajeó la tripa, sobre la que tenía aflojado el cinturón —las herma-

309

nas Calafell lo habían mimado a mediodía con un delicioso estofado de cabrito—. El agente republicano miraba el sobre sin tocarlo. Aquello requería un minucioso protocolo, un teatro adecuado. El oponente era cualquier cosa menos tonto. Dio otra chupada al narguile y siguió mirando el sobre sin decir nada. Fue el otro quien lo hizo.

—Ahí tienes la primera mitad prevista: quinientas libras en bonitos billetes del Banco de Inglaterra e Irlanda, grandes como sábanas —hizo una pausa satisfecha—. Un dineral, vaya... No creas que ha sido fácil convencer a los míos.

Consideró Loncar oportuno aparentar cierta desconfianza. No ir a lo fácil.

—Supongo que son billetes auténticos.

Se tocaba el otro el corazón con la boquilla del narguile.

—La duda me ofende, compadre... ¿Crees que yo te jugaría una faena así?

—Una cosa eres tú y otra tus jefes fascistas.

—Ni te preocupes por eso, porque les conviene tenerte contento. Todos confiamos en que éste sea el principio de una relación provechosa para ti y para nosotros... Ya sabes: prietas las filas y en el cielo los luceros. Etcétera.

Contempló Loncar el sobre, sin cogerlo todavía. Todo tenía su ritmo, pensaba. Sus adecuadas maneras. Cuando se tiraba demasiado de la caña, un pez grande podía romper el sedal. Tras una pausa, hizo salir una bocanada de humo.

—Toma nota, Pepe.

Dejó Ordovás la boquilla y sacó del bolsillo una libreta y una Waterman.

—Dispara, compadre —dijo retirando el capuchón.

—*Kronstadt*, de siete mil toneladas.

—¿Ruso?

—Sí... Podéis encontrar los detalles en los registros navales, porque antes era el español *Monte Amparo*. Saldrá de Odesa rumbo al Bósforo dentro de unos días.

Asomaba el otro la punta de la lengua por un extremo de la boca mientras movía la estilográfica con mucha aplicación.

—¿Ruta bolchevique prevista?

—La habitual, pasando por el canal entre Tinos y Mikonos. Después tienen previsto fondear en la isla de Milos para camuflarlo, cambiándole el nombre y la bandera.

—¿Qué bandera va a llevar?

—Soviética al salir, inglesa luego.

—¿Y el nombre cuando sea inglés?

—Eso ya no lo sé.

—Coño, Salvita... No me torees.

—Te digo que no lo sé.

—¿Va armado?

—Ahora todos van armados. Éste puede llevar dos cañones de pequeño calibre, uno a proa y otro a popa.

Brillaban codiciosos los ojillos de Ordovás.

—Háblame de la carga, anda.

—Es de las gordas —Loncar cuidaba mucho el tono para no cometer errores—. Diez bombarderos Tupolev Katiuska completamente artillados y con piezas de repuesto, munición, combustible y aceite, acompañados por treinta aviadores y otros tantos ensambladores y técnicos de mantenimiento.

El otro dejó un momento de tomar notas. Abría mucho la boca.

—Anda la hostia.

—Sí.

—¿Y todos son ruskis como la madre que los parió?

—Todos. También los tripulantes lo son, aunque van vestidos con ropa civil y ninguno lleva pasaporte soviético, sino documentos Nansen. El NKVD ha despejado los muelles para la operación y no deja que se acerque nadie sin autorización especial. A los estibadores les han dicho que la carga viaja a Extremo Oriente.

Volvía Ordovás a su libreta.

—¿Se sabe el puerto final, el de verdad?

—En caso de verse interrogados o inspeccionados en alta mar, el destino es Veracruz, en México; pero el material será desembarcado en Cartagena. La carga está registrada como maquinaria agrícola e industrial. Además de los aviones incluye diez mil fusiles checos, cinco millones de cartuchos y ciento cincuenta lanzagranadas alemanes... Que yo sepa.

—Joder.

—Sí.

Suspiró Ordovás.

—Eso vale tus mil libras, desde luego.

—Vale más, pero de eso ya hablaremos en futuros embarques.

El rostro de raposo se contrajo en una mueca glotona.

—¿Hay más tovarich de camino?

—Por supuesto.

El agente nacional tomaba nuevas notas.

—¿Llevará alguna clase de escolta ese *Kronstadt*?

—Sólo hasta que salga del mar Negro, como acostumbran... Después deberá buscarse la vida hasta que se encuentre con la escolta republicana, cerca de la costa argelina.

Satisfecho, Ordovás repasaba lo apuntado.

—Esto es muy bueno —concluyó.

—Pues claro que es bueno... Por eso os lo cobro.

—¿Tienes más información de lo que hay pendiente?

—Alguna tengo, pero cada cosa a su tiempo —miró el sobre, que seguía en la mesa—. Cuando revisemos las tarifas.

—Si esto sale bien —Ordovás le guiñó un ojo—, cuenta con ello.

—De vosotros depende que salga.

Se guardaba el agente nacional la libreta y la estilográfica.

—Saldrá, compadre.

Dio un par de palmadas, y cuando acudió Shikolata le dijo que trajera una botella de champaña.

—Celebrémoslo como Dios manda. ¿No te parece?

—Me parece muy bien.

Advirtió Loncar que Ordovás le dirigía una ojeada rápida, penetrante, y percibió en ella un destello de inquietud. Un súbito recelo. El de alguien que, por simple instinto profesional, busca un pelo en la sopa que le acaba de servir el camarero.

—Esto es un diálogo dc caballeros, Salvador, no de lo que somos... ¿Estamos de acuerdo?

—Por supuesto.

—La excepción que confirma la regla.

—Correcto.

—Ya lo pregunté, pero lo hago otra vez —hizo aquí Ordovás una breve pausa—. Nos conocemos hace años y llevamos diez meses de guerra... ¿Por qué ahora?

—Tengo una edad en la que un espía, o lo que seamos nosotros, cuida ante todo de salvar el pellejo.

Lo estudiaba el otro tan intensamente como si acabaran de hacerle una jugada de ajedrez dudosa.

—No cuela, compadre —concluyó tras un momento.

Alargó Loncar la mano, cogiendo con mucha calma el sobre, y lo abrió a medias para comprobar su interior. Doblados por la mitad había allí quinientos billetes con la efigie del rey Jorge V. Cerró de nuevo el sobre y lo introdujo en un bolsillo interior de la chaqueta. Había hecho, pensó, negocios peores en su vida.

—Te lo diré de otra manera —respondió—. La República se va al carajo... Sigo siendo un hombre de izquierdas, ni lo dudes. Pero aquello no es lo que iba a ser. Estoy harto de incompetentes, de sinvergüenzas y de criminales.

Soltó Ordovás, más relajado, una risita torcida.

—De estos últimos también los míos tienen una buena nómina.

—Por eso ha llegado el momento de que me asegure la vida, ¿comprendes?... Mira lo que está pasando estos días en las calles de Barcelona: comunistas, trotskistas y anarquistas matándose entre sí, en vez de dedicarse a combatiros a los fascistas.

—Mejor me lo pones —el agente nacional sonreía con cinismo—. Nos dais parte del trabajo hecho... A menos gente habrá que fusilar cuando todo haya terminado.

—A eso me refiero. Gane quien gane, pierda quien pierda, no estoy dispuesto a volver a un país que entre los tuyos y los míos han convertido en una puñetera mierda. Tardará mucho en ser de nuevo un sitio normal.

—Suponiendo que alguna vez lo haya sido.

—Eso es.

—Pero el amor a España...

Movió la cabeza Loncar y dio una larga chupada a la boquilla del narguile.

—Ahórrame monsergas, Pepe —dejó salir despacio el humo—. La única forma de amar a España es mantenerse lejos de ella.

Asentía Ordovás convencido, dándole la razón. El camarero había traído una botella de Bollinger en una cubitera con hielo, descorchada y con dos copas. Y cuando ambos agentes las alzaron para brindar, mirándose a los ojos, Loncar pensó que no era tan difícil mentir si utilizabas la verdad para envolver una mentira.

Pantelis Katelios pasó la baqueta con un trapo para eliminar el último aceite del doble cañón y ensambló éste en el resto del arma. La escopeta Purdey estaba de nuevo limpia y a punto, así que la colocó donde solía tenerla, en el armario del pasillo destinado a las armas y la munición, junto a la Sarasqueta de calibre 12, un revólver Gasser de cinco tiros —recuerdo de sus tiempos de oficial en la guerra grecoturca— y una caja con dos elegantes pistolas de duelo inglesas que habían pertenecido a su padre.

Después de hacer eso introdujo las manos en los bolsillos del viejo cárdigan de lana y anduvo hasta la sala de paso que daba al jardín, amueblada con sillas italianas de cerezo, una deslucida mesita de caoba con viejos ejemplares de *Vogue* y *Le Journal de la Femme*, cuadros con motivos de caza en las paredes y dos vitrinas con objetos de porcelana rusa de la Fábrica Imperial, rarísimos de encontrar —los bolcheviques habían destruido colecciones y museos con una saña tenaz—, que durante un tiempo él mismo buscó en anticuarios de toda Europa para regalar a su mujer, hasta que la indiferencia con que ésta los acogía acabó por disuadirlo.

—Son tan cadáveres como la Rusia que recuerdo —había dicho ella la última vez, impasible, con fría crueldad.

Se detuvo Katelios en el centro de la habitación, mirando hacia la puerta abierta a la terraza. Lena estaba sentada en uno de los sillones de mimbre: tenía un libro abierto en el regazo, pero en ese momento no leía, sino que contemplaba el mar que azuleaba entre los olivos, las adelfas, las plantas y flores maltratadas por el sol. Vestía, con el habitual descuido, una deslucida *robe de maison* de muselina gris. Tenía los pies descalzos sobre un taburete y el cuello largo y esbelto se prolongaba bajo la nuca. Sin moverse, Katelios estudió un buen rato a su mujer como quien estudia el escorzo de una esfinge: intentando reconstruir, adivinar situaciones que él sólo podía suponer; imágenes que vagaban imprecisas causándole, de modo asombrosamente simultáneo y casi equilibrado, placer, desasosiego y ácido tormento.

Un día ella se apagará, pensó con extraño consuelo. Como nos apagamos todos. Mis tristezas y las suyas, atrapadas en esta isla, derivarán juntas, o cada una por su lado, por ese Leteo oscuro donde al beber sus aguas todo se desdibuja y acaba. Nada importará entonces, llegados así al lugar del eterno olvido. Con esa idea en la cabeza imaginó a Lena pasados los años, anciana —aquellas marcas de picaduras en los brazos— si alguna vez llegaba a serlo: marchita, callada, extintas al fin las pasiones y los rencores. En eso pensaba Katelios, inmóvil en el centro de la habitación, serenamente ecuánime mientras espiaba la quietud de su mujer, rememorando situaciones, palabras, sensaciones, remordimientos: la vida en común de ambos antes y después de que los demonios del destino, soltando irónicas carcajadas, tomaran cartas en el asunto.

Cruzó el umbral y salió al exterior. No hizo ningún ruido, pero ella sintió su presencia. Dejó de mirar el mar y volvió el rostro hacia él. El libro que tenía en el regazo era *El buen soldado*, de Ford Madox Ford. Conocía Katelios sus primeras líneas: *Ésta es la historia más triste que conocí nunca*. A diferencia de él, que detestaba a los novelistas modernos —charlatanes embaucadores de mentes femeninas, en su opinión—, a ella le gustaba tal clase de literatura. En su dormitorio o abandonadas en la terraza solía haber novelas de Henry James, Somerset Maugham, Stefan Zweig y Joseph Conrad con párrafos subrayados a lápiz, manchas de café y quemaduras de cigarrillos.

—¿Cómo has dormido? —preguntó él.

—Bien, gracias.

Era una fórmula rutinaria, cortés, repetida cada mañana. Katelios señaló el mar como si éste fuera una evidencia.

—Anoche volviste tarde. Oí el motor de la lancha.

No era un reproche sino un comentario objetivo. Lena se limitó a asentir.

—Sí —dijo.

—¿Qué tal en Syros?

—Bien... Como siempre.

Dejó el libro sobre la mesita y se inclinó para coger un cigarrillo del paquete que había allí. Antes de que alcanzara el encendedor, Katelios sacó una caja de fósforos de un bolsillo y prendió uno. Se acercó ella a la llama.

—Gracias.

—¿Fuiste sola?

—No.

Siguió un silencio que Katelios no supo cómo romper, así que acabó por sentarse en el sillón contiguo. Lena había vuelto a contemplar el mar. Se decidió él.

—¿Cómo es?

—¿Quién?

—Sabes quién.

—Ya me lo preguntaste una vez.

—Sí, lo recuerdo. Pero tu conocimiento de él ha mejorado desde entonces.

Estuvo un rato callada, fumando. Movió al fin los hombros con indiferencia.

—Tú ya lo conoces.

—¿Cómo es? —insistió Katelios.

Pareció pensarlo un momento.

—Un buen hombre, supongo —dijo.

—¿Supones?

—Sencillo, callado, masculino... Muy del mar.

—¿De esos que no saben quiénes son Nietzsche ni Freud, ni maldito lo que les importan?

—Exactamente de ésos —sonreía ella sin humor alguno—. De los que imaginas subidos a los palos de un barco, embridando las velas mojadas mientras responden grito por grito a la furia de un temporal.

—Apenas quedan barcos así.

—Pero sí hombres como ésos... Y temporales, y guerras.

Se quedaron callados de nuevo. Había gaviotas planeando sobre el mar, blancas y grises en el azul que lo llenaba todo. Katelios siguió con la vista las evoluciones de las más cercanas a la orilla.

—¿Qué piensa él?

Lena dejó salir el humo del cigarrillo. No había brisa y quedó flotando entre ellos mientras se disipaba despacio.

—¿De qué?

—De esto —hizo un movimiento circular con una mano—. De nosotros.

Chascó la lengua, despectiva.

—No creo que piense nada extraordinario. Imagino que sólo ve en ti a un cornudo excéntrico y en mí a una golfa indiferente —pareció reflexionar un poco más sobre eso—. Es un soldado, a fin de cuentas: un marino que se limita a estar de paso. Se irá pronto y lo sabe... Nada de esto va a cambiar su vida.

El comentario de Katelios se interpuso, ácido.

—¿Como quien visita un burdel entre dos viajes?

Vuelta ahora hacia él, Lena encaró impasible su comentario.

—Algo así —replicó serenamente.

—No creo que sea de ese modo —insistía Katelios—. He conversado con él y veo cómo te mira.

—Soy la única mujer a la que mirar en varias millas a la redonda.

—Y en cuanto a lo de cambiar vidas, tú cambiaste la mía.

—Oh, por Dios —se volvió hacia el mar—. Por favor.

Tenía el cigarrillo en la boca, y al hablar se movía en sus labios.

—Además, fui yo quien lo buscó a él.

Suspiró Katelios, molesto por sentirse molesto.

—Esa necesidad de hacerme daño...

—No te des tanta importancia. En esta ocasión nada tienes tú que ver. Lo busqué, eso es todo —pareció reflexionar, inclinado el rostro—. Lo busco todavía.

Tras decir eso se agitó con brusquedad repentina, arrojando la colilla del cigarro sin apagar entre las plantas cercanas.

—Esta vez no puedes mirar —dijo con dureza—. Lo siento... No puedes ni siquiera imaginar.

—Ahora te equivocas tú. Os imagino perfectamente.

Sobrevino un nuevo silencio, más largo que los anteriores. Ella seguía contemplando el mar: las formas grises, pardas, brumosas, de las islas en la distancia.

—Dios mío, Lena... *Étes-vous tombée amoureuse de cet homme?*

Había pasado Katelios al francés de modo instintivo, sin proponérselo. Habría sonado irreal en griego.

—*Ne soyez pas ridicule* —dijo ella.

—Creo que nunca antes...

Se irguió Lena en el asiento, cruzando las largas piernas bajo el cuerpo, a la turca, los pies descalzos con las uñas pintadas de rojo intenso.

—Se irá, ¿comprendes? —dijo—. En cuanto acabe su misión, y eso va a ocurrir pronto, dejará para siempre esta isla. Saldrá de mi vida y de la tuya... Todo volverá a ser tranquilizadoramente rutinario para ti, tranquilizadoramente vacío para mí.

—Quizá deberías irte —Katelios adoptó un tono sensato—. Salir de esta isla, ir tras él.

—Eh, te lo ruego, párate ahí. Tú eres más inteligente que eso. No pases de ser ridículo a ser imbécil.

—Bien, de acuerdo... Descarta lo de ir tras él, que no sé a dónde diablos irá. Retén sólo lo de irte. Escapar de aquí.

—¿Escapar? —lo observaba casi sorprendida—. ¿De qué debería hacerlo?

—De mí. O de nosotros.

—Eso ya lo hago.

Advirtió Katelios que ahora ella lo observaba con dureza. La mirada era gélida, aunque la voz pareció estremecerse cuando habló de nuevo:

—Todos pagamos tarde o temprano. Antes, durante o después... Yo confío en haberlo pagado todo antes.

—Y ahora me toca a mí —admitió resignado Katelios.

—Cada cual tiene su momento. Sus fantasmas ante los que rendir cuentas.

Había vuelto ella a mirar el mar.

—Irme, dices.

Se inclinó hacia la mesita, cogió el libro, hizo como que seguía leyendo y él supo que sólo fingía hacerlo.

—No seas absurdo —dijo mientras pasaba las páginas—. ¿Dónde podría encontrar un mar de los Sargazos igual que éste?... Es un sitio perfecto para que se deshagan, estancadas, unas vidas como las nuestras.

Jordán había soñado con Lena Katelios: un sueño extraño, como todos, donde caminaban cogidos de la mano por una ciudad oscura y desierta. Al despertar comprobó que Bobbie Beaumont estaba de pie a su lado, tocándole respetuosamente un hombro.

—Hay un mensaje, comandante.

Se revolvió en el catre de lona, somnoliento, mientras intentaba despejar la cabeza. Un rayo de sol que entraba por la ventana le dio en la cara y un momento después olvidó lo que había soñado. Tenía la boca seca y el torso desnudo cubierto de sudor. Alargó una mano hacia la caja de munición que le servía de mesilla de noche para consultar el reloj de pulsera: ocho y cuarto de la mañana. Sólo había dormido una hora y media desde que amarraron la torpedera, después de hundir otro barco diez millas al norte de Mikonos.

—Envié el informe de la operación —dijo el radiotelegrafista mostrando un papel—. Y en respuesta recibí esto... Es largo y parece importante.

Con lento esfuerzo, aturdido todavía, Jordán se incorporó hasta quedar sentado. Señaló la jarra de agua que había en el suelo, junto al catre.

—Por favor —dijo.

Le acercó el inglés la jarra y bebió con avidez. Tenía un fuerte dolor de cabeza.

—Hágame un segundo favor —señaló su mesa de trabajo—. Las aspirinas.

Le trajo Beaumont el tubito de cristal y Jordán, tras desmenuzar dos comprimidos en la palma de la mano, los ingirió con otro largo trago de agua. Se puso en pie, al fin. El papel que el radiotelegrafista le había entregado era una página de cuaderno escrita por las dos caras con letra grande y pulcra.

—Código convencional —dijo éste—. En la primera parte nos felicitan por el trabajo de anoche: loor, lisonja y demás. Los cielos son testigos del laurel que nos adorna y los pétalos que pisamos.

—Abrevie, Beaumont.

—Ya sabe que puede llamarme Bobbie.

Le dirigió Jordán una mirada hosca. No estaba de humor y tenía sueño.

—Abrevie.

—Obedezco pues, mi señor... Quiero decir ilustre príncipe. Quiero decir...

—Acabe, le digo. De una maldita vez.

—Bueno, pues como el resto del mensaje viene en clave Oscar, ya no sé a qué se refiere... En mi boca, respetado amo, quien puede hacerlo encarcela mi lengua.

Asintió Jordán distraído mientras se ponía una camisa. La clave Oscar sólo era conocida por él. En ella —tres grupos de dos cifras para cada letra— se codificaban los mensajes más importantes y secretos.

—Me ocuparé de eso.

Los ojos enrojecidos del inglés, turbios de fatiga, parpadeaban tras los cristales de las gafas. Se ablandó un poco Jordán.

—Vaya a descansar. Lleva treinta horas sin dormir.

Dudó Beaumont.

—Pero el telégrafo, comandante...

—Unas horas sin atenderlo no son gran cosa. Váyase y descanse.

Aceptó agradecido el otro, pasándose una mano por el enjuto rostro sin afeitar.

—Se lo reconozco, querido muchacho. Lo cierto es que lo necesito. Mi lámpara vacía, mi luz que mengua, la edad sin retorno... Reposemos nuestros miembros, pues pagamos al tiempo con dolor.

—Eso mismo, sí —Jordán le señalaba la puerta—. Lo despertaré si hay que enviar una respuesta. Y ahora, desaparezca de mi vista.

—Gracias, comandante —a punto de salir, el telegrafista aún se demoró un poco—. Buena caza anoche la de nuestra loba, si me permite decirlo... Con sus fauces de bronce y su lengua de hierro. Mientras nosotros, felices mortales, seguimos de una pieza.

Volvió a asentir Jordán. Había sido realmente una acción limpia y precisa. El barco se llamaba *Calblanque* y sólo sabían de él que arbolaba falsa bandera inglesa, tenía 3.800 toneladas de registro bruto y un pequeño cañón en cubierta. Había salido de Sebastopol con material de guerra y alimentos; y consciente su capitán de los peligros del Egeo, desvió la ruta más a levante de lo habitual. Orientada por los caiques de exploración, la *Loba* lo había avistado a mediodía. Tras asegurarse de que era el barco que buscaban, Jordán lo siguió a distancia, imitando los movimientos de un pesquero, hasta que estimó adecuados momento y posición para el ataque: izó bandera italiana, se acercó a la presa, y un solo torpedo, disparado a setecientos metros, bastó para enviarlo al fondo. Era imposible saber si había supervivientes; pero Beaumont captó una señal QQQ emitida por el mercante en la que daba la posición aproximada y decía estar siendo atacado.

—A estas horas habrán rescatado a la tripulación —dijo Beaumont, cual si adivinara sus pensamientos—. Les dio tiempo a emitir...

Lo cortó Jordán, seco.

—Váyase de una vez.

Parpadeó el inglés.

—A la orden.

Tras alzar dos nudillos hasta la ceja derecha, salió de la barraca. Desperezándose, Jordán se lavó la cara con el agua de la jofaina. Después, abriendo un cajón, cogió un tomate y un trozo de bonito seco. Mientras los mordisqueaba sacó el libro de claves, bloc y lápiz, y se sentó a descifrar el mensaje:

Circunstancias externas acercan fin misión esté preparado eventual desmantelamiento base siga procedimientos habituales manténgase atento instrucciones importante objetivo próximos días siguen características específicas también alertamos presencia unidad naval británica vigilancia esas aguas aconsejamos extreme precauciones.

Terminaba la descodificación cuando llamaron a la puerta. Era Ioannis Eleonas con una jarra de café caliente y un pichel de hojalata.

—Recién hecho, *kapetánie.* Me ha dicho Bobbie que ya estaba despierto.

—¿No ha dormido usted?

—Ahora iré a descansar... He estado con el maquinista, ocupándome de arreglar las palancas Chadburn. No creo que vuelvan a dar problemas.

Mientras Jordán se llevaba el café a los labios, miró Eleonas el mensaje descifrado sobre la mesa, sin acercarse lo suficiente para leerlo; pero no dijo nada. No era de los que hacían preguntas. Fue Jordán quien planteó el asunto.

—Parece que esto se acaba, piloto... No se lo diga a la gente, pero estamos en el tramo final.

Lo pensó un momento el otro.

—Demasiado duramos, ¿no le parece?

—Sí, eso creo —vació el pichel y volvió a servirse de la cafetera—. Con mucha suerte, además.

Percibió, divertido, que Eleonas disimulaba un ademán supersticioso. Griego hasta la médula, el duro contrabandista opinaba que mencionar la suerte traía mala suerte.

—Cinco barcos hundidos no es mal balance —dijo Jordán—. Estamos amortizados de sobra.

Lo miraba expectante el griego.

—Ha dicho que pronto acabaremos con esto... ¿Vamos a continuar?

—Un poco más. Pero ya no habrá citas con el barco nodriza, como sabe.

—Eso no es problema, *kapetánie*. Nos quedan cuatro torpedos en tierra; con el que no disparamos anoche, cinco. Suficiente para dos o tres incursiones. A la *Loba* aún le quedan dientes para morder.

—Por ese lado estoy tranquilo —indicó Jordán el mensaje—. De momento nos señalan otro objetivo.

Se animó la expresión del piloto.

—¿Pronto?

—Eso creo.

Permanecieron mirándose sin decir nada. Al cabo, Jordán hizo un ademán resignado.

—Esto se acaba —repitió—. Procuremos rematarlo bien.

Fue hasta la mesa, apartó las cartas náuticas y cogió el registro Lloyd's y el *Replinger Merchant Shipping*. Pasó las páginas de uno y otro hasta dar con lo que buscaba, y tras leerlo se lo mostró a Eleonas.

—*Kronstadt*, se llama. Bandera soviética, ex español *Monte Amparo*... Tiene dos palos y dos chimeneas. Construido en Port de Bouc en mil novecientos veintiuno. Puede hacer dieciocho nudos.

—Un barco grande —comentó el otro, estudiando la descripción.

—Siete mil toneladas. Y al parecer llevará una carga importante.

—A ése habrá que meterle los dos torpedos para echarlo a pique.

—No me sorprendería.

Alzó el rostro el griego.

—¿Tenemos fecha?

—Aún no ha abandonado el mar Negro. Próximos días, dicen. Nos avisarán en cuanto lo haga.

Bostezó Eleonas. Se veía realmente cansado, apreció Jordán.

—Váyase a dormir —dijo.

Salieron de la barraca, deslumbrados por el sol. Jordán se puso la gorra. La playa estaba en calma y no había nadie a la vista. Miró hacia la antigua atalaya.

—¿Hay alguien de guardia?

Sonrió Eleonas.

—He mandado al cocinero.

Dirigió Jordán una mirada inquieta al mar.

—Puede haber un problema adicional, piloto. Me alertaron en Atenas y ahora lo confirman... Tampoco diga nada de eso a los hombres, pero hay un barco de guerra inglés patrullando estas aguas.

Preocupado, el griego se rascó el velludo pecho bajo la camisa.

—¿Desde cuándo?

—No sé. Unos días.

—¿Qué rango?

—Destructor, creo... Lo han destacado desde Alejandría o Malta para vigilar las rutas mercantes mientras las potencias se reúnen en esa conferencia sobre tráfico marítimo... Sus instrucciones son limitarse a una presencia disuasoria y evitar acciones directas, excepto si los barcos hostigados llevan bandera británica.

Movió el otro la cabeza.

—Algunos la llevan falsa.

—Eso les da igual. Quieren que se respete el pabellón.

—O sea, que podríamos toparnos con ese inglés.

—Todo puede ocurrir.

Lo pensó un poco más el piloto.

—Si el destructor nos localiza y hay enfrentamiento lo pasaremos mal —concluyó—. Un barco de guerra es otra cosa.

—Por eso hay que procurar que no nos localice.

—¿Cree que ya saben de nosotros?

—A estas alturas, con el ruido que hemos hecho, algo sabrán.

Caminando hacia los barracones llegaron cerca del embarcadero. La torpedera estaba amarrada bajo la red de camuflaje. Al llegar junto a ella, Eleonas la contempló con orgullo.

—Buena chica, ¿verdad?

—Alemana —sonrió Jordán—. Rápida, sólida y fiable.

—Da igual dónde la hayan construido —insistió el otro—. Es una belleza.

Dirigió Jordán al griego un vistazo de curiosidad. Era peculiar, pensó. Llevaba veinte años en el mar, había navegado en pesqueros, motoveleros y vapores con toda clase de tripulantes, y nunca había oído a ninguno, ni en las peores circunstancias, hablar mal del barco que tenía bajo los pies, aunque se tratara de un cascarón oxidado o una ruina flotante. No había marino en el mundo que no sintiera afecto por su barco; que no se enorgulleciera por sus virtudes o disculpara sus defectos. Ioannis Eleonas, antiguo pescador, contrabandista, corsario accidental, no era una excepción. Tampoco el propio Jordán lo era.

—¿Qué pasará con ella, *kapetánie*?

Ésa era otra constante: referirse a los barcos como a seres vivos, con carácter e incluso sentimientos. A un barco no se le podía engañar, porque se daba cuenta y jamás perdonaba. Se lo había oído decir Jordán a un capitán cuando, navegando en lastre a bordo del *Río Caldarés* —su primer viaje como segundo oficial—, un temporal del oeste amenazó con partirles el casco entre Santa Isabel y Casablanca. Nadie como uno de éstos, había añadido aquel viejo marino, sabe reconocer a un impostor.

—No lo sé —respondió—. La entregaremos a la Armada nacional o la destruiremos para borrar el rastro... Depende de lo que nos ordenen.

Parecía pensarlo Eleonas. Se había detenido y contemplaba la torpedera con afecto melancólico. El ojo griego pintado en su proa.

—Los buenos barcos —dijo— deberían acabar sus días hundidos en el mar... ¿No cree?

—Cierto, piloto. Y también algunos de los hombres que los tripulan.

—Eso es una gran verdad —asintió el griego—. Nada hay más triste que acabar varado en tierra y que lo desguacen a uno.

Gatos en la alfombra y sobre los muebles, tapetes de ganchillo, mesa camilla, tazas de café después de la cena, música de Verdi en la radio. Un solícito Salvador Loncar, con las manos extendidas, desmadejaba la lana que Acracia Calafell recogía en un ovillo.

—Lo que está pasando en Cataluña y el frente de Aragón es un disparate —dijo la otra hermana—. Que metan en cintura a esos indeseables del POUM no me parece mal, la verdad. Pero comunistas y libertarios matándose en las calles, eso ya es otra cosa.

—Los anarquistas lo vuelven imposible con su intransigencia —se atrevió a opinar Salvador Loncar.

—¿Intransigencia? —Libertad Calafell hizo sonar su taza contra el platillo, escandalizada—. Hay que hacer previamente la revolución, ¿no?... Sin ella será imposible ganar la guerra.

—No estoy de acuerdo —objetó él—. Lo primero es ganar; lo otro vendrá después. Si se pierde la guerra se pierde todo.

—¿Cómo se va a perder la guerra?... Ése es un argumento militarista y burgués. ¿No te parece, Acracia?

—Me lo parece, Líber.

Apuntaba ésta a Loncar con su cucharilla de café, cual si empuñara un arma.

—El pueblo revolucionario tiene su propia dinámica, camarada: su impulso natural y su lógica impaciencia. Obstaculizarlo es darse un tiro en el pie.

Loncar no pudo sustraerse a un comentario mordaz.

—Pues los tiros que se dan en Barcelona no son en un pie —bromeó.

Libertad Calafell le asestó la mirada de reprobación de una maestra de escuela a un alumno díscolo. Ella y su hermana, pensó otra vez Loncar, carecían del más elemental sentido del humor.

—Torpes, es lo que son esos brutos comunistas y socialistas —sentenció Libertad—. Salvándote a ti, camarada, y a unos pocos más, unos desahogados y unos torpes.

—Pues allá ellos —apostilló la hermana—. Con su pan se lo coman.

—Cuatrocientos muertos, válgame... Qué atrocidad, hija mía. Y mientras, el canalla de Franco y toda esa chusma fascista, frotándose las manos.

Sonaron las diez en el reloj de pared —un insólito cucú suizo con pajarito incluido—, y de modo casi simultáneo repicó el timbre del teléfono en el piso de arriba. Loncar se liberó de la madeja de lana y se puso en pie.

—Disculpen, señoras. El deber me llama.

—Ve, ve —dijo Libertad—. Y vuelve en seguida. Aún tenemos que hablar de Azaña y Largo Caballero. De esos mantecas blandas.

Sonreía Loncar, afectuosamente horrorizado.

—Miedo me dan ustedes. Igual ya no bajo.

—Venga, sube... No hagas el oso.

Subió Loncar y descolgó el auricular. Al otro lado de la línea estaba Antón Soliónov. El tono del representante de Sovietflot era tranquilo, escueto, pero más grave que de costumbre:

«Supongo que conoce las últimas noticias».

Era fácil comprender a qué se refería. La noticia de la pérdida de otro barco en el Egeo le había llegado aquella tarde a Loncar en dos comunicados: uno del cuartel general de la flota republicana y otro del agregado naval de la embajada en Atenas.

—Algo me han dicho —respondió, cauto. Si en algún lugar debía desconfiarse de una línea telefónica, ese lugar era Estambul.

«¿Podría venir mañana a las nueve a mi despacho?... Lamento estar demasiado ocupado para ir a la ciudad».

Lo consideró Loncar con fastidio. Estar en Eyüp a las nueve significaba subir al barco a las ocho y levantarse a las seis y media. Detestaba madrugar.

—¿Es importante?

«No lo molestaría de no serlo».

Accedió al fin, resignado.

—Allí estaré.

«Se lo agradezco. Buenas noches».

Colgó el teléfono y se dispuso a volver con las Calafell, pero su mirada se detuvo en el tablero de ajedrez. En un bloc, junto a él, estaba anotada la última propuesta del anónimo adversario de la estación de comunicaciones de Ciudad Lineal: *PxA*. En la jugada anterior las negras se habían comido una pieza enemiga, propiciando un cambio de alfiles, y las blancas lo habían aceptado comiéndose el alfil negro con un peón. Aquello no facilitaba la defensa de Loncar y sólo atrasaba lo que parecía una derrota inevitable. Sin embargo, súbitamente, vio más allá del movimiento. Aquel peón interpuesto era un error: impedía a su adversario llevar la reina enemiga a la casilla más peligrosa para las negras. Se sentó ante el tablero, estudiando la nueva situación. Sus posibilidades. Movió un caballo para interceptar esa diagonal —un hermoso y negro caballo de Troya preñado de insidias— y confirmó un jaque al rey en dos jugadas. Era brillante, o casi. Daría mucho que pensar al otro.

La música de la radio llegaba hasta él por el hueco de la escalera. Anotó la posición para mandarla con el primer envío. Después se puso en pie, satisfecho, y silbando *A las barricadas* fue a reunirse con las dos hermanas. Por la ventana veía elevarse despacio, sobre la orilla oriental del Bósforo, una luna anaranjada, casi de color sangre.

La oficina de Sovietflot estaba situada en un viejo inmueble de dos plantas, antiguo cuartel de la policía otomana en Eyüp. Las puertas rechinaban al abrirse, olía a humedad, y las paredes conservaban la pintura original, tan gris y desconchada como el exterior del edificio. Tras identificarse ante el vigilante del vestíbulo y esperar diez minutos en un incómodo banco de madera bajo un retrato de Marx, otro de Lenin y otro de Stalin, Salvador Loncar fue conducido por una secretaria —hosca, rubia, gruesa— al piso superior; hasta un despacho donde, entre maquetas de barcos, una antigua bitácora, unos grandes archivadores metálicos, una bandera de la Unión Soviética y un gran mapa del Mediterráneo oriental clavado en la pared, Antón Soliónov lo recibió con su habitual cortesía.

—Gracias por venir, camarada... No lo habría molestado si no fuera importante.

Pulsó un timbre y quince segundos después entró la misma secretaria con una botella de vodka, dos vasos y media docena de canapés de pepino —a esas horas, pensó estremecido Loncar— que depositó en una mesita situada entre dos butacas. Soliónov hizo acomodarse en una de ellas a su visitante y ocupó la otra.

—Sabe lo del último barco, claro —dijo cuando estuvieron solos de nuevo.

—Por supuesto —asintió Loncar—. El *Calblanque*.

—Sí, eso es. Nuestro último *Igrek*... ¿Está al corriente de los detalles?

—Lo hundieron hace dos días. La tripulación consiguió arriar los botes salvavidas y lo rescató un carguero chipriota. Por lo visto sólo hubo un desaparecido, un fogonero. El resto se puso a salvo.

Servía el ruso vodka en los vasos. Entregó uno a Loncar.

—Es temprano —objetó éste.

—Nunca lo es para brindar por la solidaridad antifascista.

Se resignó el agente republicano: un corto sorbo de vodka y medio canapé. El alcohol le sentó como un tiro y el pepino estaba rancio.

—Tengo entendido que no fue un submarino —dijo Soliónov.

—No, fue una lancha rápida. De eso no cabe duda. Llegaron a verlo y todos los testimonios coinciden: son italianos.

Frunció el ruso la boca.

—No estoy seguro.

—Llevaba bandera, me dicen. Con todo descaro.

—Aun así —insistió Soliónov—. O quizá por eso mismo.

—¿Sabe usted algo que yo no sepa?

—Nos han llegado informes. Nada está probado, pero mencionan una base secreta en una isla. Y no hablamos de italianos, sino de españoles.

—Eso es imposible.

—No, en absoluto —vació el ruso su vaso de un trago—. Nada de imposible. Son fuentes solventes, próximas al gobierno griego. Españoles en una isla.

—¿En cuál?

—En eso estamos. En saber cuál. Hay medio millar de posibilidades.

—Y si los griegos lo saben, ¿cómo lo consienten?

—No todos los fascistas, camarada, están en Italia. Ni todos los nazis en Alemania.

Se levantó Soliónov y caminó hasta el mapa de la pared. Lo estuvo contemplando inmóvil, las manos enlazadas a la espalda. Al cabo se tornó hacia Loncar, que no había vuelto a probar la bebida.

—¿No le gusta ese vodka, camarada?

—Son las nueve de la mañana.

Los ojos eslavos destellaron de ironía.

—En este momento —dijo Soliónov con impostada seriedad—, los madrugadores obreros y campesinos de la Unión Soviética llevan ya varias horas trabajando, solidarios con la España antifascista.

—No me cabe duda —admitió Loncar.

—Pues beba, hombre. A la salud de la Internacional proletaria.

Mojó tímidamente el español los labios en el vodka, ingiriendo otro sorbo que cayó como vitriolo en su estómago.

—¿Qué hay de nuestro barco trampa? —preguntó cuando se repuso del espasmo.

Sonreía satisfecho el ruso.

—Para eso le he pedido que venga a verme... El *Kronstadt* podrá hacerse a la mar en tres o cuatro días.

—Gran noticia.

—Sí que lo es.

—¿Con todo el armamento previsto?

—Prácticamente lo hemos convertido en un crucero auxiliar; una desagradable sorpresa para quien pretenda jugarnos una mala pasada.

Se acercó a su mesa de despacho y volvió con un plano del barco y una carpeta.

—Fíjese, camarada.

Estudió Loncar el plano. Era un trazado longitudinal donde se ubicaban las piezas de artillería: a proa, en el puente y a popa. Contó seis cañones de diferentes calibres.

—Impresionante —dijo.

Soliónov, que había vuelto a ocupar su butaca, le pasó también la carpeta.

—La tripulación ya está al completo: incluye a veintiocho compatriotas suyos, y no crea que ha sido fácil reclutarlos. Todos, incluso los oficiales, están afiliados al sindicato naval de la UGT. Los hemos tomado de los barcos españoles que se encuentran en la Unión Soviética. Los últimos siete llegaron ayer en avión desde Riga, vía Leningrado.

—Vaya... No han reparado en medios.

—Desde luego que no. Como le dije, el camarada Stalin está personalmente interesado en el asunto.

Abrió Loncar la carpeta. Había dentro cuatro páginas mecanografiadas con nombres y datos básicos de cada tripulante español.

—¿Todos son voluntarios?

Compuso Soliónov un gesto ambiguo que lo hacía muy significativo.

—En su mayor parte —dijo con suavidad.

—Comprendo.

—La Armada soviética proporciona las dotaciones de los cañones: dos docenas de artilleros, aproximadamente... Unos y otros ya están adiestrándose a bordo.

—¿Y qué hay del capitán?

—De acuerdo con el comisariado de la flota española, se ha designado al del *Urano*, cuyo tonelaje y características son bastante parecidos a los del *Kronstadt* —indicó la carpeta—. Se trata de un marino con experiencia, que ha forzado tres veces el bloqueo fascista. Y acepta la misión.

Seguía Loncar repasando la lista. Las edades iban de los dieciocho a los cuarenta y tantos años; había predominio de asturianos, montañeses y levantinos.

—¿De los tripulantes soviéticos no hay datos?

—No, eso es cosa nuestra... Aun así, en el rol del barco figuran todos con nombres españoles.

Se sirvió Soliónov más vodka, volvió a vaciar de golpe el vaso y sonrió a Loncar.

—Hay otra cosa, camarada.

No me gusta esa sonrisa, pensó el agente republicano. No me gusta en absoluto. Huele a gato encerrado.

—Pues dígamela —sugirió cauto, preparándose.

—El mando de la flota, a través de nuestro consejero en España el camarada Kuznetsov, nos ha hecho saber su deseo de que usted presencie de cerca los acontecimientos.

El agente republicano se había quedado boquiabierto. Tardó en encajarlo.

—¿Dónde? —aquello sonaba a disparate—. ¿En el Egeo?

—Más cerca todavía.

Miró Loncar el vaso de vodka que apenas había probado. Al fin, tras un largo momento, se lo llevó a la boca y lo despachó de golpe, seguido en el acto por dos canapés. Cuando pudo hablar le quemaban las palabras en la garganta. Tosió.

—No... me... joda..., camarada Soliónov.

—Me temo que sí, camarada Loncar.

Tosió éste otra vez. La voz le salía irreconocible.

—Yo no soy marino.

—Pero ideó la operación. Quieren que esté a bordo del *Kronstadt*.

—¿Y quién quiere eso?

—Quien dispone de la autoridad suficiente.

Molina, dedujo Loncar. El hijo de puta de Nicasio Molina le pasaba así factura.

—¿Puedo negarme?

Soliónov se rascó una de sus rubias e hirsutas cejas.

—Todos podemos negarnos, en principio —dijo demasiado lentamente—. No soy su superior, por supuesto; pero sí un amigo que da buenos consejos.

—¿Y qué me aconseja ahora?

Se rascó el ruso la otra ceja. No miraba directamente a Loncar, sino la pared por encima de su hombro.

—Para bien o para mal, las cosas son lo que hacemos que sean. Los diarios de Moscú traen estos días nombres de gente que tal vez se negó a algo. Ya sabe: traidores, conspiradores, contrarrevolucionarios...

Loncar se estremeció en los adentros. Las terroríficas purgas que Stalin llevaba a cabo en el ejército y los medios políticos de la Unión Soviética alcanzaban extremos feroces.

—Así que mi consejo —prosiguió Soliónov— es que suba al *Kronstadt*. Hay un barco que sale de Karaköy para Sebastopol esta tarde, y creo que le han reservado un camarote. Mañana a mediodía puede estar en el puerto de Odesa.

—¿Para qué?... No tengo allí ninguna autoridad.

Se encogió de hombros el ruso.

—Irá como observador, con butaca de primera fila. Quieren un informe detallado de su puño y letra sobre cuanto ocurra —esbozó una sonrisa distante—. Como sin duda sospecha usted, después de su visita a Estambul el camarada Molina está muy interesado en ello... Y llegados a ese grado de curiosidad, nosotros también.

Todavía hizo Loncar un débil intento.

—Me mareo en los barcos.

Soliónov pareció considerar el argumento. Su mueca comprensiva traslucía tanta comprensión como el filo de una guillotina.

—En ese caso, camarada, le recomiendo que evite las cosas dulces y consuma mucha sal... Tengo entendido que el bacalao crudo va de maravilla.

12. El caballo de Troya

Varias veces se había preguntado Pantelis Katelios, en las últimas horas, qué sentiría cuando estuviera de nuevo ante el hombre que se acostaba con su mujer. Ahora podía responder a la pregunta: no sentía nada en particular. Curiosidad, tan sólo, sazonada por una vaga admiración. Aquel hombre alto, fuerte, barbudo y rubio conmovía de algún modo la diamantina solidez de Lena. A diferencia de quienes lo precedieron, ese marino medio español y medio griego era capaz de adentrarse hasta lo más íntimo del peligroso laberinto del Minotauro y salir con el trofeo en la mano, indemne, o al menos sin daños visibles. Nadie había llegado tan lejos y profundo como él, y Katelios sabía lo suficiente de su mujer y de la vida para darse cuenta de eso.

—¿Puedo ofrecerle algo de beber, capitán?... ¿Una copa de ouzo? ¿Un coñac, tal vez?

—No, gracias —sonreían amables los ojos claros—. No es necesario.

Acababan de entrar en el despacho-biblioteca y Katelios hizo acomodarse al visitante. Mientras éste se desabotonaba la chaqueta y ocupaba un sillón, el barón cogió una pipa de las que tenía sobre la mesa y se puso a llenarla sin prisa, sentado frente a él.

—Gracias por atender mi invitación. Hay un par de asuntos que debo plantearle.

—Yo también a usted, barón.

La mención al título nobiliario lo encajaba casi todo en términos oficiales, y eso era hasta cierto punto alentador. El anfitrión tapó la caja de tabaco y apoyó un codo en el brazo del sillón.

—Creo que está teniendo éxito en su trabajo —hizo una pausa diplomática—. Sea cual sea éste, naturalmente, pues no es asunto mío saberlo.

—Le agradezco que no lo sea.

Acercó Katelios un fósforo encendido a la cazoleta de la pipa.

—He recibido una carta, escrita por alguien relacionado con el gobierno de mi nación... No es explícita en la forma, pero su contenido está claro. Y debo decir, si tolera que alardee un poco, que me halaga la confianza de que se dirijan a mí por escrito, con el único ruego de que destruya esta carta después de leerla —se inclinó sobre la mesa y entregó al otro la cuartilla doblada en dos—. Eso me dispongo a hacer; pero antes creo conveniente que usted la lea.

Leyó el visitante la carta y la devolvió sin decir nada. Katelios encendió otro fósforo y la quemó en el cenicero con el torso de una mujer desnuda. Los dos hombres la vieron consumirse en silencio, y el barón no despegó los labios hasta que el papel se convirtió en cenizas.

—¿Algún comentario, capitán?

Negó el español, impasible.

—Coincide con las instrucciones que he recibido.

—Ah, vaya... Celebro saberlo. ¿Concuerdan ambos propósitos, el de mi gobierno y el del suyo?

—Eso parece. Estoy en la fase final de la misión aquí: no sé cuánto tiempo me queda, pero es poco. Debo ir pensando en desmantelarlo todo. Sin dejar huellas.

—Le estaré reconocido si no las deja —sonreía Katelios—. Si borra su rastro de mi isla.

Asintió el otro, tranquilizándolo.

—Debo agradecerle mucho hasta ahora —dijo—. Su colaboración.

Acentuó Katelios la sonrisa.

—Llamarlo colaboración tal vez sea excesivo... No se ofenda, pero no suena lo bastante honorable.

—Lo siento, discúlpeme.

—En cualquier caso, lo llamemos como lo llamemos, no lo hice por ustedes.

—Lo sé. Pero estoy, o estamos, en deuda.

Se quedaron callados un momento. Chupaba Katelios la pipa y el español lo miraba. Fue el barón quien rompió el silencio.

—¿Volverá a España cuando esto acabe?

Encogió los hombros el visitante.

—No sé. La guerra...

—¿Tiene planes para cuando acabe esa guerra?

—Cuando acabe, quizás empiece otra en Europa.

—Aun así. ¿Tiene planes?

—Volveré al mar. A lo que hacía antes, quiero decir.

—Sí, claro... Es obvio que no es un marino de guerra convencional.

—Me esfuerzo en no serlo.

Interpuso Katelios una bocanada de humo.

—Quizá no volvamos a vernos —dijo.

—Es posible.

—Quizá no vuelva usted a ver a mi mujer.

Lo miró sorprendido el español. El azul de sus ojos parecía insólitamente ingenuo. Era fácil imaginar el rostro de Lena, muy cercano, reflejado en él.

—También eso es posible.

Había respondido sereno, con una naturalidad desconcertante. Y tal vez sea ése su encanto, pensó Katelios.

Su capital básico. La lenta sencillez con que parece encararlo todo. Dio dos chupadas a la pipa y sonrió con el caño entre los dientes. El sutil rencor que sentía lo tornaba atrevido.

—Ella descansa arriba, en su dormitorio. No se siente bien. Ignora su visita, no le dije que vendría —señaló el cenicero—. Tampoco sabe nada de esa carta. Aunque puede que usted ya le haya dicho...

La mirada que el español le dirigió era dura como un puñetazo. Ese azul engaña, pensó Katelios.

—Disculpe —dijo.

Se quedaron de nuevo callados, observándose. También esta vez fue el barón quien habló primero.

—Me pregunto qué dirá Lena cuando sepa que se marcha.

—Puede preguntárselo.

No era mala respuesta dadas las circunstancias, decidió Katelios. Había allí un hombre con el que tener cuidado, a fin de cuentas. Experimentó, casi con placer, el estímulo del riesgo.

—Interesante como idea. Podríamos hacerlo los dos, ahora.

Seguía mirándolo el otro, inexpresivo. Katelios dejó la pipa en el cenicero y se puso en pie.

—Vamos, anímese... Tal vez sea una despedida.

En contra de lo que esperaba, su visitante sonrió. Dientes blancos entre el pelo y la barba rubios. Tenía una mano apoyada sobre la mesa: ancha, áspera, fuerte. Tan masculina que parecía diseñada a propósito para la situación. Debe de ser contundente, pensó el barón, encajar un golpe de esa mano. También será peculiar recibir una caricia.

—¿Qué pretende? —preguntó el español.

Katelios hizo un ademán que no significaba nada.

—Saber, tan sólo. Busco el conocimiento, averiguar las causas de los efectos y consolarme con ellas —compuso una mueca resignada—. ¿A qué otra cosa puede aspirar un hombre en mi situación?

Chispeó el engañoso azul.

—No sé cuál es su situación.

—Muy lúcida, se lo aseguro.

—Está loco.

No era una exclamación ni un insulto; sonó a comentario desapasionado, hecho con plena serenidad, y el barón supo apreciar el tono. Rodeó la mesa hasta situarse junto al marino, que permanecía sentado, y lo tomó suavemente por el brazo hasta que el otro se liberó de su mano, sin violencia, y se puso de pie.

—Venga conmigo —Katelios señalaba el piso de arriba—. No sabemos si habrá otra oportunidad.

Salió de la habitación y caminó por el pasillo hacia el vestíbulo, sin volverse a mirar porque oía detrás los pasos del español. Sólo se detuvo al llegar al pie de la escalera que llevaba al piso superior. Allí se giró por fin.

—Como le he dicho, mi mujer no se encuentra bien. Pero quizás esté despierta... ¿No quiere subir a saludarla?

Un hombre con menos temple habría vacilado ante la forma en que lo miraba el otro: dura y fría. Estaba inmóvil y callado ante él, superándolo en estatura casi una cabeza, con los brazos caídos a lo largo del cuerpo. Las manos, sin embargo, se veían crispadas y cerradas, como listas para golpear. Si me diera un puñetazo, pensó casi divertido Katelios, me tumbaría cuan largo soy. Pero no va a hacerlo. No aquí, ni ahora. No lo enviaron a esta isla por ser un hombre de arrebatos.

Entonces el marino hizo algo inesperado. Una de las manos, la derecha, se alzó despacio y, apoyándose en el pecho del barón, lo movió a un lado. No hubo violencia en el ademán, sino una fuerza tranquila, pausada, segura de sí, que apartó a Katelios del camino que conducía al otro lado del vestíbulo y la puerta que daba al exterior. Después caminó hacia ella.

—Quizá sea su última oportunidad —lo interpeló el barón.

No respondió el otro. Sin hablar ni volverse, cogió la gorra que estaba en el perchero, abrió la puerta y salió, enmarcado por el rectángulo de luz que alargaba en el suelo su sombra hasta que ésta desapareció con él. Sintió Katelios que el pulso le batía con inusual violencia en las sienes. De pronto, con súbito impulso, fue hasta el armario del pasillo, cogió la escopeta Purdey e introdujo dos cartuchos en la doble recámara. Después cruzó el vestíbulo y fue tras el español.

Le dio alcance más allá de la casa, en el sendero que conducía al lado oriental de la isla: caminaba a buen paso, en mangas de camisa y con la gorra puesta. Se había quitado la chaqueta y la llevaba al hombro. Se acercó Katelios hasta unos diez metros sin que el otro advirtiera su presencia. Entonces se detuvo, encaró la escopeta, quitó el seguro y apuntó a la ancha espalda. Con cartuchos de postas y a esa distancia era imposible no acertar. Rozando con el dedo el primer gatillo retuvo el aire durante cinco segundos. Al fin dejó salir el aire y bajó la escopeta. Sentía ahora latir más pausado el pulso y una embriaguez extraña y placentera: una asombrosa fraternidad con el hombre que se alejaba, cual si ambos se encontraran solos en el universo. Nunca antes había experimentado eso respecto a ningún otro ser humano.

Te deseo buena suerte, pensó. Sin duda la mereces, capitán Mihalis.

El despliegue de seguridad en el puerto de Odesa era impresionante: un primer control de policía, un segundo del ejército y un tercero de la Armada soviética. El cuarto, bajo la vía elevada del ferrocarril que en forma de semicírculo rodeaba el muelle de la Cuarentena, se veía coloreado por las gorras azules del NKVD. Y más allá, entre los tinglados de mercancías y las grandes grúas de carga, se encontraba amarrado el *Kronstadt*.

—*Paspórt, pazhálsta*.

El marinero que había recibido a Loncar en el muelle del Carbón —un ruso sonriente, vivaz, vestido con sucio mono de faena— dejó la maleta en el suelo y entregó el pasaporte del español a los centinelas que, con subfusiles colgados del hombro, vigilaban el acceso a la zona más restringida del puerto. Cuando se lo devolvieron tras minucioso escrutinio, cogió otra vez la maleta, guiñó un ojo a Loncar invitándolo a seguirlo y se dirigió con paso rápido al barco amarrado.

El antes llamado *Monte Amparo* era un buque grande: ciento cuarenta y cinco metros de eslora, casco negro y superestructura blanca, con un puente central largo y corrido, de dos cubiertas, y dos altas chimeneas pintadas del mismo color que el casco. Estaba amarrado de popa a la ciudad, y sobre el nombre y matrícula actuales —*Kronstadt*, Odesa— ondeaba la bandera roja de la Unión Soviética. Mientras se aproximaba, Loncar observó la toldilla, donde según sus noticias debía de haber al menos un cañón; pero no vio indicio alguno. Tampoco en el resto del barco, cuando estuvo más cerca, advirtió nada que contradijese la apariencia pacífica de un buque de la flota mercante rusa.

Tras un último control al pie de la pasarela —más gorras azules con pistolas al cinto—, el agente republicano subió a bordo. Apenas pisó la cubierta, mientras el marinero desaparecía con la maleta en el interior del barco, un hombre con gorra de marino y dos galones de distinta anchura en las palas de la camisa acogió al recién llegado con un cordial apretón de manos.

—Bienvenido a bordo, soy el segundo oficial. Mi nombre es Ignacio Urzáiz.

Le hizo una señal para que lo siguiera y Loncar fue detrás, sintiendo el olor a aire caliente, aceitoso y cargado; y bajo los pies, la leve vibración de la cubierta. Urzáiz era joven y desenvuelto. Parecía simpático.

—¿Vasco?

Sonrió el marino.

—De Almería, a pesar del apellido.

—¿Lleva mucho tiempo en el *Kronstadt*?

—No demasiado. Llegué hace pocos días y aún me estoy familiarizando con él.

—¿Cuántos españoles hay en el barco?

—Veintiocho tripulantes, contándonos al capitán y a mí... El resto son rusos.

Subieron por tres escalas metálicas hasta la segunda cubierta. Urzáiz abrió una puerta, se apartó a un lado e invitó a Loncar a pasar primero. La cámara era espaciosa, iluminada por lumbreras y ojos de buey, y en ella había tres hombres en torno a una mesa con varias cartas náuticas extendidas encima.

Fue Urzáiz quien hizo las presentaciones.

—El pasajero que esperábamos, camarada Loncar... El capitán don Ginés Sáez, el primer oficial Egorenko y el oficial artillero Berzin.

Se estrecharon todos la mano con solemnidad. El llamado Egorenko era un ruso delgado y alto, casi pelirrojo, de pelo lacio y ojos claros, suspicaces. Según las apariencias era el de mayor graduación soviética a bordo —consejero o capitán alternativo procedente de la marina de guerra, supuso Loncar—, pues se le adivinaba la silenciosa autoridad. El otro ruso, Berzin, era bajo y fornido, más bien compacto. Tenía un duro aspecto asiático, con párpados de tártaro ligeramente oblicuos. Y también se le filtraba lo militar por las costuras.

—Llega usted a tiempo —dijo el capitán Sáez—. Largamos amarras esta noche.

—¿El barco ya está a punto? —se sorprendió el agente republicano.

—Por completo.

—Disculpen mi extrañeza... No he visto ningún cañón al subir a bordo.

—De eso se trata esta vez. De que nadie los vea.

Estudió Loncar con sumo interés al capitán. Debía de andar por los cincuenta años y bastaba un vistazo para catalogarlo como hombre de mar y marino mercante de toda la vida: pequeño, nervudo, seco, de ojos tan grises como el pelo entrecano y escaso, en torno a los que se agolpaban docenas de arrugas que enflaquecían más el rostro curtido por el sol y el viento. Vestía una informal camisa de cuadros, sin corbata; y sobre ella, una chaqueta azul de uniforme con galones en las bocamangas: cinco franjas doradas —tres finas y dos gruesas— que el tiempo y el mar habían deslucido con una pátina casi verdosa.

—¿Se pudo instalar toda la artillería prevista? —inquirió Loncar.

Lo miró adusto Sáez, con pensativa desconfianza. Tenía en las manos un compás de puntas y lo abría y cerraba, malhumorado, mientras parecía considerar la pertinencia de la pregunta.

—Llevamos tres cañones Vickers de ciento un milímetros, viejos pero eficaces: dos a proa y uno en la toldilla, a popa, donde también hay un Skoda de setenta y seis... Y en la cubierta superior, camuflados en botes salvavidas, tenemos dos antiaéreos y dos montajes dobles de ametralladoras —señaló al ruso de los ojos oblicuos—. El oficial Berzin se encarga de supervisar el trabajo de los artilleros.

Miró Loncar a este último con curiosidad.

—¿Habla español?

—Sí —dijo impasible el ruso.

—También el camarada Egorenko lo habla bastante bien —apuntó el capitán.

—Lo hablo —confirmó el otro.

—Aun así llevamos un intérprete, para el resto de los hombres.

—Impresionan los medios —confesó Loncar.

Dejó el capitán el compás sobre una de las cartas náuticas: era del Egeo y había trazadas en ella, a lápiz, dos rutas diferentes. Una pasaba cerca y otra lejos de la costa continental griega.

—Todos los rusos que están a bordo, menos el primer oficial Egorenko, un jefe de máquinas, dos electricistas, un radiotelegrafista y un intérprete, son artilleros de la Armada soviética... Los españoles son otro radiotelegrafista, doce fogoneros, doce marineros y un cocinero, además del segundo oficial y de mí. Sin contarlo a usted somos cincuenta y ocho en total.

Se quedó un momento callado, mirando a Loncar con ojos metálicos, semejantes a gotas de mercurio. No era la suya, decidió el agente republicano, una mirada simpática. Al menos para él.

—He recibido instrucciones —añadió Sáez con sequedad—. Embarca a título de observador, sin ninguna función ni autoridad... ¿Está claro?

—Por supuesto.

—Tiene libertad para moverse por el barco. Y puede asistir a todo, naturalmente; pero no dará su opinión a menos que se le pida —en este punto endureció el gesto—. Mi barco no es una democracia; aquí no hay comités de marineros ni esa clase de cosas... ¿De acuerdo?

Asintió de nuevo Loncar, incómodo por el tono. Se sentía intruso en el *Kronstadt*, pero no le parecía justificada esa reticencia.

—De acuerdo —se limitó a responder.

—El señor Urzáiz estará a su disposición para cualquier cosa que necesite —hizo el capitán otra pausa malhumorada—. Lamento que sus funciones de comisario político se vean limitadas esta vez.

Pestañeó Loncar, que no esperaba aquello.

—Disculpe, capitán... Me parece que hay un malentendido. Ni soy comisario político ni embarco en condición de tal.

Lo miró el otro con sorpresa.

—Ah, ¿no?

—En absoluto.

—¿Y qué es, entonces?

—Soy observador en Estambul.

—¿Observador?

—Puede llamarlo así, y con ese título estoy a bordo. Esta operación fue idea mía, al menos en principio: el barco trampa... Por eso me ordenan asistir a ella.

Todos, incluso los rusos, lo miraban ahora de forma distinta. Con renovada curiosidad.

—Yo no lo pedí —zanjó.

Aún arrugaba Sáez el entrecejo, pero su acritud parecía haberse suavizado. Miró a sus oficiales y volvió a fijarse en Loncar, estudiándolo de los pies a la cabeza como si lo viese por primera vez.

—Se le ocurrió a usted, dice.

—Más o menos.

—Pero presentará su informe al regreso, ¿no?

—Si me lo piden.

El capitán se pasó una mano por la cara. Seguía serio, pero el tono era diferente.

—Bien, ya veremos... Instálese en su camarote y únase a nosotros cuando quiera. Cenamos a las diecinueve horas y el cocinero no es del todo malo. Lo he traído de mi anterior barco.

A Jordán le preocupaba el cielo de barlovento. Desde el amanecer se habían estado acumulando allí nubes grises, casi negras, que anunciaban chubascos. En la playa, sin embargo, no había viento: el mar, más allá de las puntas rocosas que horquillaban la ensenada, era un mar muerto, sin una onda. Se mantenía en calma, iluminado el cielo, que todavía era limpio y azul en aquella parte, por el resplandor menguante del sol.

Ioannis Eleonas parecía compartir la inquietud.

—Se está cerrando, *kapetánie*... De aquí a esta noche tendremos agua.

—¿Y la mar?

Miraba el griego el cielo, rascándose el pelo ensortijado y el mentón sin afeitar. Él y Jordán estaban en el arranque del pantalán controlando el trabajo de los hombres, que habían retirado la red de camuflaje de la torpedera y la alistaban para navegar.

—Depende de cómo role el viento... Si se mantiene alto y del sur, seguirá tranquila.

—*Makári*, piloto. Ojalá.

Los dos tubos estaban cargados con los torpedos, engrasados por Zinger y firmes en sus trincas, y los primos Maroun estibaban la munición del Oerlikon, instalado en su afuste. La penosa tarea de repostar combustible —debía hacerse a mano, bidón tras bidón, desde el almacén de material— había concluido, y siete mil quinientos litros de fuel llenaban los seis tanques situados a bordo, garantizando una autonomía de seiscientas millas. Abajo, en las entrañas de la *Loba*, el maquinista Ambelas y Fatmir, su ayudante albanés, probaban los motores. A intervalos, éstos despedían una humareda que la ausencia de viento dejaba flotando en torno a la lancha.

Bobbie Beaumont se acercó sin prisa desde la caseta de radio: tan desgarbado como de costumbre, desnudas las flacas piernas bajo los pantalones cortos, con sandalias y una rezurcida camisa militar. Se había subido las gafas a la frente, traía un papel en una mano y el inevitable cigarrillo en la boca.

—Armaos, mi señor, pues el enemigo cabalga ufano —dijo al llegar, entregándole el papel a Jordán—. Se mueve el bosque de Birnam.

Leyó éste el mensaje, que venía descifrado por el radiotelegrafista al recibirse en clave ordinaria. Después miró a Eleonas.

—El *Kronstadt* ha zarpado.

—¿Cuándo?

—No lo dicen. Sólo que está navegando.

—¿Ha pasado ya el Bósforo?

—No lo sé, no creo... De ser así, nuestros agentes habrían señalado su presencia. Quizá lo esté pasando en este momento.

—Tendríamos que alertar al *Karisia* y al *Zeios Demetrios*.

—Sí.

Volviose Jordán al telegrafista, que, entornados los ojos por el humo del cigarrillo, contemplaba absorto el planear de las gaviotas sobre la playa.

—Avise a los caiques, Bobbie... Que aparejen y salgan lo antes posible.

Pareció despertar el inglés, satisfecho de oírse llamar así. Se bajó las gafas a la nariz.

—Por supuesto, querido muchacho.

—Vamos —lo miraba con severidad—. Lárguese.

—A la orden.

Hacía cálculos Jordán. Si el servicio de información nacional en Estambul avisaba a tiempo del paso del *Kronstadt*, dispondrían de un día para interceptarlo. Un mínimo de veinticuatro horas, margen suficiente para actuar con calma.

—Venga, piloto.

Abordaron la torpedera y bajaron al camarote del comandante: un habitáculo angosto pero suficiente para contener una litera, un armario y una mesa de trabajo. Jordán extendió sobre ésta la carta número 180 del Almirantazgo británico, abrió el compás y calculó las distancias. Según el *Replinger Merchant Shipping*, el antiguo *Monte Amparo* podía navegar a un máximo de dieciocho nudos. Eso significaba que, si seguía las rutas habituales, una vez pasado el Bósforo emplearía veinticuatro horas para llegar a la zona de caza de la *Loba*.

—Pero aún no sabemos si de noche o de día —objetó Eleonas.

—Intentaremos acercarnos con la menor luz posible —lo meditó Jordán un momento—. Aunque la verdad es que a estas alturas no importa demasiado que nos identifiquen como torpedera.

—¿Y si no hay más remedio que atacar de día, como con el *Calblanque*?

—Pues lo haremos... Izando bandera italiana, por supuesto.

Sonrió Eleonas.

—Por supuesto.

De la cubierta y la sala de máquinas llegaban los sonidos de los hombres que trabajaban. Jordán seguía estudiando la carta. Líneas trazadas a lápiz señalaban las rutas más probables, pero cabía la posibilidad de que, alertado del peligro en los pasos habituales, el *Kronstadt* navegara más lejos, arrumbado a poniente. Eso significaba un área mayor a cubrir.

—Un arco de setenta millas, piloto.

—Ni mucho ni poco —Eleonas no parecía preocupado—. Con ayuda de los caiques podemos vigilarlo... ¿Cuándo salimos?

Miró Jordán el reloj atornillado en el mamparo junto al barómetro.

—Antes de que anochezca, entre seis y siete de la tarde. Procure que los hombres descansen. Que hagan una cena decente y el cocinero nos entregue provisiones para dos días, incluidos veinte litros de café ya hecho —indicó un sector en la carta—. Subiremos un poco más que de costumbre para patrullar en espiral a poniente de Quíos... ¿Qué le parece?

Se inclinaba el piloto sobre la carta.

—Razonable, pero consumiremos mucho fuel.

—Ya lo iremos viendo —Jordán señaló el barómetro, que estaba bajo—. ¿Cree que el mal tiempo complicará las cosas?

—Puede ocurrir. Y en ese caso tendríamos menos visibilidad.

—Da igual —hizo Jordán un ademán resignado—. Esta vez es caza mayor... No podemos fallar.

—Se hará lo que se pueda, *kapetánie*.

—E incluso más de lo que se pueda.

Sonrieron, cómplices. De pronto se les borró la sonrisa, pues sonaba un motor afuera y no era de la torpedera. Cogió Jordán la gorra, e iba a subir por la escalerilla cuando uno de los Maroun se asomó por el tambucho, desde cubierta, para informar de que la Chris-Craft estaba llegando a la playa.

—Con esa mujer, comandante —añadió—. La pilota la mujer.

Jordán estaba furioso. Muy furioso. De no hallarse los hombres mirando —se habían congregado en cubierta para observar la escena— habría agarrado a Lena por el brazo, zarandeándola antes de arrojarla sin miramientos a su lancha y obligarla a marcharse de allí. Una sola impertinencia, pensó. Una sola arrogancia y lo haría sin la menor duda. Con brutalidad, si era necesario.

Como si fuera consciente de eso, ella permaneció quieta, sin decir palabra. Había amarrado la canoa automóvil al extremo del pantalán. Vestía el pantalón de sarga y el jersey marinero y estuvo observándolo mientras se acercaba a grandes zancadas haciendo resonar las tablas. Y se mantuvo así cuando llegó ante ella y la fulminó con la mirada.

—¿Qué haces aquí?

Lena señaló la *Loba*.

—Creo que estás a punto de marcharte.

—No se trata de eso, no me voy ahora... Es sólo otra misión.

Lo contemplaba muy fija y fría. Movió los hombros con exagerado desdén.

—Mi marido dice que te vas. Que estuviste en la casa y te despediste de él.

—Es cierto, estuve allí y pronto dejaremos la isla; pero todavía no.

—No me enteré de nada. Dormía.

—Lo sé... Me propuso subir.

Enarcó ella las cejas, contenido el asombro.

—¿Te propuso...?

—Lo hizo.

—¿Y subiste?

—No.

Los hombres seguían mirando desde la torpedera, así que la tomó por un codo para alejarla del pantalán. Caminaron por la playa hasta detenerse de nuevo. Al fin ella habló otra vez.

—¿Cuándo salís?

—Antes de que anochezca.

—Quisiera...

Jordán emitió en español una blasfemia de marino, corta y seca. No solía hacerlo y nunca lo había hecho delante de ella, que lo miró con extrañeza.

352

—No me importa nada lo que tú quieras —dijo él—. Debes irte ahora mismo de aquí.

Nubes cada vez más oscuras avanzaban sobre la isla. El cielo se cerró a levante y la parte de mar iluminada por el sol se contrajo hasta desaparecer, mientras el agua de la ensenada pasaba del esmeralda al gris. Seguía sin haber viento, pero se estremeció la mujer, frotándose los brazos.

—Volveré pronto —dijo Jordán.

—Eso no lo sabes —opuso ella—. Nunca puedes saber si volverás o no. Y yo tampoco lo sé. Puede que algún día...

La frase se le apagó en los labios. Por un instante, su habitual serenidad pareció vacilar bajo las nubes sucias que ya estaban sobre ellos, veteadas de plomo. Un sector del cielo se desgarró igual que un trozo de lienzo oscuro, apareció un espacio de sol, y cuando se cerró de nuevo cayeron gotas de agua aisladas, gruesas como monedas.

—Estoy cansada...

—Vete a casa.

—No quiero estar allí.

Las gotas caían ahora con más intensidad, rumoreando en la arena. Jordán las sentía en la gorra y los hombros. La mujer miró el cielo y le salpicaron la cara.

—Venía a pedirte que me acompañes otra vez a Syros —bajó el rostro—. ¿De verdad no puedes?

—No seas absurda.

Las gotas se transformaron en lluvia. Jordán notaba pegársele la camisa al torso. En el pantalán, los tripulantes se habían retirado al interior de la torpedera. Olía a tierra y arena húmedas y aire limpio.

—No voy a irme —insistió sombría.

—Aquí no puedes estar.

—¿Por qué?... Todavía es mi isla. Y siento frío.

Tenía mojados el pelo, el rostro y la ropa. Ignoraba Jordán si se refería a la lluvia o a un estado de ánimo que él era incapaz de penetrar.

—Además —ella señalaba el cielo—, hoy no habrá estrellas.

No sonó a lamento sino a reproche, como si Jordán fuera responsable de eso. Miró él hacia la torpedera, impaciente. Unos minutos, se dijo. Sólo unos minutos, por la lluvia. Cogió del brazo a la mujer para conducirla a su barraca. Allí repiqueteaba el agua sobre el techo. Una vez dentro le quitó el jersey mojado, y tras hacerla sentarse en el catre la cubrió con una manta. Lo miraba pensativa, dejándolo hacer.

—Quédate así —dijo Jordán.

Fue hasta la mesa, donde entre papeles y derroteros había varias fotografías que no había incluido en el informe entregado en Atenas, y vertió un poco de coñac en un vaso. Se lo ofreció a Lena, pero ella negó con la cabeza.

—Te quitará el frío —insistió.

—Me da igual, no quiero —seguía sin apartar los ojos de él—. Ven a mi lado.

Se miraban a través de los tres metros de distancia que había entre ellos. Sonrió melancólico Jordán.

—No.

Ella pareció sorprenderse.

—¿Cómo?... ¿No puedes?

—No quiero.

—¿Qué diablos es lo que no quieres?

—Acercarme a ti en este momento.

Se quedó mirándolo, pensativa, para acabar con una mueca cruel.

—¿A qué tienes miedo, capitán Mihalis?... Lo que siento hacia ti no se contagia.

Permanecía inmóvil, apoyado en la mesa. Considerando aquello. Por fin dejó el vaso y cruzó la habitación para sentarse junto a la mujer. Lena se acercó más, hasta quedar pegada a él. Respiraba con suavidad.

—¿Amaste alguna vez a alguien? —le oyó murmurar súbitamente.

Tardó Jordán en responder. Sentía el calor húmedo del cuerpo contra su costado. La recordó desnuda en la cama de Syros, fumando sentada en la alfombra, erizada la piel cuando salió del agua bajo un cielo acribillado de estrellas, y anheló con desesperación, sorprendido de sí mismo, el sexo acogedor, la boca ávida, las largas piernas aferrándolo violentas y tenaces en torno a las caderas mientras él se derramaba como si vaciase en aquel vientre toda su vida.

—No lo sé.

Aún estuvo un momento en silencio, reflexionando sobre eso.

—Es posible que no —resolvió.

—¿Y ahora?

Golpearon la puerta y Jordán se levantó a abrir. Era Bobbie Beaumont, chorreando agua. Dirigió una rápida mirada al interior y se quedó afuera, sin entrar, con actitud prudente. Traía una hoja de papel mojada en la mano.

—Mis excusas, comandante... Hay novedades.

—¿Cuáles?

—El amigo que esperamos, diligente y madrugador, pasó el Bósforo a las siete y cuarto de la mañana.

Jordán consultó el reloj. Su cabeza era una complicada intersección de rutas, distancias y horarios. Una cuadrícula de cálculos geométricos y matemáticos.

—Notifíquelo a los caiques y vaya a bordo. Salimos dentro de una hora.

Después, sin mirar atrás, cerró la puerta y se encaminó hacia la torpedera, bajo la lluvia.

Apoyado en el alerón de estribor del puente, Salvador Loncar contemplaba la costa turca, cada vez más lejana. El *Kronstadt* había dejado atrás la parte angosta de los Dardanelos y navegaba ya por la desembocadura del estrecho, donde éste se confundía con las aguas del Egeo. El práctico turco acababa de despedirse después de ayudarlos a esquivar los restos de navíos hundidos veintidós años atrás, durante la batalla de Galípoli. El mar estaba tranquilo y el viento era moderado, bajo un cielo sin nubes próximas. Las colinas verdes, las áridas llanuras y las playas de arena y piedra se abrían lentamente por ambas bandas del buque mientras las antiguas fortificaciones de uno y otro lado del canal quedaban difuminadas en la calima de la tarde. Sólo los muros ocres del castillo de Seddülbahir eran aún visibles en la orilla occidental.

—Troya —dijo Urzáiz, el segundo oficial, que había venido a acodarse junto a Loncar mientras fumaba un cigarrillo.

—¿Perdón?

Señalaba el marino la orilla sur del canal que dejaban a popa.

—Está ahí cerca. Supongo que lo sabe.

—Ah, sí —cabeceó Loncar—. Claro.

Sonreía el otro, medio cómplice.

—En cierto modo somos una especie de imitadores, diría yo. De herederos... Me refiero al caballo.

Permanecieron callados, observando a los artilleros rusos que se ejercitaban con los dos cañones de 101 mm situados a proa del puente. Lejos ya de miradas inoportunas, habían abatido los paneles que los ocultaban, supervisados por el oficial Berzin, que iba de uno a otro dando órdenes. A la dotación de cada pieza se le habían asignado marineros españoles como auxiliares cargadores.

Urzáiz miraba al pasajero con curiosidad.

—¿Es verdad que la idea de este barco se le ocurrió a usted? —inquirió al fin.

—No, la idea es vieja —Loncar indicó la costa—. Yo me limité a sugerirla para este caso en particular.

Dio el otro una chupada al cigarrillo y el viento se llevó el humo de inmediato.

—¿Cree que vendrán a por nosotros?

Asintió el agente republicano.

—Es posible, incluso muy probable. Hemos hecho cuanto estaba en nuestra mano para que lo hagan.

Lo escuchaba el marino con atención.

—Un par de veces pasé rozando los cruceros fascistas —dijo—. Eso impresiona un poco, pero siempre pudimos escabullirnos sin consecuencias... Nunca estuve en un combate, ni naval ni terrestre.

—Yo tampoco.

—Todo saldrá bien... Don Ginés Sáez es buen marino, muy experimentado. Domina su oficio.

—¿Se conocían de antes?

—Sí, mucho. Yo era tercer oficial en el *Urano*. Fue él quien hizo que me trasladaran aquí, con otros cinco hombres de la tripulación.

—No parece lamentarlo —observó Loncar.

—En absoluto —Urzáiz sonreía—. Tengo curiosidad por ver qué ocurre, cómo se porta la gente y cómo me porto yo: la verdadera aventura —arrojó a sotavento la colilla del cigarrillo y volvió a acodarse en la regala—. ¿Usted no?

—No es la curiosidad lo que me trajo a bordo, como dije ayer. Sólo cumplo órdenes.

—De todas formas, querrá ver si su ardid funciona.

—Eso espero. Que funcione.

Volvió el segundo oficial a observar a los artilleros soviéticos.

—Esos tovarich son buenos, conocen su trabajo —señaló a Berzin con el mentón—. Y su oficial los maneja de maravilla.

—¿Qué hay del otro?

—¿Egorenko? —el marino miró hacia el interior del puente y bajó la voz, aunque nadie estaba cerca—. Teniente de navío de la Armada soviética, tengo entendido. Con más conchas que un galápago... Teóricamente embarcó de consejero, porque además conoce estas aguas; pero don Ginés Sáez no es de los que se dejan aconsejar. Lo tiene a raya.

—¿Cuándo estaremos en la zona crítica?

Miró Urzáiz hacia el sudoeste, donde se empezaban a formar algunas nubes.

—Al amanecer, diría yo. El capitán querrá llegar con algo de luz y los rusos van a estar de acuerdo. Pero el barómetro sigue bajando.

—¿Viento?

—No necesariamente. Lo que sí tendremos es lluvia.

—¿Aguantará el barco si nos torpedean?

Hizo Urzáiz un gesto que no comprometía a nada.

—Depende del lugar del impacto... Las cinco bodegas y las sentinas están reforzadas por dentro con planchas de acero sujetas con puntales de madera; o sea, que además de ayudarnos a fingir que llevamos carga, por su peso, el blindaje es razonable. Incluso torpedeados podríamos mantenernos a flote, al menos lo suficiente para darle a quien nos ataque una bonita sorpresa.

—¿Saben los tripulantes españoles lo que nos espera?

—El capitán los informó. A unos gusta más la idea y a otros menos.

—Tengo entendido que no todos son voluntarios.

Torció la boca el marino.

—Cierto, no todos... A la hora de completar la tripulación los rusos no tuvieron miramientos; ya sabe cómo

358

son. Pero se les ha prometido una compensación económica adecuada.

Se abrió la puerta del puente, apareció el capitán con unos prismáticos en las manos, y tras dirigir una breve mirada a Loncar y al segundo oficial observó a través de los binoculares el último vestigio de la costa que dejaban atrás. Después, sin pronunciar palabra, entró de nuevo.

—¿Cómo es? —se interesó Loncar.

—Treinta y tantos años de mar, hágase idea —Urzáiz hizo una mueca de admiración—. Empezó en barcos de vela antes de que yo naciera; con eso se lo digo todo. Pequeño, callado y seco como lo ve, le aseguro que los tiene bien puestos.

—¿Muy significado políticamente?

Opuso el otro un ademán ambiguo.

—Bueno, él es marino, ¿no?... Afiliado a la Naval como todos nosotros, aunque aquí las cosas se vean de manera distinta a como se ven en tierra. Pero cree en la República, y ha hecho varios viajes peligrosos desde Rusia y México con material militar. Aunque la sublevación fascista le pilló en Melilla, pudo escapar del puerto con su barco y llevarlo a Cartagena —movió la cabeza, afirmativo—. Es un viejo zorro de los océanos.

Retiró los codos de la regala y señaló el interior del puente.

—Tengo que volver ahí dentro. Esa salida de don Ginés, hace un momento, es su forma de decirme que ya está bien de cháchara.

Sonrió Loncar.

—No parece hombre de muchas palabras.

—Más bien de una, o ninguna. Hace tres meses, durante mi cuarto de guardia y en mitad de un temporal horroroso frente a Ouessant, subió al puente en pijama y estuvo una hora y cuarenta minutos apoyado en un rincón, sin abrir la boca, antes de irse otra vez a su camarote... Concede toda su confianza, pero no te quita ojo de encima.

—No hay nada como un mal rato para que un hombre, con lo que dice o lo que calla, demuestre qué temple tiene.

—Eso piensa él.

Cuando entraron en el puente sintió Loncar, de nuevo, la fascinación de encontrarse entre complicados artilugios técnicos cuyas funciones sólo podía intuir, o imaginar: bitácora, agujas, telégrafo de órdenes y demás indicadores. Estaban allí un timonel español manejando la rueda, el primer oficial Egorenko y el capitán Sáez; que, aún con los prismáticos en las manos, los acercaba a los ojos de vez en cuando para observar el mar que se extendía ante la proa del *Kronstadt*.

Miró Urzáiz el reloj situado junto al barómetro.

—¿Tomaremos meridiana, don Ginés?

—No hace falta —respondió el capitán—. Estamos perfectamente situados: seis millas al nordeste de Karayer Adalari —indicó el cuarto de derrota—. Anote en el registro de guardia nuestra hora y posición, por favor.

Se situó Loncar entre el capitán y el oficial ruso, mirando el castillo de proa a través de los ventanales. A medida que se adentraban en el Egeo pasaba el mar de marejadilla a marejada; y en el espacio cerrado del puente, el balanceo del buque era más molesto que afuera. Se obligó a mirar al exterior, buscando referencias fijas para la vista. A proa y popa del palo delantero, los hombres del oficial Berzin seguían montando y desmontando los cuarteles de camuflaje de los cañones, ejercitándose en apuntar a una y otra banda del barco.

—Parecen competentes —comentó el agente republicano.

—Lo son —dijo Egorenko—. Seleccionados entre lo mejor de la Armada soviética.

Hablaba arrastrando las erres e introduciendo una *i* antes de cada vocal, pero su español era bueno. La voz tenía un timbre de orgullo arrogante.

—Harán su cometido —añadió.

Tras decir eso dirigió unas palabras al capitán: algo, que Loncar no llegó a comprender del todo, sobre la conveniencia de dar resguardo a un bajo de cinco metros cercano a la ruta que llevaban.

—Con este rumbo es suficiente —respondió el otro.

—Aquí la corriente es fuerte, capitán: oeste-noroeste de cuatro nudos.

—Lo sé —fue la seca respuesta.

Miró Loncar al timonel, que se mantenía silencioso con las manos en las cabillas de la rueda, pendiente de la aguja del compás. Era flaco, cenceño, y había sonreído al escuchar el diálogo. No parecía sentir simpatía por el ruso, y el agente republicano imaginó que era uno de los que habían sido forzados a enrolarse en el *Kronstadt*.

Volvió Urzáiz.

—Entro de guardia, don Ginés. Con su permiso.

Asintió el aludido sin moverse de donde estaba. Se desperezó Egorenko, estirando los brazos.

—Salgo de guardia —dijo—. Permiso para retirarme.

Asintió otra vez el capitán y abandonó el ruso el puente para cumplimentar las últimas cuatro horas en el cuaderno de bitácora. Cuando ya no estuvo a la vista, moduló el segundo oficial una sonrisa irónica.

—Parece que nuestro amigo se haya tragado...

—Guárdese lo que a usted le parezca —le cortó el capitán.

Dejó de sonreír el segundo.

—Sí, don Ginés.

—El rumbo es dos-cinco-cero. Manténgase ahí hasta dejar Karayer Adalari en franquía.

—Dos-cinco-cero —repitió Urzáiz con una mirada al timonel, que lo repitió en voz alta.

Loncar contemplaba las nubes sobre el mar a lo lejos, varias millas más allá de la proa.

—¿Creen que cambiará el tiempo?

Miraba de nuevo el capitán por los prismáticos, atento a otro barco que navegaba en las proximidades, y no los bajó hasta asegurarse de que los rumbos no eran convergentes.

—Tendremos lluvia antes de que se haga de noche —dijo.

—¿Y eso nos favorece o nos perjudica?

Seguía el otro mirando impasible el mar.

—Depende.

Tras decir eso echó un vistazo al reloj del mamparo. Comparó la hora con la del suyo, que extrajo de un bolsillo, y se volvió hacia el segundo oficial.

—Modere a media máquina, segundo.

—A la orden, señor... Unos nueve nudos.

—Sí.

Dirigió por fin el capitán sus ojos grises e indiferentes hacia Loncar.

—Quiero ponérselo fácil a los fascistas, llegando mañana cuando haya luz —dijo con calma—. Que nos puedan ver bien, y que nuestros artilleros puedan verlos a ellos.

En la isla seguía lloviendo mansamente, sin viento, con nubes tan bajas que casi rozaban las colinas próximas. Desde la orilla de la playa hasta la bruma que velaba el horizonte, el mar era una inmóvil lámina mercurial acribillada de salpicaduras.

—Todo está a son de mar, *kapetánie.*

—Bien, piloto... Salimos en seguida.

Cubierto con gorra y chaquetón encerado, reluciente de agua, Jordán anduvo de regreso a su barraca. Cuando abrió la puerta Lena Katelios estaba sentada en el catre, la manta sobre los hombros. Tenía en las manos algunas de las fotografías que él había dejado sobre la mesa de trabajo.

—¿Qué haces con eso?

—Nada. Lo miro.

Se acercó Jordán y se las quitó de entre los dedos. Eran media docena.

—No debes hacerlo.

—¿Por qué?... ¿Son secreto militar?

—Algo así.

—No hay nada secreto en ellas, sólo tu gente. Y tú en una de las fotos.

Era cierto: Jordán en primer plano, ajeno a la cámara, con algunos de los hombres detrás y la *Loba* al fondo. La había tomado Bobbie Beaumont y era una de las pocas que no había entregado a Navia-Osorio en Atenas, por su falta de interés. Metió las fotos en el sobre, asegurándose de que entre los papeles de la mesa no había nada que ella no hubiese debido ver. Aun así, se maldijo por el descuido.

—Tienes que irte.

—¿Os marcháis ya?

—Tienes que irte, Lena.

Fue al baúl, sacó el Webley con la funda y se lo metió en un bolsillo del chaquetón, que goteaba sobre sus botas y las tablas del suelo. Después miró alrededor. Nada más necesitaba de allí. Se volvió hacia la mujer.

—Vamos.

Ella no se movió. Seguía sentada, inmóvil el rostro, mirando el bulto del arma en su bolsillo.

—Nada garantiza que regreses.

—Nada lo garantiza nunca, pero volveré.

—No me gusta este día... Esa luz gris y esa lluvia.

—Hubo otros así antes.

Se quedó un momento callada, pensativa.

—Hay algo que leí hace mucho —dijo—: *Llueve en las orillas de Troya mientras zarpan las naves.*

Siguió otro silencio. La sonrisa que rozó sus labios, observó Jordán, era tan árida como los ojos, que no reflejaban nada, ni luz ni sombra: absolutamente opacos.

—Hombres que se van y no regresan... Que traicionan, mueren o vuelven a casa.

Negó él, incómodo.

—Yo no tengo casa.

—Tienes una mujer y un hijo.

—No tengo casa —repitió, mostrando la puerta que daba a la playa y la torpedera—. Lo que tengo está ahí afuera.

—Malditos seáis todos.

—Tu marido estará...

—Oh, por Dios.

Lo fulminaba con la mirada. Siguió un silencio sólo roto por el rumor manso de la lluvia en el techo. La mujer apartó la vista.

—Malditos sean —insistió.

La escuchaba Jordán perplejo, sin comprender: rubio grande, fuerte y obtuso. Dejó ella deslizársele la manta por la espalda y se puso en pie.

—Antes, cuando estábamos sentados ahí —señaló el catre que acababa de abandonar—, te pregunté si amaste alguna vez. Y no me gustó tu respuesta.

—No recuerdo lo que dije.

—Eso tampoco me gusta. Que no lo recuerdes.

Miraba ella en torno con desdén, fruncido el ceño, como despidiéndose para siempre de aquel lugar. Hizo entonces algo extraño: alzando una mano, la pasó con insólita suavidad por el rostro de Jordán, acariciándole una mejilla y la barba.

—Nunca imaginé que lamentaría haberte conocido —dijo con fría sencillez.

Se acercó después a la mesa, abrió con mucha calma el sobre de las fotos y cogió la del retrato. Tras contemplarla un momento se la guardó en un bolsillo, y él no hizo nada por impedirlo.

—Maldito seas tú también, capitán Mihalis.

Libre de sus amarras, con los motores en avante poca, la *Loba* se apartó del pantalán dirigiéndose hacia la punta sur de la ensenada. El cielo nuboso, bajo y sucio, seguía dejando caer una veladura de lluvia que acentuaba la tristeza del paraje. En el puente descubierto, con el agua goteándole por la visera de la gorra, Jordán permanecía atento a la maniobra. Adujados ya los cabos, la tripulación se había refugiado bajo cubierta. Sólo Ioannis Eleonas se mantenía cerca, subida la capucha del traje de agua.

—Mire, *kapetánie* —dijo.

Señalaba la playa por la banda de estribor, y Jordán miró en esa dirección. Lena estaba en tierra, a un centenar de metros. Caminaba por la orilla como si pretendiese acompañar a la torpedera sin perderla de vista, queriendo retrasar el momento final. La lluvia mansa, la orilla calma del mar, el cúmulo de nubes bajas, daban a su figura solitaria una apariencia desvalida, conmovedora, que suscitó en Jordán una insólita mezcla de perplejidad, melancolía, ternura y remordimiento.

Quizá sí la ame, pensó de pronto. Aunque eso no importe ahora.

Con una última mirada vio que ella se detenía al final de la playa. Sintiendo una congoja inesperada, una bruma húmeda en la garganta y el corazón, apoyó una mano en la mojada brazola de acero y con la otra enjugó las gotas de agua que salpicaban su barba.

—Avante media, piloto... Salgamos de aquí.

Destapó el griego el tubo de órdenes, rugieron con más intensidad los motores, y la torpedera puso proa al mar abierto mientras la figura distante de Lena Katelios quedaba cada vez más lejos, inmóvil bajo la lluvia, desvanecida en la neblina gris.

13. El cumpleaños del diablo

—El capitán lo llama al puente.

Se removió Salvador Loncar en la litera mientras abría con esfuerzo los ojos. El marinero que lo había despertado puso en sus manos una taza de café y se retiró dejando abierta la puerta del camarote. El agente republicano estuvo un momento inmóvil mientras tomaba conciencia de dónde se hallaba: olor a pintura, rumor de ventiladores y vibración de mamparos. El ligero mareo con el que se fue a dormir parecía haber desaparecido, a cambio de un leve dolor de cabeza y vacío en el estómago.

Bebió un poco de café, tan caliente que le quemó los labios, y miró el reloj de pulsera. Seis menos cuarto: sin duda de la madrugada, pues al otro lado del ojo de buey todo era negro. Bebió a sorbos cortos el resto del café, se calzó los zapatos —había dormido vestido—, se puso la trinchera y una bufanda y salió al pasillo. El mar parecía tranquilo, pues el balanceo bajo sus pies era tolerable. Al abrir el portillo que daba a la cubierta exterior, camino de la escala que conducía al puente, el aire fresco y la lluvia acabaron por despejarlo del todo.

El *Kronstadt* navegaba a media máquina en la más completa oscuridad. Aunque el puente estaba en penumbra —sólo el resplandor del cubichete iluminaba desde abajo el rostro del timonel—, resultaba imposible ver nada afuera. Además del timonel había cuatro bultos escrutando la noche más allá de los regueros de lluvia que corrían por los ventanales de proa: reconoció al capitán Sáez, el segundo Urzáiz y los dos oficiales soviéticos. Ninguno dijo nada cuando entró. Siguieron callados, y él se limitó a unírseles sin despegar los labios.

—Puede que no nos vean —dijo alguien tras un momento.

Había sido el primer oficial, Egorenko. Respondió la voz escueta y seca del capitán:

—Nos verán.

El breve diálogo animó a Loncar a hablar por fin.

—¿Hay novedades?

Nadie dijo nada. Al cabo de un rato lo intentó de nuevo.

—¿Dónde estamos?

—Casi en el lugar adecuado —dijo el capitán.

—Llegaremos en una hora —apostilló el ruso—. Más o menos.

—Muéstreselo, Urzáiz.

Siguió Loncar al segundo oficial al cuarto de derrota. Allí cerró éste la puerta y encendió un flexo de luz azul. Había una carta náutica extendida sobre la mesa.

—Debemos de estar más o menos por aquí, unas veinte millas al norte de la isla de Andros, ¿lo ve?... Dirigiéndonos al oeste de las Cícladas, que es la ruta más frecuentada por los mercantes que van hacia el sur.

Loncar estudiaba la carta, inclinado sobre ella: la línea recta trazada con lápiz desde los Dardanelos, las horas anotadas a lo largo de ella. Todos los ataques, comentó Urzáiz, se producían en la zona donde se adentraban. Don Ginés Sáez había decidido ponérselo fácil a los fascistas, tomando el camino más común.

—Amanecerá pronto —concluyó—, aunque la lluvia limita mucho la visibilidad.

Dejó Loncar de mirar la carta. Mantener la vista fija aumentaba su malestar por el balanceo del buque.

—¿Cree que nos localizarán?

Movió el segundo la cabeza, prudente.

—En el mar no hay seguridad de nada, pero llevamos las luces de navegación encendidas y nos dirigimos al principal cuello de botella de las islas... Además, como la falta de visibilidad lo justifica, don Ginés hizo enviar un mensaje a la estación costera griega sobre una supuesta dificultad para ver la luz del faro de Kafireas, preguntando si está apagada...

—¿Ha mencionado el nombre del barco?

—Por supuesto... Pero no el nombre expreso, sino la señal distintiva de llamada. Eso basta para identificarnos, sin ser demasiado explícitos.

Sonreía Loncar. El viejo zorro, pensó. Astucias de mar.

—¿Han respondido los griegos?

—Ellos no; pero sí un barco inglés que patrulla estas aguas, el destructor *Bóreas*. Si los fascistas están a la escucha, deberían haberlo captado: ya sabe, punto-raya... Muy torpes serán si no dan con nosotros cuando se haga de día.

La idea de un inglés inmiscuyéndose en el asunto no entusiasmó a Loncar. Más que ayudar, una interposición podía desbaratarlo todo.

—¿Puede ocurrir que intervenga?

Urzáiz pareció compartir esa preocupación.

—Complicaría las cosas —golpeaba con un dedo sobre la carta—. Por eso don Ginés dijo a nuestro radiotelegrafista que no mencionara la posición; de la que por otra parte no tenemos certeza, pues la calculamos por estima según rumbo y velocidad. La noche y la lluvia nos impiden situarnos bien.

—¿Y estamos completamente preparados?

Sin duda, replicó el segundo. Tanto para lo más probable como para lo más peligroso. Las señales de zafarrancho eran: una pitada, todos a sus puestos; dos, listos para el combate; y tres, fuego continuo. Había prevenida una brigada de reparaciones y contraincendios, y todos los artilleros del oficial Berzin estaban alerta: cuatro rusos y dos españoles en cada cañón grande, dos y uno en los antiaéreos y dos españoles en cada una de las ametralladoras situadas en las cubiertas de botes.

—Además, tenemos proyectores potentes, dos en cada banda. Más no se puede hacer.

—¿Cree que localizaremos a los fascistas antes de que nos ataquen?

Hizo Urzáiz una mueca indecisa. La luz del flexo en la carta náutica ahondaba en su rostro sombras de fatiga.

—Más nos vale, compañero —sonrió apenas—. Más nos vale. Las cosas no serían fáciles para nosotros con un torpedo en la tripa.

—¿Y en tal caso? ¿Y si las cosas se ponen mal?

—También convendrá estar atento a las pitadas: tres largas y tres cortas, abandono del buque.

—Joder —exclamó Loncar.

No se distinguía el mar del cielo: ni un reflejo en la leve ondulación del agua casi inmóvil, ni una estrella, ni siquiera horizonte. Tampoco había un soplo de viento. La torpedera se mantenía inmóvil en el interior de una esfera negra donde la noche —que ya era alba, comprobó Jordán con un vistazo al reloj ocultando la luz de la linterna— goteaba una mansa lluvia que en forma de velo húmedo, invisible, envolvía la embarcación y a sus tripulantes.

Estaba de pie en el puente de ataque, al descubierto. Su silueta oscura y la de Ioannis Eleonas, una junto a otra, eran lo único que insinuaba reflejos cuando se movían para llevarse los prismáticos a la cara o interrogar al serviola, invisible en su cofa aunque se encontraba a apenas un metro sobre ellos. Los demás tripulantes, a excepción del timonel y el telegrafista, descansaban bajo cubierta; pero los hombres del puente —el vigía era relevado cada media hora— estaban mojados, ateridos, y les escocían los ojos de escrutar la oscuridad.

Ver, de día o de noche, era el principal afán de todo marino. La cabeza de Jordán, como la de cualquier otro en situación semejante, era un arduo barajar de rumbos, ángulos, rectas y horarios; de cálculos sobre una carta imaginaria —o no imaginaria en absoluto— que tenía impresa en la mente de tanto analizar rutas posibles y probables, alternativas, desviaciones, variantes, meteorología prevista para las próximas horas. De combinar cuanto podía conducirlos a estar en el lugar adecuado en el momento preciso, ni antes ni después. El punto exacto del Egeo donde la trayectoria de la torpedera se cruzase, inevitablemente, con la del todavía esquivo mercante ruso, o español, o lo que fuera.

Se abrió el tambucho y asomó la brasa de un cigarrillo.

—La costera griega ha respondido al fin —dijo Bobbie Beaumont—. Informa que no se extingue la luz de la bella Desdémona.

—Traduzca, maldito sea.

Se avivó la brasa del cigarrillo. Jordán sabía que en el mar, incluso en noches como aquélla, podía verse desde muy lejos.

—Apague eso.

—Disculpe.

Se extinguió la brasa.

—El faro de Kafireas funciona sin novedad, comandante... O el ruso no lo ve, o dice no verlo.

—¿Ha habido respuesta del *Kronstadt*?

—No, mi señor. Sólo el primer mensaje de llamada con su identificación *HWQS*.

—Fue hace una hora —opinó Eleonas—. Habrán hecho siete o diez millas desde entonces.

—Supongo que con tan poca visibilidad irán despacio, con cuidado —Jordán se inclinó hacia Beaumont—. ¿Hay alguna novedad del destructor inglés?

—Nada en absoluto. Ondea pero calla la bandera de San Jorge, mi señor... No ha vuelto a comunicar.

La proximidad de ese barco inquietaba a Jordán. Introducía en el juego un factor inesperado, de índole peligrosa. Había localizado el *Bóreas* en el almanaque naval de 1935: moderno, de la clase Beagle, con cuatro cañones de 120 mm, dos antiaéreos de 57 y turbinas de 34.000 caballos. Un lebrel temible, si emprendía la caza.

—Esté muy atento a eso. Infórmeme en el acto.

—Descuide, comandante... Estaré pendiente del menor aleteo, del más sutil gorjeo de la británica alondra.

—No me maree, Bobbie. No es momento.

—Por supuesto que no, señor. Nada más lejos de mi leal intención.

—¿Es fuerte su señal radiotelegráfica?

—La recibo bien —repuso flemático el inglés—. Con este tiempo, igual puede estar a tres millas que a diez...

—En cualquier caso, ¿usted qué opina?

—Si le soy franco, ilustre príncipe, demasiado cerca para mi gusto.

Volvió Jordán a hacer cálculos. Si el *Kronstadt* interrogaba sobre la luz del faro, que tenía un alcance de ocho millas, eso significaba que se encontraba donde ya debería ver sus destellos. La mala visibilidad complicaba las cosas, aunque parecía lógico situarlo a un máximo de quince millas de la parte más angosta del estrecho. Los caiques de exploración, que lo habían avistado entre dos chubascos con la última claridad del día anterior, señalaban un inequívoco rumbo sursudoeste. Todo parecía coincidir, excepto en el caso de que se tratase de una añagaza y el capitán del mercante fingiera seguir esa ruta para después, aprovechando la oscuridad y la lluvia, cambiar de rumbo y dirigirse al otro lado de Andros y Tinos.

—Nos la pueden estar jugando —comentó Jordán cuando Beaumont regresó abajo.

—En una noche como ésta todo es posible, *kapetánie*.

El tono estoico de Eleonas, pensó Jordán, era el resultado de treinta siglos de fortuna e infortunios, del Bósforo a Gibraltar. No había sorpresas para esa clase de hombres. Alzó el rostro hacia el invisible serviola.

—¿Alguna novedad desde arriba?

—Ninguna, comandante —respondió la voz.

Volvió Jordán a pensar en el *Bóreas*.

—Me inquieta el destructor inglés, piloto —confesó tras un momento.

Jordán no podía ver a Eleonas, pero supuso que giraba las palmas de las manos hacia arriba con su habitual gesto de fatalismo mediterráneo.

—Ya veremos cuando aparezca, si es que lo hace.

—De todas formas, confío en que ese cabrón ande lejos y no se meta en esto.

Se llevó a la cara los prismáticos y tornó a escrutar la esfera negra, intentando penetrarla.

—En lo que al *Kronstadt* se refiere, si su capitán ha alterado el rumbo para ir a levante, ya no lo atraparemos.

—Todo puede ser —dijo Eleonas con la misma calma que antes.

—Tardaríamos demasiado, y con este tiempo será difícil dar con él. Incluso aquí puede pasarnos bajo las narices —hizo Jordán un ademán de impotencia, abarcando la oscuridad—. Quizás esté ahí mismo, en algún lugar cercano, sin que lo veamos.

—Ya rompe el alba... Algo de luz mejorará las cosas.

Miró Jordán hacia el este, donde la esfera negra se resquebrajaba con las primeras vetas grises. Por un instante pensó en Lena Katelios inmóvil en la playa viendo alejarse la torpedera, y no sin esfuerzo se obligó a olvidarla. Eran el mercante ruso o el *Bóreas* saliendo de la noche lo que debía ocupar su voluntad y su cabeza. La tierra firme podía esperar.

—*Makári*, piloto —se frotó las manos ateridas—. Ojalá mejoren, aunque todo lo complique esta maldita lluvia.

El mar ondulado mostraba ahora unos tenues reflejos. Poco a poco, la veladura de agua que seguía cayendo mansamente se hizo más visible y traslúcida hacia levante; y entre las nubes bajas que se desgajaban de la noche, un relámpago silencioso y lejano, violento como un latigazo, acuchilló el horizonte.

Visto a través de los ventanales salpicados de agua del puente del *Kronstadt*, el rayo resplandeció como un chispazo lívido en la oscuridad del alba. Le sucedió otro zigzag de luz y después un tercero, más cercano, que pareció flotar en el mar antes de extinguirse entre la cortina de lluvia que hendía la proa del barco.

Salvador Loncar estaba junto a la rueda del timón, apoyada la espalda en un mamparo que, como el enjaretado del suelo, transmitía la vibración de las máquinas. Observaba fascinado el lento oscilar de la línea de fe que se desplazaba en el compás cada vez que el timonel manejaba la rueda para mantener el rumbo. Nadie se había movido del puente y todos los prismáticos disponibles escudriñaban el exterior. Olía a café, ropa mojada y humo de cigarrillos.

—Ya aclara un poco —comentó el segundo oficial Urzáiz—, pero no veo el faro.

—Tiene que estar ahí, en la amura de estribor —dijo el capitán Sáez.

374

—¿Usted cree, don Ginés?

—Salga al alerón y eche un vistazo.

Bajo la aparente calma con que conversaban los marinos, Loncar percibía la tensión. Y no era para menos. No se trataba sólo de establecer la situación exacta del barco respecto a la tierra próxima, de la que el faro de Kafireas era referencia importante, sino de vigilar el mar en todas direcciones, pues de cualquiera podía surgir el enemigo. Había serviolas repartidos por todo el barco y el oficial artillero Berzin llevaba media hora arriba, en el puente descubierto, con unos prismáticos pegados a la cara y manteniendo alerta a los sirvientes de los cañones.

—Empieza a verse algo —dijo con alivio el primer oficial Egorenko.

Era cierto. Por los ventanales de proa, entre los goterones de agua, se insinuaba una primera penumbra. El palo trinquete y el castillo adquirían contornos propios en la oscuridad menguante, más nítidos al recortarse en los relámpagos que a modo de fogonazos resplandecían a lo lejos. El capitán Sáez y el primer oficial Egorenko ya eran algo más que siluetas negras.

—Vamos derechos a la tormenta —comentó el ruso.

—Sí —se limitó a decir el capitán.

Regresaba del alerón el segundo oficial, chorreando agua.

—No se ve el faro, don Ginés... Por un momento me pareció ver una luz, pero es otro barco. Lo tenemos por el través y de vuelta encontrada.

—¿Está seguro?

Urzáiz se había acercado a la bitácora y secaba los prismáticos con un trapo.

—Completamente. He visto su roja.

—¿Podrían ser los fascistas? —intervino Loncar, esperanzado.

—No creo. Si están ahí afuera, dudo que vayan con las luces encendidas.

—Podría ser el destructor inglés —opinó Egorenko.

—Podría ser cualquiera —apuntó el capitán.

—Quizá deberíamos preguntar si son ellos —insistió el ruso—. Y si están situados respecto al faro.

—No.

Sobrevino un tirante silencio. La lluvia continuaba golpeando los cristales y los relámpagos se veían cada vez más próximos.

—Vamos arriba —dijo de pronto el capitán—. Quédese aquí, segundo.

Se abotonó Loncar la trinchera hasta el cuello y siguió a Sáez y Egorenko al alerón, desde el que subieron por la mojada escalerilla que conducía al puente descubierto. El responsable de la artillería estaba allí, a oscuras bajo el aguacero, prismáticos en mano. El capitán se situó a su lado.

—¿Hay novedad, Berzin?

—Ninguna, señor.

—¿Y el faro? ¿Algún destello?

—Tampoco.

—¿Qué hay de ese barco con el que nos hemos cruzado?

—Mantuvo la distancia y se alejó sin alterar el rumbo... Hasta hace un momento aún veía su luz de alcance.

El aire que suscitaba el andar del barco era húmedo y frío, pues la lluvia lo calaba todo; pero seguía sin haber viento real. El mar se mantenía tranquilo, y para satisfacción de Loncar el balanceo del barco era lento y soportable. Excepto por los rayos que iluminaban el horizonte —ya no eran silenciosos, pues alcanzaba a oírse el retumbar lejano—, la noche a proa del buque se resistía a morir. Por la popa y por levante, sin embargo, la cortina de lluvia se aclaraba, desvelando un cielo fosco de nubes bajas, marrones y grises.

Destapó el capitán el tubo acústico que comunicaba con el puente de abajo.

—Una cuarta a estribor, segundo.

Le puso el tapón y levantó de nuevo los prismáticos mientras la proa se movía lentamente once grados a la derecha.

—No quiero darme de boca con las piedras de Andros.

La tormenta eléctrica estaba cada vez más cerca, con menos intervalos entre el latigazo de los rayos y el retumbar de los truenos. Loncar, que había traído unos prismáticos del puente, miraba hacia la banda de estribor intentando ver algo que no fuera noche a través del aguacero. Le habían dicho que la vista jugaba malas pasadas al escrutar la oscuridad, y que era un error mirar siempre al mismo punto con excesiva atención; así que los movió despacio desde la proa al través.

De repente, la negrura del mar se vio iluminada bajo un zigzag de luz pálida, semejante a un fogonazo de magnesio. Duró tres segundos, pero fue suficiente para que advirtiera una forma oscura: una pequeña embarcación que se movía cerca del *Kronstadt*, paralela al rumbo, como un escualo que rondase a su presa.

El relámpago deslumbró a Jordán: había descargado en el mar, muy cerca, y la lluvia multiplicó su efecto luminoso, cual si el agua apenas ondulante fuese una superficie de aceite a punto de inflamarse y abrasarlo todo. Un momento después volvió la oscuridad, o más bien la penumbra húmeda que poco a poco se agrisaba hacia levante; pero el barco siguió allí, visible a menos de una milla, con sus luces blancas de posición arriba y la verde de estribor al costado, navegando con rumbo sursudoeste a diez nudos. Una velocidad que Jordán llevaba quince minutos confirmando con marcaciones continuas, para completar los datos en la dirección de tiro de la torpedera.

—Puede que nos hayan visto —comentó Ioannis Eleonas.

—Ya da igual, piloto... Atacamos.

Aún dudaba el otro, desconfiado como el griego que era.

—Es raro que vaya con luces.

—En una noche como ésta sería más peligroso no llevarlas.

Se volvió Jordán hacia Bobbie Beaumont, que estaba con ellos en el puente.

—Emita la señal Oscar-Bravo-Bravo en cuanto aceleren al máximo los motores. Vamos a torpedearlo.

—A la orden.

Desapareció el inglés por el tambucho. Habían localizado las luces detrás de la lluvia, primero la roja de babor, y descrito después un semicírculo por su popa, manteniéndose a una distancia prudente hasta divisar la verde y acercarse un poco más por esa banda para situar el barco entre ellos y la claridad cenicienta del alba. Con los prismáticos pegados a la cara, apoyados los codos en la mojada brazola de acero, Jordán y Eleonas habían estudiado la silueta para confirmarlo: dos chimeneas de la misma altura, dos palos, un puente corrido, un castillo a proa y otro ligeramente elevado a popa. Sin la menor duda era el *Kronstadt*.

—Abra dos cuartas, piloto. Vamos a entrarle en un ángulo de sesenta justos.

Destapó Eleonas los tubos acústicos que comunicaban con la caseta de gobierno y la sala de máquinas, y dio las órdenes pertinentes. Rugieron más fuerte los motores. La *Loba* dio un respingo, aumentó la velocidad y su proa se apartó veintidós grados del rumbo paralelo al del mercante. Jordán se quitó la empapada gorra, para que no se la llevaran el viento y el agua.

—Otros once a estribor, piloto.

—Once a estribor.

Se hizo más intenso el viento aparente mientras la lluvia azotaba violenta, con dolorosos alfilerazos, y repiqueteaba con fuerza en la cubierta. Jordán, una mano protegiéndole los ojos, comprobó las bandas y la popa: las sombras de Zinger y Kiprianou se agachaban tras los tubos de los torpedos y la claridad lejana charolaba las mojadas ropas de agua de los primos Maroun, apostados junto al Oerlikon.

—¡Zinger, destrinque el dos!

Llegó, entrecortada por el viento, la voz del torpedista repitiendo la orden. Volvió Jordán a mirar las luces blancas y verde del mercante troquelado en el alba. La lluvia le corría por el pelo y la barba.

—Ahí va bien —se quitó el agua de los ojos y los pegó al binocular de la RZA—. Treinta a babor, piloto.

—Treinta a babor.

Sentía mojada la toalla en torno al cuello y le castañeaban los dientes de frío. Alzó la cabeza para observar el *Kronstadt* a simple vista.

—¿Mantiene rumbo y velocidad?

Eleonas tenía los prismáticos pegados a la cara.

—Eso parece, *kapetánie*.

Respiró Jordán tres veces, profundamente, expulsando despacio el aire mientras intentaba deshacer el nudo de tensión que se le había formado en el estómago. Después abrió las piernas, afirmándose, y golpeó con una mano el hombro del piloto.

—Rumbo cero-ocho-cero, entonces. Mil trescientas revoluciones... Vamos a por él.

Repitió el griego la orden por el tubo acústico y la torpedera maniobró a babor, inclinado el puente a la ban-

379

da contraria. Ahora, atronando los motores, saltaba sobre la superficie oleosa del mar como si ésta fuera sólida, en duros y rápidos pantocazos, hendiendo en línea recta el velo de lluvia que rayaba el paisaje.

Sonaron dos pitadas: listos para el combate. En el *Kronstadt* todo eran ahora carreras y órdenes por escalerillas y cubiertas, voces en ruso y en español, y Loncar oyó el ruido de los cuarteles de camuflaje que se abatían para descubrir la artillería. Aturdido, sintiéndose una presencia inútil a bordo, el agente republicano se apartó a un rincón de la barandilla para no estorbar, entre dos ventiladores que transmitían el rumor de las máquinas al estar junto a ellos. El capitán Sáez y Egorenko voceaban por los tubos de comunicación, y el otro ruso, Berzin, con un teléfono pegado a la oreja, daba órdenes a las dotaciones de los cañones. A espaldas de Loncar, dos falsos botes salvavidas dejaron ver, al desmontarse, la alargada forma oscura de un antiaéreo de 45 mm y el montaje doble de una ametralladora Maxim. Potentes proyectores se encendieron de pronto a proa y popa del puente, buscando en la noche de estribor, y el halo de lluvia se tornó traslúcido en los haces de luz que encuadraban al enemigo.

—¡Ahí está! —exclamó Egorenko.

Y sí, en efecto. Por fin, allí estaba.

—¡Torpedera, mírenla!... ¡Es una lancha torpedera!

A Loncar se le erizó la piel —no era efecto del frío ni del agua— cuando los haces luminosos de los dos proyectores convergieron sobre la forma oscura que, a menos de una turbia milla de distancia, avanzaba hacia el mercante con increíble rapidez, levantando dos alas de espuma blanca a uno y otro lado de la proa, brincando por la superficie apenas ondulada del mar como si en vez de surcarla se deslizara sobre ella.

—Hijos de puta —se limitó a decir entre dientes, con mucha calma, el capitán Sáez.

Bajó corriendo el oficial Berzin a ocuparse de sus cañones. Sonaron tres pitadas, y al momento una sucesión de fogonazos y estampidos recorrió el *Kronstadt*, estremeciéndolo de proa a popa y ensordeciendo a Loncar, que entre el resplandor de los disparos se tapaba los oídos mientras miraba en torno con ojos espantados. De modo casi simultáneo hacían fuego los dos cañones de proa, los de popa y los dos antiaéreos situados en la cubierta superior, delante y detrás de las chimeneas; y mientras los sirvientes recargaban las piezas y un humo amarillento se enredaba en espirales de lluvia antes de desvanecerse en ella, las ametralladoras comenzaron a disparar en ráfagas prolongadas y muy rápidas, enviando dobles líneas de lentas trazadoras rojas y blancas que levantaban chispazos al dar en la superficie negra del mar.

—La patria... —empezó a decir Egorenko, complacido por el estruendo.

Lo interrumpió seco el capitán.

—La patria no tiene nada que ver con esto.

La noche había dejado de existir y la lluvia, convertida en bruma rayada y opalina, multiplicaba el efecto de los proyectores del mercante, cuajando una cortina luminosa que deslumbraba a Jordán. Aún estaba sorprendido, pues no esperaba aquella cegadora pantalla de luz, el súbito doble haz que encuadraba la torpedera, siguiéndola a pesar de los treinta nudos de velocidad que en ese momento desarrollaba.

—¡Cinco a babor, piloto!... ¡Así, a la vía!

Agarrado con una mano a la brazola de acero, manejando con la otra las ruedecillas de la RZA, Jordán se esforzaba en mantener la silueta del *Kronstadt* en la retícula del binocular pese a las violentas sacudidas que le golpeaban la cara contra los protectores de caucho de la dirección de tiro. Usando como referencia la primera de las dos chimeneas, tenía en cuenta el rumbo y la velocidad para hacerlos coincidir con el torpedo que se disponía a lanzar; pero tanta luz lo cegaba. Además, un inesperado infierno se desataba en torno: punteaban el cielo trayectorias de balas trazadoras, caían proyectiles levantando piques de agua o pasaban sobre la torpedera, cortando la lluvia con ruido de tela rasgada, para perderse en la ancha, recta y larga estela que la *Loba* dejaba por su popa. Llovía agua del cielo y agua del mar.

—¡Tres grados a estribor!... Aguante ahí, así como va...

Aquél no era un simple mercante ruso, concluyó esforzándose en que la propia sorpresa no se convirtiera en desconcierto y bordease el pánico. En absoluto, desde luego, era el barco que le habían dicho que iba a encontrar: estaba artillado como un buque de guerra o un crucero auxiliar, aunque en ese momento no había tiempo ni calma para considerarlo con detalle. Ya habría ocasión, si salían vivos de allí. Por un instante pensó en dar media vuelta y alejarse a toda máquina; pero sin apartar los ojos del binocular supo que el rostro impasible de Eleonas estaba pendiente de él. Ante cierta clase de hombres, determinadas cosas nunca podían hacerse, o dejarse de hacer.

—Así como va, piloto. Ahí va bien.

Un pantocazo más fuerte le lastimó los ojos, obligándolo a apartar la cara. Durante los cinco segundos que tardó en mirar otra vez tuvo ocasión de observar la noche que se rompía en destellos y explosiones, los fogonazos de disparos que brotaban de las cubiertas y puentes del cada vez más cercano *Kronstadt*, el entrecruzar de rastros convergentes de las trazadoras. Se proponía lanzar un torpedo a seiscientos metros, y su instinto marino hizo los últimos cálculos: cuarenta segundos todavía entre aquella madeja de fuego asesino, con los cañones enemigos tirando al límite, inclinados entre cinco y diez grados por debajo de la horizontal. Con un poco de suerte, los tiros del mercante acabarían pasando demasiado altos.

—¡Modere a mil doscientas revoluciones!

Mientras miraba de nuevo por el binocular oyó a Eleonas repetir la orden en el tubo acústico. También oyó los fuertes estampidos del Oerlikon a popa de la caseta de gobierno, y supo que los Maroun, sin amilanarse con lo que les caía encima, estaban haciendo su trabajo y respondían al fuego intenso del *Kronstadt*. Unos chicos valientes, pensó, los primos libaneses. No era gran cosa como consuelo, pero tampoco era nada.

Quince segundos más, calculó. De pronto sintió reventar algo por encima de su cabeza, con un fulgor anaranjado que la lluvia multiplicó en rápido caleidoscopio, y pequeños fragmentos metálicos repiquetearon sobre la cubierta y el mar. Atento a mantener el objetivo en el visor, no apartó los ojos del binocular. Aunque sabía lo que era.

Fue Eleonas quien lo dijo.

—¡Es metralla!... ¡Nos están tirando con granadas antiaéreas!

—¿Zinger sigue ahí?

—¡Sí, agachado detrás del tubo!

El agua le corría a Jordán por la cara mientras levantaba el puño cerrado. La mira de la RZA seguía apuntando a la primera chimenea del mercante. Diez segundos, seiscientos metros. Otra granada estalló alta, no demasiado cerca, iluminándolo todo de resplandores naranjas, y algo duro y fugaz golpeó el metal de la brazola, haciéndola vibrar con la intensidad de un diapasón.

Apretaba los dientes y sentía la boca tan seca como si no le quedara una gota de saliva en ella. Se llevó una mano mojada a la lengua y chupó los dedos. Es nuestra velocidad, pensó, lo único que nos mantiene vivos.

Bajó el puño y alzó el rostro. Entre la lluvia que golpeaba a ráfagas, iluminada por los proyectores y las explosiones, la torpedera parecía correr a través de un túnel de luz: una veladura húmeda, opalescente y mortal.

—¡Fuego, dos!

Un estampido sordo, un ruido de succión. Jordán oyó cómo el largo pez negro, reluciente de grasa, saltaba por la banda para entrar en el agua; pero sólo tres segundos después advirtió en la mira que el mercante había empezado a disminuir la velocidad. Ya no navegaba a diez nudos, y eso significaba que el torpedo podía pasarle por la proa. Ahogó una violenta blasfemia.

—¡Todo a babor, piloto!... ¡En zigzag y a toda máquina!

Rugieron con más fuerza los tres motores de la torpedera. En ese momento algo reventó bajo y muy cerca, casi a ras del agua, y la *Loba* se estremeció como un animal dolorido. Miró Jordán a popa mientras se agarraba para no perder el equilibrio con la brusquedad del cambio de rumbo, y en el relumbre de los fogonazos que seguían estallando alrededor vio el Oerlikon inclinado y suelto en su afuste, sin nadie detrás. Uno de los primos Maroun estaba debajo, caído sobre la cubierta entre el rodar de docenas de relucientes casquillos vacíos, mientras la escora a una y otra banda hacía ir y venir su sangre diluida en agua de lluvia. El otro había desaparecido.

A bordo del *Kronstadt* el estrépito era atronador: disparaban cada veinte segundos los cañones situados en el castillo de proa, el combés y el castillo de popa, y a su estruendo se sumaba el tiro rápido de los dos antiaéreos y el martilleo constante de las ametralladoras. Apoyado en la barandilla del puente superior, aturdidos los tímpanos por las ondas expansivas y atónito por cuanto ocurría —nunca imaginó algo tan ruidoso, encarnizado y violento—, Loncar procuraba mantener los prismáticos fijos en la torpedera, que tras haberse acercado mucho en línea recta describía ahora un brusco semicírculo de cortos zigzags, intentando salir del doble haz de luz de los proyectores que la seguían, medio oculta por los estallidos, la humareda de las explosiones, el rastro de las trazadoras y los piques de espuma amarillenta que el intenso fuego abatía sobre ella.

—¡Torpedo! —oyó a su espalda, y eso le encogió el estómago—. ¡Torpedo!

El capitán Sáez lo empujó sin miramientos al abalanzarse hacia la barandilla, asomarse y mirar el mar.

—¡Todo a estribor! —gritó, y Egorenko repitió la orden por el tubo acústico.

Decreció el cañoneo. La tormenta eléctrica se había alejado, la lluvia era menos intensa, el alba indecisa se había convertido en amanecer. La cuarta parte del cielo había dejado de ser oscura para tornarse plomiza con vetas de nácar, y eso aclaraba el mar. Incluso sin que los proyectores abandonasen la lancha atacante para buscar con urgencia el torpedo en el agua, habría sido visible la estela recta y siniestra que se acercaba al mercante.

Loncar no sabía qué hacer. Desorientado, en espera de un impacto inminente, se agarró a la barandilla mirando al capitán como si en sus órdenes, en el tono de voz, en el modo con que el veterano marino observaba el mar, radicase la débil línea que separaba la supervivencia del desastre, la vida y la muerte. Porque aún no se movía la proa, comprobó realmente asustado. Fuera lo que fuese la maniobra ordenada, el barco seguía su rumbo y el torpedo el suyo. La estela estaba muy cerca y era cuestión de segundos que los alcanzase.

Al fin, cuando la proa empezaba a moverse hacia la derecha, la estela llegó hasta ella como si en apariencia cobrase más velocidad y desapareció de la vista; pero Loncar, que encogía todos los músculos del cuerpo aguardando el fin del mundo y de su vida, sólo oyó el batir ensordecedor que los cañonazos le habían dejado en los tímpanos doloridos. Nada estalló bajo sus pies; el mundo, su vida y las de quienes estaban a bordo del *Kronstadt* siguieron su curso. Y un momento después, cuando con el capitán y Egorenko corrió a mirar por la barandilla de babor, pudo ver la estela del torpedo, que había pasado apenas a tres metros de la proa, alejarse con su rastro de espuma entre la última llovizna, bajo la superficie del mar oleoso y gris.

—No pudimos, *kapetánie* —dijo Ioannis Eleonas.

El mercante, bien visible ahora en la claridad cenicienta de levante, estaba a casi dos millas. Desde el lanzamiento del torpedo no había vuelto a disparar contra la *Loba*, aunque ésta, navegando a media máquina sin perderlos de vista, se hallaba dentro del alcance de sus cañones.

—Nos estaban esperando —dijo Jordán—. Era una trampa.

Hizo el griego su acostumbrado gesto estoico.

—El mar tiene esas cosas. Unas veces se gana y otras...

—Aún no hemos perdido.

Se volvió Jordán a mirar la cubierta de popa. Siguiendo sus órdenes, Zinger y Kiprianou habían tirado al mar el cuerpo del segundo Maroun, sin ceremonia alguna. Ahora el torpedista y su ayudante, envueltos en sus relucientes trajes de agua, permanecían agachados junto al tubo de estribor, mirando taciturnos hacia el puente. A la espera.

—No parecen felices —comentó Eleonas—. Pero se han portado bien.

—Todos lo han hecho —respondió Jordán—. Los vivos y los muertos.

Volvió a observar el *Kronstadt*, que navegaba impávido con el mismo rumbo que antes.

—No me gusta que me tiendan trampas, piloto.

Lo miró el griego con repentina atención. La luz plomiza marcaba líneas de insomnio en su rostro fatigado y oscurecía el mentón sin afeitar: una de esas luces indecisas que, incluso en compañía de otros, hacían que un hombre se sintiera completamente solo. Debo de tener el mismo aspecto, pensó Jordán. E idéntica soledad.

—¿Vamos a atacar de nuevo?

No parecía sorprendido Eleonas, y a Jordán le gustó que no lo pareciera.

—Nos queda un torpedo.

Dirigió el otro una mirada al mercante, que seguía sin dispararles; como si invitase a la torpedera a acercarse otra vez.

—Es mucho fuego, nos pegaron fuerte —comentó ecuánime—. Y una segunda vez puede ser peor.

—Ya me he dado cuenta.

—O sea, que volvemos ahí.

No era una pregunta. Asintió Jordán.

—Eso creo.

Calló el griego un momento.

—Tengo la impresión, *kapetánie* —dijo al fin—, de que hoy cumple años el diablo.

Asomó Bobbie Beaumont la cabeza por el tambucho para informar que el destructor *Bóreas* había visto u oído el cañoneo y pedía a los barcos en la zona información sobre lo que estaba ocurriendo.

—¿Ha respondido el *Kronstadt*?

Se ajustó el inglés las gafas con un dedo y movió la cabeza.

—Nada, querido muchacho. Nada de nada, ni señal QQQ ni respuesta al *Bóreas* bajo la pálida luna. Absoluto silencio.

Sonrió Jordán, comprendiendo.

—Su capitán, o quien mande a bordo, no quiere que nadie se meta de por medio. Es casi personal... Un asunto privado entre ellos y nosotros.

Entrecerraba el inglés los párpados por el cigarrillo que le humeaba en la boca.

—Si nos vencen, hermanos de sangre, que venzan hombres.

—Algo así —Jordán le palmeó un hombro—. Vaya a su puesto, Bobbie.

Lo miró flemático el inglés.

—Ha sido duro ahí abajo, mi señor, con tanta devastación y tanto perro de la guerra ladrando encima —hizo un círculo con las manos—. Hay un boquete así en mi cabina.

—Vuelva a ella. Y agache la cabeza.

Desapareció el telegrafista tras dar una última chupada al cigarrillo y arrojarlo por la borda. Eleonas observaba el mercante por los prismáticos.

—Acaban de izar una bandera a popa —dijo.

—¿Soviética?

—No... Roja, amarilla y morada. La republicana de España.

Se le escapó a Jordán una risa entre dientes.

—Están diciendo que volvamos. Que lo hagamos otra vez.

—Eso parece.

—En lenguaje taurino, nos piden otro toro.

Inspiró hondo, queriendo concentrarse.

—¿Queda café?

Le pasó Eleonas un termo y bebió de él directamente. El brebaje estaba frío, pero lo despejó un poco. Calculaba posibilidades geométricas, rumbos y distancias en la nueva claridad nubosa y gris, ya con buena visibilidad tanto para los del mercante como para ellos. Había dejado de llover. El mar estaba ahora agitado, de marejadilla a marejada, y la torpedera se balanceaba más. En la distancia, hacia el este, griseaba la línea de la costa.

El cumpleaños del diablo, consideró Jordán en sus adentros. El mejor día para quedarse en casa.

—Ice bandera italiana, piloto.

Vaciló el otro.

—¿Seguro?

—Pues claro... Seamos consecuentes hasta el final.

Mientras Eleonas obedecía, Jordán puso el tapón al termo y lo encajó detrás de los tubos acústicos. Destapando el que comunicaba con la sala de máquinas, sopló en la boquilla de latón.

—Escuche, jefe... ¿Todo bien ahí abajo?

«Todo en orden», respondió la voz tranquila de Giorgios Ambelas.

—¿Aún puede darme el máximo de revoluciones?

«Todas las que quiera, comandante. Mil quinientas e incluso algunas más».

Se quitó Jordán la toalla del cuello, ya tan húmeda que le mojaba la ropa por dentro. Sacudió la gorra y se la puso, encajándola bien. Durante cinco segundos exactos pensó en Lena Katelios, antes de olvidarla. Después dirigió otro vistazo al *Kronstadt*. Quien crea que esto se hace por una causa o una fe, pensó, no tiene la menor idea.

—¡Zinger, destrinque el tubo de estribor!

Se incorporó el holandés con aire perplejo, queriendo confirmar la orden.

—¡Destrinque, maldito sea!

Mientras el holandés obedecía, se inclinó Jordán a mirar por la dirección de tiro y encuadró el mercante en la retícula. Sin levantar la vista podía sentir la desaprobación de Eleonas.

—Oiga, *kapetánie*...

Interrumpió la objeción del griego antes de que la formulase.

—Ordene avante toda, piloto.

Calló un momento el otro.

—Sí —dijo al fin, con voz opaca.

—Quiero treinta nudos. Rumbo uno-tres-cero y luego cero-ocho-cero.

—Sí, comandante.

—Vamos a felicitar al diablo.

Se santiguó el griego cuatro veces de derecha a izquierda —era la primera vez que Jordán lo veía hacerlo— y dio la orden por el tubo acústico. Rugieron los motores, saltó la torpedera como si se encabritase y ganó velocidad alzando la proa entre rociones que arrojaban ráfagas de salpicaduras sobre la caseta de gobierno. Sujeto con una mano a la brazola, abiertas y flexionadas las piernas para no desequilibrarse con los fuertes pantocazos, Jordán introducía los datos del objetivo en la mira de la RZA.

—Cinco grados a babor, piloto... Así como va.

Cuando habían recorrido apenas un cuarto de milla, una sucesión de fogonazos relampagueó en el visor de la dirección de tiro y varios proyectiles aullaron sobre la torpedera, largos de alcance, perdiéndose en la estela.

Aceptado el desafío, el *Kronstadt* disparaba de nuevo.

Todavía junto a la barandilla del puente superior, prismáticos en mano, Salvador Loncar no daba crédito a sus ojos. La escena parecía irreal: bajo el cielo encapotado de nubes bajas, surcando a saltos el mar gris, la lancha enemiga se acercaba otra vez en diagonal a la amura de estribor, indiferente al vendaval de fuego que caía sobre ella. Atronaban estremeciendo las cubiertas del mercante los cañones navales y los antiaéreos, tirando ya por debajo de la horizontal, y los montajes dobles de las ametralladoras punteaban el aire con las trazadoras que convergían en la torpedera con tal intensidad que el agua en torno a ella parecía hervir en salpicaduras y piques de espuma cuando las granadas reventaban con fogonazos ocres y naranjas. Todo eso creaba una bruma ambarina que su proa hendía con violentos y rápidos machetazos, cada vez más cerca.

—Tienen un par de huevos —dijo el capitán Sáez.

Lo señaló ecuánime, sereno, apagada su voz por el estruendo del cañoneo. No lo dijo para nadie en especial, sino que fue un comentario pronunciado en tono absorto, como para sí mismo. Aunque Loncar, que estaba cerca de él y del primer oficial Egorenko, pudo oírlo perfectamente.

—No diga eso, capitán —replicó molesto el ruso—. Son unos cerdos fascistas.

—Sí —admitió el otro—. Unos cerdos fascistas con un par de huevos.

Lo miraba a intervalos el agente republicano, en demanda de una serenidad que él mismo necesitaba con urgencia. Ninguna emoción traslucían la actitud y la voz del marino, aunque un rictus inusual le crispaba las comisuras de la boca, descubriendo los dientes: una mueca fija y tensa que parecía congelar sus labios mientras veía acercarse la torpedera.

También él tiene miedo, concluyó Loncar con un escalofrío. Tanto como yo.

El rugido de los motores y la fuerza del viento casi tapaban el martilleo constante del fuego enemigo. Pegados los ojos al binocular de la dirección de tiro, Jordán oyó estallar una de las granadas baja y muy cerca, sobre su cabeza: un estampido seco, semejante al de una pila de platos rotos, seguido por una lluvia de esquirlas que golpeó la cubierta y el mar. Se agachó por instinto, miró en torno, incrédulo por estar ileso, y encontró los ojos asombrados de Ioannis Eleonas, que lo miraban de la misma forma: como nunca, a ninguno de los que tripulaban la *Loba*, podrían verlos sus padres, sus mujeres, sus novias o sus hijos.

—Ésa anduvo cerca, *kapetánie*.

—Mucho.

Una línea de trazadoras que se acercaba con aparente lentitud desde el mercante pareció aumentar la velocidad antes de impactar en la cubierta delantera y la resonante brazola de acero, disparando una maraña de astillazos que el viento se llevó de inmediato. Vuelto a estribor, Jordán vio que Zinger y el ayudante se mantenían en su puesto, sosteniéndose uno a otro, agachados cuanto podían detrás del tubo del torpedo. En el pasado había sido injusto con el holandés, pensó fugazmente; podía ser desagradable en tierra, pero en el mar cumplía como los buenos.

—No aguantaremos mucho más —dijo el piloto.

Jordán no respondió a eso. Notaba turbios los sentidos y se movía como un sonámbulo dentro de un disparatado sueño. Al incorporarse buscó otra vez en la retícula de la RZA la primera chimenea del *Kronstadt*, que de nuevo utilizaba como referencia. La obsesión de mantener el mercante en el punto adecuado de la dirección de tiro lo ayudaba a concentrarse, a olvidar. A ser tenaz y dejar para más tarde, como algo que pudiera ser aplazado, el túnel de fuego por el que corría la torpedera, entre rachas de viento y rociones del agua pulverizada que por ambas bandas levantaba la proa.

—Cuatro a estribor, piloto —a cada pantocazo, los protectores de caucho le golpeaban la cara—. Ahí va bien... Manténgalo.

Agarrado con una mano y con la otra ajustando la mira, calculó la distancia y el ángulo respecto a la primera chimenea, cuyo penacho de humo negro, como el de su gemela, ascendía hasta quedar inmóvil en el cielo color de plomo.

—Estamos a seiscientos metros, piloto... Póngalo a veinte nudos.

—Veinte nudos, mil revoluciones —ordenó el griego por el tubo acústico.

—Cinco a babor... Así como va, perfecto. A la vía.

Contraído el estómago, árida la boca, tenso como si se le fueran a partir los tendones de cada músculo, sentía Jordán que el viento le enfriaba sobre el cuerpo la ropa húmeda. Alzada la visera de la gorra se mantenía pegado al binocular, frotándose a veces los ojos porque no veía bien, hasta que advirtió que el humo ofuscaba la lente y lo deslumbraba el centelleo de disparos que surgía de proa a popa del mercante. Más proyectiles pasaron aullantes sobre su cabeza o retumbaron al reventar en el agua, salpicando con sordos chapoteos. De pronto algo duro y ardiente golpeó la torpedera haciendo crujir el casco y temblar la caseta de gobierno. Cabeceó la *Loba* con violencia, hundiendo la proa en un elevado roción de espuma, se llevó la gorra el viento y Jordán dio con la frente en la dirección de tiro, con tanta violencia que cayó de rodillas.

—¡Fuego, uno! —gritó mientras intentaba incorporarse sin conseguirlo.

Oyó al piloto repetir la orden, y después el sonido del torpedo de estribor saliendo del tubo. Aturdido y sin fuerzas, zarandeado por el movimiento de la lancha e incapaz de ponerse en pie, se llevó las manos a la cabeza para retirarlas, con repentino estupor, manchadas de sangre.

Esto no está ocurriendo en absoluto, concluyó. Es sólo un sueño. Una pesadilla de la que si hago un esfuerzo podré despertar.

Intentó levantarse, pero volvió a caer. Le escocía mucho la frente. Cuando alzó el rostro y miró a través del velo rojo que cubría su cara, vio a Eleonas de pie en el puente, gritando algo que era incapaz de oír.

—Sáquenos de aquí, piloto —le rogó débilmente.

Aún hablaba cuando algo muy rápido, estruendoso y feroz como una dentellada de metal, los golpeó otra vez. Y con un crujido que parecía abrir la puerta del infierno, la torpedera se rompió en pedazos.

El torpedo impactó a proa, entre el palo y el puente. Loncar, que se había refugiado en la banda opuesta al verlo llegar, oyó, vio y sintió dos explosiones sucesivas: la del torpedo mismo, que hizo temblar el casco bajo una elevada columna de agua, y otra diez o quince segundos después, un fogonazo seguido de un estampido tan fuerte que despidió por los aires trozos de madera y metal. La onda expansiva empujó al agente republicano, arrojándolo contra la barandilla, y ésta lo salvó de caer al mar. Cuando se recobró, espantado y confuso, lo envolvía una humareda amarillenta cuyo acre olor a cordita le hizo toser y lagrimear. La brisa la disipó despacio, y al fin pudo ver que el primer oficial no estaba en el puente y que el capitán Sáez se arrastraba trabajosamente, con el brazo izquierdo doblado en extraña postura.

Incorporándose, Loncar acudió en socorro del marino. Al ayudarlo a levantarse comprobó que el brazo maltrecho colgaba inerte, desarticulado; parecía roto por debajo del hombro. Pero Sáez estaba consciente, lúcido a pesar de todo; y tal vez por el shock sufrido, la fractura no parecía dolerle mucho. Tambaleante, conseguía mantenerse en pie.

—¿Qué le ha pasado a Egorenko? —preguntó Loncar.

Miró el otro en torno, confuso, hasta fijarse en la barandilla retorcida y rota.

—No está —dijo roncamente, áspera la garganta—. Se ha ido.

El segundo oficial Urzáiz apareció en el puente. Venía pálido, desencajado el rostro, pero conservaba la calma.

—El brazo —dijo el capitán con mucha sangre fría—. Sujétenme con algo este brazo.

Con su propio cinturón se lo fijaron al torso. Después, Urzáiz informó sobre lo ocurrido. El torpedo había alcanzado las municiones del cañón situado en el combés, y la explosión abrió un cráter enorme arrancando los puntales del trinquete, haciendo volar el cañón y matando en el acto a los artilleros y al oficial Berzin, que en ese momento estaba con ellos. En total, a primera vista, siete muertos y media docena de heridos.

Tras contar eso, Urzáiz miró en torno.

—¿Dónde está el primer oficial?

—Se ha ido —dijo Loncar.

El segundo lo miró con extrañeza.

—Entiendo —dijo al fin.

Se había acercado el capitán a la barandilla para ver el estado del combés, y los dos se reunieron allí con él. La cubierta bajo el puente era un agujero de bordes chamuscados y retorcidos que aún humeaba. Olía a hierro caliente, a pintura, goma y madera quemadas, y los rebordes de acero desnudo brillaban como plata. Había marineros, cubierto el rostro con trapos, trabajando allí.

—¿Podemos seguir a flote, segundo? —preguntó el capitán.

—Creo que sí. Por suerte las municiones estaban en cubierta y no abajo... Por eso la onda expansiva fue hacia arriba y no hizo grandes daños laterales, aunque destrozó dos botes salvavidas, dejó el puente inferior sin ventanales e hirió en la cara al timonel.

Escuchaba el capitán sin dejar de mirar abajo, sosteniéndose el brazo con la otra mano.

—¿Están afectadas las calderas?

—Es el timón el que no obedece muy bien... Lo están comprobando.

—¿Embarcamos mucha agua?

—Excepto el boquete del torpedo, no demasiada. Estoy poniendo palletes de colisión y todas las bombas funcionan.

El capitán se frotaba ceñudo el brazo roto.

—No quisiera perder el barco.

Lo tranquilizó el segundo.

—Mientras las cosas no se compliquen, seguiremos a flote. He dicho al telegrafista que radie una señal de socorro y dé nuestra posición —señaló hacia poniente—. Aquello, a unas diez millas, debe de ser el cabo Kafireas... Si los mamparos aguantan y los palletes no ceden podemos llegar a un puerto o un abrigo, aunque sea escorados y algo hundidos de proa.

Reflexionó un momento el capitán.

—Tenemos Karistos a unas veinticinco millas. Hay una entrada amplia y fondo de arena, donde podríamos varar en el peor de los casos.

El segundo sonreía optimista, o aparentando estarlo. Aquel joven era buen marino, pensó Loncar: competente, sólido, sereno. Hecho ya a la vida dura, como tantos de ellos.

—Vamos a seguir a flote, don Ginés... Ya lo verá.

—No quiero perder el barco —insistió hosco el otro.

—Lo salvaremos, descuide —miró Urzáiz el mar a estribor como si recordase algo—. ¿Qué hay de la torpedera fascista?... Desde el puente de abajo no pude ver gran cosa.

—Desapareció —intervino Loncar—. La vimos saltar por los aires.

—Estupendo.

—Eran italianos.

Miró el segundo hacia el destrozado combés y movió la cabeza.

—Menudos hijos de puta.

—Sí.

—Nos lo han cobrado bien.

— Bastante bien —admitió Loncar.

Se dirigió de nuevo Urzáiz al capitán.

—Don Ginés, ¿quiere que comprobemos si hay supervivientes de ellos?... Puedo arriar un bote.

Negó el otro sujetándose el brazo roto. Enfriada la fractura, parecía dolerle más.

—Tenemos demasiado de que ocuparnos... Si los hay, que se jodan los supervivientes.

14. *Parlez-moi d'amour*

Una soleada tarde de octubre de 1951, el capitán de la marina mercante Miguel Jordán Kyriazis amarró su barco en el puerto griego de El Pireo. El *Almanzora* era un buque de 4.700 toneladas y bandera española, perteneciente a la naviera Mínguez-Pelluz, que desembarcaba fosfato marroquí e iba a cargar cemento con destino a Valencia. Y una vez retirados los remolcadores y aseguradas las amarras en los norays del muelle, con todo en orden a bordo, el capitán bajó a tierra para las formalidades habituales con las autoridades portuarias y el consignatario de su empresa.

Cumplidos los cuarenta y ocho años, Jordán había cambiado poco: seguía siendo alto y fuerte, aunque el cabello le escaseaba en las sienes, la barba rubia estaba entreverada de canas y pequeñas arrugas fruncían sus ojos claros. Una cicatriz, que el paso del tiempo hacía cada vez menos visible, marcaba el lado izquierdo de la frente bajo la visera de la gorra. Llevar uniforme facilitaba los engorrosos trámites locales, y por esa razón vestía la chaqueta azul marino con botones de latón dorado, un ancla y cinco galones en las bocamangas.

Era una tarde agradable, y después de dos semanas de mar al capitán del *Almanzora* le agradaba pisar tierra firme; así que, ultimado a satisfacción el papeleo, dio un paseo por la calle Kalimastou en busca de un café donde sentarse media hora a hojear los periódicos y ver pasar los coches y a la gente. No había vuelto a El Pireo desde hacía catorce años, y apreció cambios: el puerto había crecido y el entorno estaba animado por modernos restaurantes y comercios. En una esquina había prostitutas que con aire aburrido miraban a los transeúntes. Y más allá de la verja, entre las grúas y los tinglados de mercancías, alcanzaban a verse chimeneas, puentes y banderas de barcos amarrados a los muelles.

Al levantar la vista vio el cartel situado en el balcón de un primer piso: *Ioannis Eleonas, Shipchandler.* Proveedor de buques. Era un edificio de tres plantas, de buena apariencia, con un comercio en la planta baja cuyo escaparate mostraba un abundante surtido de efectos navales.

Se quedó Jordán parado en la acera, incapaz de moverse, encajando la sorpresa mientras una imprevista franja del pasado se materializaba ante sus ojos. Reaccionando al fin, se acercó al portal para observar la plaquita de metal junto a la puerta abierta, que repetía el mismo nombre y título que el rótulo del balcón. Una ancha sonrisa iluminó su cara, rejuveneciéndola. Después se quitó la gorra, entró en el edificio y subió los escalones hasta el primer piso.

Un vestíbulo adornado con fotografías de barcos y objetos del mar, una recepcionista sentada ante una máquina de escribir, una puerta de cristal esmerilado al fondo del pasillo, un despacho con una amplia ventana que daba al puerto... Y tras una mesa llena de carpetas y papeles, abierta la boca de estupor, más gordo y con el pelo completamente gris, estaba sentado el antiguo contrabandista griego.

—*Kalispera, pilote.*

—¡Por Dios!... ¡Pero si es el *kapetanios* Mihalis!

Casi derribó la silla al levantarse. Se detuvieron uno ante el otro, titubeantes, extendidas las manos para estrecharlas, pero un instante después se fundían en un abrazo.

—¿Qué hace en Grecia, capitán? —le miraba Eleonas los galones de la chaqueta, palmeándole con afecto los brazos—. Y veo que lo sigue siendo.

—Mercante, piloto —sonreía Jordán—. Marino mercante.

Cabeceó Eleonas, sorprendido.

—¿Se acabó la Armada?

—En cuanto terminó la guerra.

—Confío en que le pusieran una medalla antes de irse. Una cruz naval o algo así.

—Alguna me dieron.

Indicó el griego, con ademán solemne, una condecoración militar y un diploma enmarcados en la pared. Al lado había una foto de un sonriente grupo de hombres armados y en uniforme de combate, en la cubierta de un caique y con el mar de fondo. El antiguo contrabandista era uno de ellos.

—Acabó su guerra y empezó la mía.

Se quedaron mirándose, callados, y por impulso de Eleonas, que de nuevo palmeó fuerte los hombros de Jordán, se abrazaron otra vez. El griego parecía de verdad conmovido: lo contemplaba con afectuosa atención, cual si comparase al hombre que tenía delante con aquel de quien se había separado en El Pireo tantos años atrás.

—Hay que celebrar esto, *kapetánie...* —dijo señalando un mueble bar bien provisto—. ¿Whisky, coñac, ginebra?

Señaló Jordán una botella de Metaxá.

—Coñac. De ése.

—Lo tengo mejor —protestó el griego—. Soy un hombre próspero.

Casi parecía ofendido. Rió Jordán.

—Ya, piloto. Pero es por los viejos tiempos.

Asintió el otro, complacido al fin. Fue al mueble bar y volvió con dos copas de coñac. Jordán miraba otra fotografía, colocada ésta sobre la mesa de despacho: Eleonas, una mujer gruesa cogida de su brazo y cinco muchachos varones, todos parecidos a él, anchos, fuertes, sonrientes, de pelo rizado y oscuro.

—Mis cachorros... El mayor, Stavros, ya es marino mercante, como usted; está en un petrolero de Niarchos, trayendo crudo desde el golfo Pérsico —separó uno de los dedos que sostenían la copa y apuntó a Jordán—. Tenía un hijo, creo recordar... ¿Qué edad tiene ahora?

—Veintiséis.

—¿Casado? ¿Le ha dado nietos?

—Ni lo uno ni lo otro.

—¿Y tal vez eligió su misma profesión?

—No, para nada. Es ingeniero.

—Ah, vaya... ¿Y usted sigue casado? ¿Vive su esposa?

—Sí.

Chocaron suavemente las copas y bebieron. Jordán, que no había probado en catorce años aquella marca de coñac, lo saboreó —seguía siendo vulgar, áspero y fuerte— con un placer no exento de melancolía. Señaló Eleonas la fotografía de la pared, que su visitante había vuelto a mirar.

—Cuando los alemanes invadieron Grecia, fui a Alejandría y me alisté en la Levant Schooner Flotilla... Durante tres años tripulamos goletas y caiques entre las islas, llevando a los comandos ingleses y griegos para sus ataques y sabotajes.

Bebió otro sorbo. La sonrisa se le había hecho distante, distraída.

—Aún vi cumplir años al diablo algunas veces más —añadió tras un momento—. Estuve en los combates de Leviza y de Santorini, y luego en la batalla y evacuación de Delos.

Se detuvo en una pausa orgullosa, señalando con leve movimiento de cabeza la condecoración enmarcada.

—También a mí, como puede ver, me concedieron una medalla.

Volvieron al silencio sin dejar de mirarse uno a otro, medio sonrientes y medio pensativos.

—Pero nunca viví nada —dijo de pronto Eleonas— como aquel amanecer en el estrecho de Kafireas.

El nombre avivó los recuerdos en Jordán: el mar bajo el cielo de nubes grises, el *Kronstadt* alejándose muy despacio hasta perderse de vista, tres hombres agarrados al oscilante enjaretado de madera que apenas los mantenía a flote, la fea herida en el cuero cabelludo del timonel Teo Katrakis, descubierto el hueso del cráneo que la marejada limpiaba de sangre a cada embate; sus gemidos cada vez más débiles, hasta que al comprobar que había muerto lo abandonaron al mar. Después estuvieron mucho tiempo tiritando en el agua, cada vez más apagados por la hipotermia, entumecidos los miembros, mortecinos y enrojecidos los ojos entre el fuel derramado que les cubría el rostro como una máscara. Aturdido por la herida de la frente, incapaz de resistir el sopor que se adueñaba de él, Jordán habría dejado de agarrarse al enjaretado de no ser por una de las fuertes manos del piloto, que lo mantuvo todo el tiempo a flote. Y cuando, también exhausto éste, estaban a punto de entregarse al mar, oyeron sonido de máquinas, gritos de advertencia, voces de marineros que, tras arrojarles un aro salvavidas que no pudieron alcanzar, descendían hasta ellos por la red descolgada en el costado del destructor inglés *Bóreas*.

Eleonas había terminado su coñac. Puso la copa vacía en la mesa.

—No he sabido de usted desde que nos separaron aquí mismo, al desembarcar —comentó—. ¿Cuánto tardaron en soltarlo?

—Poco, un par de semanas. Nadie pudo probar nada contra mí, y tampoco interesaba airear el asunto... Las autoridades locales se desentendieron en cuanto les fue posible.

Encogió los hombros el griego y levantó las palmas de las manos, fatalista.

—Conmigo tardaron un poco más, pero todo acabó resuelto.

Desprecintó una caja de Montecristo para ofrecer uno a Jordán, que negó con la cabeza.

—Al final se nos fue aquel barco —se puso Eleonas un cigarro en la boca—. No intacto, pero pudo llegar a un abrigo. Con muertos a bordo, la proa medio hundida y un buen agujero en el casco.

—Hicimos lo posible.

—Y también más de lo posible.

Apuró Jordán su coñac y puso la copa vacía junto a la otra.

—Nunca tuve ocasión de agradecer su ayuda ese día en el agua, piloto.

Se dilató la boca del antiguo contrabandista en una blanca y ancha sonrisa.

—Me gusta que me siga llamando piloto.

—Sin usted no habría sobrevivido.

—Tonterías, disculpe que lo diga así —Eleonas prendía su habano con un bonito encendedor de oro—. Era un hombre fuerte, y veo que lo sigue siendo... Se las habría arreglado sin mí.

—Lo dudo —Jordán estuvo callado un instante—. Nunca se supo de los otros, ¿verdad?

—Nada, ni rastro. A todos se los tragó el mar, como a la *Loba*.

Chupaba el griego el cigarro, repentinamente serio. Al cabo de un momento miró a Jordán entre el humo.

—¿Sabe?... Después conocí a más hombres duros y viví otras cosas, pero ninguna fue como aquélla. Cuando pienso en los nuestros, pienso que tal vez no eran los más recomendables...

—Desde luego que no —sonrió Jordán—. No lo éramos.

—De eso hablo. Pero es imposible no sentir profundo respeto por quienes fueron capaces de recorrer con nosotros, por dos veces —alzó con énfasis dos dedos de una mano—, aquella milla y media.

—La más larga del mundo.

—La más larga de nuestras vidas.

—Grupo de hermanos, como decía Bobbie Beaumont.

—Sí, eso es... Casi hermanos fuimos aquel día.

Cogió Eleonas la botella de coñac, volvió a llenar las copas y entregó al visitante la suya. Se miraban a los ojos.

—Por quienes fueron los nuestros, piloto —brindó Jordán.

—Por todos ellos, *kapetánie*.

Eleonas se obstinó en acompañar a Jordán al puerto. Cogió una chaqueta y salió con él, todavía fumando el habano, al tráfico de la calle. Insistía en que cenaran juntos esa misma noche.

—No puedo, piloto... Debo estar a bordo para las operaciones de descarga.

No se resignaba el griego.

—Quiero llevarlo a mi restaurante favorito de Atenas, la taberna Plátanos.

—La próxima vez.

—¿Seguro?

—Muy seguro.

Se despidieron ante el portón de la verja tras estrecharse otra vez las manos. Dio Eleonas una lenta chupada al cigarro, como demorándose a propósito. Dejó salir el humo y entrecerró los ojos, pensativo. Se había puesto serio.

—No me ha preguntado por ellos —dijo.

Jordán, que ya se marchaba, se detuvo.

—¿Por quiénes?

—Sabe muy bien quiénes —dio el griego otra chupada—. Los dueños de Gynaíka.

Se miraban ahora con fijeza. Tardó Jordán un poco en hablar de nuevo.

—¿Tuvo noticias?

Movió el griego la cabeza, afirmativo.

—Alguna tuve... ¿Y usted?

—No, ninguna.

Eleonas parecía extrañado.

—¿No supo lo del barón?

—¿A qué se refiere?

—Ya sabe lo que son esas islas, todo el mundo se conoce. Las cosas se comentan, van y vienen de un lado a otro, como si las llevaran los peces o las gaviotas...

—¿Y?

—El barón Katelios murió al poco tiempo de irnos de allí.

La sorpresa de Jordán era sincera.

—No lo sabía.

—Pues así fue. Por lo que entonces se dijo, estaba en su biblioteca, limpiando una escopeta de caza, y se le escapó un tiro... Figúrese, un accidente.

Tras pronunciar esa última palabra Eleonas hizo un ademán escéptico: movió los hombros cual si dejara deslizarse de ellos toda la responsabilidad del término.

—Aunque es difícil —añadió— darse accidentalmente un tiro en la cabeza con un cañón de escopeta de cuatro palmos de largo.

Lo consideró Jordán. Más que difícil era imposible.

—Nunca se sabe, piloto —apuntó.

—Ah, desde luego... Nunca se sabe.

Se quedaron callados entre el ruido del tráfico que, a sus espaldas, saturaba el aire de bocinazos, petardear de motores y humo de gasolina mal quemada. Paciente, Eleonas parecía aguardar la pregunta que Jordán acabó por formular.

—¿Qué fue de ella?

—¿Tampoco sabe nada de eso?

—Qué voy a saber.

Miró el griego el cigarro, casi consumido. Después lo dejó caer al suelo y estuvo un instante viéndolo humear.

—Al morir el barón, la señora se fue de la isla —levantó al fin la vista—. Fue a vivir a una casa vieja que tenían en Syros, junto al mar. Estuvo allí algún tiempo, poco más de un año, hasta que un día subió a un barco y se fue... Nunca se supo de ella. Se la tragó la vida como a tantos otros se traga el mar, sin dejar rastro. Fin de la historia.

Volvió a mirar el suelo, alargó un pie, y con la punta del zapato aplastó la brasa.

—La casa de Syros —añadió tras un momento— quedó destruida durante la ocupación alemana. Una bomba aliada la hizo pedazos.

—¿Y la de la isla?

—La compró un consorcio de empresarios y navieros griegos; creo que Onassis está entre ellos. Alguien me dijo que pretenden convertirla en un lugar para turistas. En un hotel.

Se había metido Eleonas las manos en los bolsillos y miraba más allá de la verja, los barcos amarrados en los muelles y las grúas semejantes a gigantescos insectos zancudos iluminados por el sol de la tarde.

—Recuerdo bien a la señora —evocó, melancólico—. Y aquella bonita canoa automóvil que tenía... Después de la guerra vi una muy parecida en un varadero de

Irakleous, arrinconada y pudriéndose en tierra, en muy mal estado. Puede que fuera la misma.

Suspiró profundamente. Sonreía con resignación mediterránea.

—Todo pasa, ¿no? —añadió—. También nosotros. Aquí nos tiene a los dos.

—Haciéndonos viejos.

—Sí, claro... Pero me gusta pensar que alguna vez fuimos jóvenes y peligrosos.

Eleonas permaneció inmóvil un momento, absorto en paisajes antiguos y aventuras lejanas. Al fin, como si despertara, sacudió la cabeza.

—Prométame venir a visitarme cada vez que vuelva por aquí. Beberemos coñac Metaxá.

Asintió Jordán.

—Cuente con ello.

—¿Tengo su palabra de honor?

—La tiene. Buena suerte, piloto.

—*Kali Talassa*... Buena suerte y buena mar, *kapetánie* Mihalis.

Regresó Jordán a su barco, y tras contemplarlo un rato desde el muelle como solía hacer cuando estaba amarrado —el *Almanzora* era un hermoso buque construido ocho años atrás en los astilleros de El Ferrol—, subió por la pasarela. Por alguna razón que no quiso considerar, esta vez lo reconfortó especialmente sentir bajo los pies la suave vibración de la cubierta, el rumor de los ventiladores, el olor cálido de hierro y pintura familiares en todos los barcos del mundo. Olía distinto a la tierra firme. Y eso era bueno.

De camino al camarote atendió una consulta que le hizo el primer oficial y firmó la autorización para que empezaran a descargar el fosfato de las bodegas. Después, cuando estuvo a solas, dejó la gorra sobre la litera, se quitó la chaqueta y la colgó con cuidado en el armario. Uno de los dos ojos de buey, el que daba al lado del mar y a poniente, estaba abierto. A través de él llegaban las voces y sonidos de los tripulantes que martilleaban, rascaban y pintaban el casco por fuera.

Tenía un barco, pensó. Su barco. Era suficiente y no necesitaba más.

El sol ya se encontraba muy bajo. Por la abertura circular entraba una luz horizontal que incidía en su rostro y sus manos, dorando más la barba rubia, haciéndole entornar los ojos azules y relucir los gemelos, que se quitó para remangarse la camisa.

Eni ponto oleto, leyó una vez más en los pequeños discos de plata antes de meterlos en un cajón.

Se perdió en el mar.

Háblame de amor, recordó. Dime otra vez cosas tiernas.

Syros, mayo de 2024

Índice

«Para viajar lejos no hay mejor nave que un libro».

EMILY DICKINSON

Gracias por tu lectura de este libro.

En **penguinlibros.club** encontrarás las mejores
recomendaciones de lectura.

Únete a nuestra comunidad y viaja con nosotros.

penguinlibros.club

Penguin
Random House
Grupo Editorial

 penguinlibros